铁血柔骨

现当代名人的风雨路

秦维宪 著

上海三联书店

序

邓伟志

　　正当我琢磨着如何为秦维宪先生的《铁血柔骨——现当代名人的风雨路》一书写序的时候，忽然看到教育部长对社会科学文章的批评：有些学者的论著自我感觉很好，可人家不愿看，也看不懂，看懂的人又认为对实际没用处……

　　我恍然大悟：这岂不正是下笔行文的快车道吗？教育部领导是从反面批评的，而秦先生的《铁血柔骨——现当代名人的风雨路》则恰好是与部长所批评的问题相反的，值得从正面充分肯定的佳作。

　　秦先生是史学工作者，他读了不少史学书。谁都知道，图书馆里的史学书有的写得充斥着呆气，有的写得洋溢着灵气；有的味同嚼蜡，有的味如橄榄；有的写得叠床架屋、烦琐不堪，也有的写得生动活泼、爱不释手。这里虽然有风格不同、各有千秋之处，但是总也有高下之分。秦先生的这本书是报告文学，有的篇章富有散文诗一般的韵律，读起来津津有味。可这报告文学又不同于反映现实生活的那一类报告文学。秦先生是在文学中注入史学，把文学与史学熔于一炉。秦先生是把散文论文化，把论文散文化，这极可能是一个有益的尝试。明人袁中道说："天下无百年不变之文章。"文体从来是变化的。随着现代人生活方式的变革，现代人的阅读兴趣、阅读方式也在起变化。秦先生在《铁血柔骨——现当代名人的风雨路》一书中的行文，是对现代人阅读需要的一种满足、一种享受。

史学离不开史料。史料有两类：一类是死的，一类是活的。所谓"死的"，就是前人书上写的，地下发掘的；所谓"活的"，就是前人尚未写的，活人口述的。两类史料各有所长，彼此印证，互相补充。"你中有我，我中有你。"有些死的史料是当时活人的口述，而今天活人的口述也免不了运用前人的资料。只是活材料鲜为人知，显得新颖。尤其是研究现、当代史，更应当是两类并举。秦先生的《铁血柔骨——现当代名人的风雨路》侧重于挖掘活的史料。书中有很多过去无人知晓，甚至是常人难以想像的资料，相当珍贵。

不用说，挖掘活的史料是有特殊难度的。秦先生是靠他待人的亲和力，靠他对史料的穿透力，使得这些在现、当代史上应该留下一笔的人能够接受他的采访。包括一些门槛很高的人，他也能敲开他们的大门，并且让他们敞开心扉与他交谈，从而使他更加清晰地绘出了他们的历史足迹，留下了他们的见闻。"写出此身真阅历，强于钉饾古人书。"（清·张问陶《论诗十二绝句》）引人注意的是，在秦先生访问过的这些人当中有的已驾鹤西去，与世长辞了。假使称这些口述史是"绝笔"，似乎不妥，如果称这些口述史是"绝声"则是十分恰当的。秦先生是在做"抢救"工作啊！

《汉书》称赞司马迁，"其文直，其事核，不虚美，不隐恶"。这虽是对司马迁个人的评价，其实也是对史学家学术良心、学术道德的起码要求。不直、不核，既有虚又有隐，可能正是教育部长批评之所指。直且核，既是秦先生所恪守之史德，又是我辈学人愿意共同遵守的学德。——这，也正是我乐于为秦书作序的初衷。

2015 年冬于上海

目　录

夕阳斑斓
——康有为的晚年生活

公元 1966 年年底,北风呼啸,寒流滚滚,中华民族正处于"黑云压城城欲摧"的动乱之秋。在青岛李村象耳山麓,由中央文革大将戚本禹派去的北京红卫兵,上演了一幕当代伍子胥掘墓鞭尸荒诞剧。"小将"们捣毁了戊戌维新领袖康有为之墓,扒出他的遗骨,用绳子穿起来,召开万人批斗大会并游街示众,"打倒中国最大的保皇派康有为"的口号声震耳欲聋。

康有为作为一名身上曾披着维新时代的曙光,同时在身后却又拖着一条浓重的封建时代阴影的风云人物,史家自会评论其是非功过。

笔者在这儿撩开的,只是他晚年生活的神秘面纱。

一 落英缤纷的"桃花源"

1913 年 12 月,康有为结束了海外 16 年流亡生涯,回归广东南海,安葬毕母亲和胞弟康广仁的遗骸,怀着怆然之心,登上故乡的高山眺望东方,一缕情思飞向遥远的上海。翌年 6 月,康有为坐上长江轮,乘长风破万里浪,鸣笛徐徐驶向上海。黄昏,一轮夕阳映红了滔滔江水,康有为健步走上甲板,放眼被战火熏炼的吴淞口炮台,不禁心潮激荡、老泪纵横。16 年前那惊心动魄的一幕,倏然重现——

康有为在旅途上

1898年"百日维新"失败后,康有为逃离北京。慈禧太后顿起杀机,电旨上海道蔡钧:"康有为进丸毒弑大行皇帝,着即行就地正法,钦此。"结果,康有为背着谋杀光绪帝的黑锅,在英国人濮兰德的帮助下,登上"巴拉勒特号",从吴淞口死里逃生,由香港潜往海外……

康有为回顾自己光辉的峥嵘岁月,不知老之将至;然而,当他触及后半生为之奔走呼号的宪政和"虚君共和"却和者益寡时,不禁长吐一口颓唐之气,泛起回天乏术、息影林泉的念头。

这位时代的落伍者,心情复杂地翻开了陶渊明的《桃花源记》。

康有为一到上海,就看中了盛宣怀在新闸路16号(今新闸路1010号中华新村)的辛家花园,以每月120元的代价租赁下来。辛家花园原是犹太商人辛溪购地营建的私人住宅,后来他炒股票破产,以发售彩票的方式拍卖住宅。一时沪上富贾云集,盛宣怀也兴致勃勃地去凑热闹,竟一举中彩。

辛家花园占地10亩,围以红墙,曲径通幽,有移步换景之妙。人们走进朱漆大门,可见一条长约30公尺的木桥,过桥沿走廊贯穿两只圆形凉亭；入亭俯视，一方池塘清澈见底，塘边能尽情钓鱼。院内林木森然，奇花如海。每当晴天碧日，池塘里映照着红墙绿树，微风袭来，涟漪阵阵，鸟语花香，一派恬静的田园风光。

康有为见状喜上眉梢，将园内两座具有中国民族特色的宫殿式二层楼房，命名为"游存楼"和"补读楼"；将一些平房唤作"闳清院"、"莲韬馆"、"闻思斋"等。同时，他又在园内搭起凉篷，种植瓜果葡萄，养了大龟、海豹、澳大利亚袋鼠等动物。于是，康有为率一大帮家眷和门客，过起了悠闲的"归隐"生活。每天，他在书房读书写字的间隙踱到室外，或登假山吟诗，或漫步庭院、抚弄花木。

因辛家花园有江南园林之美，引得周围少儿频频光顾。据康有为儿媳（康同凝夫人）、辛亥革命元老庞青城之女庞莲老太太（上海市文史研究馆馆员）回忆，当年庞家住戈登路（今江宁路），距辛家花园一箭之遥。她在少年时代，常随哥哥一起去那儿爬树、采花、钓鱼、捉迷藏，渐渐地与康有为的子女成了好朋友。有时候，康家的仆役驱赶顽童，偶遇康有为出来，即上前禀告："大臣（家人对康有为的尊称），外面野小孩天天来玩，要弄坏花草的呀。"

"随他们去吧，"康有为捏须微笑道，"哪有孩儿不喜欢玩耍田园山水的啊，哈哈——"

康有为在辛家花园一住8年，在悠然的田园牧歌中，沐浴了人生的风风雨雨。

康有为久租盛家住宅毕竟不便。1921年，他在愚园路购地10亩，仿辛家花园建造了一座豪华的园林式住宅"游存庐"，门牌为192号和194号（今愚园新村）。

"游存庐"临街筑有两幢西式楼房。院中为一座五开间中西合璧的二层楼房，名"延香堂"，楼上楼下均有走廊；左边是一个宽敞的大客厅，可以举行相当规模的舞会，这些是康有为及其家属居住活动的地方。庭院中间有一所古朴的平房，叫"三本堂"，康家人称为"神厅"，乃康有为根据《荀子·礼论》："天为生之本，祖为类之本，圣为教之本"之含义，

上海愚园路康公馆，现已改为新式里弄愚谷村

供奉上帝、孔子、列祖列宗的场所，堂内还奉有康广仁的遗像。另外还有一座仿新闸路简照南（上海南洋烟草公司创办人）园中的"茅庐"而筑的"竹屋"，用苍翠的青竹搭盖，充溢着山野情趣，为康有为会客、休息和赏月之处。

康有为为装点院内的自然景观费尽心机。院里挖了一个比辛家花园还大的池塘，上架两座曲桥，塘内可划船。挖出的泥土垒成假山，山腰建一茅亭，周围散布着千姿百态的太湖石。庭院各处，遍种花树1200余株。其中有从日本、苏州邓尉买来的樱花、梅花、桃花，以及鲜见的开绿花的梨树，人置其间，"暗觉馨香已满襟"。他还在池畔舍旁搭了爬葡萄的紫藤架，架下点缀菊花和玫瑰。院中除原来的动物外，又增添了两只孔雀、一只麋鹿、一只金丝猴、一头野驴、500尾流光溢彩的金鱼。在这湖光山色、芳草鲜美的世外桃源，康有为四季如一，泛扁舟一叶于鹿鸣猿啼之中，荡漾池塘，吟诵华章，度过了一生中最后的7年时光。

康有为晚年自号"天游化人"，以修建别墅来慰藉自己日暮乡关的愁绪。

1920 年,康有为在杭州西子湖畔的丁家山,建筑了占地 30 亩的"一天园"。丁家山突出湖面,好像一只苍鹰展翅欲飞。山不甚高,却能鸟瞰全湖;山多灵穴,野花盛开之际漫山锦绣,人攀其上,远山碧水,尽收眼底,分外赏心悦目。康有为每至春秋花季,便去"一天园"小住,今尚留下《一天园记》、《一天园诗十章》等佳作。

1927 年,康有为逝世时,正值北伐军挺进江浙。庞莲表兄张静江任浙江省省长,他在公余之暇,遍游杭州名胜古迹。一日清晨,张静江瘸着腿爬上丁家山,适逢天降细雨,他欣赏着烟雨迷蒙的西湖,暗想康有为反对共和,居然还养尊处优,不由勃然大怒,以"保皇余孽,占据公产"为由,封闭了"一天园"。

当时,庞莲正与康同凝自由恋爱,闻讯赶往张府求情。张静江铁板着脸说:"莲妹,你不要为保皇党头子出头露面,我以国民政府的名义封山,决不更改主意。"后来抗战爆发,康有为二太太梁随觉的子女私将"一天园"出售,从此它便化作历史鸿泥,汇入山川之中了。

1921 年,康有为在上海杨树浦,临吴淞江(也称苏州河)处修建了"莹园"。该园完全按江南农村格局构思,简单中显现水乡农人躬耕田野、安居乐业的意境。"莹园"落成之日,康有为起五更倚阁仰视苍穹,茫茫天际缓缓流出一痕金带,渐渐地旭日跃出东海,万道霞光洒向吴淞江。康有为置身壮丽的大自然,忘却了人间烦恼,遂微微摇头,脱口吟曰:

> 白茅复屋竹编墙,丈室三间小草堂。
> 剪取吴淞作池饮,遥吞渤海看云翔。
> 闭门种菜吾将老,倚槛听涛我坐忘。
> 夜夜潮声惊拍岸,大堤起步月如霜。

抒发了一位垂暮老人欲作《庄子·逍遥游》的超脱感。次年,康有为又将"莹园"转售给日本人了。

1923年，康有为游青岛，青岛市长赵琪(张宗昌部下)招待他入住福山路6号的"提督楼"(今福山支路5号)。赵琪引康有为入门，指着漂亮的院落介绍道："南海先生，此楼乃1898年德国在青岛设治时造的提督署，1914年世界大战爆发，它又易入日本人之手。大战结束后，我国收回胶州湾，提督楼便成了官产。"

康有为望着被绿色波涛所掩映的西式楼房，胸膛急剧起伏，这儿正是自己因抗议日耳曼人占我大好山河，而痛切上陈、救亡图存的发轫点；也是自己曾为争回这块被倭寇蹂躏的国土拍案而起，通电声援五四运动爱国学生的地方⋯⋯他与这片绿树红瓦、碧海蓝天的土地有着不解之缘啊！

康有为沉吟半晌，向赵琪道："老夫以为此院望海绿波，盛暑不热，意欲租下作避暑之地。"第二年，他干脆买下院落，取名"天游园"。他自述其意："避人避地与天游。盖人一出世，忧苦随之。小者以身家忧，大者为国家天下忧，身心所役，精力尽耗，实一囚徒耳，非人囚之，自囚也⋯⋯期待他日治国平天下⋯⋯明知无望，放不下来，是因于未来也。心游物外，驰骋于九天之上，徜徉于寥廓之间，此天游之真谛也。"反映了老人"无可奈何花落去"的心境。

自此，康有为年年率太太、子女来青岛避暑，直至在"天游园"升天。

晚年的康有为因政治上的失意，时时处于参政与归隐的漩涡之中，一步一步走向落英缤纷的"桃花源"⋯⋯

二　多姿浪漫的黄昏恋

康有为集进步与保守、资本主义新思潮与封建传统旧观念于一身，表现在他既提倡男女平等、一夫一妻制，又南辕北辙、妻妾成群。尤在晚年，他与几位中外妙龄女郎，谱写了一曲曲浪漫的黄昏恋。

康有为家庭成员复杂，结构如下：

康有为的家庭
- 原配夫人张云珠(1856—1922)
  - 康同薇(1879—1974)
  - 康同璧(1881—1969)
  - 康同结(1884,夭折)
  - 康同完(1885,夭折)
  - 康同口(1890,夭折)
- 第二夫人梁随觉(1880—1969)
  - 康同吉(1901,夭折)
  - 康同复(1903—1979)
  - 康同环(1907—?)
  - 康同䥗(1908—1961)
- 第三夫人何旃理(1891—1914)
  - 康同凝(1909—1978)
  - 康同俊(1911—1928)
- 第四夫人市冈鹤子(1897—1974)
- 第五夫人廖定徵(?—?)—康同伶(1916—1927)
- 第六夫人张光(1899—1945)—康静谷(1927—　)

　　1907年,康有为到达了美国西部的非上那(Fresno)。当时,海外500万华侨报国无门,只要康有为出现在何方,他们无不趋之若鹜,去追寻一代爱国者的萍踪。当地华侨热诚地请康有为演讲,消息一下传到了几十里外的一个种植园。园主是老华侨,生有10个子女,其中最聪颖美丽的何金兰(英文名Lily),又名何旃理,从小在一位博学儒生的严格教育下,不仅通晓4国文字,而且熟悉中国文化、能歌善舞,更兼有一颗赤子之心。何旃理久闻康有为叱咤风云的传奇色彩,立即约了几位姐妹,风尘仆仆地赶往目的地,去聆听启蒙大师的救国宏论。

　　是日,艳阳普照,季风轻拂,北美大陆的候鸟在繁花锦簇的非士那,争唱曼妙的清歌。康有为在华侨领袖的拥戴下,气宇轩昂地走上讲台,他目光炯炯,环视一圈无边的人海,声若洪钟地讲述变法维新、君主立宪,创办实业等拯救祖国的主张和蓝图。一个多小时过去了,全场寂静肃穆。人们仿佛看到了灾难深重的祖国,在鲜血中摸索光明、摸索幸福……

　　康有为话锋转向他朝思暮想的大同世界,劈头就讲男女平等:"同胞们,人都是天生的,有其身必有其利,如果谁侵犯人权,就是侵犯天权……男女虽然性别有异,但其他一切都是一样的。我们必须解禁变

康有为与妻妾的合影：中排右一为五太太廖定徵、右二为四太太市冈鹤子、右三为原配张云珠、右五为二太太梁随觉、右六为六太太张光

法，实行男女平等。"台下掌声如雷，大海波涛般的听众将情绪推向高潮。康有为深吸一口气，将手猛力挥向天空，厉声道："我以为解放女子，实在是今日中国第一帖良药啊！"

何旃理被康有为的儒雅气度、救国衷肠、深刻思想所折服，激动得热泪盈眶。待康有为演讲结束，她趋步上前，恭敬地行大礼："南海先生，您讲得太好了！我还想……听一遍……维新变法的道理呢。"

"好吧。"康有为凝视着面前的美丽姑娘，从哥白尼的日心说讲到达尔文的生物进化论，从文艺复兴讲到法国启蒙运动，从孔子改制考讲到戊戌维新。这些真理如同一块块巨石，投入了何旃理情窦初开的春心。以后数日，康有为神思恍惚，不知不觉去华侨那儿了解了何旃理的底细。

不久，康有为离开菲士那，周游美国各地，他心中不时浮现这位年仅 17 岁，有着白皙的瓜子脸儿的少女情影。心想：自己要在各国华侨中组织保皇会，宣传君主立宪、办实业，多么需要一名懂外文、知书达理的帮手啊。于是，康有为投石问路，发函给何旃理，此举正中已坠入情网的何旃理下怀。他们通过书信交往共结同心,短短的日子里居然写了上百封情书。

这批情书后来落在二太太手里(庞莲嫁到康家前夕,一天她去探望康同凝。二太太捧出一札信件,对同凝说:"哎,这是你爸爸和妈妈交往的情书。"庞莲见到何旃理写的信中夹了不少英文)。

这年夏天,康有为接到欧洲弟子来信,敦请他去处理一大笔捐款。临别之际,一对老少恋人在如洗的月夜依依不舍,何旃理偎着康有为柔声道:"南海先生,我要跟您去欧洲考察,我离不开您哪!"表示愿意以身相许。康有为一阵亢奋,不觉浑身颤抖,但转念一想,双方年龄相差30多岁,结合恐怕有阻力,便叫何旃理回家征求父母的意见,自己则推迟行程。

果然,何旃理的父母及兄弟姐妹万万没料到如花似玉的旃理,会爱上一个50多岁、被大清王朝通缉的头号"钦犯",纷纷激烈反对。何旃理虎下脸据理力争:"你们知道什么,他是一个伟大的爱国者,他的变法救国思想是多么振奋人心哪!"她说罢泪流满脸,头一仰嚷道:"他现在需要我,你们不要反对了,我非他不嫁!"家人素知何旃理性格倔强,勉强同意了这门婚事,但要求康有为正式举办婚礼,公开场合何旃理以夫人身份待人接物,何家也备了相当可观的嫁妆。

两人婚后漫游世界,何旃理开展夫人外交,使康有为如虎添翼。康有为老来交桃花运,格外疼爱这位三太太。

1910年冬,他们旅居瑞典,何旃理要康有为陪她去参观时装表演,双双乘兴坐马车而去。谁知二太太大发醋劲,哭哭啼啼地也驾了马车尾随其后。车至半路,何旃理忽闻风铃声,挑帘回首,不禁柳眉倒竖。两位夫人将同时出现在公众场合,何旃理感到委屈,她呆呆地望着雪花飘落,一片、一片、又一片……

1912年,康有为、梁启超师生同住日本双涛园,彼此非常愉快,可是他们的夫人之间却难以融洽。一方面,何旃理年方22岁,而梁夫人李惠仙是何的年龄的一倍;另一方面,何旃理自恃美艳绝伦、见多识广,

康有为七十大寿时同家人合影

瞧不起小脚夫人李惠仙,而梁夫人也是出身名门、多才多艺,更不肯喊能够做自己女儿的何旃理为"师娘"。每当康梁师生切磋学问,探索救国方略时,只要双方夫人相遇,欢聚的气氛马上会掀起难堪的微澜。最后,康有为为了何旃理的自尊心,便搬到须磨湖去住了。

康有为携全家定居上海,他们的命运之舟刚驶入宁静的港湾,何旃理却红颜薄命,1914年患猩红热症,不幸病逝于辛家花园,年仅24岁。现葬于江苏金坛县茅山积峰下青龙山,与康母、康广仁安息在一起。

康有为失去爱妾悲痛欲绝,每逢周忌他都要在何旃理的灵前焚香哭拜;清明时节,则亲临茅山祭祀,偌大年纪的人在坟茔前涕泪交加、长跪不起。

何旃理去世的第10天,康有为在睡梦中忽见满室金光,一个一丈多高的女神笑吟吟地向他走来,近床铺前骤然缩小,吹出香风几缕。他睁眼细看,竟是做新娘时的何旃理。他急忙翻身坐起,但金光、女神已幻灭了。他不禁无限深情泻于笔端,一气呵成灿烂夺目的《金光梦》词,成为康有为诗词中的绝品。

徐悲鸿为康有为三太太所画的肖像

　　为了永远怀念英年早逝的何旃理,康有为请投宿在辛家花园的年轻画家徐悲鸿,根据死者遗像(笔者在庞莲家见到两幅:一张何女士单人半身照;另一张她一手牵子,一手抱女。另外,在青岛康有为故居,也见到一幅三太太的半身照)画了一张水彩人像。画中是一位穿清代服装的少妇,头挽高髻,仪态端庄,秀目生辉,亭亭玉立于一幢洋房的阳台上,背景是一片苍翠的树林,林后微露一泓清泉,蕴涵着逝者生前热爱生活的个性。1981年,庞莲将这幅珍藏了60多年的无价之宝,捐赠给了上海博物馆。

　　康有为晚年严子宽女,他每月给儿子2元零用钱,女儿则5元。他对何旃理生的同凝十分严格,不仅叫他从小刻苦读书,还逼其锻炼体魄。在日本时,康有为叫3岁的同凝去游泳,同凝不依,竟被他一脚踢下楼梯,腿上划出一道血口子。1978年同凝去世,这疤犹在。康有为最喜欢的是何旃理生的幼女同俊,他视如掌上明珠,长到十几岁了,还把女儿抱在怀里亲吻。可惜在1928年,同俊被愚园路家门口一辆疾驰而过的汽车撞死,年仅18岁(庞莲家有同俊在桃花丛中的照片一张,美貌不亚于母亲）。

1912年，康有为搬到了日本须磨"奋豫园"居住。日本是世界上森林覆盖率最高的国度，别墅坐落在依山傍海、遮天蔽日的古树群中，空气清新极了。康有为定居后，经常参加爱国活动、去各地游览，不觉对日本的风土人情产生了兴趣。经人介绍雇了一名16岁的神户少女市冈鹤子做女佣。

鹤子怀着神秘感来到了康家。当她看到榻榻米间铺着镶嵌美丽图案的地毯上，摆着豪华的家具，马上悟到主人非同寻常，竟慌乱得手足无措。康有为仔细打量着鹤子，只见她细眉小眼、嘴唇微翘、额头高耸，虽貌不惊人，但那副羞答答的神情恰似一朵含苞待放的花蕾。便通过秘书兼翻译阮鉴光对鹤子说："姑娘，请坐下，你不要拘谨，日子久了你就有宾至如归之感了。"等鹤子坐在康有为从欧洲带来的会发出乐曲的椅子上时，何旃理放起了新潮的留声机，随着欧洲古典名曲的旋律，他们天南海北地既聊神户港的俊秀、富士山的雄奇，也谈中国的万里长城、故宫和奔腾的黄河……

鹤子与康有为相处久了，发现这位长者很慈祥，自己从他那儿知道了中日交往的绵长历史，以及鉴真东渡和明治维新，体验到一种从未有过的生活充实感。然而，鹤子见到来康家的客人都是气度非凡的中国人和日本名流，一坐下便议论风生，主人究竟是怎样一个人物呢？

1903年早春二月，鹤子随康有为、何旃理去须磨海边漫步，忽地长空一阵雁叫，康有为举目久望，想起自己远离故国已15个年头了，如今还在浪迹天涯，眼中竟涌出一层晶莹的泪光。他望着东去的大海，再次回忆了戊戌维新的悲壮画卷。鹤子这才知道，主人居然是在中国能与清朝皇帝对话的数一数二的人物，一股崇敬之情油然而生，对大海那边的文明古国充满了憧憬……同时，康有为夫妇对这位充分体现了日本女性温文、柔顺、善解人意的少女，表示了彼此间水乳交融的深情。

康有为迁回上海，仍念念不忘鹤子。便修书一封，邀请她来上海做客。鹤子接信，欣喜若狂，在父母的同意下欣然赴沪，不出几月就名正言顺地成了康有为的四太太。

何旃理去世后，康有为更加钟爱鹤子，每逢出游必携她同行，无论在桃红柳绿的西子湖畔，还是烟笼寒水的姑苏水巷，都留下了他们的足迹。仲夏，他们去青岛避暑，鹤子扶着康有为尽情远眺蔚蓝的大海上海燕低飞盘旋，猛地贴水觅食，接着鹤子发出银铃般的笑声，跃入银白的浪花。康有为被充满青春气息的鹤子所感染，竟然返老还童，扔掉拐杖，精神抖擞地游向心中的太阳……

笔者采访国内研究康有为的权威、上海师大教授马洪林先生时，谈及时下海内外许多有影响的报刊，都披露鹤子与康氏长子同籛暗生情愫，生一女儿凌子。马先生做过严肃考证，认为此事纯属子虚乌有，因为鹤子怀孕的 1915 年，同籛才是个 7 岁幼儿，此女应是康有为所出。1925 年，鹤子因与大家庭难以协调悄然回国，隐姓埋名几十年，于 1974 年 2 月卧轨自杀于须磨郊外。

康有为在杭州丁家山营建"一天园"后，买了一只龙舟，横在西湖边。每到杭州，他便泛舟湖上，吟诗观景。

1919 年春天，康有为乘龙舟驶向栖霞岭，他欣赏着"暖风吹得游人醉"的钟秀山峦，轻轻默诵岳飞、于谦、张煌言的千古绝唱。他的目光无意中掠过凤灵寺前的埠头（今杭州饭店）上，有一位农家女在浣纱。康有为凝神细看，那少女天生丽质，红扑扑的脸蛋儿洋溢着撩人心弦的健康美。康有为风闻杭州女子甲天下，早想娶一位杭州姑娘，也不枉爱此地山水一场。于是，他立即荡舟打道回府，张罗媒人去提亲。

这浣纱女名张光，字明漪，小名阿翠，年方 19 岁，因出身西湖艇家，父亲早亡，家境贫寒，尚待字闺中。媒婆向张母吹了康有为一通，张母却连连摇头："不行呀，他已是白发老头儿啦，再说他家有几房婆娘儿，我女儿过去要受虐待的呀。"但是，康有为并不死心，依然请人一次次备重礼去说合，终成正果；不过，张光的陪嫁品乃是其两个兄长，后来成为康家的听差。

是年 5 月，上海正是春意盎然之际，康有为娶张光为六太太，在愚园路康公馆举行盛大婚礼轰动沪上,前来祝贺的达官贵人、富商大贾、骚人墨客川流不息;然而,康有为的几房妻妾及子女均不赞成这门亲事。婚礼那天,纷纷找借口溜之大吉。

他们结婚后,在西湖卧龙桥18号郭庄住了一段日子。每天,这对相敬如宾的老夫少妻,清晨泛舟西湖,赞美波光岚影;傍晚攀援南北高峰,指点斜阳暮霭……康有为携娇妾融入大自然,不禁心旷神怡,向张光感喟:"嘿,我给你念首苏东坡的诗。"他双目微闭,笑呵呵地头一晃:"'水光潋滟晴方好,山色空濛雨亦奇。欲把西湖比西子,淡妆浓抹总相宜。'阿翠呵,你就是今日之西施啊!"

"看大臣说的,"张光涨红着脸嗔道,"我一农家小女,能蒙大臣厚爱,已三生有幸了,哪能与西施比呀!"

康有为带着张光遍游杭州名山。一日他们乘舟而上小瀛州,缓缓徜徉于花木扶疏、殿榭辉煌的"岛中之岛"。康有为见游客稀少,感喟道:"此乃神话里的瀛州仙山,我晚年有幸在此颐养天年,不亚于'梅妻鹤子'的林和靖呵!"他们走至一回廊,发现里面翠竹夹道、别有洞天,康有为顿时豪兴勃发,挥笔而就"曲径通幽",后由地方绅士刻于廊上(今仍在)。

然而,只要康有为携张光来到栖霞岭下的岳坟,立即神情肃穆,指着"青山有幸埋终骨;白铁无辜铸佞臣"的楹联,高度赞扬岳飞的"精忠报国"(他最喜欢给孩子讲岳飞的故事)。康有为深情地凝视着这座民族英雄的坟茔,联想到中国自甲午战争惨败后,日益深重的民族危机;忆及自己在第一次世界大战结束后,致书北洋政府,请求他们在"巴黎和会"上废除不平等条约,力争国权,但最终失望,愤而通电支持五四运动,致电日本政府,谴责他们侵略行径的过程。他仿佛看到列强的铁蹄与爱国学生的洪流交织着涌来,不由激动得热血沸腾、胡须颤动,昂首高吟《满江红》。

康有为从宋高宗和秦桧残害忠良,联想到光绪的英年早逝,竟仰天而呼:"上苍不公,上苍不公呵!大清明君天不假年,害得老臣无法匡扶

康有为七十大寿在愚园路康公馆与亲友合影，前排右四为康有为

社稷江山！"他虽然已剪掉了辫子，但仍将社会前进的希望寄托在一个好皇帝身上，使自己陷入改革与守旧的漩涡。

他们结婚多年，感情弥笃，康有为外出旅游常由张光陪同，即使在上海家里见客也让张光出面应酬。

1924年，17岁的庞莲进了上海宏伟女子英文专修学校，与康有为的七小姐康同环同学，两人因幼年已相识，很快成了知心朋友，因而庞莲常去康公馆。后来，康有为知道了庞莲之父庞青城是孙中山的秘书，曾资助孙中山几万元搞革命活动。而且，众多国民党元老，如于右任、张静江、戴季陶、居正、张继均是庞家的常客。一天下午，康有为听说革命党的女儿又来了，马上叫张光陪他去瞧瞧庞莲的庐山真面目。庞莲正在七小姐屋里谈笑，猛见康有为从门缝里张望，慌忙起身叫道："老伯，您老人家好！"谁知康有为别头拂袖离开了，还是张光挤眉弄眼，示意她们谈下去……

有时，康有为兴致上来，带着张光去上海各家名饭店吃饭。他们尽挑高档的菜肴，吃罢康有为写张条幅权充菜金，老板受宠若惊，高兴得直向康有为下跪、作揖。

张光成了康有为生命旅程中最后几年最宠爱的太太。他有意培养这位没上过学的浣纱女,特意请了家庭教师教她读书,自己则亲手教她书法。等张光有所长进了,他大笔一挥,赠她一副对联:

> 惩忿窒欲改过迁善,
> 仁民爱物知命乐天。

这里反映了康有为拖着封建尾巴的三从四德和天命观。

可是,他们结婚几年没有孩子,康有为不免若有所失,张光也深感愧对康家。最后,经他俩商量,在康有为去世那年,张光抱来了出生才3天的亲侄女,取名康静谷(今杭州市第三人民医院退休医生)。1945年,张光珍藏的一箱康有为字画不翼而飞,她打开箱盖当场昏厥,从此一病不起,命归黄泉。

一生爱国、才华横溢的康有为,亦勤于在爱情世界里播种。在"夕阳无限好,只是近黄昏"的晚年,他生命的火花仍旧灿烂,激情澎湃地奔向永恒的爱河。

三 一生好作名山游

康有为不仅是叱咤风云的大政治家,而且是一生好做名山游的大旅行家,他既在16年流亡生涯中周游列国,又于晚年钟情于祖国的壮丽山川,足迹遍布黄河两岸、大江南北。

康有为晚年尊孔读经、如痴如醉,二下齐鲁,赴曲阜孔庙朝圣。这一精神慰藉更坚定了他崇仰中华文化的信念,遂口吟杜甫"会当凌绝顶,一览众山小"的千古绝唱,攀援雄奇嵯峨的东岳泰山。

1916年秋,康有为携随从乘轿上山,率先瞻仰了山下岱宗庙的汉柏院。泰山乃五岳之首,岱宗庙为历代帝王封禅泰山、举行大典的场所,院内古柏参天、碑刻林立。进得院内,只见 5 株古柏宛若华表擎天,茂密的枝叶间雁啼鸟鸣。康有为轻轻地摩挲斑驳而苍虬的树皮,庄严地向随从道:"这些树乃汉武帝元封元年(公元前 10 年),武帝来谒岱庙时所植。"他双手颤抖着向上摸去,声调苍迈:"不容易呀,已近 2000 年啰,它们还那么森然、那么蓬勃! 汉武帝雄才大略,治国安邦,平息匈奴,开拓疆域,实乃华夏之英君啊!"说罢,他扑通跪下,朗声说:"康有为今见到汉柏,如同置身于华夏文化之中,愿华夏族与汉柏一样源远流长、万古常青!"

在长达 20 里的登山途中,保存着历代文人墨客敬题的石刻 1000 多块。书法自成一体的康有为边远眺山色,边观赏千姿百态的书法和瑰丽秀美的诗文,至得意处他望着烟柳般飘飞的白云、蜿蜒曲折的十八盘,摇头晃脑地背诵李白、杜甫等历代大诗人登泰山的诗词,飘飘若仙,顺利抵达南天门。

南天门始建于元朝中统五年(公元 1264 年)。康有为迎风伫立于赭红大门前,手指门上一副对联:

> 门辟九霄仰步三天胜迹;
> 阶崇万级俯临千嶂奇观。

康有为大笑着说:"你们看呵,跨出山门,经一条天街,便是玉皇顶。我等只须一鼓作气,片刻就能领略孔夫子'登泰山而小天下'的情景了!"然后,他弃轿拄杖,一步跨上天街。

随从见状,吓得连忙上前阻挡:"啊呀呀,大臣万万使不得,累坏了身体如何得了!"

"去吧,"康有为不以为然,挥杖左右一扫,一仰头:"跟我上啊,有何好乱嚷嚷的!"花甲之年的康有为,竟然一口气迈过 700 级石阶,勇猛地攀登霄汉,挺立在泰山最高峰。

斯时正值傍晚,血红的太阳仿佛一只火球越滚越小,慢慢地沉入地面。康有为立于泰山之巅,放眼远方,残阳斜照下的云天、群山、阡陌、汶河、城堡交相辉映、气象万千。忽然一只苍鹰发出一串疲惫的嘶叫,遁入一片黛色的树林。康有为侧耳细听,脸生潮红,他既庆幸自己与壮丽的泰山融为一体,又惋惜人生的须臾短暂。山色暗淡,晚风袭身,康有为一阵战栗,心头蓦然升腾起庄子的名句"人生如白驹过隙",不禁自悟:"唉,乱世英雄识时务,还是息影林泉、返璞归真,度过不多的余生吧!"

1922 年夏,康有为再次登临泰山,果然在青山绿水中过了一段放浪形骸的田园生活,他还打算在泰山营造别墅。

象征着力量与壮美的东岳,毕竟唤不回康有为颓丧的脚步!

1918 年夏,康有为放舟九江,"跃上葱茏四百旋",登上了云雾缭绕的庐山。他手拄龙头杖,蹒跚于牯岭街、锦绣谷、仙人洞、龙首崖、五老峰……一日,康有为兴致盎然地去含鄱口看日出,当朝阳喷薄而出之时,湖天尽赤,紫霞荡漾,满山金光。鄱阳湖上波平如镜,渔帆点点。突然,峡谷间云海浩瀚,九奇峰似大海上的浮岛,徐徐向他漂来。康有为触景生情,感叹世事变幻、沧海桑田,不觉回想起 1889 年,他初上庐山时的往事——

那年,康有为年方 31 岁,风华正茂。他呈毕《上清帝第一书》,便在京城广泛游说,启蒙国人救亡图存,10 月返回故乡途中游览了匡庐。当时他在海会寺山门前,同样远眺鄱阳湖雾霭,心情却分外开朗,特向好客的海会寺方丈至善和尚题诗:

> 开士诛茆五老峰,
> 手植匡山万壑松。
> 荡云尽吸明湖水,
> 招月来听海会钟。
> 初地雨花驯白鹿,
> 阴崖石气隐苍龙。

读书头白归来晚，

桂树幽幽千万重。

全诗气势磅礴，抒发了青年康有为雄风浩荡的志向。

接着，康有为又乘兴迈入我国佛教净土宗的发源地——东林寺，居然在寺庙的厨房地上，发现了一块唐代大书法家柳公权的"复东林寺碑"，碑上尚存 56 个俊秀劲健的柳体字。这一意外收获，令康有为击掌大笑。

岁月无情地流逝了 29 个春秋。康有为又来到海会寺，寻觅昔日的游踪，询问故人的下落，但见处处寺庙依旧，自己写的诗还高悬壁上，而至善和尚已圆寂多年。

康有为正满怀伤感环视殿堂，当今的方丈慕西和尚双手合十，款款迎来。康有为定神望去，呵，当年侍立至善身旁的小和尚，如今已是两鬓垂霜、凝重端庄。慕西抬眼凝视康有为，只见他眉心忧结、垂垂老矣，脱口道："康大人，真是岁月不饶人啊。这些年，你可顺哪？"

"唉——"康有为含泪合十、仰天长叹，"一言难尽啊！"他向慕西概述了自己近 30 来的浮沉，尤其是晚年提出的保皇主张几乎无人响应的凄楚心境。

慕西沉思良久，忽地起身，取出一百果树盒，揭盖让康有为看至善之徒普超划破手指历时 15 年用鲜血写成一部 80 卷的《华严经》，暗示人应该看破红尘，献身佛门。

康有为终被这人间奇迹所感动，怅然若失地作诗一首：

五老排云待我回，

似曾相识客重来。

莲社远公圆塔出，

只缘须达化城开。

山色湖光尚清净，

竹林松径再徘徊。

追思三十年前事，

旧黑笼纱只自哀。

全诗凄楚哀婉，活现出一个时代落伍者的悲苦心境。

1926年，康有为第三次登庐山，这次他年迈体弱，勉强重游了东林寺。他默默地抚摸镶嵌在殿廊的那块柳碑，流下清泪两行。等他步出山门极目影落鄱湖、气吞大江的巍巍群山，一脉壮志化作烟霞，汇入沉闷的木鱼声中。

康有为踽踽独行，在温泉附近购买了10亩田地，交海会寺代管，以其租谷作为寺庙的香火灯油费，遂怀着怆然之心与庐山诀别。

1923年4月，江南莺飞草长、繁花生树，紫金山麓的大道上烟尘滚滚，随着一阵马车的风铃声，康有为来到了这座遍布名胜的神奇大山前。

康有为一行稍事休息，便向山上进发。紫金山位于金陵古都南京市中山门外，山势险峻、蜿蜒如龙，为历代兵家必争之地。北山不甚高，主峰海拔448米，山道也不狭窄，可通行小车，康有为乘小车上山，心情显得格外开朗，车至山的南麓龙膊子，地方官员对康有为道："康大人，这儿是太平军当年驻军的地保城遗址，您老人家想看看吗？"

"下车吧"，康有为突然眼放光芒，头探出窗外，"老夫早就听说曾文正公（曾国藩）的湘军攻打天京（即南京，太平天国改名定都），血战数月，发匪（时人对太平军的称呼）蛮厉害的嘛。"

1851年1月，太平天国革命爆发后，广西、广东、湖南三省率先卷入这场农民阶级与封建清王朝的惨烈大搏斗中。康氏家族的不少人怀着与农民起义不共戴天的仇恨参与镇压太平军，这些影响了成长中的康有为，以致他在后来的讲学与上书等活动中，流露出对农民起义的敌视。

康有为下车后，仔细观察残破的地保城遗迹，转过头问地方官员：

"当年曾文正公带多少人马攻天京的?"

"50000,都是精锐部队。"(具体战斗由曾国荃指挥)

"城内守军呢?"

"大约10000,主要因发匪逼老百姓参战,才拖了数月。"

"喔——"康有为问毕,若有所思,昂首望着丽日蓝天,便一头钻入车内继续上山。

车至太平门第三峰天保城遗址(今紫金山天文台内),地方官员介绍道:"此地是天保城,乃太平军所建,企图与地保城互成屏障,保卫天京城。"车停,地方官员跳下车,媚笑着拉开车门,扶康有为下车。

康有为见天保城被炮火摧得只剩几处断垣残壁,对此已无兴致,缓缓地将头转向远方。苍穹下,逶迤的山脉分外壮美,绿色的波涛间,点缀着艳丽的花蕾,整座大山宁静极了,惟有春风拂面。康有为捏须摇头晃脑道:"金陵古城,吸天地之灵气,倚钟山而立,确如三国时诸葛亮所云'钟山龙蟠',不然孙权何以在此建都呢? 此真乃帝王之都啊!"

随从们一连声捧场:"是,是,康大人所言有理!"

"以老夫之见,"康有为手舞足蹈,指点江山,"发匪定都天京,确为上策,犹如一柄长剑直捣朝廷,出这个主意的,乃孔明再世啊。"他略作停顿,环视满山岚气,高声道:"发匪如一鼓作气,直取京城,朝廷不就完了么;然发匪乃鼠目寸光之辈,乌合之众,能有此战略眼光吗? 哈哈——"

"没有——"随从们齐声呼应,直喜得康有为神采飞扬。

归程中,康有为眼望晚霞中更显庄重的钟山,自然而然地联想到了北宋改革家王安石。王安石改革失败后,归隐钟山度晚年,每天清晨和黄昏他都骑着毛驴沿山溜达、读书吟诗。历史是多么相似,康有为游览钟山,"似曾相识燕归来",他情不自禁地默默呼唤改革先贤,苦苦思索为何他们都归于失败的原因。

然而,康有为无法寻到答案。

1923年6月,康有为登上了济南的千佛山。此山传说乃帝舜耕耘之处,山中有隋唐年间雕筑的众多佛像,历史上便是著名的古迹。康有为晚年每至一山,必观察其阴阳风水,他认为地形为人生所托,关系国计民生。康有为慢慢地攀援到半山腰,坐于千佛阁,凭栏远眺城南。良久,他脸呈忧虑之色,叫过随从道:"你们看看,这堂堂济南府有何不足?"

随从们争着遥望,拍着脑瓜子回答:"大臣,济南名城,誉满华夏,小人实在看不出有何不足。"

"告诉你们吧,"康有为站起,指着城池说:"此城虽高大巍峨,然居处山脉之一隅,南有千佛山耸立,北有黄河远来,为弓背之反,阴阳既误,流水又反,城市发展受到地形的限制,故都市人口算不上繁盛啊!"

康有为休息片刻,又在山上周旋,他不经意地抬起眼帘,忽然为之一亮,前方那座拔地而起的华不注山葱茏翠拔、旁无连附,真是孤峰刺天、青崖点黛,风光无限美!他认定从这样的山上,可以规划出济南城未来的蓝图。

随后,康有为登上千佛山之巅,举起单筒望远镜四面遥望,展现在眼前的是一幅气势恢弘的山水长卷:远方的黄河,宛若一条金色的飘带,在重重的群山间奔腾;卧牛山、华不注山、鹊山、凤凰山、标山、药山、北马鞍山、粟山、匡山,九峰峭峻,云烟浩渺,不愧为举世闻名的"齐烟九点",康有为面对祖国的壮丽山河,益增将中华民族建设得灿烂辉煌的雄心壮志。

几天后,康有为又登上了华不注山,亲自勘察它的地形地貌。他艰难地攀上险峻的山峰,向四面八方瞭望,比较哪儿最容易与济南交流。这位曾游遍四大洲,经过31国,行60万里路,又遍访祖国名山大川的老人,从没有对华不注山这样关怀备至、观察细微。他认定此山高挺兀立,是泰山山脉北支行至此尽结的表现,如同挺立海面上的孤岛一样,可谓择脱恶气断而复起之山,对于居人最为相宜。

康有为将观山所得记于本子上,回府与平生所登过的名山相比较,道出了开发新济南的构想:"然山水之美皆不若华不注山也。诚宜移都会于华不注前,然今亦不必移也,但开一新济南,尤美善矣……"他从交通、住宅、市容、学校、公园等多方面,提出了建设新济南的方案,认为"不十年,新济南必雄冠中国都会"。

晚年的康有为,在政治上早已被奔腾的历史潮流所淘汰,但他毕生热爱祖国山河的情愫足以流芳千古!

一生爱国、对中国传统文化有着深厚感情的康有为,一心向往中华民族的摇篮、诞生过灿烂历史的中原大地。

1923年4月底,康有为从上海抵洛阳,参加北洋军阀吴佩孚的50寿辰后,游兴勃发,遍访中原胜迹。10月再赴洛阳,登巍巍邙山,西望长安,心想:关中均周、秦、汉、唐故京,数千年第一文化之区,何不趁秋高气爽去叩拜先贤呢。

10月30日,康有为持吴佩孚专函,经函谷关入陕,沿途登华山、游临潼,于11月5日到达西安,受到陕西省督军兼省长刘镇华及军政要员、社会贤达的隆重欢迎。

康有为游完西安的名胜古迹,漫步于宽阔的明代环城楼上,脑海中交替闪现唐太宗、王维、孟浩然等赞美道教圣地终南山的诗句。11月20日,携二女康同璧,在一批地方官员的陪同下,向西安郊外的终南山进发。

终南山包括翠华山、南五台、圭峰山、骊山等峭壁秀丽的山峰,如一幅绚烂的画卷耸立于古长安之南。是日上午,秋阳朗照,红枫尽染苍山,康有为一行乘大小汽车开至终南山,随后坐滑竿上山。66岁高龄的康有为满面红光,在新交的朋友郑子屏导游下,意气风发,指点江山,引经据典,吟诗作赋。

21日清晨,他们循山路步步登高、缓缓前进,至五佛殿休息。康有为见殿前有两株古槐直耸云霄,马上站起问郑子屏:"此槐伟岸挺拔,平生罕见,乃何时所植?"

"康大人,这是汉槐,"郑子屏仰天划个漂亮的弧形,故作神秘地答道,"据乡人所传,天下每遇事变,这槐便连发啸鸣,奇灵异常。"

"喔,有此等奇事。"康有为拄杖绕古槐一圈,忽见一股清泉从山峰飞流直下,经殿前时泉击山石,宛若珠玉。他面对清丽景观,头微微一晃,口吟七绝一首:

> 竹林寺上古槐树,
> 树身两抱上参天。
> 飞燕玉环旧摩抚,
> 美人黄土几千年。

他由赵飞燕、杨贵妃等绝代佳人联想到人的生命竟不如参天老树,不禁发出一番宿命的感慨。

下午,他们登上了名扬中外的南五台。郑子屏扶康有为伫立山巅,南望终南群峰,如翠屏环立、芙蓉插云。郑子屏介绍道:"这南五台是终南山中段的主峰,由大台、文殊、清凉、灵感、舍身5个小台而得名,乃关中第一胜迹,吸引了历代佛道大师来此建寺庙、道观。"

康有为鸟瞰苍松荫郁间星罗棋布的庙宇,顿生快意:"好一片清静之地啊,子屏,你去请一位道长来叙谈叙谈。"

不一会儿,郑子屏引着一位银须飘拂的老道前来参见,康有为与老道寒暄一番,开口问道:"道长,你在山上有何作为?"

"用功。"老道脱口而答。

"如何用功?"

"以妄除妄,以念除念;至一念不起,境界空灵矣。"

康有为听罢顿时肃然起敬,叹道:"我生平坎坷极多,自他人视之,或以为苦,我却能泰然处之,随遇而安,并不以为苦啊!"

一阵山风吹来,但闻松涛澎湃,康有为自言自语:"哪怕风云激荡,尤应排除杂念为上。"他在这雄奇的高山上,祭起了老子"清静、无为"的旗幡,希冀逃避现世的矛盾。

然而,这位酷爱大自然的老人,如何能跳出时代的漩涡呢?

四 一片心血哺英才

康有为一生桃李满天下,壮年时培养了梁启超、谭嗣同、林旭等一批维新志士;晚年又哺育了艺术大师徐悲鸿、刘海粟、王蘧常等人,留下不少师生情深似海的佳话。

徐悲鸿年轻时曾客居上海,生活维艰。一天薄暮时分,他见马路上许多人围着一幅广告在评论,便踮脚一看,原来是犹太大冒险家哈同征求仓颉的画像,欲高悬于哈同花园的"仓圣明智大学"附庸风雅。

徐悲鸿冷笑一声,回到客栈运笔丹田,很快画了一个有4只放射金辉的眼睛、满脸须毛飞扬、身披鲜绿树叶的巨人,胸有成竹地拿去应征。

哈同立即召唤"仓圣明智大学"的客座教授康有为、王国维、陈三立等人来鉴定。康有为见画睹人暗暗叫绝,这画构想奇特、灵气飘逸,年轻画家气宇轩昂、一表人才。他喜不自胜,大叫一声:"中,就是这幅,难得,难得啊!"上前紧抱徐悲鸿双臂,好像捧着一尊国宝,于是徐悲鸿便在哈同花园住下了。

康有为慧眼识英才,常与徐悲鸿在花团锦簇、小桥流水的哈同花园倾心交谈。徐悲鸿素闻康有为大名,极其崇拜他的大同主张,他虔诚地对康有为说:"先生的道德文章、献身精神、维新壮举,早已铭刻晚生心扉,吾辈只有顽强上进、共赴国难,才能有朝一日实现人间大同。"

"说得好,"康有为高兴得手舞足蹈,"你的才华、你的锲而不舍的奋进之志,为你铺下了不可估量的前程!"

"不、不,晚生才疏学浅,还望先生多多提携。"

"好,老夫幸哉,收下你这匹势不可当的奔马作拜门弟子吧。"从此,康有为不时请徐悲鸿住进辛家花园康宅,拿出珍藏的中外名画供徐悲鸿欣赏、借鉴,教授他书法,并鼓励他去日本考察新画风和新画派。

康有为还是徐悲鸿第二次婚姻的红娘(当时徐原配夫人病死)。

那年,徐悲鸿与上海大同学院教授蒋梅笙之女蒋碧微在哈同花园一见钟情,双双坠入爱河。但是,蒋碧微在13岁时,以父母之命已与苏州同乡查紫含订了亲,如何跨越这道鸿沟,成了这对年轻人的心病。徐悲鸿万分苦恼,便向康有为和盘托出其中曲折。康有为因身体力行,故非常主张男女自由恋爱,他默默地踱着方步,猛地手拍大腿:"有了,悲鸿,你不是很喜欢辛家花园吗?此乃你们私定终身的后花园啊!"他仰天大笑:"哈哈——让老夫来穿针引线吧。"

此后,康有为又说服了蒋梅笙,决心玉成这件美事。1917年5月,徐悲鸿与康有为商量,准备在春暖花开之际,携蒋碧微赴日本写生。康有为经过一番策划,先让徐悲鸿躲进辛家花园"失踪"几日,临行前由蒋碧微化妆潜出。赴日前夜,皓月当空,康有为设宴为他们饯行,他举杯道:"祝贺悲鸿与蒋小姐私奔成功!"然后弃杯提笔,深情地写了"写生入神"4个大字赠给徐悲鸿留念。

5月4日黎明,灿若锦缎的朝霞,柔柔地洒向码头。徐悲鸿、蒋碧微满含热泪,与康有为等送行者道别,登上了日本长崎"博爱丸"。汽笛长鸣,巨轮破浪驶向奔腾的大海,康有为挥臂高喊:"祝你们生活幸福,事业辉煌!"

蒋碧微私奔后,留下"遗书"一封。其父特意买了一口棺材,装上石头,又在《申报》上登爱女病逝"讣告",借以掩人耳目。

刘海粟17岁时,创办了上海图画美术院,也称上海美术专科学校(今南京艺术学院前身)。至20世纪20年代初,经常与一批画坛新秀在上海举办画展,有时还展出吴昌硕、黄宾虹、王一亭等大师的作品,在沪上引起轰动。

康有为听说这些青年画家刻意求新,于西风东渐中独树一帜,便于1922年早春的一天,信步跨入举办画展的尚贤堂(今重庆南路南洋医院)。康有为逐一欣赏每幅标新立异的油画,踱到刘海粟的作品《雷峰夕照》面前,他脱口赞叹:"此画不同寻常,非怪才不可为啊!"前后左右细细看了半个小时,望着斑斓的夕阳下,西子湖畔古老的雷峰塔融入金光之中,成群归鸟似活的一般,他又痴痴迷迷地问旁人:"刘海粟年过半百了吧,他的笔力雄厚、奔放、苍虬,非一日之功啊。"忽然转头回顾:"唷,他在哪儿?"恰巧刘海粟从外面归来,听见康有为找自己,急忙恭敬地趋步上前,康有为见一个双眸生辉、一脸英气的年轻人走来,便作揖道:"你是——刘海翁的儿子吧,你父亲呢?"弄得在场的人忍俊不禁。

"不,我就是刘海粟,"刘海粟深深地鞠一躬,"晚生向先生请安了。"

"喔唷,久仰、久仰了,"康有为挥动纺绸长衫,一把握住刘海粟的手直摇,"你如此年轻,却老笔纷披,乃是得了画圣吴道子之真传啊,哈哈——"

"不敢当,不敢当,晚生笔锋笨拙。"刘海粟不好意思了。

"中国画家灿若群星,你服膺何人?"

"以我个人有限的知识,觉得董源、巨然、黄公望、吴仲圭、倪云林、王蒙、沈周、徐渭、还有八大、石涛等,都是震烁古今的杰出画家。他们的杰作既表现了自然美和艺术美,又显示了画家一片冰心在玉壶的人格。"

"那么,西洋画家当中你又喜欢何人呢?"

"达·芬奇的作品博大精深,拉斐尔的作品闪烁人性之爱,米开朗琪罗的作品体察人间疾苦……"

"好啊,今日我遇到知音了,"康有为纵声大笑,双手轻抚刘海粟的臂膀,"明天我请你吃饭,我有吴仲圭、沈石田真迹,也有拉斐尔、米开朗琪罗的临摹油画。"

第二天,刘海粟整束一新,前往愚园路192号"游存庐"做客。

康有为笑声朗朗,搭着刘海粟的肩胛,走进花园中野趣纷呈的大茅屋。刘海粟见屋内陈设着商周青铜器、三代文物、南宋石佛、意大利石雕,一排排书柜里装满线装书、精装本外文图书,顿生邀游艺术宫殿之感。康有为请刘海粟一一欣赏他珍藏的欧洲名画,他凝视着这位年轻人忘情、专注的神色,连连捏须颔首,冷丁大声道:"海粟,你就是中国的拉斐尔啊!"

"啊——"刘海粟没料到康有为对自己评价这么高,眼眶中蓄满泪水。康有为慈爱地笑笑,拿出刘海粟同道王济远请他题的 6 尺宣纸,念了一遍论拉斐尔的诗和题跋:内有"刘海粟君开创美术学校,内含中西。他日必有英才,合中西成新体考其在斯乎?"之句,此宣纸刘海粟终身珍藏着。

随后,这对忘年交共进晚餐,作竟夜之谈。酒过三巡,康有为脸膛绯红,呼地站起,激动地说:"海粟,你的画宽厚雄奇、前程远大,我非收你做学生不可!"

刘海粟急忙跪下:"那么,我跟先生学什么呢?"

"画,我不能教你,但书画同源,我可以教你写字。"

"我愿意跟先生学字,还要学诗词和古文。"

"好,老夫今日太高兴了!"康有为扶起刘海粟,遥望辽远的茫茫星空,绚丽的曙色已在徐徐地涌动……

从此,刘海粟每星期五风雨无阻,去向康有为学书法,康有为特意送刘海粟一本《万木草堂藏画目》、一部《书镜》,让他认真揣摩。晚年的刘海粟还常常观看康有为教他做对联时所写的例证,以及改动的原稿手迹,饮水思源,一代大师心潮激荡、难忘师恩。

素有当代王羲之美誉的书法家王蘧常,曾与康有为有过一段非凡的情谊。

1927 年春节刚过,万木萧瑟的大地,弥漫着丝丝春的气息。老态龙钟的康有为去拜访好友嘉兴名士沈曾植,两位老人说说笑笑,走进书房去观赏名家书画。但见一副"章草"高挂墙上,龙飞凤舞,笔力苍劲,康有为细看落款,乃王蘧常也,便问沈曾植:"此乃何人,书法竟如此精湛?"

"一书坛新秀,"沈曾植又拿出几件王蘧常的书法,笑着回答:"这几件各有千秋吧。"康有为见后爱不释手,急着要见见这位年轻书法家。

时隔数日,沈曾植专门安排康、王在寓所见面。康有为见王蘧常仪表堂堂、举止谦和,便称赞他一番,突然话锋一转:"你年纪轻轻,尚未婚娶吧?"

康有为去世前两天摄于青岛
"天游园"

"是的，"王蘧常轻轻作答，"晚生以事业为重，暂未考虑终身大事。"

"那好，老夫自作主张了，"康有为兴奋地扶案而起，向前一步道，"我有爱女同倓，尚待字闺中，欲许配于你，不知意下如何？"（此女即因车祸而亡者。）

"这……事关重大，晚生必须征求父母意见；何况，先生英名盖世，我区区小辈，岂敢……"王蘧常非常钦佩康有为的道德文章，但不愿高攀做他的女婿，遂婉言谢绝，康有为见王蘧常无此意也就作罢。

1985年，康墓新落成之日，王蘧常满怀激情撰联一副，追记这段康有为礼贤寒士的往事：

万木风高，际海蟠天终不灭；

一言心许，铭肌铭骨感平生。

1927年3月8日，康有为在上海做毕70大寿，适逢北伐军东进之际，便于21日抵青岛，感到周身不适。30日晚，一位广东同乡请他吃

"文革"前青岛李村象耳山康有为之墓，"文革"初期被红卫兵捣毁

饭，未终席而腹剧痛，急回家请日本医生就诊，诊断为食物中毒。次日黄昏猝死于"天游堂"居室，终年70岁。据康有为之女同环回忆："康有为卒前挣扎痛苦，七窍都有血渍，当然是中毒的现象。不过所谓食物中毒，可能是酒楼的食物不洁所致，未必是因为政治斗争而牺牲的。"

1985年，青岛市政府拨款重修康墓。幸亏当年红卫兵揪斗康有为遗骨时，市博物馆一位工作人员敬仰康有为的才学和对历史的贡献，于混乱中"窃"走了他的半个头颅骨和几缕白发以及墓碑等，后由博物馆珍藏至今，后葬于浮山之阳。10月27日，青岛市各界隆重举行康有为迁葬暨墓碑揭墓仪式。刘海粟先生庄严致词，献上挽联："爱国主义家、伟大的思想家康南海老师永垂不朽！"

上海宋公馆秘闻

一　宋子文在"黄金岁月"营建公馆

旧上海作为中国的金融、经济、文化中心,众多政界要人、社会贤达在此生活过,因而名人故居星罗棋布。其中,"四大家族"之一的宋子文于1928年兴建的宋公馆至今保存完好;这幢神秘的公馆里曾发生过不少故事,且都与中国现当代际会风云紧密相连。

今天,人们从岳阳路(旧上海称祁齐路)中央耸立的俄罗斯诗人普希金铜像南行数百米,便可来到岳阳路145号,也即当年的宋公馆。这里在旧上海是法租界,所以高大的法国梧桐一排排伸向前方,道路显得十分整洁、静谧。进入145号大门,是一个占地30多亩的大花园,沿花园小径左侧往前,可见如茵的草坪间、绿树的掩映下,坐落着一幢荷兰式三层楼洋房。在明媚的春光中,洋楼上的橘红色琉璃瓦宛若一片片锦鲤鳞光彩夺目,使人联想起荷兰的"童话世界"。

1927年国民政府在南京成立后,宋子文出任财政部长。他因出生在上海,且对这个"东方巴黎"有着难以割断的情愫,便于1928年斥巨资在祁齐路营造公馆,从此每逢周末或度假就从南京回上海小住。宋子文之所以选择这样一个时机造公馆,从客观上看,当时的中国处于现代史上发展的"黄金岁月",即中国民族资本主义正在蓬勃的上升期,国民经济创出了年均增长8%—9%的奇迹,达官贵人拥有搜刮人民血汗

建于1928年的宋子文公馆,现为上海老干部大学

钱的财力;从主观上说,他想让上海成为自己的后花园,以抚慰自己在繁忙的公务、官场上勾心斗角后的心灵。

这幢豪华的洋楼有大小 20 多间房屋。从正门踏入台阶是大会客厅兼舞厅,从铺着纯羊毛地毯的宽敞楼梯到二楼是卧室;在两套卧室之间,有一个大过厅;从过厅向南是一个 70 多平方米的露天大阳台。从二楼狭窄的楼梯到三楼,南边是卧室和辅助用房,北边是晒台。仲春 4 月,坐在大阳台上举目南望,蓝天白云下的大花园生机盎然,香樟、松柏、棕榈、冬青间交相辉映着海棠、桃花和紫丁香,恰如世外桃源。

据著名民主人士杨杏佛的公子杨小佛回忆,1932 年夏天,宋子文邀请他的秘书唐腴胪(1931 年 7 月 23 日,宋子文和唐腴胪从南京返沪,在北站遇刺,唐当场毙命)之母来公馆晚餐,席间由杨杏佛父子作陪。杨小佛的印象中,当时宋公馆的大门不开在祁齐路上,车子要驶进一条弄堂才到家门口。他记得楼下是直统一大间,以两扇拉门分隔为 3 间,依次为客厅、起居室和餐室。餐室靠壁放着一只北极牌冷气机,形状与冰箱差不多。宋子文高兴地向客人介绍它的工作原理,需要冷

宋子文（二排中）与父母、姐妹、弟弟合影

水进去热水出来，水吸收了室内的热量，制冷效果只及于餐室。晚餐不过是几道简单的西餐，宋子文为人还是比较低调的。

二　宋子文在公馆筹划抗战

在国民党的高官中，宋子文是铁杆抗战派。自"九·一八"事变后，他奔走呼号于祖国大地和大洋彼岸，争取外援，号召抗战，度过了他一生中最辉煌的岁月。其中，宋子文在上海的公馆里筹划了3件彪炳史册的大事。其一，促成了周恩来与蒋介石在杭州的国共高层谈判。1937年3月，周恩来由国民党代表张冲陪同从西安到上海，首先去宋美龄居住的"爱庐"别墅与她会面，并把根据中共中央15项谈判条件拟成的书面意见交给宋美龄，请她转交蒋介石。然后，周恩来又到宋公馆拜访宋子文，双方一致认为国共必须停止内战、共同抗日。由于西安事变后，宋子文就停止内战、实现国内和平、共赴国难等事宜已做了蒋介石不少工作，因而他很顺利地在这次与周恩来的会晤中，促成了是年3

抗日战争爆发后，宋子文
夫妇在上海

月 16 日至月底周恩来、潘汉年和蒋介石在杭州仙霞岭的谈判；在这次
谈判中，蒋介石表示了国共合作和抗战的诚意。

其二，亲自主持救国公债的劝募工作。1937 年"七·七"事变，特
别是上海"八·一三"抗战爆发后，国民政府军政开支骤增，遂决定于 8
月份发行救国公债 5 亿元。当时，淞沪抗战打得异常惨烈，宋子文坐镇
公馆里苦思良策，一是诚邀有社会声望的人士出面，成立全国性的劝募
机构。1937 年 8 月 24 日，救国公债劝募总会正式成立，宋子文任会
长、陈立夫任副会长；宋庆龄、孙科、顾维钧、俞鸿钧、杜月笙等知名人士
任常委，总会初设于上海福开森路（今武康路）393 号，不久搬至杜美路
（今东湖路）70 号。同时，总会在各省市设分会、支会以及劝募队。二
是在新闻媒体广泛宣传认购救国公债的意义和办法。他不仅接连在
《申报》、《大公报》、《新闻报》等刊登广告，而且发表了《告全国同胞书》，
从而鼓励千百万人民投入到抗战的募捐之中。三是宋子文在救国公债
发行之初便认购了 5 万元，正好相当于救国公债发行总额的万分之一。
5 万元在当时是一个巨大的数额！

其三，在"一·二八"和"八·一三"淞沪抗战中，宋子文返回上海后，毫不犹豫地将自己的私人武装——税警总团投入战斗，立下了赫赫战功。税警总团是宋子文在1932年年初建立的私人武装，其实是一支用于缉私征税的非正规部队。宋子文对这支部队花费了大量心血，逐步将它培养成一支劲旅。税警总团下属5个团，加总团直属部队，相当于6个团，每个团战斗兵员共5000余人，总团部直辖特务营、高炮营、炮兵营、通讯营等7个营，整个总团拥有兵力3万余人。税警总团的武器装备由宋子文亲自过问，并由财政部统一采购，乃博采欧美军事强国之长，拥有当时世界上最先进的美式、德式、捷克式枪炮，甚至拥有"卡登·罗伊德"超轻型坦克。在两次淞沪抗战中，税警总团奋勇杀敌，尤其在"八·一三"抗战中，总团将士前赴后继，在蕴藻浜、苏州河以南、刘家宅、周家桥等地区的残酷拼杀中，打得日寇鬼哭狼嚎，乃至日军的战地记者发出"皇军碰到了中国的虎狼之师"的哀鸣。最终，税警总团以牺牲25000余人的代价，又投入到武汉保卫战的洪流之中。

"文革"前夕，工作人员修缮宋公馆时，在一处被封死的楼梯底下，居然发现了两箱子弹和防弹衣，这更证实了宋子文曾在此经营过自己的私人武装。

1947年因上海黄金风潮案，宋子文被迫辞去行政院长职务；随后，他又因利用特权敛财，遭到监察院的弹劾，于是年9月20日被外放广东任省主席。从此，宋子文黯然永别了上海的豪宅。

三　林彪、江青成为宋公馆新房客

全国解放后，宋公馆被华东局公安部接收，作为公安部门的俱乐部。1956年上海市委成立招待所，宋公馆便成为接待高级干部疗养的宾馆之一。

林彪便是宋公馆接待的第一位尊贵的房客。

林彪从投身黄埔军校到北伐，上井冈山再到长征，直至抗战和解放战争,常年的征战将他本来就不强壮的身体累垮了。尤其是1938年3月1日凌晨,刚打完平型关大捷的林彪奉命率115师直属队西进,在路过山西隰县阎锡山的19军防区时,因他穿着缴获的日军黄呢大衣,骑着日军战马,19军哨兵误以为他是日军军官,竟一枪击中了他的胸腔,而且伤了脊神经,从此落下了怕风怕光的怪病。

建国后,林彪仅担任了中南军区司令,几乎没参加什么工作,一直在养病。先从北京到苏联,1956年又从苏联到上海。上海市委便安排林彪全家入住宋公馆。当时,叶群在上海市教育局挂了一个空头的副局长,从未上过班。

据当年为林彪服务的老人回忆,林彪对宋公馆的环境非常满意,只是怕风怕光、喜静不喜动,一动就大汗淋漓。他不住朝南的卧室,却住朝北的储藏室,睡帆布行军床,并挂上厚厚的窗帘。他的饮食也很特别,常吃白切肉加大块黄芽菜,更爱吃豆腐;另外,他给自己开药方,让护士去华东医院拿药。更奇怪的是,每当深更半夜他发病时,便叫驾驶员开车疾驰出门,专找弹格小路去震动,震着震着他全身冒汗,便舒服地睡着了……

林彪对自己在建国后一直未被重用而耿耿于怀,然而毛泽东还是记得林彪驰骋疆场的战功的。高饶事件后,毛泽东在1955年4月召开的党的七届五中全会上,提议增补林彪为中央政治局委员。这以后,林彪的身体奇迹般地好了起来。毛泽东还想进一步重用林彪,便于1957年夏天在上海视察期间,专程去宋公馆探望林彪。那天下午,当林彪接到毛泽东秘书的电话,得知主席要来看自己时,不禁容光焕发。毛泽东坐在宋公馆一楼的客厅里摇着折扇,关切地询问林彪的身体状况,见他精神不错便暗示他"出山"。叶群见状喜上眉梢,竟说:"主席呀,101(林彪任东北民主联军总司令时的代号)本来身体不太好,但他只要一读您的书身体就好了,真比吃药还灵啊!"毛泽东听罢哈哈大笑。这一天,成了林彪进入中央核心的转折点。1958年5月25日,在八届五中全会上,毛泽东再次提议增补林彪任政治局常委、中共中央副主席。这时,

宋子文夫妇与三个爱女

林彪已回到北京毛家湾古宅。

继林彪之后，江青也成了宋公馆高贵的房客。

江青因 20 世纪 30 年代在上海滩混过，因而对这个昔日的"十里洋场"怀有很深的感情，建国后经常来上海度假。江青来上海一般入住锦江饭店，或住在宋公馆。特别在 1965 年 11 月 10 日，姚文元在《文汇报》发表《评新编历史剧〈海瑞罢官〉》一文之前的七八个月里，江青频繁地来往于京沪之间，策划该文的出笼，大部分时间入住宋公馆。

江青也是个有怪癖的人，她客居宋公馆时不仅怕光，而且怕各种响声。于是，服务员按她的要求，将所有玻璃窗都换成双层的，并挂上厚、薄两层窗帘，以增加隔音效果。地上则铺了厚地毯，服务员一律穿草拖鞋，稍有声音她就要发脾气。甚至在二楼通向露天大阳台的大厅过处，用玻璃隔出一间 20 多平方米的房间，供她亲近大自然之用。

就在这里，"文革"的序幕徐徐拉开了……

上海张公馆秘闻

2011年2月19日,辽宁省省长陈政高率60人的访问团抵台湾新竹县五峰乡,参观张学良将军故居,并代表辽宁乡亲捐助新台币2000万,用以扩建五峰乡清泉张学良故居。其实,张学良故居除了辽宁少帅府、陕西西安事变馆、台湾新竹五峰乡清泉以外,尚有上海皋兰路1号张公馆。张学良在民族危亡之际,曾在这儿断断续续度过两个春秋。斯时,这一清幽、神秘的宅院,不仅孕育了少帅拯救民族的壮烈气概,而且演绎了他与中外女郎交往的浪漫情愫。

少帅对东方巴黎情有独钟

张学良同上海有不解之缘。自1928年"皇姑屯事件"使老帅张作霖一命归西后,少帅张学良执掌东北大权,当他羽毛渐丰便向往起白山黑水外面的精彩世界。上海作为国民政府的经济、文化中心,盖源于其深受欧风美雨的熏陶,因而这一东方巴黎对崇尚享受的少帅而言,自有其非凡的吸引力。

不过,张学良初到上海的几次行程,是没有固定住所的。1932年3月11日,张学良通电全国宣布下野,翌日飞抵上海。张学良少时体弱,曾染过肺病和伤寒,所以一旦军政大事缠身,常产生疲惫之感,这次正好趁下野之机放松心情,在上海休养、娱乐。张学良交游广泛,宋子文

张学良上海公馆

是与他最谈得来的挚友,特别是两人对日本的态度一致,故而宋子文出于舒适和安全考虑,将少帅安排在福熙路(今延安中路)181号张群寓所。这段日子,张学良在宋子文、张群等高官陪同下游览十里洋场,略扫"九一八事变"带来的忧郁之气。

张学良跌宕起伏的人生中,亦曾有过荒唐之举。20世纪20年代中后期军阀混战期间,他在河南军中染上鸦片后,严重地影响了他的身心健康,遂决定于1933年仲春去上海戒毒。张学良到达上海,入住由杜月笙提供的法租界巨籁达路(今巨鹿路)128号。在一个多月的时间里,张学良以钢铁般的意志戒毒。每当犯毒瘾时,他全身的肉就像被开水烫后没了皮肤一样,涕泪交加,大口喘气,浑身发抖。然而,他咬紧牙关,叫卫士将自己绑在椅子上。最后由美国医生米勒给他注射戒毒针,这种针是以毒攻毒,一针下去张学良就会昏睡3天。在这幢奇妙的西式楼房里,张学良终于戒掉了毒瘾。张学良戒毒毕人极度虚弱,杜月笙即请海上名中医陈存仁前去调理,开出的名贵药方为吉林老山人参、关东鹿茸,慢慢地使他康复。

1930年任全国陆海空军副总司令时的
张学良

1933 年岁末，张学良尚在欧洲考察军事，他决定结束考察回国先到上海居住，于是派下属租借了莫里哀路（今香山路）2 号。1934 年 1 月 8 日，张学良携赵四小姐归国，当他面对这幢法式小洋楼时，见其紧临法国梧桐林立的马斯南路（今思南路），环境极为幽静，更兼楼前一大片碧绿的草坪，不禁怦然心动。他在上海最好地段内的洋楼里，感受着具有西欧古典风韵的高贵氛围，就考虑以此为蓝本，寻找相似的庭院，作为自己来上海久居的住宅。

依傍法国公园的西班牙庭院

张学良在欧洲考察游览过程中，很欣赏欧洲各国人士敬畏自然、崇仰自然、喜欢住宅与绿化连成一体的习性。因此，他在挑住宅时，首先要求楼前有草坪，他对自己的侍卫副官长谭海说："一位意大利友人告诉我，凡属文化先进的国家，一般都讲究居住环境和房前有无绿地。因为绿色植物可给人带来清新的氧气，有绿地的房舍也可以让人身体健

年轻时的赵四小姐　　　　　张学良发妻于凤至

康、少染疾病。"于是,谭海依着这一指示,向一家银行租借了高乃依路(今皋兰路)1 号,作为张学良、赵四小姐等来上海的别墅。

这是一幢西班牙式庭院,距上海繁华的霞飞路(今淮海中路)一箭之遥,旁边是树木森然、鲜花竞放、群鸟争鸣的法国公园(今复兴公园),空气十分清新。该楼建于 1932 年,共有三层,建筑面积约 800 平方米,坐北朝南,冬暖夏凉,红瓦白墙在阳光照耀下,闪烁着迷人的风姿。西式小楼的门口竖立着一对呈铰链棒式的柱体,柱上筑有重叠的屋檐,显得壮丽辉煌,颇有文艺复兴时期的古典美。一楼的会客厅里摆放着沙发、茶几、盆景;三楼是张学良和赵四小姐的卧室,原来的西班牙家具早已不知去向,如今安放的是依原样复制的;卧室旁是张学良的小书房,书架上置有《圣经》、《明史》等,这显然是后人添加的,因为张学良最爱读这两部书。

张学良之所以一眼相中这幢洋楼,其因并不仅仅是那散发着西方文化的螺旋形楼梯和乳白色廊柱,以及房屋设计的精美,而是小楼处于浓荫覆盖的绿色之中。从这幢洋楼的大门右拐,迎面呈现一个 1000 多平方米的大花园,园中大树参天、芳草如茵。他们入住后,赵四小姐在

墨索里尼女儿艾达

草坪中广植花木,其中有广玉兰、金银两桂、鸡冠和紫罗兰等,端的是群芳争艳,一派世外桃源。赵四小姐还特意在园中置一荡秋千的摇椅,令人在椅上摇荡,不禁浮想联翩,从而称之为荻园(取赵一荻名之意)。翌年,他们干脆买下了这幢西班牙式洋楼。

酝酿"西安事变"

关于张学良为何发动"西安事变",历来有许多说法,最新的观点认为张学良同蒋介石都是火爆性子,双方语言不和、"火药"相向,终于酿成兵谏。然而,这只是当事人促成事变的一个心理因素,按张学良的逻辑发展,兵谏一定会发生。"九一八事变"当晚,张学良因病在北平协和医院疗养,正同英国驻华公使蓝博森爵士在第一舞台观赏京戏,闻讯中途退场。但他没有发出抵抗之声,事变后也一再忍让,终失东三省大片国土,遂招致时贤作诗骂他,并被国人诟病。广为流传的故事是:

"九·一八"日本关东军侵占东北后月余,天津的一份《庸报》披露说，当天晚上张学良不在沈阳，他在北平六国饭店和胡蝶跳舞！11月20日，南社诗人马君武（1881—1940年）义愤填膺，在上海《时事新报》上发表了《哀沈阳》二首。其一："赵四风流朱五狂，偏偏胡蝶最当行；温柔乡是英雄冢，哪管东师入沈阳。"其二："告急军书夜半来，开场弦管又相催；沈阳已陷休回顾，更抱佳人舞几回。"这位诗人是老同盟会的，常作惊人语，因而有点影响。其实，张学良与胡蝶缘悭一面，更甭说跳舞了！历史事实是，张学良面临日寇侵略，内心极为愤恨，其不抵抗是基于希望全国一致抗日，而不能让东北一地抗日的想法；更有国民政府多次电令东北军，不得与日军交火的原委。张学良晚年坦承，他从未接到过蒋介石的不抵抗命令，但他与蒋的"攘外必先安内"的政策是相悖的，特别是后来蒋调东北军去围剿陕北红军，才逼得他铤而走险的。

而张学良走这步险棋的酝酿过程，正是"西安事变"爆发前，他在上海寓居的日子。张学良从欧洲回上海后，这幢洋楼立马门庭若市，他作为拥有重兵的国民革命军二号人物，自然成为各方军阀、国民党内部各派系的拉拢对象。然而，他此时痛定思痛，深感"积极反共，消极抗日"必将毁掉整个民族，旋即转向中共在《八一宣言》中倡导的抗日民族统一战线，靠拢共产党人。1935年10月29日至12月，张学良去南京参加国民党四届六中全会和第五次全国代表大会，会议期间及会后多次回到上海寓所。

当时，张学良遇到了一位促使他坚定抗日意志的关键性人物，那就是他的东北老乡、著名爱国人士杜重远。1935年岁末，张学良获悉杜重远因主编《新生》周刊、宣传抗日，被政府判处一年又两个月徒刑，正在上海的监狱服刑。他毅然前去探望，彼此倾心交流抗日情怀，杜重远诚挚地劝张学良接受中共提出的抗日民族统一战线主张，并说："不联共抗日，就是空谈抗日"，以致深深地打动了张学良的心。

1936年春，国共双方高层已在江西庐山、浙江莫干山等地谈判，共商抗日国是。在这股和谈风气的影响下，张学良在上海寓所会晤了东北抗日义勇军将领李杜，他不仅了解了东北抗日义勇军艰苦卓绝的战斗情况，而且被李杜"联共抗日"的主张所感染，便委托李杜搭桥，积极与中共领导人接触。不久，李杜将中共代表刘鼎介绍给张学良，对外号称是他的英文秘书，从而通过这条线与陕北共产党高层取得了联系。这些，无疑对"西安事变"的发生，起了推波助澜的作用。

与中外红颜知己交往

张学良年轻时气宇轩昂、风流倜傥，在工作之余喜交女友，据他晚年接受著名史学家唐德刚教授采访时承认，自己一生与 11 名女性有感情纠结。当然，11 名女性中除了于凤至、赵四小姐，其余绝大部分均属于红颜知己，也即处于柏拉图的精神恋爱层面。其中，张学良在上海寓居期间，曾与两位中外美女交往，留下一段早春二月花蕾含苞待放般的佳话。

且说张学良携赵四小姐在高乃依路 1 号享受着甜蜜的爱情，颇有乐不思蜀的味道。然张学良毕竟是风云人物，政务、军务十分繁忙，因而赵四小姐来上海住的时间相对长一些。赵四小姐来沪，一般都带着 1930 年出生的独子张闾琳，几乎天天看着宝贝儿子在花园的摇椅上荡秋千。赵四小姐在认识张学良前非常活泼，喜爱社交；而一旦与张学良同居后，却变得深居简出，不愿抛头露面，所以她在上海居住时除了同其六嫂吴靖、几位名门之女交往外鲜有人知，这也就不会被上海小报占什么桃色新闻的便宜了。

然而，张学良在上海居住期间却经常外出与红颜知己交往，其中有一位居然是差一点嫁给张学良的蒋四小姐（蒋士云）。蒋士云祖籍江苏吴县，1910 年出生于婉约的姑苏城，后全家定居上海；蒋氏乃耕读世家，家中名媛辈出，士云在女孩中排行第四，故称四小姐。1924 年隆冬，还梳着小辫子的蒋四小姐与张学良在北平的顾维钧公馆一见如故。当时，蒋四小姐正客串演唱梅派的《贵妃醉酒》，张学良听得津津有味，蒋四小姐唱完由顾维钧介绍他们相识。从此，不管蒋四小姐逗留北平，还是留学法兰西，他们均鸿雁传情、互诉衷肠。1932 年早春，蒋四小姐已结束在巴黎的学业，决定返沪与家人团聚后即北上向张学良表心迹，准备不顾名分嫁给他。但是，此前赵四小姐已在北戴河与张学良坠入

九十大寿庆寿宴上的张学良与赵一荻

爱河,并陪伴于侧,当蒋四小姐得悉这一情况,便将深情埋于心中,将张学良作为挚友相待。

1934年至"西安事变"之间,张学良频繁来上海,他经常外出会见蒋四小姐,既表示自己内疚的心情,又可以减少痛失家园的烦恼。他们每次约会不是去舞场跳舞,就是去朋友处赴宴,抑或去郊游,彼此还以英语对话,显得浪漫而洒脱。后来,蒋四小姐嫁给大银行家贝祖贻,1991年张学良去美国纽约探亲,在贝夫人家住了3个月……

另一位与张学良深情交往的是意大利首相墨索里尼的爱女艾达。艾达是意大利驻华公使齐亚诺伯爵的夫人,1930年张学良主政北平时,在一次外交场合与其结识。艾达面对鹤立鸡群、能用英语与她对话的少帅,不禁大加倾慕;张学良亦为艾达的美貌、知识丰富而吸引。但张学良是有理智的军人,深知陷入情海将声名狼藉,便与艾达保持距离,作为一般的好友看待。吊诡的是,艾达对张学良展开猛烈的进攻,竟能调动张学良驾驶飞机,带她在北平上空盘旋。不久,齐亚诺被调往上海,艾达随夫前往,张学良亲自驾车送行,双方依依惜别。张学良晚

1991年张学良与蒋士云（左二）等友人摄于美国纽约

年回忆这段往事时说："她的秘书告诉我，说我送走艾达后，艾达在火车上大哭一场。我问她哭什么？他说，艾达喜欢上你了，你却不理她，她难过，所以才大哭呀！"

张学良之所以与艾达交往还有两点因素，一是艾达希望张学良戒毒，二是支持他抗日。果然，张学良去上海戒毒期间，艾达每天早晨准时打电话到巨籁达路128号，向米勒医生询问他的身体情况，并为他最终戒掉毒瘾而发出由衷的欢呼，祝愿他以强健的体魄去抗战。张学良寓居高乃依路1号后，艾达常来电约张学良外出聊天、跳舞。艾达此举遭到于凤至、赵四小姐的反对，更因出任意大利外长的齐亚诺突然承认伪满州国，被激怒的张学良出于民族大义，毅然寄回艾达给他的所有信件，与艾达夫妇断绝了联系。

大千世界，人海茫茫，回首张学良的悲壮人生，能有几人饮得下他那种被幽禁的苦酒？但他居然苦中作乐，甚至长命百岁，其源也许与少帅心胸开阔、童趣不泯有关；也许在于他善于向红颜知己倾吐烦恼，一扫心中块垒吧。

西路军幸存者备忘录

> 西路军两万多人,遭到几乎全军覆灭的命运,在我军历史上,绝无仅有。回顾这段历史,确有"不堪回首话当年"之叹。
>
> ——徐向前

1967年1月,笔者在上海南汇县老港公社的一间破屋里,扒到一本残页的"四旧"图书,打开一看竟是西路军将士血色如丹的回忆录(内部发行)。斯时,东海前哨西风凛冽、草木凋零,笔者蜷缩在屋角手捧破书,产生了一个少年的恐怖悬谜:难道红军吃过这么大的败仗吗?

20世纪90年代中期,笔者在茫茫人海间,蓦然发现了上海仅剩的两名西路军幸存者:一名是原上海市人大常委、邮电管理局局长何永忠,他随军西征,与数十倍我军的马匪浴血搏杀,终于突破重围;另一名是原上海外国语学院党委副书记谭守贵,他在极其残酷的战斗中不幸被俘,然其身陷敌营,却宁死不屈、壮怀激烈,最终回到了党的怀抱。

下面是西路军幸存者悲壮激越、如泣如诉的回忆——

上篇:何永忠突破重围

我在漫长的军旅生涯中九死一生。当我在记忆的长河中遨游时,那交织着血与火的历史画卷,仿佛一匹匹临风嘶鸣的烈马迎面奔来,令

西路军之红五军在高台全军
覆灭纪念碑

我热血澎湃——

　　1932年10月,正是枫红谷黄的金秋季节,红四方面军来到了我的家乡四川巴中地区。红军一到,即高呼"打土豪、分田地",开仓济贫,拯救了我们这些饥寒交迫的奴隶。1933年1月,我才16岁就正式参加了红军,成为四方面军11师33团1营2连的一名战士。

　　1934年10月,中央红军长征后,四方面军于1935年3月退出川陕革命根据地开始长征。由于张国焘(四方面军军委主席、红军总政委)不愿北上,分裂红军的阴谋,使我们3过草地、6次翻越夹金山、打鼓山和梦笔山等大雪山,牺牲了1万多名战友。

　　第一次过草地是1935年6月,从懋功经卓克基到阿坝。初入草地,顿觉空气稀薄,寒意侵骨,在那荒无人烟的腐草上到处是沼泽,一踩一脚臭泥,辽阔的草原风光却成了我们前进的屏障。当时因一、四方面军于16日在懋功会师,那天我第一次见到了毛主席、周副主席和朱总司令。主席看上去又高又瘦、头发很长,但双眼炯炯有神,和蔼地向我们挥手,我们因此对前程抱有很大希望,一鼓作气走出了草地。不料,张国焘竟违抗中央命令,9月带左路军和右路军中原四方面军一部向川、康、新少数民族地区跑,使我们第二次过草地,从阿坝查田寺返回,翻越大雪山,向天全、芦山一线退却。雪山上终年积雪,阳光照耀下的冰川射出炫目的银光,许多战友长眠在山顶上。这次过草地,我们心情压抑,不知路在何方,给养又供应不上,我们只得挖野菜、草根,煮皮带头,找鸟和牦牛粪里的谷粒充饥。这时我们已是衣衫褴褛,在严寒中瑟瑟发抖。大批战友走着走着,就陷入了沼泽,或是躺下去就永远醒不过来了。真是"出师未捷身先死,长使英雄泪满襟"啊!

党中央粉碎了张国焘另立中央的阴谋后,我们第三次过草地,从泸霍经色达,再至阿坝,直插甘肃的岷州。在草地上,我们与二方面军相逢,我见到了任弼时、贺龙、关向应、王震、肖克等首长。1936年10月,一、二、四方面军三大主力,在甘肃会宁会师,从而结束了长征。那天的庆祝场面太感人了,我们这些与几十万白匪军浴血奋战的幸存者,无不骨瘦如柴、衣不蔽体。我们拥抱、欢呼、流泪,让被炮火熏炼的军旗,在西北高原的猎猎金风中高高飘扬!

长征结束后,我们满以为可以争取国内和平,北上抗日了。谁知风云突变,四方面军政委陈昌浩传达指示,制订了《宁夏战役》计划,即组织西路军西渡黄河,远征河西走廊,打通国际路线,向苏联靠拢。于是,四方面军总指挥徐向前、副总指挥王树声、政委陈昌浩率领30军(军长程世才、政委李先念)、5军(军长董振堂、政委黄超)、9军(军长孙立青、政委陈海松)共有28000名红军(号称3万)强渡黄河,孤军深入人生地不熟的大戈壁。

这冒险的一步,葬送了经过长征考验的西路军。

然而,当时全军将士士气高昂,在奔腾的黄河边整装待发。我也被编入30军主力88师268团。10月27日夜,我站在河边极目远眺,黄河浊浪排空,声如雷鸣,对岸的光秃山峦在星光照耀下重叠纠缠、起伏不尽,山上山下都是黑黝黝的敌人碉堡。

这里是黄河天险靖远县虎豹口,我们的师长熊厚发与徐向前、陈昌浩、程世才、李先念一起选择这个古渡口,并由熊师长率268团强渡。我方以迫击炮和机关枪掩护,几十艘木船和牛皮筏子冒着敌军的炮火前进,很快强渡成功。至天明,我们已全部过了河,从此踏上了悲壮的历程。

南流沟血战破重围

部队过了河后,上级才宣布我们是西路军。凡读过《孙子兵法》的军人都知道,没有后应的行军布阵,称之为绝地和死地。这河西走廊的一边是黄河,一边是大戈壁,西边是飞鸟不过的祁连山,从古至今孤军入此,没有不失败的。唐代李华写的《吊古战场文》,就是描述这个鬼地方:"浩浩乎平沙无垠……鸟无声兮山寂寂,夜正长兮风渐渐。魂魄结兮天沉沉,鬼神聚兮云幂幂。"我们虽然被眼前的严酷景象所惊骇,但与长征相比,不禁平添了几分勇气。

西路军出征大有"壮士兮一去不复返"之悲怆,我眼睁睁望着我军历史上最残酷最悲壮的一页,在与马步芳、马步青匪军的血肉大搏杀中,缓缓地掀开了。

西路军在征途上与几十万马家军骑兵展开了一条山、古浪、西四十里铺、永昌、山丹、高台、临泽、倪家营子、南流沟、梨园口等恶仗,在短短的几个月里,打得只剩1000余人,最后兵败祁连山,茫茫戈壁一片血色啊!

其中,南流沟5昼夜大血战,简直是惊天地、泣鬼神,令人不敢回忆(何老掩面)。

西路军先后两次在倪家营子血战9昼夜后,奋力突围出来,不仅人马锐减(5军已全军覆灭,9军十停折了七停,30军尚剩3000余人),而且到了弹尽粮绝的地步,特别是水真比金子还珍贵!1937年3月5日晚,我们向着祁连山,开始了盲目的突围。

3月的大戈壁依然滴水成冰,夜晚气温骤降,尖刀般的寒风无情地

西路军骑兵

吹刮着我们,但见天地之间沙砾飞扬,干枯的骆驼草在急剧地摆动。饥寒交迫的西路军怀着满腔愤懑、狐疑和无奈,艰难地前进着。

　　次日,我们到了南流沟,此地位于祁连山边缘的山坡上,是个东西狭长 10 余里、南北宽约 1 里多的村庄,庄里歪歪斜斜地分布着泥巴屋。村南面是祁连山,东、西、北三面是戈壁滩。部队一驻下,立即修筑工事,准备抵挡马匪的追击。

　　工事才筑到一半,我们猛听见庄外响起了狼群般的嗥叫。戈壁滩上尘土蔽天,大约 1 万多马匪骑兵疯狂地扑来。敌人阵地上的白旗、黄旗交叉着飘飞,声势非常凶猛。268 团坚守在两个大院里,这是我军阻敌的第一道屏障,因而马匪一拨又一拨猛攻。程世才和熊厚发都来到 268 团阵地,亲自指挥。顿时,双方轻重机枪如暴风雨般狂泻。那马匪好像吃了豹子胆,前面的打倒了,后面的又涌上来,打了一天一夜,马匪尸横遍野,我团也伤亡惨重。第三天早晨,程世才和熊厚发圆睁血眼,登上庄院的缺口瞭望敌情。我在 33 团当兵时,程世才是团政委,常与战士们开玩笑,这天他一脸严峻、眉头紧锁,一手举望远镜,一手握快慢机。熊厚发曾是33团1营教导员，与我更熟悉，他人长得很帅，平时爱说笑，这时也紧绷着脸，明亮的大眼睛紧紧盯着前方。

马匪又发动了进攻，程世才、熊厚发在阵地上来回穿梭，指挥268团顶住敌军，如果这个阵地一丢，全军将迅速崩溃。黄昏时分，马匪进攻稍缓，程世才、熊厚发刚从围墙的缺口探身观察敌方动静，突然飞来一颗流弹，墙皮上腾起一溜尘土。熊厚发摇晃了一下，程世才连忙扶住他，只见鲜血染红了他的左臂，继而血又喷到程世才身上。程世才见熊厚发的手臂打断了，立即下令："你快下去包扎，这儿我来指挥。"

"妈的，不要紧，"熊厚发按住伤口，大声说，"打断了手，有嘴和腿照样能指挥作战！"他坚决不肯下火线。这天一整夜，熊厚发一手吊在脖子上，一手提着马刀，在村里转来转去，到最危险的地方指挥战斗。战士们见师长如此英勇，无不人人拼死搏杀，直打得半边天都红彤彤的。

战斗打到第五天，西路军的粮食早已吃光，而马匪故意烤着羊肉，让香味飘向我军阵地。程世才命令将所有粮食集中起来，仅够煮一锅米汤，战士们正准备吃，却遇一家民房被马匪炮火燃着，程世才立即下令用米汤扑灭火焰。这样，我们仍然饿着肚子坚持战斗。

情况已十分危险，马匪越来越多，将30军分割成两半，并且切断了30军与总部的联系。幸亏有一条埋在地下的电话线没被马匪破坏，程世才才得以与李先念联系。这时，李先念率领265团的几百人，也被马匪拴住了，同时他也与总部失去了联系。程世才决心乘夜色突围，遂派了一名警卫员冒死送信去总部求援。

此刻，我们的心全提到了喉咙口。两个小时后，敌人后面突然枪声大作，9军的一个团赶到了，李先念也派出一个营来策应。程世才像一头暴怒的雄师，高举快慢机大叫："同志们，杀呀！"全团战士一下子忘记了疲惫，高举大刀跃出庄院，马匪见我军突围，疯狂地交叉扫射，通红的火舌向我们喷来。但是，前面的战友倒下了，后面的又奋勇向前，一接近马匪他们的马失去了威力，我们的大刀寒光闪闪，把那些长着大胡子、戴羊皮帽的鬼头砍下。

西路军30军政委李先念

我们冲破了马匪第一道防线,又猛打冲锋,再破马匪第二道防线,许多战友负了伤都不知道,他们子弹打光了、刀砍卷了,便使出最后的力气,用双手插进马匪的眼窝,用牙齿咬马匪的脖子;妇女独立团的战士也女扮男装,与马匪白刃格斗,鲜血四溅,战况极为惨烈。

3月11日凌晨,西路军与马匪激战5昼夜,打死马匪3000余名,终于突出重围,直奔犁园口。无数红军烈士穿着一身破烂的单衣,腹中颗粒无剩,饮恨长眠于浩瀚的大戈壁……

英雄碧血祁连山

犁园口是南岔道通往祁连山的一道山口,这道山口有一里多长,两旁是山头,山头由小到大,直通祁连山腹地,乃历史上兵家必争之地,明清时均有军队驻防。

西路军总部见形势紧急,决定全军通过犁园口进入祁连山,甩掉马匪。

抢占犁园口成了双方的关键棋子。

　　西路军因连日苦战，已累到了极限，每前进一步都十分艰难。但我们想到马匪骑兵很快就会追来，便拼命向前跑，男女战士、轻伤员都多日没洗脸了，大家蓬乱着头发，迎着劲吹的寒风，大口喘着气，呼出来的热气使眉毛、鬓角上都挂满了白霜。我们的草鞋早被石子磨穿了，脚板贴着戈壁，几乎走一步一个血印啊！

　　但是，马匪的骑兵毕竟跑得快，几万追兵旋风般卷来，打垮了在犁园口阻击的9军残部，9军政委陈海松及几十名师团营级干部壮烈牺牲。9军失利后，马匪一股脑儿扑向30军，程世才率部与马匪肉搏，许多战士干脆脱掉衣服挥刀与马匪一阵猛砍，264团全部拼光，263团只剩几十人。杀出重围后，程世才命令我们向康隆寺进军。

　　1937年3月12日，我们跟着程世才、李先念走进禽兽不敢轻易栖身的祁连山。此时的祁连山，依然是一年中最冷的季节，白雪覆盖着绵绵群山，寒风卷起雪粒在大山中吼叫。我们忍受着巨大的痛苦，拉着瘦骨嶙峋的战马，踏着厚厚的冰雪，默默地向西前进，饿了舍不得吃可怜的一点干粮，就啃雪团充饥。

　　我们在向康隆寺行进途中，在牛毛山又遭到了马匪的围困。那牛毛山不似南方的山光秃秃的仅山顶有松林，马匪误以为红军已差不多消灭了，个个骑着高头大马满山奔驰，向西路军残部射击，见到掉队的就挥刀劈头盖脸砍去。程世才见状气冲斗牛，急令268团打前锋，机关后勤人员一起上阵狠狠反击，轻伤员不下火线，重伤员躺着给机枪射手压子弹。马匪根本没料到西路军还能抵抗，一窝蜂逃下山去。牛毛山上躺满了红军的遗体，马匪也死伤无数。

　　3月13日，西路军从牛毛山来到了石窝山。山顶上，30军余部又与马匪血战一场，数百战友叠股枕臂，血洒疆场。剩下的1000余人七零八落地坐在雪地上，他们抱着枪、靠着背，有的沉默、有的饮泣、有的失声痛哭。

　　面对马匪重兵相围，西路军彻底失败的军情，西路军军政委员会在

红30军在河西走廊的指挥所

石窝山头召开了紧急会议。我的上级8台台长汪明震、报务主任高寅（原四机部副部长）参加了会议，他们回来时双眼红肿，刘寅传达了会议精神。会议从下午2点开到4点，陈昌浩流着泪宣布：第一，我们战不过敌人，只有分散活动保存现有力量，待刘伯承率领的援西军过黄河以后再去会合；第二，他和徐向前离开部队，回陕北党中央；第三，将30军余部1000人编为左支队，由程世才、李先念、李天焕（30军政治部主任）带到左翼大山打游击；9军余部400余人编为右支队，由王树声、朱良才（30军政治部副主任）带到右翼大山打游击。会议决定一出，与会者表示同意，唯徐向前说："我们不能在部队处境最困难的时候离开，我要跟部队一起走，大家死死在一起、活活在一起，将来听候中央的决定。"他话音一落，在场的人纷纷掉泪，但陈昌浩仍然作了定论，立即行动。陈昌浩、徐向前仅带1个排返回党中央。

　　汪明震见刘寅传达完，心酸地说："同志们，砸坏一切不能带的东西，随程军长、李政委走吧。"

　　大约5点，山头上忽然响起一阵苍凉的马嘶，我们仰首望去，只见陈昌浩、徐向前使劲挥着手，哭泣着向我们告别："同志们……再见啦……你们……要保重……争取……回延安啊!"全军一片哭声，真是残阳如血、喇叭声咽啊! 至今，他俩的湖北和山西口音，还在我耳畔回响(何老说到此处，久久地沉默)……

几天后，我们到达了祁连山的分水岭，这儿全是大雪山，气温在零下40度，每时每刻有战友冻死。熊厚发的伤口因没有药换，已化脓肿得碗口粗。他为了不拖累部队，坚决要求留下，与我们挥泪告别。后来我们得知部队开走后，熊厚发又陆续收容到一些散兵，在与马匪搜山部队激战中全部战死，他本人因腿又负伤而被俘，后被押往西宁用炮轰死，年仅24岁。

在渺无人烟的祁连山行军，不知路在何方，全军上下每个人心头都笼罩着一片阴云。部队抵分水岭的第二天黎明，我们随着哨声早早地开拔了，望着东方升起鲜红的太阳，阳光辉映下壮美的雪山，我们不由想起这些日子的苦难遭遇。这时，部队里已在传说张国焘的阴谋，战士们都边走边骂这个大野心家。

正在危险中，军部唯一的电台修好了，王子钢(原邮电部部长)带着耳机高喊："通了，通了，党中央电台在呼叫西路军!"李先念急忙拟好电文，向党中央汇报了西路军的险境。中央立即回电：党中央一直在寻找西路军，希望西路军团结一致、保存力量，前进的方向是新疆或蒙古，由西路军决定电告，不论到哪里中央都派陈云、滕代远同志去迎接。

第二天早晨，全军集合，战士们高擎军旗齐刷刷站在雪地上。李先念兴奋地念了中央来电，然后大声说："同志们，中央没有忘记我们，明确指示我们去新疆，中央还要派人来接我们，我们要坚定信心，克服一切困难。"他坚定地一挥手，高喊："不惜一切代价，一定要走出祁连山!"

全军顿时欢呼雀跃，仿佛在黑暗中看到了一盏灯塔，勇气陡增。我们高唱《国际歌》、《打骑兵歌》，以及李卓然(西路军政治部主任)新编的《巍巍峨峨祁连山》战歌，继续向西奋进。

不多天，全军走到寒彻骨髓的疏勒河。当时没有船只，如过不了河,就要折向东去,行动将更困难。首长们忧心忡忡地望着大河,一筹莫展。孰料当晚天公降雪,次日疏勒河居然冰冻了,我们兴奋得溜冰也似地过了河。刘寅边走边说:"汉朝韩信过渡河去打楚霸王,因无船只无法过,突然天降大雪,部队从冰河上过去,这叫心想事成,天助我也。看来,我们的革命一定会成功的!"战友们听罢,发出一阵充满革命乐观主义的爽朗笑声。途中我们还经过了一片大草地,这样我一共走过 4 次草地。

我们在荒凉的祁连山整整走了 43 天,终于从安西走出山口,到达甘肃西部的一马平川。我们站队报数,程世才宣布西路军还有 903 人。

红柳园再破重围

1937 年 4 月 17 日,刚走出祁连山的西路军余部,在西路军参谋长李特的强制命令下强攻安西城,又损失了不少人马。程世才、李先念认为,安西自唐朝以来就是西北重镇,况且城内敌军至少有一个旅以上,遂坚决下令停止攻击,乘夜色迷蒙,向通往新疆的红柳园前进。

这一路上都是大戈壁,无边无际的沙丘在朔风中翻腾,宛若金色的波浪汹涌起伏,部队在软绵绵的沙子路上行军,每迈一步都得费大力气。为了摆脱马匪的追击,我们拼命向前,一夜行了 90 里路,到了甘肃进入新疆的要隘白墩子。

白墩子是一个小村落,沿街有几座泥巴房,村口有一个小庙和一个高高的土堆。程世才刚命令部队休息、烧水做饭,忽听远方传来一阵阵马蹄声。我举目望去,只见戈壁滩上风尘滚滚,几千马家军骑兵晃着寒光闪闪的马刀,狂呼乱嚷着扑来。程世才、李先念立刻下令全军撤到村外,抢占沙滩上一道灰色的沙岭为掩体,对敌骑猛烈射击,一排马匪被我们射倒后,他们马上改变阵法从两翼包抄过来,交叉的火力步步紧逼。

千钧一发之际,我们猛听得一声战马的狂啸,程世才高举快慢机,

西路军军政委员会主席、政委陈昌浩　　徐向前元帅

骑着大黄马率先冲出沙岭，厉声高呼："同志们，冲啊!"带着警卫员杀入敌阵。全军将士见军长英勇，便齐声呐喊、奋勇冲杀，我们采用排枪射击，打退了马匪一次又一次进攻，从清晨一直打到黄昏，残阳将血染的戈壁映得鲜红鲜红。天黑前，我们终于击溃了左翼的马匪，突围至距白墩子 50 里的红柳园。

红柳园乃是西进新疆的必经之地，仅有几栋矮小的泥巴房，周围全是青沙石的戈壁，风化的岩石沙丘、干涸的河床上，一丛丛红柳在迎风摇曳。

我们前脚刚到红柳园，马匪即尾随而至。双方又激战两个小时，部队子弹差不多打光了，我们就用刺刀、大刀拼杀。马匪占据着有利地形，向我们发射迫击炮，但是炮弹落到沙堆里没有爆炸。大约晚上 8 点多钟，马匪越来越多，他们打着古怪的唿哨，先是集团冲锋，将我们的前沿阵地突破，继而前、后、左、右穿插，把我军切割成块。惨淡的星光下，到处是人喊马嘶，枪声、刀砍声汇成一片。我们子弹打光后，便狠拼刺刀、砸石块，作殊死格斗。我们正杀得天昏地暗，隐隐约约听到程世才在高喊："同志们，赶快分散冲出去啊！"我一愣，忽闻背后风响声，急忙向前一跃，一个马匪挥刀而下，我趁其砍个空，迅捷地给他一个连发，乘势冲出了包围圈。

我们这一块仅冲出5个人，其中有刘寅、杨大奎、刘成义、阚子山和我，半路上又碰到了聂鑫。6个人沿着兰新公路的荒原迅跑。夜渐渐深了，望着云山邈远、大漠苍茫的瀚海，我悲从中来，淌着眼泪想起了陆游的名诗："笛里谁知壮士心，沙头空照征人骨。"

连续几场恶仗，我们的疲乏和饥饿自不待言，最难忍受的是找不到水喝。戈壁滩会突然升起烤人心窝的暴热，我们张着嘴直喘气，嘴唇全裂开，鲜血一滴一滴淌下来。第三天，我们发现了一个水塘，大伙高兴得大叫："谢谢老天爷！"猛地扑到塘边，咕噜咕噜喝个够。

喝过水我们精神陡增，于4月21日到了大泉，爬上了一座山包。从这儿可以瞭望对面的兰新公路，旁边有一条旱沟，一纵身就能跳过。遇上敌情，能跳沟而跑。山包上仅有一间破屋，屋里结着蜘蛛网，一片灰尘，久已无人光顾了。我们累得躺到地上就睡。次日凌晨，忽听见山下有人说话，我们警觉地操枪挨在墙边，如是马匪立即跳沟。再侧耳细听，原来是王子纲等一百多名打散的战友。我们破门而出，与他们紧紧地拥抱，王子纲递给我们一个驴腿，捶了我一下，大声地说："放心吧，马匪不会追来了，我们前方就是星星峡。"

晨曦中，一痕金带在涌动的云层间徐徐舒展，一轮红日喷薄而出。

陈云、滕代远星星峡迎战友

4月22日，我们会合后的部队继续向西前进。将近中午，前方一溜尘土飞扬，开来一辆卡车，车头插着一面红旗。车上跳下几位军人，为首一名军官热情地伸出双手："呵，我们是盛督办派来接你们的，上车吧。"原来，新疆军阀盛世才当时在苏联帮助下，实行反帝、亲苏的政策，与共产党搞了统一战线。在我党的交涉下，盛世才答应将西路军余部

程世才将军　　　　　　　　红军时期的陈云

接到迪化(今乌鲁木齐)去,故有上述一幕。

我们乘车很快到了星星峡。星星峡又是一处由甘肃入新疆的要隘,甘新公路从群山中穿过,此乃古玉门关、阳关衰弱之后,古丝绸之路北道上的重要关口。

在友军营房,我们一照镜子简直成了黑鬼,身上的衣服烂得一条条,露出的皮肉沾满了斑斑血迹,成团的虱子在破衣上蠕动。友军打来热水,我仅洗把脸,盆里的水就成了泥浆。

这时,我们才真正地脱险了,但听不到程世才、李先念的消息,心中十分焦虑。新疆方面派了飞机,在祁连山和大戈壁上空寻找他们,找到后投了一封信。25日下午,程世才、李先念及其余部,被友军用卡车接到了星星峡。他们刚下汽车,我们流着泪飞奔过去,大叫:"军长、政委……"

程世才、李先念、李天焕、李卓然等首长也悲喜交集,淌着泪与我们一一握手,不断地说:"同志们,辛苦啊,我们终于重逢啦!"

1937年5月1日上午,艳阳高照,战旗飘扬,在悲壮、沉郁的军号声中,我们与友军一起庆祝"五一"国际劳动节。突然,场外开来几十辆汽车,我们不知是谁,齐刷刷转过身去。第一辆车门开处,走下的竟是陈云和滕代远,全场立即爆发出雷鸣般的掌声,我们又哭又叫:"党中央派代表来接我们啦!"

主席台上,陈云、滕代远与程世才、李先念等首长泪眼相望、互致问候、热情拥抱。当程世才宣布:西路军尚剩318人时,全场响起一片呜咽声。呵,多少朝夕相处、生龙活虎的战友牺牲在马匪的屠刀下,葬送在错误路线之下!

陈云整整军装风纪扣,慢慢地站起来讲话,他眼含热泪,激动地一扬手:"同志们,党中央非常关心你们,特派我和滕代远同志前来迎接。我代表毛主席、党中央向你们问好!我从莫斯科回国前,见到了斯大林,他也向你们问好,共产国际也向你们问好!"全场掌声雷动,西路军将士人人热泪流淌。陈云清清嗓子,又说:"西路军是好样的,你们历经了千难万险、九死一生,同敌人作了最坚决的斗争,经受了考验。革命斗争中有胜利也有失败,你们虽然战败了,但保存了有生力量,就会发展壮大起来,你们现在的几百人将来可以扩充到几千万人,争取革命的更大胜利。"他最后猛力一挥手,高声道:"中国革命的胜利必将属于我们!"陈云的讲话,使整个会场一片沸腾,口号声响彻星星峡谷。

面对党中央的信任和鼓励,我们激动地昂首站立在黄土地上,向着延安、向着军旗、向着太阳宣誓,那情景就似一尊顶天立地的英雄群雕。

陈云、滕代远还给我们发了一身夹衣、一件衬衣、一个碗和一双筷子,并带来许多哈密瓜,让我们分着吃。我们从四川撤出根据地已两年半,一身衣服早烂掉了,这时按照总部指示,把换下的烂衣撒上药,全部包装好送往莫斯科苏联博物馆。

1937年5月4日,西路军余部400多人(陆续又找到了一些散兵),在陈云、滕代远率领下,乘40多辆卡车从星星峡出发,于7日到达迪化。1938年5月11日,我们从迪化乘苏联的汽车又回到了星星峡,次日去兰州,再抵西安,由西安八路军办事处派车,将我们一行20余人

1946年6月，何永忠（前排中）在华野东线兵团司令部与战友合影

送往延安。

在去延安的路上，我们途经西路军激战过的一个村庄。庄上的百姓告诉我们，西路军的女战士惨极了，她们被俘后被马匪强奸、轮奸，有的被逼当小老婆。妇女独立团的一位营长人长得很漂亮，被一个马匪军官逼着成亲，她表面上答应，暗中却藏了一颗手榴弹，晚上入洞房时与马匪军官同归于尽……我当时听罢，望着那间炸毁的房子，心里难过极了。

1985年，我重返旧日战场，在高台凭吊了董振堂等2500名战士的军魂。高台烈士纪念馆馆长就是西路军幸存者，他表示要永远陪伴董军长和先烈们。5军在高台全军覆灭的消息，是由几名逃出来的战士带出的，当时距高台城陷落3天，我们听后无不悲痛掉泪。唉，董振堂从宁都暴动以来屡立战功，竟会兵败高台，这难道不是张国焘害的？董振堂身负重伤，用最后一颗子弹自杀后，他的头颅与5军政治部主任杨克明等人的头颅一起被马匪割下，悬挂在高台城门口示众，然后又浸在酒精瓶里，这是多么惨无人道啊！

在高台烈士陵园，我望着董振堂的遗像，念着叶剑英1956年来此写的悼诗，心头油然升起一股崇敬、悲壮之情，现追录下来，作为这次回忆的结束：

> 英雄战死错路上，
> 今日独怀董振堂；
> 悬眼城楼惊世换，
> 高台为你著荣光。

下篇：谭守贵脱险归队

"唉——你怎么叫我讲这段不堪回首的历史啊，我一想起当年的事，心就像刀割一般。这么多年了，我连子女都没讲过。"谭老一开口，那布满风霜的脸颊就一阵阵抽搐，仿佛历史的车轮辗过一道道艰深的沟壑。

我是红30军卫生部医院的一队队长，相当于营长吧。我们医院里有中医、西医和护理队，护理队全是20岁上下的姑娘，他们负责护理伤员和洗衣做饭。因此，我们是全军战斗力最弱的单位。

部队从犁园口突围，进入祁连山，我们就被打散了。马匪和民团成群结队地搜山，抓西路军打散的人马。我们在山间茫然地跑着，累极了就找个山凹躲起来。这片刻休息，使人脑海清晰地浮现出与伤员生离死别的凄惨情景。残酷的战斗使伤员激增，医院里的药品绷带用得光光的，当地的水又是咸的，不能喝。就在大西北的破房子地上，横七竖八地躺着伤员，他们痛苦地呻吟着，因没被子盖而蜷作一团，已不抱生的希望，断断续续地喊着："水、水……"有些重伤员突然惨叫一声："渴死我啦！"就永远闭上了眼睛。部队突围时无法带走伤员，我们只能忍痛与他们永别。记得首长每次都留下条子，希望马匪讲点起码的人道主义，不要杀害伤员，可是……（谭老眼中闪出晶莹的泪光）我们一开拔,追上来的马匪就把伤员全活活地砍死了!

一次我在隐蔽时,猛听见四周一片狂叫声,马匪便追上来了。在白茫茫的雪山中,马匪的骑兵挥刀砍向西路军的战士,"哒哒哒"的机枪声划破了大山的空寂。我们的战士不畏强暴、夺路而跑,跑不掉就赤手空拳与马匪搏斗。但我们身体虚弱不堪,怎敌得住铁塔般雄壮的马匪?许多战友被他们乱刀杀死,女战士和病弱的战士被他们抓住。我因为个子矮,在与马匪格杀的空隙,一个跟头翻入红水河干涸的河床。我正拼命飞奔时,忽地感到一股腥臊的气流迎面飘来,两道寒光一晃,两匹马已冲到我的跟前,两个马匪将刀架在我的脖子上,其中一个大胡子厉声道:"共匪,看你往哪儿逃!"这样,我就被俘了。

在被马匪押往酒泉的路上,我想自己落到敌人手里,必然凶多吉少。因为我在卫生部常听到马匪残杀战俘的消息,自从一条山恶战后,马匪杀战俘压根儿没停过(据笔者查阅史料,马匪军一共杀害西路军战俘 4600 多人,他们采用的手段极端残忍,有枪杀、刀砍、活埋、炮轰、火烧、吊打、断颈、挑喉、挖心等。仅张掖境内被杀害的西路军战俘即高达 3240 人,其中被活埋 2609 人,现在那个万人坑还在)。然而,我作为一名红军营级干部,自投身革命以来,早已将生死置之度外了,遂抱定牺牲的念头,一路上反复默诵南宋文天祥的诗句:"人生自古谁无死?留取丹心照汗青。"

戈壁滩上风沙弥漫,我抬着头、一步一步行进着,望着前方闪着金光变幻无穷的海市蜃楼般的沙浪,往事一幕幕涌上心头——

1933 年春暖花开之际,李先念的部队到了我们老家四川苍溪县元坎镇谢滩坝附近。我这年正好 20 岁,因我家是佃农,父亲在我 12 岁时在山上背盐摔死了,后来生活实在无法过下去了,我参加了游击队。我一听到红军征兵的消息,便带领 10 名游击队员投奔红军,被分在红四方面军 30 军 88 师 264 团 1 营 2 连,并当了班长。从此,我转战川陕根据地,当了团党委书记。李先念那时常到咱们团来指导工作。1935 年元旦,我在战斗中负重伤,住进了旺苍坝总医院,伤好后院长将我留了下来。长征中,我四方面军三过雪山草地,是张国焘捣的鬼。这次西征,我在犁园口就听说又是张国焘分裂中央,造成咱们失败得这样惨。张国焘这人不像个革命军人,1934年我在川北得胜山见到他时,他吃得肥头大耳、威风凛凛,身后带着一个骑兵警卫连,全佩着双枪、挂着马刀,他口若悬河,很会迷惑人哟……

我们被押到酒泉的大约有200多人,被关在一个修道院里,几个如狼似虎的马匪把我们男女分开,女战士拉出去分配给军官当小老婆,这些女战士为保住自己的贞洁,又哭又跳又咬,够壮烈的。我们被关了几天,每天仅给两顿饭、一杯水,也没人来审讯。

一天早晨,马匪将我们集中在修道院前的空地上,一个军官恶狠狠地说:"共匪,你们听着,从今天起,你们抬我们受伤的兄弟去西宁。如果谁不老实,想逃跑,那就砍他的脑袋!"匪军官说完,抽出马刀在晨光下舞了几舞。于是,我们4人一组,用担架抬一名马匪伤员,马匪骑兵则在旁边监视。那时,我们的头发又脏又长、脸色苍白,衣服破成条条片片,人虚弱不堪,真比叫花子还叫花子啊!我本来体质就差,自己走路都很累,又怎么抬得动担架呢?何况,我觉得干这事有损气节,走了没几步我心一横,心想宁可被杀死,也不抬马匪了,遂对马匪骑兵说:"我抬不动了。"马匪一听,口里骂着,挥起鞭子向我猛抽。鞭子雨点般落在身上,钻心似的疼,我气得干脆躺在地上闭上眼,随便马匪怎么处置吧。马匪见状,只好去抓了一个老百姓替我的缺,叫我跟在队伍后面走。

晚上,队伍到了一个大庄子,马匪将我单独关了,怕我们集体逃跑。第二天,马匪又叫我抬,我仍然不答应,那个马匪暴跳如雷,睁着一对绿莹莹的鼠眼,操起一根木棒,大骂道:"好厉害的共匪!"便向我一阵猛打。顿时,我浑身凸起一个个青疙瘩,我怒目圆睁,站在地上岿然不动。马匪见我不怕死,棒子举在半空不敢落下,忽地转身,又去抓老百姓了。

我乘马匪远去,立即往旁边一闪,向村子旁一条小泥路飞跑,见前面有条沟,纵身跃了下去。在沟里,我可以观察马匪的动静,而他们看不到我。我灵机一动,假装大便,如果被马匪发现,就有话说了。我蹲在沟里半个小时左右,见队伍消失了,立即呼地站起,长长地吐了一口气,不禁仰望苍天,哭着说:"党啊,我一定要回到陕北去!"

这个地方天空灰蒙蒙的,分不清东南西北。我正焦急,忽然见到一点太阳光,遂判断出了方向,一溜烟沿着山坡的羊肠小道走。走了很长一段路,始终见不到房子,偶尔遇上几个看山、放羊的人。到了晚上,我饿得实在走不动了,便找到一个羊圈钻了进去。4月的西北,依然春寒料峭,我在羊圈里被呜呜呼叫的西北风吹得浑身颤抖,昏昏沉沉地睡到了天明。

醒来我揉揉眼睛,发现山坡上有一个小茅棚,就半爬半走地到了棚子前,里面走出一个浑身衣裳打补丁、满头白发的慈祥老太太,她见我这副模样,便问道:"娃子呀,你打哪儿来?"

"老大娘,"我谨慎地回答,"我是要饭的,请您开开恩,给点东西吃吃吧。"

其实,老太太知道我是为穷人打天下的红军,她颤抖着拿出了几颗土豆和剩饭,递到我的手中,我立刻狼吞虎咽地吃起来。老太太抹着泪说:"可怜的娃子,快吃吧,吃了快跑,我这儿不能留你呀!"当时马步芳、马步青下过告示:凡是收留红军的,全家斩首。因而,老百姓不敢收留我们。就这样,我晓行夜宿,穿山路、睡羊圈、讨饭吃,一个星期后到了凉州地界。

一天下午,我在一座荒山包前碰到了一位也是被俘后逃出来的西路军战士,我们一阵欣喜,加快步子向前跑,来到了一条大河前。那河较宽,浑浊的泥浆水潺潺地流着,咱们不知河水深浅,不敢蹚水过河。这时,河对岸有一个庄稼人挽了裤脚,下河蹚过来了,原来西北干旱,河都不深的。我们马上蹚水过去,来到一个大庄子前,这庄子像个小城堡,为清代建筑,乃入凉州的一个关卡。我们刚要过关,斜刺里窜出几条彪形大汉,一齐拔出手枪对准我们,为首的吆喝道:"好大胆的共匪,你们逃得了吗?"原来这伙人是马匪便衣,专门守在这儿伏击逃跑的西路军将士。他们疯狂地扑过来,把我们五花大绑押往凉州,重又落进了魔窟。

远远地,我望到了凉州的古老城头,一只苍鹰在城楼上空盘旋,更加严峻的考验又开始了。

凉州古时名武威,西汉大将军霍去病在河西走廊打败匈奴后在此建郡县,意谓汉武帝的军威至此。此乃古丝绸之路上,扼东西交通之咽喉的战略要冲,自古以来战争不断,唐朝安史之乱、薛丁山征西、宋朝西夏兵犯边廷等,均在这西凉点燃过狼烟,现为马步青的大本营。

我们进入凉州城前,马匪将我俩分开,关在一所小学里。第二天,送进城里的大监狱,那儿已经关了500多名西路军将士。我一进牢门,"嗖"地窜出两个马匪,对我一顿拳打脚踢,算是下马威。由于当时国共谈判正在进行,统一战线建立在即;同时,周恩来等人正多方营救西路军,故马匪不敢滥杀战俘,否则我肯定被砍掉脑瓜子了。

1937年4月底的一天,马步芳专程从西宁来到凉州,向西路军战俘讲话。马步芳将1200余名西路军战俘,集中在一个大空场上。他头戴回民帽,一脸横肉在微微抖动,看上去有40多岁。马步芳干咳一声,放开破锣似的嗓音说:"现在国共两党就要合作了,蒋委员长要领导全国同胞一致抗日了,我们不会杀你们的。不过,也不让你们呆在凉州,送你们去永登,那儿有你们的人等着。"他话音一落,转身就在十几个保镖的簇拥下扬长而去。

我们一到永登,马匪即宣布成立劳改团(也称红俘三团),将我们编成了3个营,每个连编成3个排,我被编在2排。这个团的排长以上干部,均为马匪指定的。到永登的第二天,马匪便押着我们去河滩操练;半个月后,发给每人一件衣服,便去筑甘新公路,我所在营住在一座破旧的白龙寺里。

在永登过的非人生活,我至今想起来还恨得咬牙切齿。

马匪仅给我们一点干草,睡了没几天便成了烂草,从此我们就睡在

解放战争初期，任山东渤海军分区政委的谭守贵（左）与参谋长陈彬

泥地上，用砖头作枕，我严重的关节炎就是那时得的。吃得更糟，每人每天发1斤面粉，其中包括换盐、油的3两，实际只有7两粮食，每顿烧一锅面片汤，由班长分给每人两小碗，这哪能吃得饱哇！更可恶的是，事务长去粮站领面粉时还克扣，搞贪污。每天挖路要劳动10个小时以上，吃不饱、睡不好，再强的人也受不了，何况我们这些身体极其虚弱的人。

我们筑路时还不准讲话，谁违背规定，监督的马匪立刻用鞭子抽打。我们的三排长长得鬼头鬼脑，堪称心狠手辣，我们每个人都挨过他的打骂。如果马匪残忍，那还想得通，因为他们是敌人。可是，三排长是自己人，却打人不比马匪差。三排都是15岁左右的红小鬼，干活当然体力不支，结果遭到三排长的毒打。特别当马匪在场时，三排长打红小鬼的耳光特别凶，我想此人肯定不是党员、干部，不然不会对同志这么厉害。还有更残酷的"自己人"哩，现在他已经死了，我就不讲了。

而二排长傅指斗（现大连警备区离休干部）特关心人，他不是我们军的,听说是兄弟部队的机枪连长,我们许多人都得到过他的温暖。当时斗争复杂,彼此都不能暴露身份,二排长尽了一个党员干部的责任。

非人的摧残使许多战俘用不同的方式进行反抗,我们或逃跑或消极怠工或写标语等等。有一些逃跑的战俘被抓回后惨遭枪决和活埋。一位小战士被抓回后,马匪将一条铁链穿进他的锁骨,每天像狗那样被牵到工地上示众,最后再把他杀掉。我一次逃跑未遂,马匪用木棍狠砸我的头,当场鲜血染透衣服,现在头上的疤还在,以致每当天阴就犯头痛病。筑路时只要马匪离开,我们马上磨洋工。一天,我被他们发现了,两个马匪将我按在地上,足足抽了几十鞭。我愤恨至极,趁晚上去寺外小便之机,捡块红土石在墙上写下了"反对压迫,枪口对外,共同抗日"等标语,直气得马匪吹胡子瞪眼……

我们筑甘新公路一直干到了 1937 年 9 月份,总共筑了从红城子到乌鞘岭,约 100 多公里路。这时,党中央经过与马步芳交涉,他终于同意放回我们了。

在秋高气爽的一个艳阳天,我们正在筑路,忽见前方尘土飞扬,一匹快马奔到跟前,马上跳下一位同志振臂一挥:"同志们!立刻停止筑路,中央要我们回延安!"我们闻言欢呼雀跃,一任泪水倾泻,回头一看马匪不知何时全溜了。

随之,我们从永登步行到兰州,由兰州八路军办事处出面安排,东北军于学忠部派汽车送我们去西安。西安八路军办事处的同志给我们发了棉衣、毛毯,住了几天便乘车去延安。当延安宝塔山进入我的视线时,我这个内向的人再也抑制不住自己,庄重地行个军礼后跳起来高喊:"党啊,您历经苦难的儿子回来啦!"

在延安住了半个月,上级要我去抗大学习,我激动地说:"不,我要为死难的战友报仇,让我上前线杀鬼子,让我投身到抗日的洪流中去吧!"1937 年 10 月,我跨上战马,仰天一声长啸,奔向山东抗日根据地,编在许世友将军的麾下,开始了新的人生征程。

尾声之一：毛泽东评价西路军

1937年12月的一天黄昏，结了冰的延河闪着耀眼的光芒，宝塔山沐浴在金色的夕阳中，工作了一天的毛泽东站在窑洞前等候西路军将领。

程世才、李先念、李卓然、郭天民、曾传六等同志怀着不安的心情，去见毛泽东。毛泽东见他们来到，大步迎上去，一一握住他们的手问候："你们辛苦了！"

西路军将领见毛泽东没有一句责备的话，不禁热泪滚滚。毛泽东将他们迎入办公室，打开一筒香烟请他们抽，接着又请他们吃了晚饭。饭后，毛泽东点燃一支烟，缓慢地充满深情地评价了西路军的失败。

毛泽东说，西路军的失败，主要是张国焘机会主义路线的结果。他不执行中央的正确路线。他惧怕国民党反动力量，又害怕帝国主义。不经过中央，将队伍偷偷地调过黄河，企图到西北去求得安全、搞地盘、称王称霸，好向中央闹独立。这种错误的路线，是注定要失败的。毛泽东又说，西路军是失败了，但这不是说西路军广大的干部和战士没有努力。他们是英勇的、顽强的，虽然经常没有饭吃、没有水喝，冬季没有棉衣，伤员没有医药；没有子弹，用大刀、矛子与敌人拼杀。但是，这也证明，没有正确的革命路线，即使部队再英勇善战，也难免遭受失败。接着，他又分析道，西路军路线错误是主要的。然而，那一带是少数民族地区，人烟稀少，群众中革命工作基础差，地势又不好，南面是大雪山，北面是大山和沙漠，几十里地宽的一条狭窄地区，运动不便；敌人多是骑兵，我方是步兵，又缺乏同骑兵作战的经验，这些情况，使西路军在失败中不能更多地保存下革命的有生力量。

毛泽东最后鼓励西路军将领说，西路军战斗到最后，由你们带领一部分同志，排除万难到达了新疆。这种坚定的行为，除了共产党领导的红军，是其他任何军队也做不到的。革命斗争中，有胜利也会有失败，

毛泽东、张国焘在延安

失败是成功之母,要从西路军的失败中吸取血的教训。中国革命的前途是伟大的,中国革命一定会最后胜利。

尾声之二:西路军真相解密

由于回忆往事的两位西路军幸存者,仅仅是西路军的一般军官和士兵,因而他们不可能知道高层机密,只能理所当然地将满腔怨愤泼向张国焘。其实,当年红军组成西路军的命令是由中央军委(当时称中革军委)决定的。

胡适先生曾云:历史是一位任人打扮的小姑娘。这句伟人名言揭示的是还原历史真相的艰难性,因为历史的真伪、披露的程度都是与政治气候、历史发展的阶段紧密相连的。

党的十一届三中全会后,关于西路军真相问题的提出,直到2005年春节公开播放10集文献电视片《李先念》而最终解决,历时20余年的漫长岁月。

20 世纪 80 年代初,国防大学教授朱玉在帮助徐向前元帅整理回忆录时,他从文献史料中惊异地发现了毛泽东下令四方面军人马西渡黄河和成立西路军的电文,以及其他一些人们所不知晓的机密情况,于是在史学界首次提出将西路军问题定性为是张国焘错误路线造成的结论,不符合历史真相。

　　1980 年 12 月 2 日,朱玉以"竹郁"的笔名写出了《"西路军"疑》一文,报送到邓小平那里。邓小平极为重视,立即将《疑》文批给李先念研究。

　　李先念接到邓小平批转的朱玉《疑》文和批示后,心情极为沉痛(他在革命胜利后从不看有关西路军的书籍和影视),立马派人花了整整一年时间,广为查阅中央档案中的大量电报文件,并结合自己的亲身经历,于 1983 年 2 月写出了《关于西路军历史上几个问题的说明》。他在文中归纳说:"上述主要历史事实说明,西路军执行的任务是中央决定的。西路军自始至终都在中央军委领导之下,重要军事行动也是中央军委指示或经中央军委同意的。因此,西路军的问题同张国焘 1935 年 9 月擅自命令四方面军南下的问题性质不同。西路军是根据中央指示在甘肃河西走廊创立根据地和打通苏联,不能说是'执行张国焘路线'。"李先念还将此《说明》送给当年在星星峡迎接他们的陈云阅看。

　　1983 年 3 月 8 日,陈云对李先念的《说明》作出文字表态:"先念同志:你写的关于西路军历史上几个问题的说明和所有附件,我都看了两遍。这些附件都是党内历史电报,我赞成把此件存中央党史研究室和党的中央档案馆。先请小平同志阅后再交中央常委一阅。"

　　邓小平看了李先念的《说明》和陈云的表态信后,于 1983 年 3 月 22 日批示:"赞成这个《说明》,同意全体存档。"("全体"指包括李先念选送的一批电报在内。)当时的中央政治局常委胡耀邦、叶剑英、赵紫阳也都圈阅同意。

　　与此同时,朱玉与国防大学教授丛进等学者在史学界撰文展开争鸣,热闹了一阵后眼看可以揭示西路军真相了,不料高层有人横加干涉,这场讨论很快偃旗息鼓。

历史是纷繁复杂的。西路军真相并不因中共最高层的邓小平、陈云、李先念的肯定和支持,也不因史学界关于这个问题的研究取得阶段性成果而公示于众,也即真正披露其历史真相的气候还未到来。

由于披露西路军真相一再受到阻拦、压制和严加控制,以致又严重干扰了中央党史研究室中共党史上卷的写作与出版。1991年7月,李先念看到中共党史上卷有关西路军一段内容的阐述,只讲"奉命过河",不讲奉谁的命,以此含混无宾语的叙述模糊历史真相。于是李先念于7月8日写信给中央党史工作领导小组组长杨尚昆和副组长薄一波、胡乔木、胡绳、邓力群,对此提出尖锐批评。他激愤地指出:"'奉命'、'奉命',奉谁的命令?!几十年来一直说'西路军是奉张国焘之命西渡黄河的',甚至说'西路军是张国焘错误路线的牺牲品',等等。……现在中央正式出版的党史版本,竟有如此含糊不清的春秋笔法,对得起壮烈牺牲的……西路军将士吗!?""万万没想到竟写成现在这个样子!"

这以后的十几年,因李先念、陈云、邓小平的相继去世,以及学术理论界贯彻"双百方针"的曲折,西路军真相仍未全部公示于众。然而,当新世纪的战车隆隆滚过第5个年轮,在电视片《李先念》中终于向世人全部公布了西路军真相,从而使我们可以告慰当年壮烈捐躯的西路军将士的英灵了。

波澜壮阔的中国革命,如同一首气势磅礴的《英雄交响曲》,其中最为悲壮的一个乐章乃是西路军喋血河西走廊。因为历史的原因,这场恶战的神秘色彩现在才真正地揭开。

然而,这段历史同样是我们的珍贵遗产,它留给后人的思索,永远是沉甸甸的。

最近,在西路军挺进新疆的东大门哈密,修建了"红军西路军进疆纪念碑",以彪炳西路军的英雄业绩。

岁月无情,人们总会遗忘不少事情,然无论捐躯沙场,还是健在的西路军将士,却永远是耸立在人民心中的丰碑!

壮 士 喋 血

——"八·一三"淞沪抗战中的国军将领

75 万大军齐上阵

今年是中华民族壮怀激烈的"八·一三"淞沪抗战 79 周年,亦是惨绝人寰的"南京大屠杀"79 周年,而两者之间有着密切的逻辑关系,盖因"八·一三"我军战败而致南京失去屏障,最终陷入日寇魔掌。

"八·一三"淞沪抗战是鸦片战争以降,中国人民反侵略战争中仅次于武汉保卫战的大战役,其全貌非本文所能涵盖,笔者仅以曾采访过的亲历"八·一三"抗战的著名战地记者陆诒、冯英子,"八·一三"抗战上海抗敌后援会组织委员会主任、战时服务团团长姜豪等人的一些见闻,来采撷那段悲壮的历史长河中的几簇浪花。

1937 年 8 月 13 日早晨 9:15 分,停泊在黄浦江的日本军舰突然向闸北猛轰,接着日本陆战队由天通庵及横浜路方向,越过淞沪路冲入宝山路,向我驻在西宝兴路附近的保安队射击,我军被迫反击,"八·一三"淞沪抗战爆发(该战役由国军先发制人,乃是蒋介石听从蒋百里、陈诚等人建议,在华东开辟第二战场,打破日军总体战略构想,并争取国际社会支持)。翌日,蒋介石发表《自卫抗战声明书》;15 日,他下达总攻击令,陆续调动以中央军精锐部队为主体的 75 万大军奔赴上海。

从 8 月 13 至 22 日,蒋介石任命冯玉祥为第三战区司令长官、顾祝

张治中将军作战前动员

同为副司令长官,以张治中、张发奎为集团军司令向日军发起凌厉攻
势。从 8 月 23 日至 11 月 30 日,蒋介石自兼第三战区总司令,又先后
增添陈诚、刘建绪、朱绍良、胡宗南、廖磊、薛岳、罗卓英等为集团军司
令,抗敌激战由盛转衰。直至 11 月 5 日凌晨,日寇第十军司令官柳川
平助率第六、第十八、第一一四师团及国琦支队,在舰炮掩护下于杭州
湾北岸金山卫附近的漕泾镇、全公亭、金丝娘桥 3 处登陆,由西线迂回
到我军后方,随之攻陷松江,对上海实行大包围。11 月 8 日,第三战区
长官部为避免腹背受敌,下令全线撤退。11 月 11 日,上海市长俞鸿钧
发表告市民书,沉痛宣告上海沦陷。11 月 12 日,日军攻克上海,"八·
一三"淞沪抗战结束,历时 3 个月。在这场恶战中,日寇出动的华中方
面军先后达 25 万,因而在上海这个河港纵横之地,形成了百万大军殊
死搏杀的惨烈场景,日军伤亡 6 万余人,而我军伤亡高达 30 万,真是
"一寸山河一寸血"啊!

战端一开,时任《新闻报》记者的陆诒赶往设在真如前线的第三
战区司令部,采访了总司令冯玉祥将军。冯将军身着灰布军装,精神

日军进攻宝山途中

焕发,声若洪钟,他激昂地说:"这次打仗不再是局部抗战,而是举国一致的民族抗战。抗战不能单靠军队打仗,还要靠人民的支援。上海各界同胞过去为'一·二八'淞沪抗战贡献了大量的人力、物力,甚至牺牲了宝贵的生命,这是我们永远不能忘记的!"陆诒在前线还采访了许多士兵,这些来自全国各地的战士个个斗志昂扬,虽连日作战、伤亡惨重,但他们都不愿回后方休整,好像一回后方就会错过杀敌机会。

　　"八·一三"抗战中的罗店争夺战号称"血肉磨坊",在一个多月的日子里,敌我双方十几万军队犬牙交错,包围、反包围层层叠叠,我军常常为了一个阵地,整营整连整排的一眨眼就被敌军海陆空优势炮火所吞噬。8月25日,从陕西南郑开来的中央军精锐51师杀进罗店,接替几近全军覆灭的11师。越2日,时任《苏州民报》记者的冯英子前去采访51师师长王耀武,适逢王耀武打电话对前沿阵地指挥官下死命令:"你们一定要守住阵地,否则不要来见我!"冯英子发现王耀武骨瘦如柴、双眼布满血丝,已连续几昼夜没合眼了,他高擎手枪表示:誓与日寇

蒋介石在淞沪前线视察

决一死战,与大上海共存亡!冯英子又赶往阵地,只见日军的装甲、坦克车隆隆驰来,后面跟着蚂蚁般的敌军。当时我军装备较差,许多士兵从未见过装甲车,但他们毫不畏惧,立即成立敢死队,每人身上捆满手榴弹,以血肉之躯滚向敌军车,直至将近两个班的士兵杀身成仁,才阻止了敌军的冲锋。冯英子见状,当场哭得晕倒于地!

激战中,发生在罗店的这种阻击敌军车的战法,各个战场的我军士兵都竞相效尤。消息传到蒋介石耳中,他不禁痛心疾首,便亲拟了一份他在考察苏联时听说的西班牙战争中用汽油、火油及手榴弹破坦克方法的电报,迅速发至各阵地。这样,才挽救了不少国军敢死队员宝贵的生命!

在"八·一三"抗战中我军浴血奋战的例子不胜枚举,典型的有36师在师长宋希濂的率领下,上战场时9000余人,战斗中一共补充4次,战役结束后共伤亡12000余人。第一军军长胡宗南、88师师长孙元良均身先士卒,率部一次次与敌反复厮杀,他们的部队补充4至5次,营长以下军官和士兵的伤亡高达80%!

孙立人将军重伤不下火线

孙立人重伤不肯下火线

"八·一三"抗战中期,因日军增兵日多,我军不少防线被突破。10月初,日军沿沪太公路南下,向蕴藻浜进犯。10月11日,日军在蕴藻浜南岸部队掩护下继续强攻,妄图攻克大场、南翔,截断市中心中央军的退路。蕴藻浜是上海第三大河,全长30公里,是上海的水陆要冲,乃兵家必争之地。如果蕴藻浜失守,那么将危及我几十万守军的生死存亡,陈诚、朱绍良遂命令第一军与税警总团反击过河之敌。

税警总团是宋子文苦心经营的私人武装,有3万余人,配备的武器为国军之冠,甚至拥有"卡登·罗伊德"超轻型坦克。税警总团总团长黄杰,下有一、二两个支队,相当于6个加强团,一支队司令何绍周、二支队司令王公亮。10月20日,税警总团一到前线,便旋风般扑向日军,彼此杀得天昏地暗,特别是孙立人的税警第四团处处打冲锋,孙立人一马当先,指挥超轻型坦克冲向敌阵,杀得日军尸横遍野。但税警总

陈诚将军主张在上海与日寇决战　　　书生将军胡宗南身先士卒

团毕竟兵力有限,在与日军的反复拉锯中伤亡惨重,激战中被迫撤退。黄杰为保证下一阶段战斗的顺利临阵易将,罢免了指挥不力的何绍周、王公亮,提升孙立人为第二支队少将司令。

　　10月下旬,日军向苏州河以南发动攻势,以税警总团所在的周家桥战斗最为激烈,黄杰、孙立人亲赴第一线指挥,连续打退日军7次强渡。10月27日早晨,日军趁着涨潮和晨雾,用事先连接好的小型橡皮舟作浮桥,偷渡到南岸四五十人,躲进一个储煤洞。孙立人得报飞奔而来,指挥两名班长在岸边竖起4块厚钢板当护墙,连续投了一百多枚手榴弹,将敌军的橡皮舟浮桥炸断。接着,又点燃浸过汽油的十几捆棉花包,推到岸下滚到储煤洞里,将日军烧死。

　　从11月3日拂晓起,战斗更加惨烈,日军终于渡过苏州河。是日晨6时,蒋介石亲自打电话给黄杰,速将入侵南岸之敌歼灭。于是,税警总团在黄杰、孙立人指挥下,与日军反复争夺周家桥地区的刘家宅,阵地几度易手,每楼每屋都在肉搏。战到夕阳西下,税警总团已累计伤亡2万余人。下午6点,总团传来胡宗南的命令,第二支队的防御阵地

孙元良将军决心杀身成仁　　　　　鹰犬将军宋希濂血脉贲张

由36师接替,限当晚9点以前交接完毕。但周家桥西端有一座小红楼仍被日军占领着,孙立人指着小红楼,厉声说:"立即转告胡司令,等我们消灭了小红楼里的敌人,再把阵地交给36师!"旋即命令第二支队参谋郑殿起速送20枚地雷。结果,直到11月4日凌晨3点,总团才将地雷送到。孙立人见地雷到了,高兴地走出指挥所掩蔽部,正弯腰低头用手电筒照看地雷,不料被日军发现目标,飞来一串迫击炮弹,孙立人当场被炸伤十几处,倒在血泊之中。军医迅捷赶来包扎抢救,这时孙立人头脑还清醒,他坚持不肯下火线,一边指挥士兵用地雷炸掉小红楼,一边安排接替自己的军官,等一切安排妥当他便昏迷过去,整整3天后才醒来。

　　孙立人昏迷后,即被吉普车送到上海法租界辣斐德路(今复兴中路)宋子文临时所设的战地医院治疗。宋子文闻讯,马上驾车赶来探望,并亲自写一条子:孙将军伤重,任何人不得探望,让他安心治疗,贴于病房门上。孙立人醒后,宋子文又将他送往香港,请英国医生做手术。

抗战常胜虎将王耀武杀红了眼　　　　罗卓英将军奋勇杀向上海罗店

全民抗战的先声

"八·一三"抗战正如冯玉祥将军所言,是一场全民的抗战,上至各党派、各团体、各路名人,下至黎民百姓,甚至僧侣都紧紧地团结在中共倡导的抗日民族统一战线的旗帜下,同仇敌忾,众志成城,发出了抗战必将胜利的先声。

1937年8月12日,姜豪从庐山参加省军级干部暑训团返沪,次日战争爆发,他从此日夜奔波于上层人物之间,既募集钱财、布置医疗伤员,又支援前方枪支弹药、衣装粮食等。姜豪来到杜公馆,杜月笙作为上海市地方协会会长,爽快地毛遂自荐担任抗敌后援会筹募委员会主任,并捐出不少金条给国家买飞机。同样,黄金荣也一口答应姜豪,出山号令青洪帮捐款,还让出"大世界"作难民收容所。上海商会会长王晓籁更是响应抗敌后援会的号召,登高一呼,上海滩的大小老板纷纷捐款。设在市中心的募款台前人海如潮,乃至人力车夫、清道夫、乞丐、少年儿童都一个铜板一个铜板地捐。仅一个多月,上海市民光募捐认购救国公债5000多万元,其他各种金银物品不计其数。

日寇的暴行激怒了上海的文化、司法界,众多民主人士纷纷奔赴前线,向抗日将士演讲,激励他们英勇杀敌,其中杰出者有郭沫若、沈钧儒、王造时、邹韬奋、彭文应、章乃器、沙千里、史良等等。

在民众抗日的洪流中,宋氏三姐妹也走向前台:一向小气的宋蔼龄买了3辆救护车和37辆军用卡车送给医院和红十字会,又买了37辆军用卡车,订做200套皮衣捐给空军,还源源不断地购买汽油送到前方。宋庆龄不仅倾其所有积极捐款,而且到处演讲,更以英语向世界各国演讲,宣传中国的抗日义举,博得了国际社会的广泛同情。宋美龄除了陪同蒋介石处理军务外,经常去前线慰劳将士,当她发现士兵衣衫单薄时,便亲自为他们缝制寒衣。10月23日,宋美龄和蒋介石的私人顾问端纳乘吉普车从南京去上海前线,黄昏时分在苏州至上海的公路上遭到敌机轰炸,车子掀翻宋美龄跌昏于地,断了一根肋骨,并从此得了无法治愈的荨麻疹。

"八·一三"抗战中,最能反映全民抗战的,乃是谢晋元率领八百壮士(实为400)坚守四行仓库的战斗。10月28日,88师师长孙元良委派524团团副谢晋元率一营官兵守住四行仓库,与日军激战整整4昼夜,直至10月31日被蒋介石、杨虎迫令退入租界。这几天,八百孤军不畏强暴的壮举,每天引来数万民众观战,他们在苏州河南岸仰望四行仓库上空高高飘扬的国旗,人人高呼口号、高唱国歌、高声痛哭,这悲怆的旋律与壮士射出的枪弹声,汇成了一首气势磅礴的《英雄交响曲》!

当时在场的姜豪夫妇,几十年后向我回忆这悲壮的一幕时,仍然激情澎湃、泪流满脸……

这场战役我们虽然失败了,但从宏观的历史视野看,我们至少取得了三个方面的胜利:一是由中共抛弃前嫌,自发表"八一宣言"以后所倡导的第二次国共合作正式形成。9月23日,蒋介石发表讲话,承认中共的合法地位,并公布中共7月15日发表的共赴国难合作宣言。二是

激战中的四行仓库

四行孤军坚守期间，每天都有许多市民不顾危险，挤在苏州河边助威

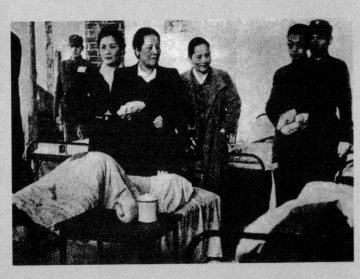

宋氏三姐妹在野战医院
慰问伤员

"八·一三"抗战失败后,日军在上海街头耀武扬威

从战略上达到了消耗日军的目的,打破了"皇军3个月灭亡中国"的神话。蒋介石将抗战的基本战略定为"以空间换时间"的"持久消耗战",这与毛泽东、周恩来、白崇禧等提出的持久战方针是一致的。10月29日,蒋介石亲临前线,召集第三战区师长以上长官军事会议,他在会上说:"两个半月以来,我们虽然没有得到大的胜仗,但在我们预定的消耗战和持久战的策略之下,已使敌人受到意外大的打击,在精神上我们实在已打败了举世共弃的倭寇!"三是除极少数汉奸外,几乎所有有良知的中国人都投入到了"八·一三"抗战的洪流之中,从而为其后艰苦卓绝的八年抗战树立了全民抗战的光辉榜样。

褒奖全体抗战老兵有利于两岸统一

——缅怀蒲华暄先烈

　　自抗日战争胜利以降,每隔 5 至 10 年,海内外华人都会以各种形式纪念一番,这多少反映了我们中华民族不忘国耻、反思历史、展望未来的情怀。近年来,随着我们充分肯定国民党军队的正面战场同共产党军队的敌后战场,在整个抗战期间并驾齐驱、同仇敌忾的作用,从而在铭记悲壮历史的基础上,升华到展望国共两党第三次合作,共创中华辉煌的高度。我认为,基于抗战期间国共两党第二次合作,建立了全民族抗战的统一战线,才取得了中国自鸦片战争以来的第一次民族自卫战争的伟大胜利的史实,现在我们应以全面、正确的历史观去关爱、优抚、奖励全体抗战老兵,力促海峡两岸早日统一。

　　然而,我们某些地方政府尚缺乏从民族复兴高度看问题的战略眼光,在对待抗战先烈或者抗战老兵的遗留问题上不尽如人意。下面,先引用一篇我亲身经历的为一名抗战先烈奔走的文章(《一位抗日先烈遗孀的夙愿》,原载《解放日报》2005 年 8 月 12 日,转载于《作家文摘》2005 年 8 月 23 日、《湘声报》2005 年 9 月 23 日)。

　　在纪念抗战胜利 60 周年的日子里,尘封在我心底的一位抗日先烈遗孀,不禁又掀起了我情感的波澜。

　　1994 年 5 月,我撰写的"八·一三"淞沪抗战上海抗敌后援会组织委员会主任委员、战时服务团团长、上海市文史研究馆馆员姜豪先生

双流县人民政府（请示）

双府发 [1994] 24号　签发人：胡天成

★

关于申报追认蒲华暄为革命烈士的请示

成都市人民政府：

我县华阳镇广福村（原华阳县拥手乡广福村）蒲华暄，字涤君，一九〇七年生，一九二四年加入国民党的湘军部队，后任国民党陆军73军15师85团3营上尉营副。一九三七年十一月十日在上海对日作战中牺牲。

该员为国捐躯，未留下一儿一女，其遗孀罗念蓉也未再婚。依则恤牺牲后，其遗孀罗念蓉曾在原华阳县国政府领过两年抗恤金。解放后，由于种种原因，其遗孀罗念蓉将所有蒲华暄的材料、证据统统烧毁。近几年，经过多方努力，索取了一些有关蒲华暄的材料，证实了蒲华暄是在抗日作战中阵亡的。

现其妻罗念蓉（86岁），住双流县华阳镇广福村六社），已是风烛残年之人，多次提出申请，要求追认其夫蒲华暄

双流县人民政府向成都市人民政府申请申报追认蒲华暄为革命烈士的请示（1）

（他今年已98岁高龄）的传记在一家杂志发表后，他在抗战期间的一段经历被《文摘旬刊》转载，不料竟触动了远在四川省双流县的罗念蓉老太的心弦。从此，我与老太及家属频繁通信，共同为一位抗日先烈的身份问题而努力。

罗老太是一位在"八·一三"抗战中壮烈捐躯的下级军官的遗孀，当时因战斗惨烈，无法知道她丈夫阵亡的情景。以后岁月流逝、世事纷繁，更无从查实其详情了。罗老太读了拙作，旋即向姜豪发函，请求他帮助查找丈夫的战友；又给我写来长信，介绍她丈夫的情况。

罗老太的丈夫蒲华暄，系四川华阳县（1966年并入双流县）桐子乡广福村人，于1924年在成都考上黄埔军校，毕业后编入湘军。1937年7月，部队离开长沙赴沪征战。蒲华暄时任陆军73军（军长王东原）15师（师长汪之斌）85团3营的上尉营副。"八·一三"战役打响后，位于宝山的多个战场均打得悲壮、激烈。如今，其他各战场的情况都比较清楚，惟有15师坚守的刘行之战记载很少。据天津市政协编撰的一份资料记载，"9月30日拂晓，敌全线向我猛攻，展开激战。由于敌炮火猛

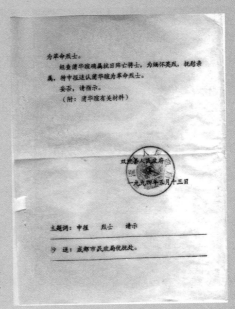

为革命烈士。

经查蒲华暄确属抗日阵亡将士，为缅怀英烈，抚恤亲属，特申报追认蒲华暄为革命烈士。

妥否，请指示。

（附：蒲华暄有关材料）

双流县人民政府
一九九四年五月十三日

主题词：申报　烈士　请示

抄　送：成都市民政局优抚处。

双流县人民政府向成都市人民政府申请申报追认蒲华暄为革命烈士的请示（2）

烈，万桥、严宅、陆桥等阵地同时被敌突破，刘行方面的 15 师也陷入苦战。该师虽已死伤过半，仍然不避牺牲死守阵地。"

直至"八·一三"抗战失败，罗老太收到了寄自上海的噩耗信，其中有"刘行之战阵亡，所有枪支和行李无人领受"之句，方知 15 师几乎全军覆灭。1947 年，国民党政府才办好蒲华暄的抚恤手续，罗老太在华阳县政府领过两年抚恤金。解放后因证明材料散失，给日后证明蒲华暄的烈士身份带来了麻烦。

四川省民政厅强调，要证明蒲华暄的确是"八·一三"抗战中牺牲的，除了南京第二档案馆的记载外，还必须找到他的战友来作人证。为此，姜豪先生曾向湖南黄埔同学会、上海黄埔同学会查询。我也曾向著名战地记者陆诒、冯英子，著名史学家唐振常，以及一些原国民党将领询问，然均无结果。根据罗老太提供的线索，那本散失的黄埔同学影集中有林彪在内，因而蒲华暄可能是黄埔四期的毕业生。

屈指算来，罗老太已年近九旬。当年，罗念蓉与蒲华暄结婚刚一个月，丈夫就赴沙场了，故她膝下无子女，长期靠蒲华暄的侄儿奉养。罗

这是蒲华暄结婚时战友为他题写的对联，附在赠送他的湘绣上，这件他唯一存世的遗物，已由其侄捐献给上海淞沪抗战纪念馆

这是蒲华暄结婚从部队带回的战友贺礼——湘绣

老太表示，查明蒲华暄烈士身份，仅仅是为了历史的清白。岁月无情，10年前帮助罗老太追索丈夫烈士名分的陆诒、唐振常及几位原国民党将领已经作古，姜豪、冯英子年事已高，如果我们再不帮助罗老太实现平生心愿，怎么对得起蒲华暄在天之灵？怎么对得起这位苦难的先烈遗孀？

在"八·一三"淞沪抗战中，中国军队投入了70多个师，伤亡数十万将士，其中壮烈捐躯的旅级军官有黄梅兴、庞汉祯、秦霖、杨杰、蔡炳炎，团级军官有路景荣、雍济时等数百名，他们的身份还比较容易确定。但阵亡的下级军官不计其数，且事隔68年，现在寻找能证明他们身份的战友难度相当大。然而，爱国官兵在民族危亡之秋壮怀激烈、浴血奋战，一个个献出了自己最宝贵的生命，我们在享受今日之幸福生活时，难道还怜惜给他们一个烈士称呼吗！

拙文发表并转载后，我便给胡耀邦同志的长子、时任中共中央统战部副部长的胡德平同志去信，并附上报纸复印件，希望统战部督促四川省民政厅查证蒲华暄烈士称呼，但没有下文。也许，胡德平同志心有余

罗念蓉老太生前盼其夫获得烈士称号

而力不足吧。

10年光阴一闪而过,当年积极参与此事的姜豪、冯英子已先后作古,罗念蓉老太更是没有等到她盼望的那一天!不过,随着我党实事求是作风的发扬,据上海淞沪抗战纪念馆告知,蒲华暄已列入"八·一三"淞沪抗战的先烈名册,同时将展出蒲华暄的遗物——由其内侄捐献给纪念馆的一幅湘绣对联,即当年蒲华暄伉俪大喜之日战友们送给他们的礼物。

从这件事引申开去,关于赋予抗日将士,特别是中下级军官烈士称号,其实早有先例。如针对"八·一三"淞沪抗战,1983年民政部追认死守宝山县城的姚子青营长为革命烈士、1985年安徽追认蔡丙炎旅长为革命烈士、上海更是在建国初就追认谢晋元副团长为革命烈士,而这些都是以1958年内务部158号文件:对辛亥革命和国民党部队抗日阵亡士兵"是否给予烈士称号和抚恤的问题",我们的意见是,"上述牺牲烈士,可以称为烈士"为依据的。

以上只是对已经壮烈牺牲的抗日将士而言的,我们更要关爱、优抚、奖励尚健在的全体抗战老兵。在荣誉方面，我们已做得相当不错，在抗战胜利 60 周年前夕，国台办负责人曾举行记者会宣布：2005 年 9 月 3 日之前，将会有 70 余万海内外的抗战老兵获颁抗战胜利 60 周年纪念勋章。其中包括在孟良崮战役中被三野指战员击毙的 74 师师长张灵甫的遗孀，也得到了那枚光芒四射的勋章。今年，在纪念抗战胜利 70 周年之际，中共中央仍将为抗战老兵颁发奖章。相比之下，部分抗战老兵尚未在经济上得到地方政府的优抚，乃至这些硕果仅存的老人生计维艰。八年抗战中，我们历经 22 次淞沪抗战级别的会战，1117 次衡阳保卫战级别的中型战役，38941 次卢沟桥事变规模的战斗，目前这些战斗的幸存者寥若晨星，且已迈入人生的最后岁月。据民间组织估计，目前全国健在的原国军抗战老兵仅剩 2 万人左右，另据"关爱抗战老兵公益基金"的信息，估算全国尚未发现的散落民间抗战老兵约 3 万人。截至 2015 年 1 月底，关爱抗战老兵公益基金等民间力量联合启动的"抗战老兵冬衣行动"共发放冬衣 5699 件，可见还有很多抗战老兵隐匿民间，尚未被发现。抗战老兵还面临身份甄别问题。令人担忧的是，抗战老兵平均年龄 90 岁以上。考虑到抗战期间出现的童子兵和学生兵，目前抗战老兵年龄区间约在 85 岁至 100 岁之间，有些已过百岁，很多抗战老兵在被民间组织发现不久便去世了。综合相关信息，全国每天有近 10 位抗战老兵去世。随着时间流逝，存世抗战老兵将越来越少。

据媒体报道，当年参加中国远征军从缅北野人山走出来的幸存老兵，参加腾冲、松山攻坚战的老兵等，如今仅靠民营企业家每月资助他们 100 元，或者靠每月 200 元的低保艰难度日；另据《团结报》披露，目前有 52% 左右的国军抗战老兵没有子女、没有退休金、没有医保，挣扎在社会最底层。在精神上，由于历史原因，他们长期隐匿于社会底层，不愿公开自己的身份与经历，备受冷漠与歧视，得不到应有尊重。这一现象值得国家重视，各级政府应采取措施予以解决，从而不再留下历史的遗憾。关于每年抗战胜利日，政府奖励抗战老兵每人 3000 元，往年

松山战役是滇西缅北战役中的一部分。在抗日战争后期中国为了打通滇缅公路，远征军于1944年6月4日进攻位于龙陵县腊勐乡的松山，同年9月7日占领松山。然而，目前一些远征军幸存者，却依靠民间组织救济艰难度日

仅局限于八路军、新四军、游击队；今年则上升至每人 5000 元，且包括抗战胜利后起义投诚与返乡务农的国军抗战老兵。这固然有进步，但仍未覆盖全体国军抗战老兵。

走笔至此，我们有必要将艰苦卓绝的抗战与两岸统一、民族复兴的伟业串连起来：1935 年 8 月，面对日本军国主义的狼子野心，中国共产党庄严发布《八一宣言》，呼吁停止内战、一致抗日，后来在国共谈判中作出重大让步，旋即经过"西安事变"，终于促成了抗日民族统一战线，从此中共的战略思想、宽广胸怀为世人所称道，这也是抗战取得胜利的重要保证。建国后，毛泽东、周恩来审时度势，通过著名报人曹聚仁与蒋介石、蒋经国父子沟通，期盼第三次国共合作，两岸统一；邓小平又提出"一国两制"的统一设想，加上叶剑英致台湾同胞书、廖承志致蒋经国的信，以及邓颖超致宋美龄函，中共可谓仁至义尽，渴望早日结束两岸分裂状态。2005 年，在纪念抗战胜利 60 周年之际，中共更前进了一步，胡锦涛同志在纪念抗战胜利 60 周年的讲话中，充分肯定国民党正面战场的基础上，率党政军领导人前往卢沟桥，去中国抗日战争纪念馆

2005年8月23日，作者给时任中共中央统战部副部长胡德平的信件

1995年10月31日，蒲华暄烈士之侄、四川双流县华阳中学教师蒲贵伦给作者的来函

祭奠抗日英烈。2015年，习近平同志在9月3日纪念抗战暨世界反法西斯战争胜利70周年的阅兵式上，邀请国军抗战老兵代表乘车通过天安门广场；中共上海市委书记韩正率上海党政军干部出席上海淞沪抗战纪念馆扩馆仪式。这一切，无不反映了共产党人尊重历史、尊重先烈、渴望两岸统一、民族复兴的拳拳之心！

有鉴于此，我们在改革开放30多年，国力日益强盛的时代背景下，不仅仅给予抗战老兵以荣誉，还应从经济上匡济他们，此乃我们践行历史唯物主义、对历史人物评价着力于"过程论"的行为，是一件功德无量的举措。对地方政府特别是民政部门而言，应顺应历史潮流，转变思维模式，也即从传统的斗争哲学的思维方式转向建立和谐社会、和谐世界的思维方式，这也是构建现代政治文明的大趋势。因为，对一个国家一个民族来说，民族大义、民族利益是高于一切的。然而，有些地方政府却表示当地财政吃紧，因而对优抚、奖励抗战老兵无能为力。据《羊城晚报》披露，个别无良地方官甚至蛮横地叫无退休金、无医保，而去地方政府申请救助的国军抗战老兵到台湾找国民党落实政策！鉴于上述不

在抗日战争最艰难的岁月，中国远征军进军滇缅。其中大部分是投笔从戎的青年学生，伤亡极其惨重

尊重历史、不尊重英雄的社会现象，笔者郑重提出几点筹款建议：一是从地方政府在土地经济和招商引资中得到的巨大利益中切一块"蛋糕"；二是从反腐败收缴贪官污吏的赃款中拿一部分；三是对三种人征收高额特别税——通过"跑马圈地"而暴富的房地产商、通过"血汗工厂"和"黑煤矿"无情榨取工人特别是农民工剩余价值的老板、频繁出入高档娱乐场所而纸醉金迷的权贵。倘如此，何愁无钱优抚、奖励抗战老兵？况且，作为一个已荣升世界经济体亚军的大国，难道养不活区区国军抗战老兵吗？难道我们还要民间组织去拯救、关爱平均年龄90岁的国军抗战老兵吗？

历史长河奔腾向前，中华民族在一百多年的艰苦奋斗中已然摆脱了屈辱、挨打、迷茫的黑暗时代。目前，全国人民正在中国共产党领导下奔向现代化。我们共产党人为了建设高度民主、繁荣的社会主义强国，并迈向宏伟的共产主义理想，因而必须有虚怀若谷、开创未来的胸怀。而尽早实现两岸统一，则是中华民族伟大复兴的重要环节和先决条件之一。其中，褒奖全体抗战老兵的积极作用是不言而喻的。

亮剑：中国慰安妇发出索赔呐喊

在即将成为历史的20世纪，侵略者多次挑起的不义之战，曾给人类造成了空前巨大的灾难，它不仅迟滞了世界文明的进程，戕害了难以计数的生命，并且在亿万人民的心头留下了迄今挥之难去的重重阴影。

而令人愤恨的是，面对此一事实，在二次世界大战东方策源地的日本，一些别有用心的政客，特别是右翼反动势力，竟毫无悔改之意、谢罪之心，非但不肯承担罪责，反而妄图改写历史，把丑的说成美的，把恶魔说成天使。本文所报道的这次国际性学术讨论会，正是在这种形势下召开的，它将对日本军国主义始设于上海、命名为"慰安妇制度"的"性奴役"进行彻底的清算，以不容抵赖的罪证告诉人们：血写的事实决不是口讲笔写的谎话所能掩盖，刽子手就是刽子手，改了妆换了貌依旧是刽子手。

是的，在迈向21世纪的今天，和平与发展已是响彻全球的主旋律，但善良的人们千万不要忘记：战争的潜流仍在悄悄地涌动，历史的教训必须记取！

2000年3月30日，上海师范大学校园桃红柳绿，一群群鸽子凌空飞起，在灿烂的晨光里迎接来自大陆各省，港、台等地，以及朝鲜、韩国、日本、美国、菲律宾、新加坡、新西兰、德国、俄罗斯、瑞士等国的170余位学者。一次意义重大的国际性会议——"中国慰安妇问题国际学术讨论会"即将在这里举行。由于这是在受害最深重的中国土地上，首次召开的揭露日本法西斯实施性奴隶制度的专门会议,更由于这次会议有一项重要内容——当年经受奇耻大辱的中国女性中的3位残存者将出席,并控诉亲身遭受的日军暴行,所以消息传出立即引起了世界各大媒体新华社、美联社、法新社、朝日新闻的密切关注。

大会在上海师大教育国际交流中心的会议厅里举行,会议未开始,已经座无虚席。庄严的主题,凝重的沧桑感,在幽幽灯光的漫射下,很快便把与会的专家、学者、记者们引进历史的隧道,走入半个多世纪前的腥风血雨……

中外学者大义凛然

上海师范大学历史系主任、中国慰安妇问题研究中心主任苏智良教授怀着满腔悲愤,在大会上慷慨陈词。根据他的调查与统计,二战期间有超过40万的亚洲妇女先后沦为日本军队的性奴隶,即所谓"慰安妇"。这一惨无人道的制度是侵华日军为解决日军官兵的性欲问题,以及避免因性病而带来的非战斗减员而建立的。

1932年"一·二八"事变期间,经日军头目冈村宁次的策动,日军在上海建立了第一批慰安所。冈村宁次后来坦白说:"我是无耻之极的慰安妇制度的始作俑者。"最早的慰安妇来自日本,也有部分是从朝鲜运来的,随着战事的深入,原有的慰安妇已远不能满足日军兽欲,其铁蹄所至之处纷纷设立规模不等、名目繁多的慰安所,大部分慰安妇均就地征集,这一过程充满了侵略者的兽性和血腥味。其中,中国慰安妇超过20万,她们是最大的受害者。

在战争岁月里,当年的慰安妇绝大部分已惨死于日军的魔爪之中;又经过半个多世纪的人世沧桑,如今幸存的慰安妇已寥若晨星。她们的悲惨遭遇、她们的人格、她们的灵与肉所遭受的惨绝人寰的蹂躏,是日本军国主义分子不容抵赖的罪证,是日本当局必须承担的道义与物质的双重血债!

在悲愤的气氛中,学者们蕴藏内心的愤恨,如同火山爆发,他们纷纷站出来为慰安妇伸张正义:

山西作家英豪曾在侵华日军在山西的战略要地孟县进行过调查,他认为日军在山西孟县的行为是赤裸裸的性暴力,绝非看似文明的字眼"慰安妇"所能掩盖的。日本政府必须谢罪、赔偿!

朝鲜"慰安妇"及太平洋战争受害者对策委员会副委员会长朴明玉义正词严地指出:由于日本的武力侵犯,使朝鲜及亚洲的几十万妇女遭受惨无人道的性摧残,这在人类历史上是罕见的。战争过去已 55 年了,日本政府仍不谢罪和赔偿,我们一定要以民主、独立、自尊的意识去争取最后的胜利,清除目前世界上仍存在的性暴力、性奴隶。

日本"女性·战争·人权"协会代表志水纪代子教授表示:作为加害国的妇女,我们对日军实行的慰安妇制度深感痛心和愤恨。我们有责任一方面敦促日本政府对被害国及被害者谢罪、赔偿;另一方面研究产生这种性虐待制度的土壤,探寻天皇与战争的关系问题。作为日本国民,我们将坚持不懈地与右翼的反动势力作斗争!

日本华侨促进交流会秘书长林伯耀以沉重的心情,披露了 2000 年 1 月大阪右翼势力一个主要人物的发言,那个家伙居然说:"在 1937 年 12 月的南京,没有一个中国女人怀孕,因此也没有什么日军强奸之事。"林先生怒吼道:"这是对中国人民极大的侮辱啊!"他满怀激情地赞扬了赶来参加会议的 3 位受害者,说她们是勇士;然而,他也惋惜地表示:"敢于站出来的受害者实在太少了,我希望新闻报道要少点大男子主义,鼓励她们勇敢地站出来! 中国应该公开全部有关慰安妇的资料,做更深入、更广泛的研究,以倾听受害者的心声,恢复女同胞的尊严。政府、民间和学者要共同去完成这一艰巨的任务。"

大会庄严地宣读了将于 2000 年 12 月,在日本东京开庭的"女性国际战犯法庭"宪章,认定日本军队在亚洲太平洋战争(1931—1945)期间实施的性奴隶制度(即慰安妇制度),是本世纪最大规模的战争性暴力。但战后远东军事法庭的审判,以及在亚洲各地所进行的其他军事审判,几乎都没有对日军性暴力战争犯罪进行裁决。如何恢复性暴力受害女性的正义与尊严,是国际市民社会里每个人的道德责任,也是国际女性运动的重要课题。为此,将设置"女性国际战犯法庭",由被害国家和地区、国际咨询委员会关于女性人权的专家和活动家及加害国等三方面组成国际实行委员会。

会场里久久地回荡着各国学者正义的呼声,其势如太平洋的波涛,震撼着世界上每一颗有良知的人心……

受害妇女血泪控诉

3月30日下午,会议进入慰安妇幸存者现场控诉日军暴行的程序。来自海南的陈亚扁、山西的万爱花和上海的陆秀珍3位老太太由她们的亲属扶着,颤巍巍地走上主席台,顿时全场爆发出雷鸣般的掌声,世界各地的记者肩扛手提摄像机、照相机蜂拥而上。

瞬间,会场一片静寂,人们仿佛回到了半个多世纪前的黑暗岁月。

海南的陈亚扁老大娘首先发言,她因激动而使整个脸型在急剧地抽动,良久才以一口难懂的黎族语讲述自己的不幸遭遇,她旁边的女儿做翻译。

我叫卓亚扁(原姓陈,嫁到卓家后改姓卓),是海南岛祖关镇祖孝村人,我家除了父母外还有一个哥哥、一个姐姐,我最小。1942年,我17岁时,日本军队开进了我们的小黎寨,并建起了兵营。

一天下午,一辆军车开到我家门口,车上跳下两个日本兵和汉奸团长,日本兵指着我说:"大大的花姑娘。"要抓我去兵营,我吓得大声哭叫,死不肯去,汉奸团长就威胁我:"你不去日本兵就要抓你的父母去,你自己选择吧。"这样,我被迫上了车。这天,我们村一共抓去了7个姑娘。我们被抓进兵营后,白天为日本兵烧饭、洗衣,晚上为他们唱歌、跳舞。然后就被日本兵强暴了。以后天天如此,我真是生不如死,受尽了日本兵的凌辱啊!

海南慰安妇陈亚扁在控诉日寇暴
行，她的女儿做翻译

半年后，我们又被运到了三亚，关在一幢两层楼房内，楼上的房间大约10平方米，窗都用木板钉死、门被反锁，整天见不到阳光。只有每天吃饭、洗澡门才会打开，连大小便都在房里。关进房里的第二天晚上，就有一个日本军官闯进来，如狼似虎地扒我的衣服，最终强暴了我。从此，天天有日本兵进来强暴我，那时我还没来月经，日本兵从来没给我吃过避孕药，他们也不用避孕套，我也根本不懂这些，只是害怕得直哭，哭得眼睛又红又肿。每天一到黑夜，我就吓得浑身发抖，日本兵进来强暴我，我又痛又怕，要是反抗就会挨打，他们捏我的脖子、抽我的耳光……我的眼睛就是那时哭坏的，直到如今都痛，看不清东西。

（陈亚扁说到这儿，双手揉眼，流下了悲愤的泪水。）

我被抓走后，我妈妈就找汉奸团长要人，又哭又闹，好几天都说如再不放我回家就要死给他看。汉奸团长只好去求日本人放我回家。我那时大小便都痛，可是仍然白天去汉奸团长家干活，晚上被日本兵拉到军营……直到抗战胜利，我才脱离苦海。

我在被日本兵抓去当慰安妇之前，已有一个恋人，他叫卓开春。日

山西慰安妇万爱花高呼"打倒日本鬼子",然后几乎昏倒,其女儿在旁掩面而泣

本投降后,我们结婚了,婚后感情很好。可是,因为我当慰安妇的那段经历,使我的身体创伤累累,以致每次同房都痛得很,前后怀孕6次全都流产了。第七次怀孕时,丈夫早早地将我送进医院保胎,总算在1964年生下了唯一的女儿。我现在常常做噩梦、气喘、想呕吐,而且不论吃什么、吃多少都不饱,胃里总感到饿。如今我们的村里,就我一个人做过慰安妇,所以大家都议论我、看不起我,骂我是和日本人睡觉的贱女人。"文革"中,他们还把我绑起来批斗、吊打……

我现在身体很差,每天要吃药打针,生活来源全靠"五保户"的救济金。我请求人们帮助我上诉告日本政府,要他们作经济上的赔偿、精神上的谢罪!

接着是山西万爱花大娘声泪俱下地控诉日军的兽行。她曾4次去日本声讨日军暴行,几乎每次都哭昏过去。她说:"我于1929年12月12日出生在内蒙古河林格尔县韭菜沟村,4岁那年吸食鸦片的父亲将我卖给了人贩子,最后被辗转卖到了山西孟县羊泉村,成了李五小家的童养媳。到了羊泉村,我改名叫灵玉,1938年日军侵入孟县时,我加入

上海慰安妇陆秀珍揭露日本军官用军刀威逼而强暴她，旁边为其养子代为作控拆

了儿童团，还被选为儿童团长。我14岁时与李五小离婚，嫁给了长我29岁的村干部李季贵。不久，我加入了共产党，先后担任过村支部委员、副村长和妇救会主任。

"1943年6月，驻扎在进圭据点的日军扫荡羊泉村，我不幸被俘。由于叛徒告密，我的身份暴露了。白天，日军将我吊在窑洞外的槐树下不停地拷打，逼问村里其他共产党员的名单；晚上，将我关在窑洞里野蛮地轮奸，如果我反抗鬼子就用香烟头烫身体。在我被关押的21天后的一个深夜，我趁看守的汉奸不注意，拼命逃回了羊泉村。

"不幸的是，我很快又落入了虎口。1943年8月18日，我再次被日军抓住，投入了进圭据点，在这座暗无天日的炮楼里，我又被糟蹋了29天。9月16日，我趁据点的日军外出扫荡的间隙，又逃回了羊泉村。可是，12月8日，日军再度包围羊泉村，我第三次落入虎口。

"为了严惩我连续逃跑的行为，日军更野蛮地摧残我。每天，由几个日军轮番审问拷打我，我咬紧牙关什么也不说，他们又将我带回窑洞，像疯狗一样轮奸我，一次次地将我折磨得昏死过去。1944年1月

28日,日军见我昏死了几天都未醒来,便将我扔到村子旁边的乌河里。我在冰凉的河水里浮沉,幸亏被一位好心的老人发现,他背着我送到了我丈夫的妹妹家。

"此后,我命若游丝,在床上整整躺了3年,日军的非人摧残使我的整个身体都变了形……"

万爱花边说边哭,说到这儿她的脸突然涨得血红,站起来振臂高呼:"打倒日本鬼子!"

老人身旁的女儿掩面而泣,整个会场为之震撼,人们为她的不幸而激愤,为她的勇气而鼓掌。

万爱花呼毕口号人已经有点虚脱,但她坚强地挺立着,正气凛然地向日本政府提出:

1. 必须向所有被害国和被害者承认犯下的滔天罪行;

2. 要赔偿我们的经济、精神损失。

这时,一位年轻的记者问万爱花:"听说你们准备起诉当年日军的暴行,时隔50多年还有充分的证据吗?"

"有,就在这儿。"万爱花大声答道,"我就是活着的证据!"然后她激昂地撩起自己的外衣,声色俱厉地说:"请看看,我的腰为什么陷进骨盆、头颈怎么会落进胸腔,耳垂为什么被撕裂,胯骨肋骨又是怎么伤残的? 这就是永远的证据!"

顿时,全场沸腾了,与会者胸中的烈火几欲喷涌而出。

上海的陆秀珍大娘因年届83高龄,且身体极其虚弱,由其养子代为控诉:"我母亲是上海崇明人,1937年'8·13'抗战失败后,日军打进了崇明,大约2月初河东徐其狗的娘子(老婆)叫我母亲到庙镇去,说是替她做媒。到了庙镇,找到一个人(那人是汉奸,解放后被政府枪毙了),他安排了空房与床铺,将我母亲关了起来。先是由一个日本军官独占我母亲,成了他的性奴隶;以后又遭到许多日本兵的强暴,以致我母亲终身不能生育。"

养子话音刚落,老大娘突然仰天一声大吼:"可恶的日本鬼子,害得我好苦哇!"她一把抓过话筒,要求亲自发言,她哭叫着说,那个日本军官就像一头野狼天天折磨她,如她不从就抽出寒光闪闪的军刀,威逼着强暴她……老大娘因情绪激动,脸色渐渐发白,大家立即劝止她,仍由其养子代言:我之所以积极支持母亲出来讲话,是因为她受了日军的凌辱,是因为日本军国主义毁了她终身的幸福!为此,我们强烈要求:

1. 日本政府在政治上要道歉;

2. 在经济上要赔偿。

如果日本政府不肯,那么,我们要通过国际法庭索赔,日本军国主义欠中国人民的血债是一定要偿还的!

中国慰安妇幸存者现场控诉刚刚结束,一些西方记者立马不解地提问:"你们已经沉默了大半生,为何年事已高,反而愿意挺身而出坦言受辱历史呢?"

万爱花代表慰安妇幸存者严正地回答:"脸面要紧,呼唤正义、争得公理、讨还公理更要紧。再沉默下去,怎么对得起历史和我们的后辈?"

研讨会期间,记者采访了中国唯一健在的"8·13"淞沪抗战的战地记者、著名杂文家冯英子先生。这位 86 高龄的老人本身就是日军侵华战争的受害者,他的前妻就是在日军的轮奸下致疯的。为此,他曾向日本前首相中曾根康弘提交过起诉书。冯英子认为,慰安妇问题作为性奴隶制度,从某种意义上说比战争本身更残酷,我们必须只争朝夕,强烈要求日本政府谢罪和赔偿,这有利于亚太地区的和平与稳定,有利于维护中华民族的尊严!

在中国首倡慰安妇问题研究的苏智良先生穷 8 年之功,足迹遍布海内外日军铁蹄所至之处,在上海、海南、山西、山东、香港等地调查,寻访慰安所遗址和当年的慰安妇,在对部分慰安妇的采访和史料的挖掘中,血迹斑斑的慰安妇制度逐步展现在世人面前。

"鬼子兵"诚心谢罪

更难能可贵的是,苏先生曾多次深入日本采访当年的"鬼子兵",让他们亲口揭露日军蹂躏慰安妇的罪恶。下面是两个"老鬼子"的证言。

当年已80高龄的日本老兵后藤正夫回忆,抗战期间上海五角场一带确实有不少慰安所。慰安所里一般是中国慰安妇或日本慰安妇,好像没有见到过朝鲜慰安妇(他指着苏先生出示的"杨家宅娱乐所"的木屋老照片说:就是这种房子。)

"我几乎每个月都去慰安所,每次都是步行去的,大多是一个人去。我进入屋内前,先在慰安所的小窗口付钱,然后就能得到一块木牌,上面明确地写着慰安妇的房间号码。如果谁先提出要某某号慰安妇,一般也能满足。慰安妇的房间地上铺着榻榻米,面积并不大,入房间只有30分钟。士兵一般不与慰安妇说话,只把那事干完即离开。入场券要2日元,当时二等兵一个月的津贴仅5日元,所以我一个月只能去两次慰安所。为了弄到钱,我们经常在军队的小卖店'酒保'那里购买低价的香烟,然后再拿到街上以高价卖出。每个慰安妇一天要接待不少军人,因而有供不应求的感觉。因为我在司令部工作,所以我不需要去排长队。军队给士兵每个月发两只避孕套,最初是橡胶做的,后来由于物资越来越缺乏,到1944年竟然发了用羊肠做的避孕套……"

79岁的日本老兵金子回忆说:"中日战争期间,我当了5年兵,主要是在中国山东,首先是在青岛登陆的。战争中士兵们干过'三光'政策,我不仅见过强奸和轮奸,而且自己也强奸过中国妇女,上司对我们的放纵从来不管。有一次,我们8个士兵对付一个中国妇女,我也在其中,轮奸到后来她活活地痛死了。我们当时的想法很简单,在战争中我们每天都会突然死亡,所以凡事不必忍耐,想怎么干就怎么干。

"我是在昭和十九年(1944年),在山东临清第一次看到慰安妇的。那是个规模不大的慰安所,只有6间房子。我进去后,管理者先问我需要什么样的女子。我没有什么经验,就这样进去了,想不到慰安妇是个日本人,这使我大吃一惊。后来我还遇到过流动的慰安所,就是一辆卡车,上面装了3个女人,到各个部队的驻地去巡回。巡回慰安妇是由军队开设的,每个地方都要呆两天,然后再开往下一个驻地。我每次去都

上海：世界上第一个慰安所遗址

要支付 1.5 日元，也只有 5 至 10 分钟，完事立即离开。那时，一等兵每月只有 6.8 日元。当然，这些钱是交给慰安所的军队管理者的。慰安妇很多是朝鲜妇女，其中也有中国女子。慰安妇的确很苦，她们没有休息，即使来了例假也必须接待士兵……"

公正解决尚须努力

苏先生怀着深深的遗憾说，在慰安妇的血腥史中，中国妇女受害最烈，反抗亦最烈；然而，由于中国妇女传统的贞节观，至今站出来控诉日军暴行的只有少数。苏先生痛苦地说："世界上，也许再没有比去挖掘自己民族母性受辱的历史更为残酷的事了。研究日军实施随军慰安妇的罪恶历史时，往往离完成研究越近，举步越为不易，心情越郁闷，也越痛楚、越苦涩。"苏先生告诉记者，他希望更多的中国人来关心慰安妇幸存者的命运，为她们讨回公道，尤其她们现在都生活在贫困线以下，急需社会的接济。对此，苏先生已率先作出了贡献。以这次会议为例，一

冯英子（中）、苏智良（左）、林伯耀是积极支持中国慰安妇幸存者向日本政府索赔的勇士

共花费 13 万元,除上海师大和一些海外友人的捐助外,苏先生投入了 4 万元。看来,这件事需要得到更多爱国同胞的关注。

经过 3 天讨论,大会最后用中、英、韩、日 4 种语言宣读了大会宣言。宣言称,日本军国主义推行的"慰安妇制度",是军事性奴隶制度,是 20 世纪有组织有计划的、最残暴的战时性暴力犯罪。宣言指出,尽管这场战争已过去 55 年了,但是日本政府根本没有公正合理地解决"慰安妇"问题。各国数以万千计的受害者的身心在遭受伤害。近年来,日本右翼势力的活动日益猖狂,日本政府必须对此采取有力措施,承担战争责任。如何对待目前已在日本提起的亚洲各国的"慰安妇"制度受害者的赔偿诉讼案,正是考验日本政府态度的试金石。会议呼吁各国团体和学者共同合作,以道义的力量来扬善惩恶,迎接新世纪的到来。

春日的黄昏残阳如血,桃花鲜红,乌啼阵阵。

回溯奔腾而充满血泪的历史长河,我们的心绪怎能轻松!

飞越国界的"美龄"号
——宋美龄抗战纪实

引 子

2003 年 10 月 24 日,富于传奇色彩的宋美龄女士以 106 岁高龄仙逝,由此在地球上刮起了一股宋美龄旋风;2005 年又适逢世界反法西斯战争胜利暨中国抗战胜利 60 周年,人们自然而然地想起了这位当年的第一夫人,在北美大陆刮起的首轮宋美龄旋风。

1943 年 11 月 18 日上午 11 时,山城重庆的银色雾霭早已散尽,一群群鸽子扑棱着金翅,在葱绿的山峦上盘旋。突然,净碧的长空响起强烈的飞机引擎声,一架大型客机穿入云霄,飞向远方。机上蒋介石、宋美龄凭窗鸟瞰辽远的江河大地,思绪飞到了几天后即将举行的开罗会议。

11 月 22 至 26 日,在世界反法西斯战争发生根本性转折的关头,中、美、英三国首脑在埃及首都开罗举行了历史性的会晤。12 月 1 日公布了《开罗宣言》,向全世界庄严宣告:三国对日作战的目的在于制止和惩罚日本的侵略,决不为自身图利,亦无扩展领土之意;三国旨在剥夺日本自第一次世界大战开始后所夺得或占领的太平洋岛屿,把日本侵略的中国领土,如东北、台湾、澎湖列岛等归还中国;把日本从它用武

蒋介石就任中国战区最高统帅后，与宋美龄、盟军将领合影，右一为史迪威

力或贪欲所攫取的所有土地上驱逐出去；三国将坚持长期作战，直到日本无条件投降。

《开罗宣言》是中国自鸦片战争以来，争取民族独立的一个重要里程碑！

隆重接待美国总统特使

1942年10月3日，陪都重庆万人空巷，突击清扫过的主要街道上横幅高悬、彩旗飘扬，欢迎美国总统罗斯福的代表威尔基。威尔基由重庆市长吴国桢、中宣部长董显光、第八战区司令朱绍良陪同，乘敞篷车从机场驶向宋子文宾馆。沿途，威尔基望着无数面黄肌瘦、却真诚地挥舞中美两国国旗、燃放鞭炮、欢呼雀跃的市民，感动得时而招手、时而双手紧抚胸口。吴国桢用英语说："尊敬的威尔基先生，这些都是蒋夫人安排的。她表示，尽管饱受日寇蹂躏的中国人民一贫如洗，但也要热烈地欢迎您——我们的老朋友！"

宋美龄为前方抗日将士缝制寒衣

"哦——"威尔基深凹的蓝眼睛闪闪发光。

1941年12月7日,日本飞机偷袭珍珠港,太平洋战争爆发。次日,蒋介石代表国民政府向德、意轴心国宣战,并照会美国总统罗斯福:"在我们新的共同战斗中,中国将以其所处之地位,并提供其一切所有,与美国采取共同立场。直到太平洋与全世界得以免除暴力与背信的凌虐为止。"由此,中美关系进入"新蜜月"。罗斯福从本国利益出发,希望中国战场拖住日本一百几十万军队,遂决定对中国提供美援,又于1942年1月1日致电蒋介石:"现决定在南太平洋战区设立一位统率所有美国、英国及荷兰军队的最高统帅,藉以在对抗敌军的共同努力中,确保密切的联系与合作。"提议蒋介石任中国战区最高统帅,担负起中国及泰国、越南等地区联军部队的总指挥任务。中国的抗日战线骤然拉长,战争急需大量的物资和空军。

当时,宋美龄经常去各战区视察部队,她发现一些士兵由于疾病和负伤后得不到及时治疗而残废死亡,许多士兵营养不良、衣衫褴褛,甚至每天仅靠几两大米活着。一次,她在前线为士兵缝军衣时,流着泪说:"政府一定要千方百计争取外援。"但是,美援的条件是极有限的,罗斯福生怕宋美龄赴美索讨。于是,他派史迪威去任中国战区参谋长时特意关照:"您留点神,蒋夫人最好不要接受这个或那个组织的邀请来美国。"英国首相丘吉尔对中国人能作出战争贡献没有信心,他不愿意在印度和东南亚使用中国军事力量打击日本,防止损害英国殖民帝国的地位,对提供中国军援也态度暧昧。如何才能扭转美、英两国的态度呢?宋美龄的策略是抓住龙头美国,向西方施加压力。

当时,蒋介石深受封建文化熏陶,对西方文化知之不多。他与西方社会打交道,主要靠宋美龄作媒介。蒋介石曾告诉记者,宋美龄有三强:政治头脑灵、外语水平高、感情丰富,她的作用抵得上 20 个师。威尔基访华前,宋美龄对蒋介石说:"Darling(亲爱的),威尔基在美国的威望,仅次于罗斯福。1940 年,他作为美国总统共和党的候选人,与总统罗斯福竞争,得了 2200 万票呢。这次,我们应该通过他,让美国了解中国的抗战,让中国争取到更多援助,提高国际地位。"

"嗯、嗯",蒋介石手托腮帮,微笑着答道,"让我们隆重接待他吧。"

当晚,国宾馆宴会厅灯火辉煌,蒋介石一身戎装,宋美龄着蓝色软缎旗袍,率文武百官盛宴款待威尔基。蒋介石热情地致欢迎词:"我从威尔基先生之言论中,深知他对于日寇所久蓄扰乱世界之野心,与中国抗战之价值有深切之理解,尤其对于我们抗战建国之理想有精到之认识,而他领导美国社会致力援华运动之热诚与成就,更使我立国精神共同之中美两大民族,增加感情上之密切联系。"

在悠扬的古典乐曲中,宋美龄轻盈地走到威尔基跟前,用一口纯正的乔治亚州英语,举杯道:"尊敬的威尔基先生,我非常荣幸地见到您,我将陪您访问工厂、农村、学校、军营,让您看到中国人民的抗日斗志和建国热情,这些直接关系到太平洋地区的利益呢。"

威尔基一听到太平洋,不禁联想起太平洋战争爆发前,美英对中国抗战作壁上观,以及宋美龄对美国国会的广播讲话。抗战初期,美、英等国搞东方慕尼黑阴谋,美国政府声明应用中立法,不过问日寇的侵华战争,直到 1940 年美国一些议员还鼓励向日本输送汽油和武器。英国也屈服于日本的压力,表示要封锁中国唯一的外援线——滇缅公路。宋美龄愤怒地谴责道:"在中国,我们要求制止两件事:身为美中立法者的国会议员,不应该对侵略表示恐惧,也不应同意把汽油、石油和其他战争物资送往日本以鼓励侵略。议员先生们,不知你从前是否想到过,如果中国被日本征服,那么日本将保持完整的海、陆、空军。它将利用我们的领土、我们的人力和我们的资源,以支持极权主义反对民主国家的军事和行动!"她慨然发出誓言:"中国人不愿当亡国奴,必将全力以赴,同日寇血战到底!"

威尔基脸色绯红,盯着宋美龄熠熠生辉的大眼睛,赞叹道:"哟,蒋夫人不愧为世界十大女名流之一,您的见识令我十分敬佩,您在美国有广泛的影响啊!我非常乐意与您同行。"

几天行程中,威尔基目睹了中国抗战的艰难。

最后一天,宋美龄安排了一个大型阅兵式。长江、嘉陵江环绕的满目青山间,英姿勃勃的士兵戴着白手套,排着整齐的方阵,从检阅台前通过。晨光照耀下,但见钢盔闪闪、枪尖如林、吼声似雷……接着,数千军校学员高擎国旗,武装泅渡过一条湍急的河流,冒着硝烟炮火,穿过层层铁丝网,冲上一座险峻的山峰。威尔基举起望远镜,顿时肃然起敬。那猎猎飘扬的国旗下,学员们筑成了一道银灰的长城!

宋美龄轻轻地挽住威尔斯的手臂,激动地说:"您看清了吧,这就是中国人的士气,日寇将在这'长城'下撞得粉碎!"她又指指湛蓝的天空,话锋一转:"请您转告罗斯福总统,假若我们有较强的空军,在对日作战中掌握制空权,必定能加速敌人的灭亡。"

"蒋夫人",威尔基耸耸肩道:"我明白贵国的处境,我一定向总统转告这里的一切,不过建议您去美国亲口讲讲,也许效果更好。"

晚上,在孔祥熙夫妇举办的宴会上,威尔基再次向孔祥熙、宋蔼龄表示:"孔博士、孔夫人,让我们美国人来了解亚洲人民的观点,真是太重要了。我们必须请一位有头脑、有辩才、有道义力的人,来对美国人进行教育。蒋夫人正是这样一位受欢迎的使者。"

威尔基一回国,便把访华感受分10次在报上发表。10月26日,他向美国广播自己的中国之行,着重介绍了宋美龄的才智和魅力,从而掀起了一股蒋夫人和中国热旋风。他又以自己对罗斯福的影响力,促成罗斯福给蒋介石去信:"深望能有一日欢迎尊夫人之来美。"

赴美宣传中国抗日

1942年11月17日凌晨,朦胧的曙色中,几辆小轿车悄然驶向重庆郊外的白马驿机场,宋美龄在蒋介石、美国第十航空大队司令比塞尔准将等人送行下秘密飞往纽约,以治疗荨麻疹(1947年淞沪抗战期间,她去前线犒军,因车祸受惊而患上的皮肤过敏症)的名义,积极开展外交活动。蒋介石曾劝说宋美龄取消这次访问:"Darling,现在国事繁忙,我离不开你,你暂不成行为好啊!"

"不,Darling,"宋美龄坚决地回答,"我必须去美国,尽快把中国的抗战情况告诉全世界,还要向国际上宣传你这位中国战区的最高统帅呢。当然,还要争取更多的美援。Darling,我会天天为你祈祷的!"

这时,国民政府遇到了严重的财政危机。一方面,抗日战场耗资巨大;另一方面,重庆不少高级官员发国难财,贪污、走私之风甚烈,弄得通货膨胀、物价飞涨,社会底层的百姓过着难以想象的悲惨生活。最令人吃惊的是孔祥熙竟然动用几十辆军用卡车,通过滇缅路走私国外化妆品,军车开到重庆才被军统局领导的公路检查处查获。

戴笠素与孔祥熙有隙,趁机向蒋介石告状。蒋介石听毕大发雷霆,想拿孔祥熙是问,因宋美龄的面子关系,最后将中央信托局运输处长林世良作替罪羊,押送军事法庭枪决。上梁不正下梁歪,各地腐败之风愈演愈烈。

蒋介石无法遏制腐败现象,为了摆脱困境,遂答应宋美龄代表自己访美。

宋美龄到纽约不久,于1943年2月17日去华盛顿拜会罗斯福。

白宫椭圆形的办公室里,罗斯福坐着可以推动的轮椅,亲热地问候宋美龄。宋美龄不慌不忙地从沙发上起身,递过去一巨册邮票:"尊敬的总统先生,我希望我亲自挑选的一点礼物,会使阁下满意。"

罗斯福突然眼放光芒,双手一撑,挺直了身板。当他看清是中国从前清第一套大龙邮票到民国各时期的珍邮时,欣喜若狂地说:"这些邮票是罕见的国宝呵,尊敬的夫人,叫我如何感谢您才好呢!"宋美龄早就听说罗斯福是集邮迷,便四处打听哪儿有珍邮。适逢交通部长张嘉璈提供了一条线索:敌伪占领的上海原邮政局保险柜里有4巨册邮票。宋美龄立即派军统特务潜入上海盗走了邮册,3册交国库,1册携美去赠罗斯福。

可是,宋美龄这块敲门砖,只开启罗斯福心坎的一条缝,她一涉及大规模增加援华经费,罗斯福便虚与委蛇:"亲爱的夫人,您别着急,等到开辟第二战场后,美国会承担义务,在中国战场投入更多的物资和空军力量。"

宋美龄心想:我要以美国公众的力量,来推动罗斯福的轮椅。但她表面上不露声色,积极准备游说美国各地。

宋美龄来到美国,立即成了新闻人物,无数美国人寄信汇款给她(平均每天达1000多封)。一天黄昏,宋美龄拆开一封发自新泽西州的信件,只见信封里附有一张1937年的新闻照片、3美元汇票。照片上是当时上海沦陷后,浓烟滚滚的铁轨上,一个衣衫破烂的小男孩在寒风里哭叫,近处则是被日军烧毁的一片废墟。信上是一位妇女的心声:"我们虽然穷,但不能无视发生在中国的这场灾难,这3美元是我3个女儿捐献给这个坐在中国某地铁轨上的苦命的小孩的!"宋美龄看罢,仰望天际燃烧的晚霞,难过得泪流满脸。

第二天,宋美龄由罗斯福夫人、副总统华莱士领着缓缓走上国会主席台。宋美龄的好友雷加站起来向议员们介绍道:"这位就是各位早闻其声、未谋其面的蒋宋美龄女士,下面请听她的精彩演讲。"

1943年2月，宋美龄在美国国会
演说，呼吁中美携手对抗日本侵略

　　会场顿时一阵骚动，记者们蜂拥而上，摄影用的强烈弧光灯照着宋美龄的眼睛，使她根本无法读精心准备的演讲稿。宋美龄镇静地放下演讲稿，向议员、记者们点头致意，她挺挺紧身黑色长旗袍上闪亮的飞翼大扣花（蒋介石所赠，象征中国空军之母），一掠微微卷曲的黑发，流星般的目光迅捷地与几百道闪光灯撞击，然后沉静、清晰地即席演讲中国的战况……

　　宋美龄慢慢地举起一只拳头，声调逐渐高昂："日本在1937年突然对中国发动战争的时候，各国的军事专家认为中国毫无希望了，但日本未能像它吹嘘的那样使中国屈膝求饶。这时，大家改口说他们过高估计了日本的军事力量，聊以自慰。然而，当日本背信弃义袭击珍珠港，熊熊战火在太平洋地区无情地蔓延开来时，他们的钟摆又摆向另一个极端了……"她猛力将手挥向半空，"我请大家不要忘记，在4年半的长时间里，只有中国在孤军作战，承受着日本全面侵略的凶残暴虐！"……一阵短暂的沉默。

　　鸦雀无声的大厅里，议员们的脸涨得通红。

宋美龄平息下急剧起伏的胸膛,单刀直入地说:"我希望各位先生,不能'看人挑担不费力'。不仅要有理想和宣言,而且必须付诸行动!"她话音刚落,全场掌声雷动,宋美龄环视一周,"唰——"地抽出那封信和新闻照片,高声朗读一遍后,抬起充盈泪水的双眼,深情地说:"我们中国有千千万万这样无家可归的孩子,你们美国也有成千上万这样具有人道主义情怀的母亲。让中美两国携起手来,同仇敌忾,共赴危难,去迎接胜利的曙光!"全场长久地欢呼……

宋美龄的演讲通过巨大的无线电广播网,传遍了全美国的千家万户,新闻媒介称她"以魅力征服了这个国家"。《时代》杂志显著地报道了宋美龄的演讲,封面上刊登了她以淡雅的中国画为背景的大幅照片,罗斯福夫妇高度赞扬宋美龄作为中国人民的代表,为世界和平作出了贡献。接着,宋美龄不分昼夜,会见美国各阶层人士,向他们宣传中国的抗日,争取美援和中国的国际地位。

中美友谊、共同抗日一时成了全美国的中心话题。一些议员敦促罗斯福请求国会,废除了"限制华人入境律",允许居留美国的华人成为美国公民。这与不久前美、英两国取消在华领事裁判权及一系列特权,成为中国在抗战期间的一件大事。在是年的国庆典礼上,蒋介石兴奋地宣布:"我国百年来所受各国不平等条约束缚,至此已可根本解除。国父废除不平等条约的遗嘱,亦完全实现。我全国同胞,自今日起,应格外奋勉,自强自立。"

1943年3月,宋美龄在洛杉矶好莱坞圆形竞技场向数万美国群众演讲,群情振奋。宋美龄随着洛杉矶交响乐团专门演奏的《蒋夫人进行曲》的旋律,款款步入会场。她一开场,就讲南京大屠杀,将听众带到了那个血肉横飞的金陵古都:"疯狂的侵略者抢走了受尽折磨的人们的所有生活资料,侮辱我们的妇女,把所有健壮的男人赶到一处,像捆牲口一样把他们拴在一起,强迫他们自己挖坟,最后把他们踢下坑去活埋了!"她激昂地对着愤怒的听众,双拳捶胸:"灭绝人性的日寇,杀死我中华30万骨肉同胞,上至白发苍苍的老人,下至母亲肚子里的胎儿,长江为之鲜红，下关为之阻塞。啊，我灾难深重的祖国！"此刻，台下已是一片哭声。宋美龄仿佛一头暴烈的狮子，竭力高喊："但是中国人是杀不尽的，他们正以自己贫困、苦难、刚强的身躯冲向敌阵，最后的胜利必定是属于我们的！"

数万人在这番血泪控诉下，几乎发了狂，富翁掏出支票，妇女摘下金项链、金戒指，学生献上心爱的钢笔，大把大把的美钞雪花般飘向讲台……

随着盟国军事行动的进展，罗斯福急需加强与中国的结盟；同时，由于宋美龄的活动，适当增加了对华军援，拨给蒋介石政府7亿美元贷款。

宋美龄在美国各地作了几十场演讲后又回到白宫，她果断地向罗斯福提议："尊敬的总统先生，您认为有没有必要在适当的时候，召开一次各大国首脑会议，来解决一些国际事务。"随之，她展示出一方白纸，郑重提出：一、琉球群岛、东北、台湾将来应归还中国。二、关于香港，其主权应属于中国，但似可以划为自由港……

罗斯福凝视着白纸，沉思片刻道："夫人所言有理，我正考虑召开盟国首脑会议，现在，我只能同意派两个师赴缅作战；大连、旅顺、台湾由中美海军共同使用，请夫人将这些转告蒋委员长。"

宋美龄的"珍邮"，终于击倒了罗斯福。1943年7月4日，宋美龄结束了这段历时7个半月、往返旅程达5万余英里的北美洲之行（当中还访问过加拿大），带着满身光彩和十几箱贵重礼品，兴奋地返回重庆。

开罗会议上争取中国权益

1942至1943年之际，世界反法西斯战争战果辉煌。盟军于东西两个战场，向轴心国发起猛烈的反攻。

斯大林领导下的苏联红军力挽狂澜，夺得了斯大林格勒反击战的巨大胜利，几十万德军精锐灰飞烟灭。

开罗会议闭幕式上，蒋介石、宋美龄与罗斯福（前排左二）、丘吉尔（前排右二）合影

英国将军蒙哥马利率英美联军勇克北非，沙漠之狐隆美尔全军覆灭；联军旋又登陆意大利，墨索里尼被押上正义的绞架，意大利投降。

美军挟太平洋激浪，破袭中途岛，击沉 4 艘日本航空母舰，美军从此如一柄利剑直刺东条英机的心窝。

中国正面战场上，孙连仲指挥第六战区官兵发动了常德会战，杀得 5 万日寇尸横遍野；敌后战场上，八路军、新四军浴血奋战，粉碎了冈村宁茨疯狂的大扫荡……

两军对阵，盟国已眺望到了胜利的曙光。于是，反法西斯阵线各大国首脑研讨战争进程，战后格局便提到了议事日程。1943 年 11 月 12 日，美国国务卿赫尔邀请蒋介石参加开罗会议。

中国代表团出发前，宋美龄首先协调了蒋介石与史迪威的关系。1942 年初，史迪威来华后，主张国民党政府和军队都必须进行改革，实行国共长期合作，援助八路军、新四军，从此与蒋介石结怨。在中国远征军入缅作战过程中，史迪威指挥失误，又一心掩护英军撤退，导致中国军队损失 5 万之众，自己则跑往印度，从而更激怒了蒋介石，双方闹得很僵。宋美龄、宋蔼龄去拜访史迪威时,宋美龄亲切地叮咛他:"尊敬的将军先生,这是中国第一次作为正式成员参加国际会议,请您帮助协调好中国与其他大国的关系。"

"行,我不会让夫人失望的。"史迪威善意地点点头。史迪威多次与蒋介石争吵,都亏得宋美龄调解,他还很敬佩宋美龄的才干,曾在日记里提议她当国防部部长。这次,总算买了宋美龄的面子。宋美龄又向蒋介石陈述史迪威在英美参谋长联席会议上举足轻重的作用,说服他与史迪威握手言和。

1943年11月21日上午7时,"美龄号"稳稳地降落在洒满阳光的开罗机场。

会址设在尼罗河畔华丽的"米纳"大厦,周围密布电网、警卫森严,站在沙漠边缘的大厦楼上,可以遥望巍峨的金字塔。蒋介石、宋美龄及王宠惠、商震、董显光、俞济时、俞国华等16名高级官员,罗斯福及蒙巴顿、马歇尔、艾森豪威尔、史迪威、陈纳德等将领,丘吉尔及布鲁克、肯宁汉、波多尔等将领出席了会议。罗斯福曾邀请斯大林参加会议,因苏联同日本签订了《中立条约》,所以斯大林在得知蒋介石要前往开罗的消息后,就没去参加。

会议经过5天的讨价还价,三大国彼此作了些让步,才产生了著名的《开罗宣言》。宋美龄身兼中国代表团的顾问及蒋介石的翻译,自始至终出席了首脑会议、蒋介石与罗斯福、丘吉尔以及美、英其他将领的单独会晤。

三国首脑首先作出了在滇缅公路发动对日军进攻的决定。自从中国远征军败北缅甸后,重庆接受外援的唯一来源,是从阿萨姆基地经喜马拉雅山的驼峰空运线,中国得到的援华物资骤减。因此,中、美、英三国都迫切需要重新打通滇缅线以增加对华援助,以增加中国继续抗日的能力,减轻美国在太平洋战场上的压力,迅速击败日本。但三大国各有打算,美国要求中英两国出兵,收复缅甸;英国只关心恢复在新加坡的利益,不想为中美两国火中取栗;蒋介石则一味等待美、英两国出兵,以保存自己的实力。

　　中国代表团一到开罗,宋美龄帮助蒋介石仔细审议了中国提案草稿,将打通滇缅路作为头等提案。然后以蒋介石、宋美龄的名义,举行了一个邀请丘吉尔一行的茶话会。开罗时值金秋,湿润的海风微微拂来,给人以恬静、舒适之感。蒋介石穿中国礼服蓝袍黑褂,宋美龄换上了崭新的紫红丝绒旗袍,显得风姿绰约,双双立在下榻处大门口欢迎丘吉尔。随着一阵清脆的汽车喇叭声,丘吉尔口含大雪茄,穿件白衬衫,挺胸凸肚地迈来。在宋美龄介绍下,蒋介石与丘吉尔紧紧握手,互相寒暄、恭维一番,丘吉尔便与宋美龄单独会谈了 20 分钟。丘吉尔猛抽一口雪茄,笑吟吟地说:"尊敬的夫人,您认为我是一个很老的人吗?"

　　"哪里,哪里,"宋美龄发出银铃般的笑声,"您这位大政治家真是老当益壮,精神看上去比年轻人还强呢。"

　　"夫人,您知道我相信什么吗?"

　　"据说阁下相信殖民主义,可我却不相信您会……"

　　"这个嘛,牵涉到复杂的国际事务",丘吉尔打断宋美龄的话头,眼珠一转,"哦,夫人可听说有关我的什么传说吗? 譬如个性、爱好啊什么的,嗯?"

　　"我认为阁下说的时候比做的时候要凶,"宋美龄戛然止笑,"阁下是一位伟大的人物,因为您在英国最艰危的时候,给人以力量和勇气。现在,中国还在艰危之中,蒋委员长和我都非常希望与阁下友好合作,共同击败日本军队,特别是在缅甸战场上。"丘吉尔掂出了她的分量。

　　茶话会后,蒋介石换上了戎装,携宋美龄去拜访罗斯福。宋美龄在翻译时,巧妙地说服了罗斯福协助中国,要求丘吉尔出兵赴缅。

　　23 日上午开会,蒋介石眼望丘吉尔,朗声宣读提案:"目前反攻缅甸已迫在眉睫,一方面,急需英国出动海军控制孟加拉湾;另一方面,史迪威率领中美两国陆军,以钳形攻势进攻北缅的日军,而蒙巴顿指挥 5 万英军在缅南作两栖登陆。这样,不仅可以收复仰光,迅速打通滇缅路,而且能帮助中国收复华南、华中。"

宋美龄刚译完,丘吉尔马上摇头:"要我们出动海军,恐怕为时尚早吧。"其实,丘吉尔已与罗斯福达成协议,英国先以海军收复新加坡。

蒋介石对丘吉尔的老谋深算,不顾中国利益甚为不满。宋美龄怕双方陷入僵局,机智地从中斡旋,她提醒丘吉尔:"尊敬的首相先生,贵国如果不及时出兵,不支援中国物资,打败缅甸日军,那么英属殖民地印度就有可能落入日本人手里,更谈不上什么新加坡了。"宋美龄又示意蒋介石,点一点英国采取弃缅保印战略,英军在缅甸避实就虚、临阵脱逃,致使中国远征军孤立无援而惨败的往事。

"……啊,首相先生,"蒋介石陡增怨愤,"我们第五军将士在缅甸之苦战,整个世界都知道的吧! 至今我想起烈士之热血,染红了中国远征军之旗帜,心里既难过又自豪,不知道您作何感想? 要知道,当初是英国急于要求我们出兵的吧?"

宋美龄紧咬不放,请罗斯福对中国提案发表意见。罗斯福扶着轮椅把手,委婉地说:"中国的提案是不错的,我们三大国都要出兵缅甸,如果让缅甸继续留在日本手里,对我们都不利。至于英国出动海军嘛,要看适当的时候……"

丘吉尔考虑到缅甸确与英国有一定的利害关系,也不可随意得罪中、美两国,便勉强作了让步。事后,丘吉尔拜访罗斯福时感喟:"唉,这位中国女人可不是弱者!"

几天后,中国代表团又要求收回香港,罗斯福为了扩大对中国的影响支持中国政府的要求,表示赞成宋美龄的意见将香港变成自由港。丘吉尔一下跳起来,咆哮道:"这个坚决不行,香港问题不是在我手里产生的!"

"尊敬的阁下,不久前,您不是批准废除了历史上产生的在华领事裁判权吗,我们非常感谢您呢。"宋美龄笑眯眯地开导暴躁的丘吉尔,但是丘吉尔死不让步,且狡猾地将话题转移到中国收复由甲午战争以来日本侵占的失地上去。

中国代表团还坚持欧洲战场和亚洲战场一视同仁的观点,提出改变1943年1月罗斯福和丘吉尔在卡萨布兰会议上，强调物资分配"欧洲第一"的政策。24日上午，英军参谋总长布鲁克、美国陆军参谋总长马歇尔据此与中国代表团激烈争执。史迪威在旁百般调停，气氛才趋向缓和。会后，史迪威还请宋美龄去参加马歇尔举行的午餐会，他给宋美龄写了张便条，提供她向马歇尔陈述增加援华物资的具体理由。

宋美龄见到马歇尔便痛陈利害："尊敬的马歇尔将军，您还记得我在贵国国会上的发言么，你们在关心打败德国时别忘了日本，日本在占领区掌握的资源比德国还要多。何况，中国早日打败日本直接关系到美国的利益。在中国战区，你们出钱，我们出人，目标都是一致的呀。"马歇尔无言以对。

23日晚，蒋介石、宋美龄又去拜访罗斯福。双方主要讨论了中国领土的归还问题，并一致同意东三省、台湾、澎湖列岛战后归还中国。可是，当蒋介石提出盟国必须每个月经驼峰线，向中国提供1万吨物资时，罗斯福敏捷地将话锋扯到中国的内政上去："尊敬的委员长，美国不少人建议，以后在决定是否向中国提供援助时，应以他们是否解决了国内矛盾为必要前提。当然，我始终坚持给贵国提供必要的援助。"

"总统先生，您指的是什么矛盾呀？"蒋介石假装糊涂地问道。

"我很不理解你们中国人，你们为什么要用重兵监视陕甘宁边区？你们能不能建立一个国共合作与统一的联合政府呢？"

"哎，总统先生，"宋美龄边翻译边避开敏感问题，抓住美援问题，"委员长认为当前最关键的事，是打败日本，而我国军备非常困难，这对整个中国战区和太平洋战场都不利哪！希望阁下按联合国救济善后会议精神，向中国提供更多的援助。"

经过一番唇枪舌战，罗斯福总算答应装备中国90个师（后来未兑现），给蒋介石10亿美元贷款，增加援华飞机……

会议期间，各国代表和贵宾都知道了宋美龄是发起研究战后问题"四大国"（中、美、英、苏）会谈的关键人物，对她产生了浓厚兴趣。每当宋美龄落落大方地出入会场、宴会厅，便被人们团团围住，向她提出有

抗战胜利后国民政府还都南京，蒋介石、宋美龄率文武百官
拜谒中山陵

关中国的古怪问题，她从容不迫、舌战群儒，以致罗斯福、丘吉尔、英国外相艾登等，都感叹宋美龄是一位厉害女人！

《开罗宣言》于 11 月 26 日定稿，在几天后的德黑兰会议上，经斯大林审定才准予公布，然而德黑兰会议删改了《开罗宣言》。罗斯福与斯大林单方面决定，苏联出兵东北，可以得到东北铁路和港口的特权，这样重大的事情，美、苏首脑居然不征求蒋介石的意见。德黑兰会议后，美国拒绝了给中国的贷款，英国则将中英联合反攻缅甸的计划一笔勾销（最后反攻缅甸主要靠中国军队和部分美军）。中国在开罗会议上虽然取得了一定的权益，但也失去了一些主权，国民政府饮恨咽下了一只历史铸就的"夹生饼"。

经过 5 天紧张的会议，27 日上午，蒋介石、宋美龄在离开开罗前夕，才抽空去游览金字塔群。宋美龄挽着蒋介石，缓缓地徜徉于古埃及法老的坟茔间，他们随着尼罗河澎湃的涛声，仰望阳光下象征权力的金字塔，陷入了古代东方的遐想之中……

孙科和苗王公主蓝妮的曲折婚恋

1986 年春天,举国隆重纪念民主革命先驱孙中山先生诞生 120 周年。北京长安街上车流如梭,其中一辆小车直驶人民大会堂,车内走出一位面貌清秀,仪态端庄的老太太,她刚步入灯火辉煌的宴会厅,全国政协主席邓颖超大姐便欣喜地迎上前去,高喊一声"孙太太",两人含泪紧紧地拥抱。

少顷,邓大姐亲切地向周围的人介绍说:"这位是中山先生的儿媳,孙科先生的太太蓝妮女士,她是特意从美国赶来参加中山先生 120 周年诞辰的。"蓝妮微笑着频频向大家致意,在热烈的掌声中,邓大姐又深情地说:"我们是好朋友哩,自重庆一别,已有 40 多年不见了,今天我代表全国政协,特意设便宴请孙太太,咱们好好叙谈叙谈啊!"

在这流溢着温情的氛围中,蓝妮的思绪刹那间飞向已经逝去的难忘岁月——

一 迁徙离难中的苗王公主

在群山连绵、四季如春的云南哈尼族境内,曾经生活着珍贵的苗王蓝氏家族。20 世纪初,外部世界激荡的风雷,叩开了这片落英缤纷的桃花源。

1900 年,蓝妮的祖父清末举人蓝和光举家迁移澳门,在创办实业中徐图发展。1912年,蓝妮在澎湃的海涛声中降临人间。不久,蓝家迁居广州,旋又东赴上海,其间增添了蓝妮的弟弟和妹妹。

蓝妮的父亲蓝世勋,走的却是职业革命家的道路,他在家经常讲孙中山先生的共和思想,给蓝妮留下深刻印象。蓝世勋在参加同盟会后,追随黄兴任其部参谋长,辛亥革命失败后远赴英国剑桥大学深造。蓝妮的母亲也是门名闺秀,她亲自教授小蓝妮英文,其父则请了著名的塾师,教蓝妮中国古典文化。蓝妮11岁时入南京惠文中学读初中,13岁进南京暨南女中,15岁回上海升入智仁勇女子中学读高中。蓝妮的聪慧和渊博的家学,使她成长为一名热爱生活、追求自由和琴棋书画样样娴熟的美貌少女。

生活,在蓝妮面前展示了绚烂的前景。

然而,一场飞来横祸,击碎了蓝妮的美梦。1926年,蓝妮祖父因产生乡恋之情,独自回云南老家去了。从此,生活重担全压在留学归来、时任常熟沙田局长的蓝妮父亲身上。一天,蓝世勋与他的荐举人陈保初外出公办,当走到柳林别墅时,突然响起一阵枪声,树林中闪出一帮蒙面歹徒,陈保初当场毙命,蓝世勋吓得魂飞魄散,歹徒上来搜身,见无油水,遂一声唿哨,跑得无影无踪。

蓝世勋归家,即神经错乱,从此丧失了工作能力。正当家庭入不敷出之际,蓝世勋想起尚有20万两银子被把兄弟刘德辅借去,在香港开办摆渡汽车的渡海轮公司,便凑了盘缠,带上两个老仆去索债。谁知他们到了香港,刘德辅将债赖得一干二净,两个老仆又席卷盘缠逃之夭夭。蓝家从此陷入困境。

1929年,18岁的蓝妮已出落成有“沉鱼落雁”之貌的大姑娘了。父母为生活所迫,物色了一殷富人家,将蓝妮嫁给了上海名门李调生的次子李定国,李家则每月给蓝家津贴100元,作蓝家的家庭开支。如此婚姻基础,注定了他们日后劳燕分飞的结局。

蓝妮嫁到李家后,且不说与丈夫毫无共同语言,单就封建大家庭的种种清规戒律而言,诸如日常必须下厨房烹饪做菜,吃饭时亲自为公婆

孙中山、孙科父子

上菜等等,使她成了一只笼中鸟。

在沉闷的空气中,蓝妮渴望重见一片新的蓝天,经过5年的痛苦生活,蓝妮生下3个子女(现在美国和澳大利亚)之后,于1934年与李定国离异。

二　在上流社会与孙科一见钟情

20世纪30年代中期,南京国民政府的许多官员,经常在繁忙之余,到上海度周末,诸如蒋介石、孔祥熙、宋子文、陈立夫等。孙科是孙中山先生的独子,早年就留学于美国加利福尼亚州立大学、哥伦比亚研究院,获得硕士学位。时任立法院长,曾经还担任过交通部长、建设部长、财政部长、铁道部长、考试院副院长等要职,因而他的交游极广,也有较高的威信。因受其父孙中山先生影响,孙科还喜欢读书,精通文学、艺术,也喜欢与文化人交朋友。当时,孙科的家在上海哥伦比亚路(今番禺路)。

1936年暮春，湿润的空气弥漫在江南的田野、河流之中，云雀悠然地发出婉丽的啼声，孙科坐在南京开往上海的列车上，远眺窗外的春色，心情怡然，喜上眉梢。这个周末，他将应邀参加富有音乐才能的朋友陆英的家宴。

蓝妮自从离开李家后，独居一室，过了一段无拘无束的生活，偶然也会生出些许的烦恼和孤独感。这天，在家里静心看书，忽然接到要好同学陆英来电，邀她晚上去赴家宴。

陆英的无意安排，在历史的瞬间，造就了一段才子佳人的绵绵不了情。

陆英家坐落在法租界的花园洋房群中，因这晚有贵人光临，里里外外打扫得干干净净，百花争艳的花园中飘出一阵阵清香。在缠绵、悠扬的西洋乐曲声中宾客们徐徐入场，大家互相寒暄祝福。蓝妮打扮得端庄、飘逸，她一进客厅立刻光彩照人。在众多的眸子中，她猛地发现有一对明亮的眼睛似乎很熟悉，顺着视线再看，一位魁伟的中年男子正对着自己微笑。哟，此人好像在哪儿见过。

陆英迈着轻盈的步子，边向来宾敬酒边作介绍，她虔诚地指指孙科，甜甜地说："这位是立法院院长孙科先生，大家欢迎。"随着此起彼伏的掌声，蓝妮不禁恍然大悟，怪不得这位中年男子那么眼熟，原来就是孙中山先生的公子，孙中山先生的画像不是天天见到的嘛。

乐曲又起，当陆英介绍到蓝妮时显得十分激动，她将自己的这位要好同学的洁身自好大大赞扬了一番。蓝妮的美貌，在当时是出了名的，不少记者说，谁想知道西汉赵飞燕和东汉貂蝉的美丽形象，只消去看看蓝妮就行了。孙科一见蓝妮不禁怦然心动，惊叹世上竟有如此美女，遂向蓝妮敬酒。一迭声说："蓝小姐，见到您很高兴，祝您万事如意，干杯！"孙科一饮而尽，明亮的双眸射出灼人的光芒。

蓝妮回敬一杯，柔声道："孙先生一向可好，我也祝您万事如意！"蓝妮轻轻地呷口白兰地，脸上飞起一朵红晕。

席间，他们两人热烈攀谈，孙科除了了解蓝妮的身世和坎坷的人生外,还与她畅谈唐诗、宋词,西洋古典音乐和绘画,因孙科在美国留过学,说得一口流利的英语,间忽使用英语与蓝妮交谈,彼此竟产生了相见恨晚之感。

当时,孙科早有妻室,原配夫人陈淑英,有儿子孙治平、孙治强、女儿孙穗英、孙穗华。身居高位的孙科虽已年过不惑,但风度、学识不同凡俗,再加上孙中山先生的背景,所以令蓝妮十分崇敬;而孙科已完全被蓝妮的美貌所倾倒,更兼蓝妮知书达礼、通晓英文,使得孙科心驰神往。孙科深情地瞥了蓝妮一眼,走到留声机旁放了一张柴可夫斯基的《天鹅湖》,请蓝妮细细欣赏。很快,陆英的家宴即将结束。孙科郑重地对蓝妮说:"蓝小姐,您很有学问,又精通英文,令我感佩不已,我想请您担任我的机要秘书,不知意下如何?"

"谢谢孙先生",蓝妮羞涩地点点头,"我非常乐意为您效劳。"

孙科听毕神采飞扬,又去换上一张施特劳斯的《圆舞曲》,邀蓝妮翩翩起舞。皎洁的月光,舒缓的轻纱,款款地洒向客厅……

蓝妮担任孙科的机要秘书后,两人感情与日俱增,不久孙科决定娶蓝妮为二夫人。消息传出,社会舆论说孙科不爱江山爱美人。孙科对此淡淡一笑,便决定举办一个简朴的婚礼。

婚礼那天,孙科不事声张,只请了立法院的同事,一共摆了 4 桌酒席。席间,孙科谈笑风生,在同事的祝贺声中他风趣地说:"哈哈,我是知法犯法,罪加一等啊!"接着,孙科示意摄影师拍结婚照,自己便正襟危坐在沙发上,目光炯炯地望着前方;蓝妮身穿花缎旗袍,宛若轻盈的小鸟,依立于丈夫身旁,一对明眸楚楚动人,传神地表达出内心的喜悦之情。只听"咔嚓"一声,这张珍贵的照片留下了历史的瞬间。

孙、蓝联姻,轰动了当时整个社会,一些别有用心者攻击蓝妮,说她是孙科的"如夫人",直至现在某些报刊也以讹传讹。其实,孙科娶了蓝妮后,为了表示自己对她的忠贞爱情,亲笔给蓝妮写下一张字据:

1936年，孙科与蓝妮在上海的结婚照

　　我只有原配夫人陈氏与二夫人蓝氏二位太太，此外决无第三人，特此立证，交蓝巽宜二太太收执。

孙科　廿五、六、廿六

　　"廿五"是当时的民国二十五年（1936年），孙科称蓝妮为蓝巽宜，这是她正式的名字，而蓝妮在幼年的学名则叫蓝业珍。孙科为蓝妮立字据，尊称她为"二夫人"、"二太太"，这充分说明了他对新夫人的敬重。

三　在陪都重庆与孔二小姐交恶

　　1937年8月，蓝妮和孙科终于有了爱情结晶。蓝妮在上海生下女儿孙穗芬。尽管此时国难当头，孙科没有在蓝妮身边和她分享喜得千金的快乐，但作为父亲，孙科早为即将降临人世的爱女起名叫孙穗芬。当时，孙科和原配夫人陈淑英已有孙穗英、孙穗华两女，她俩名字中都

孙科与蓝妮之女孙穗芬同邓颖超
在一起

有一个"穗"字,那是因为孙科从美国留学回国后,长期跟随父亲孙中山
先生在广州工作,还担任过广州市长等职,为了纪念自己在穗——广州
的那段难忘经历的缘故。此时,躺在床上的蓝妮轻轻呼唤女儿穗芬的
名字时,自有一种常人难以体验的幸福感。

不久,上海、太原失陷,南京已暴露在日军炮口之下,国民政府决定
迁都四川重庆。蓝妮恋恋不舍地离别褓褓中的女儿,随孙科前往云遮
雾障的山城。

蓝妮到重庆后,出资在嘉陵江畔建造了一幢房子——"园庐"。这
幢风格独特的建筑成了她和孙科的安乐窝。

当时,国共合作抗日,重庆成了各党派和名人聚集之地。那阵子,
孙科为了争取国际舆论支持而忙得团团转,作为特使3次访苏,还担任
中苏文化协会会长。喜欢交友的孙科常在家中设宴招待一些知名人士
和共产党人,共商抗日大计。经常前去作客的有郭沫若、罗隆基等社会
名流,郭沫若一喝酒,总要与孙科吟诗作词,内容大部分是讨伐日寇、还
我河山之类。蓝妮总是以家庭主妇的身份,热情招待来宾。

与此同时,周恩来、邓颖超、董必武等中共要人曾住在重庆曾家岩八路军办事处,他们为了救亡活动,广泛地与社会各界人士交往。蓝妮就在这时和邓颖超相识了。蓝妮晚年谈起邓颖超十分敬仰,一口一个邓大姐。据她回忆,她是由罗隆基夫人介绍认识邓颖超的。邓颖超对人生的乐观态度,对抗战前途的看法,以及她待人真诚、和蔼可亲的老大姐形象深深地吸引了蓝妮。以后她们经常来往成了好朋友,邓颖超还介绍康克清与蓝妮交了朋友,蓝妮晚年曾深情地说:"邓大姐对我很好,康克清对我也很好,想起邓大姐就想哭。"

　　蓝妮出身封建大家庭,在她柔媚的个性中不失刚烈,更有大小姐的任性,她非常瞧不起那些飞扬跋扈的达官贵人,有一次曾得意地告诉记者,她在重庆不买孔二小姐的账,并与之交恶的一段往事。

　　在重庆,孔祥熙之女孔二小姐的厉害尽人皆知。孔二小姐原名孔令俊,后改名孔令伟,乃是孔祥熙与宋蔼龄所生的第二个女儿。孔二小姐出身豪门,虽是女儿身却喜欢女扮男装,留短发、穿男式西装和皮鞋,连内衣裤全是男式的。她随身有3件宝:烟斗、手枪和小车。她仗着自己是显贵门第,尤其是得到宋美龄视如己出的宠爱,就到处惹是生非,不可一世。凡是孔二小姐在重庆街上驾车,所有的车都得让道,连交通警察也不敢管,因为她曾开枪打死过交通警察。

　　然而,蓝妮偏偏不怕孔二小姐,她是重庆唯一公开斗过这个怪女魔的女性。

　　抗战期间,重庆经常遭到日军飞机的狂轰滥炸,蒋介石曾下令:不允许女性开车,一旦遇上防空警报,所有汽车都必须听从指挥,躲进防空掩体。然而,孔二小姐的小车照样可以置空袭警报于不顾,招摇过市。另有立法院孙科、蓝妮的1号车牌和少数人也享有这个特权。

　　一天下午,蓝妮驾车到上清寺(孔公馆——重庆最豪华的别墅"范庄"所在地,国民政府也在其侧),远远看到山道上整整齐齐地站着一队全副武装的宪兵,蓝妮待驶近,才看见蒋介石装模作样地亲自在检查过往车辆。蒋介石见立法院1号车牌的小车,又是蓝妮在开车,客气地挥

孔二小姐（左二）与宋美龄等

挥手示意小车过去，蓝妮点头表示感谢，小车飞驰而过。

开了一会儿，忽闻背后响起一阵阵小车喇叭声，从反光镜中看到孔二小姐开着车尾随在后。蓝妮和孔二小姐因同为国民党政要眷属，所以在一些场合经常见面，彼此熟悉，而且孔二小姐的许多小姐妹，也是蓝妮的好朋友，但蓝妮向来厌恶她不男不女的怪癖，从不与她交往。

重庆的山路很窄，想超车难乎其难，除非前面的车让在道边。孔二小姐的小车喇叭声愈揿愈响，企图超车，蓝妮气得柳眉倒竖、杏眼圆睁，紧握方向盘加速前进，不让她超过自己的车，孔二小姐开向右，她也向右，两辆车一前一后打着S形。孔二小姐始终无法超车，气得咬牙切齿，这段狭窄的山路终于过去了，蓝妮得意地揿了揿喇叭，以示得胜班师，驾车扬长而去。由此两人结下了冤仇，以后在公开场合见面互不理睬。蓝妮起码到晚年仍没改变对孔二小姐的看法，谈起来总带有一种轻蔑之态。

日本为了尽早使蒋介石政府屈服，不顾中国平民百姓的生命安全，对重庆时常实施空袭，无数中国同胞在大轰炸中丧生。蓝妮和孙科的

"园庐"也难逃劫难,曾被炸坏,只得加以修缮。

蓝妮长期生活在上海滩,过惯了安逸的生活,到重庆后经常遇到空袭,不得不跑到防空洞避难。当敌机空袭时,男女老少匆忙集中躲进防空洞中。如果空袭警报长时间不解除,大小便也就发生问题,防空洞里的男女老少混杂在一处,空气恶浊不堪。这种污秽的环境令蓝妮实在难以忍受。蓝妮在重庆居住不到 3 年,于 1940 年告别孙科,独返上海回到了女儿孙穗芬的身边。

蓝妮在上海充分施展她的交际才能,并凭借孙科眷属的特殊身份,周旋于汪伪上层的陈公博、周佛海、梅思平等大汉奸之间。为此,有人骂蓝妮是卖身投靠的汉奸,但她自己却说是为党国进行特殊的工作。那时,人们对蓝妮在上海滩的能量,的确刮目相看。据称,1943 年上海华商证券交易所在理事长张慰如、常务理事沈长明活动下准备重新开业,但困难重重,后经沈长明央求蓝妮相助,蓝妮慨然应允,偕沈长明同赴南京,请陈公博、梅思平帮忙,结果问题迎刃而解。上海华商证券交易所得以重新开业。以后上海凡是股票在交易所上市,只要蓝妮从中帮忙,必成无疑。

对抗战期间蓝妮在上海的情况,上海市文史研究馆馆员沈北宗先生介绍说,40 年代初,他经常在南京路新雅酒家吃饭,常碰见蓝妮独自一人登楼就餐,她那苗条的身材,穿着紧身的红色旗袍鲜艳夺目,四周的顾客不约而同地把视线射向她。蓝妮诱人的魅力由此可见一斑。孤岛中的上海人见到这位不满 30 岁的年轻少妇,几乎都知道她是国民政府立法院院长孙科的眷属。

四 爱女被绑架的台前幕后

孙科、蓝妮所生的女儿孙穗芬长得非常漂亮,又聪明伶俐,孙科人到中年喜得千金,视如掌上明珠,下班回家总是抱起女儿亲个够。

然而,孙穗芬 8 岁那年曾被歹徒绑票,此案震惊全国,多年来扑朔

上海番禺路60号原孙科别墅

迷离、说法各异。蓝妮曾向记者独家披露了真相。

　　1946年夏天，上海天气闷热，梧桐树上到处蝉鸣声声。一天，蓝妮与友人吴永吉、宋树玉去南京路老正兴饭馆吃饭。他们正边吃边谈，蓝妮家中忽然驰来一辆陌生轿车，来人文质彬彬，向老保姆陈妈一鞠躬道："我奉太太之命，接小姐去老正兴吃饭，太太说要翠英（穗芬奶妈的童养媳，时年13岁）陪同一起去。"陈妈平时一向谨慎，不经过蓝妮亲口吩咐，从不放穗芬出去。不料，这天陈妈见来人不仅知道蓝妮在老正兴吃饭，而且说得出翠英的名字，便不再生疑，竟将穗芬和翠英交给来人。

　　小车离开孙府，箭也似地驶向金马饭店，原来这是由吴永吉充当内线而蓄谋已久的一场"绑票"闹剧。绑架方面扣下了穗芬，同时交给翠英一只手提式黑皮包，说是太太买的，叫她先带回家，随即便用小车将她送回孙府。

　　蓝妮从老正兴饭馆回家，不见了穗芬，惊问其故，陈妈告知车子来接穗芬的经过。蓝妮一听浑身颤抖，凄婉地叫道："你们上当了，碰上坏人'绑票'了，我根本没派人来接过穗芬啊！"说罢泪如雨下，陈妈及家人一起号啕大哭。蓝妮抹干眼泪,赶紧打开那只黑皮包,内有一封信,果然是绑架。

当晚,蓝妮在房中急得踱来踱去,忽闻电话铃响,她一个箭步上前抓起话筒,对方传来了凶狠的声音:"孙太太,你不要着急,小女在我们这儿。你想要回女儿么,必须一次付清30万美金。听着,如果你报警,那我们就要'撕票'喽。"

蓝妮听得心急火燎,心想哪来这笔巨款啊!她立即回答:"我们家拿不出30万美金,你们不能狮子大开口呵。"经过一番讨价还价,双方讲定10万美金。

蓝妮挂断电话,陷入无限的愁苦之中,即使这10万美金,又从何处去凑呢?于是,蓝妮马上打长途电话到南京,向孙科告知事情经过。孙科听毕,一声长叹,显然也急得手足无措。他深思片刻,冷静地说:"我是立法院长,怎么好出赎金?"意思是决不能动用公款赎女儿。他接着说:"依我看,还是先报警吧,我可以先打个电话给上海市警察局长宣铁吾。"

"不行呀,"蓝妮吓得又哭又喊,"你一报警,他们就会'撕票'的。"

"那这样吧,此事由你处理,我马上派秘书长去上海与你联系。"孙科说完意见,便挂断了电话。

为了筹这笔巨款,当晚蓝妮打电话给上海市地政局局长祝平,要他将孙府在白赛仲路(今复兴西路)上玫瑰别墅的7幢房子的单据(旧时买地的一张凭证),立即改成正式的房契,然后抵押给金城银行,并向殷纪常借款10万美金(殷是蓝妮父亲的至交)。

到了约定付款的日期,蓝妮由弟弟蓝业申以及他的连襟倪振霖陪同,并由蓝业申开车,直驰虹口凯福咖啡馆与对方接头。他们坐在鸳鸯座上紧张地望着四方,蓝业申则像抱着十世单传的金蛋那样,紧紧地抱着装有巨款的黑皮包。忽然斜刺里传来几声咳嗽,迎面走来一个又黑又瘦、颧骨极高、眼露凶光的高个男子,他一声不响,拎了一个与蓝妮事先约好的同样的黑提包,同蓝业申手中黑包交换了。蓝妮见此人后面没有穗芬,急忙拦住他问道:"怎么不见孩子呢?"

高个男子挟着包镇静地答道:"孙太太,您尽管放心,今晚交人,您等电话吧,我们说话是算数的。"

蓝妮一行回府,正心神不宁地吃晚饭。对方打电话来了,通知晚上8点在南京电影院(今上海音乐厅)接孩子。

蓝妮姐弟心跳如捣鼓,慌忙开车去南京电影院。车刚在门口停下,只见穗芬哭哭啼啼地从电影院内奔出来。蓝妮大叫一声:"穗芬呵,我的心肝宝贝!"扑过去紧紧抱住穗芬,母女哭作一团。原来,这几天穗芬被关在沪江饭店,对方怕被人认出,把她的衣裤都换掉了。每当穗芬哭闹或睡醒时,对方就给她平时喜爱的糖果和小人书看,说是舅舅带给她的。穗芬吵着要见舅舅,对方便哄骗她说:"你妈又被戴笠关起来了(蓝妮曾被戴笠关过),叫我们看牢你。"穗芬这才吓得不吵了。这晚,对方陪同穗芬去南京电影院看电影,陪同的人中途说替她买冰淇淋去,由此便"黄鹤一去不复返。"穗芬久等不见人来,便哭叫着奔出了电影院。

后来,蓝妮卖掉两幢花园洋房,才还掉10万美金的债。

五 为孙科竞选副总统功败垂成

女儿孙穗芬被绑架,使蓝妮身心遭到很大打击。孙穗芬安全回家后的那些天,紧悬蓝妮心头的一块石头总算放下了,但每当她想起此事,不免心有余悸。为了女儿的生命安全,并不致影响她的学业,蓝妮不久便将孙穗芬送到南京孙科身边。孙穗芬进入美国人办的学校读书,一年后又回到上海圣心学校就读。

孙穗芬在南京的一年多中,蓝妮算是和孙科过上了一段安稳的日子。

蓝妮自从离开李家涉足上流社会,在交际场驰骋可谓得心应手。1948年,她积极为孙科竞选副总统,却落了个功败垂成的结果,令她不堪回首。

1948年被国民党宣布"行宪年"。所谓行宪,就是按照《中华民国宪法》选举总统,实行总统制。这年3月29日至5月10日,国民政府在南京召开行宪国大。4月19日,蒋介石被国民大会选举为国民政府第一任总统。接着,副总统的选举成为各派系争夺的焦点。

　　在是否参加竞选副总统的问题上,蓝妮和孙科的想法是一致的。孙科从未想过竞选被称为"吃肉饭"的副总统,而专心当他比副总统有权的立法院院长。但蒋介石为了击败政敌李宗仁当选副总统,鼓动孙科加入与李宗仁、程潜、于右任、莫德惠、徐傅霖角逐副总统的行列。蒋介石为了使孙科顺利当选,竭力为其撑腰,一面亲自出场拉票,向亲信面授机宜;一面使用一切手段,逼迫对孙科当选构成威胁的李宗仁和程潜主动退出竞选。但李宗仁、程潜两人不买蒋介石的账,采取了针锋相对的措施,毫不退让。于是,竞选人之间展开了激烈的明争暗斗。

　　孙科从决定竞选副总统那日起,不仅得到二夫人蓝妮的赞成,而且她还充分施展超凡的交际才能,积极为孙科竞选拉票、摇旗呐喊,不遗余力。蓝妮故乡是云南建水县,于是由她出面极力拉拢滇系,在家设宴招待云南主席卢汉、昆明市长裴成藩等人。当时,蓝妮和许多人都认为,孙科有蒋介石做后台,稳操胜券。

　　然而,就在副总统第一轮竞选的节骨眼上,发生了一件轰动民国政坛的所谓"蓝妮事件。"

　　那是4月23日上午,国民大会举行全体会议,正式投票选举副总统。但当2000多名有选举资格的国大代表进入会场后,发现自己的座位前都放着一份当天的《救国日报》。许多国大代表好奇地不约而同地捧读起来。顿时,广西的国大代表看到后不禁兴高采烈、交头接耳、窃窃私语;而广东的国大代表一看《救国日报》,马上怒火中烧,大吵大闹起来。

　　《救国日报》刊登的内容自然和蓝妮、孙科有关。当年为李宗仁竞选的得力谋士程思远先生亲眼目睹了这一场面,他在《政坛回忆》一书中对此有过生动而详细的记载:"大家一看第一版头栏赫然刊着孙科与蓝妮的丑闻。蓝妮原是孙的如夫人,抗战初期与孙科住在重庆两浮支路旁边的'园庐',后来潜往上海、南京敌后城市,同陈公博、周佛海往来密切。抗战胜利后,中央信托局在上海没收了一批德国进口的颜料,作为敌伪财产处理。可是孙科致函国民大会秘书长洪兰友,说这批染料为'敝眷'蓝妮所有,要求发还。洪兰友就写信给中央信托局局长吴任沧,说蓝妮是孙院长(立法院)的如夫人,要吴看在孙院长的面上,将颜料发还她。不知怎样,这些材料落到龚德柏手中,而今发表出来,顿时轰动了整个会场。"

程思远先生上述回忆的核心是"蓝妮颜料案"。在这里,有必要向读者介绍一下该案的真相。

1947年秋,上海有一家小报刊出了"蓝妮颜料案"的新闻,轰动一时。但小报专事猎奇,此案一经炒作,真假难辨。杨蹇先生的《蓝妮颜料案纪实》一文,较详尽地披露了该案的内情。

原来,抗战胜利后,军统头子戴笠不仅将蓝妮逮捕入狱,还查封了她的财产,并派兵看守她在白赛仲路上玫瑰别墅的住宅。国民党敌伪产业处理局查辑组密报,又查抄了蓝妮的一批货栈单,约值几十条黄金。按当时的法律规定,凡属汉奸嫌疑犯的财产,必须等该犯经判决确定后,始能作为逆产处理予以没收。在未经判决确定之前,其财产只能扣押保留,不得处理。但是,敌伪产业处理局查辑组的经办人员,为急于领取百分之十的密报奖金,同时又不懂这种栈单主要是作为投机使用的筹码,竟把现货提出处理。据经办人员称,提货时发现颜料桶有的已经腐蚀破漏,不能保存,必须处理,于是就把这批颜料作价处理,并发放了密报奖金。

杨蹇先生认为经办人的报告是否属实,很难断言。他还回忆说:"1947年秋,逆产组组长邓葆光奉当时财政部长俞鸿钧的批示,将蓝妮的颜料被扣押案交他办理(因处理局在1946年年底已结束,并入中央信托局成立了敌业清理处,而中信局则属财政部领导)。邓和我商量,我告诉他这是原查辑组处理的,该组已裁撤,案件应归清理处的审查组。邓命我去和审查组组长陈忠荫联系,陈允发还。过了两天,蓝妮带了许性初、王普祥两人来找邓葆光,由我陪他们去审查组看陈忠荫。陈当时很痛快地说,可以领回,只是业已作价批进,应按作价时的法币数目发还。从1946年春到1947年秋,法币已贬值若干倍,几同废纸一样。蓝妮当然不肯吃这个亏,就大发雷霆斥骂陈忠荫,并拿俞部长的牌子压他,谁知陈俞是郎舅至亲,陈自然不会被大帽子压倒。

"其时,原处理局及其查辑组均早不存在。虽然事实上法币早已贬值,但制度却只能照变价时的数目发还,蓝妮自然不肯领取。这时候小报上刊载的'蓝妮颜料案'已经轰动一时,舆论可畏,蓝妮只得偃旗息鼓,以不了了之。于是这批价值几十条黄金的颜料就算报效了'党国',便宜了原查辑组的人员。"

从上可见,蓝妮的颜料从查抄到允许发还,如果没有时任立法院院长的孙科在其间斡旋,显然是不可能的。但事情的结果令蓝妮和孙科大失所望,因为价值巨大的颜料不仅没有收回,而且这件事日后竟会成为他的政敌,击败他的致命武器。

或许是由于《救国日报》揭发孙科和蓝妮隐私的缘故,副总统选举第一轮就使孙科落在李宗仁之后。选举结果是:李宗仁得754票,孙科得559票,程潜得522票,于右任不足500票,莫德惠、徐傅霖各得200余票,李宗仁独占鳌头,但不足法定当选票(即超过全额半数的1523票)。这样,依选举法规定,将得票较多的李宗仁、孙科和程潜在次日举行第二轮选举。

这样的征求结果是支持孙科竞选的广东国大代表不愿看到的,他们将这一切怪罪于龚德柏的《救国日报》。所以当大会散会后,张发奎和薛岳率领广东国大代表,怒不可遏地把《救国日报》的排字房和门砸烂了。

很显然,《救国日报》所为是有人授意的。王朝柱先生在他所著的《李宗仁和蒋介石》一书中引用了李宗仁的回忆:"在副总统竞选活动中,我的支持者,特别是黄绍竑做得过分,竟至揭露孙博士(按:指孙科)

作为一个政治家的隐私,黄氏用假名发表了几篇文章,重提旧日的桃色事件——《敝眷蓝妮》。蓝妮是一个颇有姿色的交际花,曾有个时期是孙博士的情妇。后来,她还叫两个女儿称孙氏为父亲。"

此外,李宗仁还讲过一段话,后与蓝妮有关。他说:"1948年4月,孙科作为蒋先生的'黑马',参加副总统竞选活动。黄绍竑很有文学天才,便在这时改了一下前次的题目,发表了另一篇儿女风情纪事的文章。这使得孙博士尴尬万分,并认为我手段恶劣。"

李宗仁说得很轻松,似乎《救国日报》与他完全无关,但那时《救国日报》所为无疑帮了他大忙,所以事后他过意不去,把4根金条托程思远交给刘士毅,要刘转交龚德柏,藉此弥补《救国日报》的损失。

从今天来看,李宗仁对蓝妮的记述并不完全正确。不过,他对蓝妮的看法反映了那时代的人对蓝妮的认识。

蓝妮对《救国日报》刊登有关她和孙科的隐私来攻击孙科,以替李宗仁达到政治目的的卑劣手法感到异常气愤。但面对《救国日报》带来的负面效应,任凭她本事再大也无法挽回了。4月29日经过4轮选举,最后李宗仁以1438票的微弱多数击败了孙科,当选为国民政府副总统。

蓝妮为孙科竞选副总统费了很大的力气,但结果不仅孙科落选,而且导致她与孙科分手。据说,孙科爱蓝妮是真诚的。但是,当时他为了能竞选上副总统,面对政敌利用《救国日报》的大肆诋毁,不仅未替自己心爱的二夫人蓝妮公开辩解;相反,还为洗白自己做了一些小动作,这就激怒了生性倔强的蓝妮,从此与孙科劳燕分飞。

六　离别故土的飘零岁月

1948年底,国民党政权摇摇欲坠,政局动荡不安。蓝妮看到上海已难安身,考虑再三,偕女儿孙穗芬及弟弟蓝业申前往香港。

蓝妮到香港后,唯恐坐吃山空,就依靠在上海滩人头熟、关系广的

晚年蓝妮摄于上海玫瑰别墅

优势,在雪厂街开了一家大隆金号。关于蓝妮在香港的情况,曾在大隆金号供职,后来成为上海市文史研究馆馆员的邓汉宗生前有这样一段回忆:"蓝妮既抵香港,见香港 K 金市场兴旺,乃购进 K 金市场经纪人牌号一,以蓝业申名进行登记,在公主行赁屋开设大隆金号。用粤人在场内进行买卖,沪人唐宗燕及在上海煤气公司任秘书之粤人陈景华协助之,然苦于无一顾客光临,冷冷清清,不能维持。

"时沈长赓亦寄人篱下,在德辅道东亚大楼恒丰金号,蓝商之于沈。沈亦无法助之。大隆金号每况愈下,虽公主行新厦落成,仍无起色。蓝一怒之下,自己进行炒 K 金投机。然天不助人,蓝又大蚀其本。然孙穗芬则在教育中成长。"

蓝妮的大隆金号最后关门大吉。蓝妮晚年回忆在香港的一段岁月,不无感慨地说:"解放后我在香港,没有钱,很苦,吃萝卜干。"不过,她则自豪地说:"正因为那时穷,才培养出自己几个孩子。"

当时,蓝妮尽管在生意场上不顺利,但她把女儿看成是自己的希望所在,想方设法为女儿创造优越的教育条件。孙穗芬先进英国皇家第五世纪学校读初一；1951 年到台中天主教创办的静宜书院读书；1954年又回香港英皇第五世纪学校，后在台湾高中毕业，进台湾"中国民航空运公司"当空姐。1957 年，孙穗芬在台湾和美国一家航空公司的驾驶员孙康威结婚，后生有孙忠仁、孙忠杰和孙忠伟 3 个儿子。

蓝妮数十年来一直珍藏着女儿那张中英文对照的婚宴请柬。请柬内容是这样的：

谨詹于 1957 年 1 月 5 日（星期六）下午 3 时为长男康威、幼女穗芬在台北中正路桦山天主教堂举行结婚典礼，5 时假坐圆山大饭店敬治酒会。恭候

光临

薛嘉瑞士丹

孙科　鞠躬

蓝妮是从香港赶往台湾参加女儿孙穗芬的婚礼的。此次台湾之行，对蓝妮而言来之不易。她曾说："我离开大陆后，曾 3 次提出要去台湾都未获批准。有一次我母亲病危，我要求去台湾，他们不让我进去，直到 1957 年我女儿结婚时，他们才同意我去一次台湾。"

蓝妮到台湾为女儿操办婚事，当时孙科在美国做寓公。蓝妮心想，穗芬是我和孙科的孩子，理应由父亲出面为女儿操办婚礼，尽管他远在美国不能前来，但父女之情是永远不能分割的。为此，蓝妮用心良苦，在向亲友寄发请柬时，仍署孙科的名字。

孙穗芬结婚后，前往丈夫航空公司所在地泰国曼谷。蓝妮告别居住了十几年的香港，随女儿一家在泰国生活了 4 年。

1962 年，蓝妮又随女儿一家移居美国，母女加入了美国国籍，后来定居旧金山。

再说孙科与蓝妮分手后，在内战的阴影中随国民政府南迁广州，在对蒋介石完全失去信心后，于 1949 年年底黯然赴法国就医，1952 年移

居美国。

孙科和原配夫人陈淑英到美国后,据说他对蓝妮的旧情念念不忘,希望和昔日的二夫人重温旧梦,但蓝妮对往事却耿耿于怀,拒孙科于门外。后来,孙科获悉"西南王"龙云之子龙绳文先生和蓝妮时有交往,遂请其说项,但倔强的蓝妮还是不为所动。对此,龙绳文先生十分感慨地说:"我真同情这位痴情的孙科,那时他已过花甲之年,对如夫人还是那样一往情深!"

1965年,孙科应台湾"总统"蒋介石之邀,捐弃前嫌,回台后任台湾国民党"总统府资政"、"考试院院长"、"中华文化运动推荐委员会副会长"等职,1973年病逝于台北。蓝妮没有去台湾和孙科见上最后一面,但她嘱女儿孙穗芬赴台为孙科奔丧。

七　上海成为她人生的最后一站

蓝妮,这位7岁就初登上海滩的富有传奇色彩的"苗王公主",在度过人生的风风雨雨之后,1986年,她的人生之舟又静静地泊在上海滩。

早在1982年,蓝妮回美国后,即向邓颖超大姐发来一信,信中述说了自己看到祖国发生巨变的感受,流露了对故土的深深怀念和回国定居的愿望。

时隔4年的1986年,邓颖超大姐又一次向蓝妮发出了邀请,既请她和女儿孙穗芬回国参加孙中山先生诞辰120周年纪念活动,又请她永远留下来。此时,她已无任何拒绝的理由了。

蓝妮回忆参加孙中山先生120周年诞辰纪念活动时,神情兴奋,她说:"大会上安排孙穗芬发言,统战部领导问我要发言吗? 我说,孙中山先生去世时我才14岁,我不发言了。当时的统战部部长阎明复与我坐在一起,我女儿坐在我身边。因为我与阎明复坐在一起,摄影镜头一直对准我。阎部长风趣地说:'今天我与你坐在一起,借你光了。'我则对他说,我是借他的光,他是部长嘛!"

美国前总统克林顿访问上海时
与孙穗芬合影，孙穗芬已因车
祸去世

在北京开好纪念大会，全国政协安排蓝妮一行到南京中山陵祭扫。在拍照时，孙科的两个女儿孙穗英、孙穗华并不避开蓝妮，这件事她说起来很得意，她们后来又到广东中山翠亨村瞻仰了孙中山先生故居。

当纪念活动结束后，有关部门一边安排蓝妮住进了上海锦江饭店，一边设法解决她的房地产问题。然而，由于房子问题迟迟解决不了，蓝妮在锦江饭店一住就是 5 年。

最终，政府将蓝妮在复兴西路上玫瑰别墅中的一幢归还她。1990年 3 月 18 日，蓝妮终于搬进了那幢她解放前居住的三层花园洋房。此前，由著名电影艺术表演家秦怡等人居住。蓝妮常对人说："这个弄堂的 7 幢房子原来都是我的。"提起玫瑰别墅，旧上海有身份的人无不晓得那曾是蓝妮的房子。解放前一直传闻孙科用来路不明的巨款，为蓝妮建造玫瑰别墅，金屋藏娇。蓝妮晚年一直说，玫瑰别墅与孙科根本无关，是她用血汗钱建造的。她曾说："我的房子是日本人时候造的，是隔壁姓杨的地皮大王帮忙，1940 年完工。"如今，尽管属于她的房子并未全部归还，但此时还是为自己能叶落归根，回到属于自己的家感到几许欣慰。

蓝妮的那幢花园洋房,墙上终年挂着翠绿的长春藤,生机盎然,微风吹过,沙沙作响,仿佛一管历史的长箫,在弹奏房主人的沧海桑田。客厅向阳,有三四十平方米,透过窗户一眼看到花木葱郁的花园。厅内布置简单,显得空旷,但墙上挂着不少照片和装饰物,给客厅添了几分雅趣。北墙挂着一幅女儿孙穗芬的肖像,而东墙正中挂着一幅蓝妮与孙科的合影,特别显眼。据说,这两张照片挂放的位置和解放前完全一样,只是女儿孙穗芬的不再是小时候的照片。蓝妮介绍说:"这幅照片是1936年我和孙科结婚时在上海拍的。这是翻拍的,效果不太好。"

蓝妮晚年深居简出,几乎足不出户,偶尔到花园里散散步。她在花园里莳养花草,以寄托她对生活的希望和对美的感受。她从1986年回国定居后,只出过一次远门,那是到香港去看病。医生是她的熟人。蓝妮作为孙氏家族成员和孙家后人几乎没有什么交往。据孙穗芬女士见告,她母亲和孙科的长子孙治平一家关系较好。那是因为当年孙治平恋爱时,遭遇孙家上下的一致反对,后幸得蓝妮向孙科说情,才使孙治平喜结良缘。所以,孙治平对蓝妮心存感激之情。

蓝妮是民国诸多风云变幻的历史见证人,或许由于长期处于政治漩涡之中,她到晚年仍关心着祖国的命运,希望海峡两岸尽早统一。

1996年9月28日,蓝妮在上海走完了她人生的最后一站,享年85岁。她的女儿孙穗芬为她办后事。当时,人们没有看到有关她去世的点滴消息。一代佳人,悄然离去,这与她当年在上海滩名闻遐迩的情景形成了极大的反差。

陈立夫情系大陆

"三冬不见霜和雪,四季鲜花常盛开"的宝岛台湾,宛若一只孤雁,与辽阔的祖国大陆关山阻隔。60多个春秋无情地流逝了,这颗华夏民族灿烂的东海明珠,时刻向着无边的林涛、汹涌的海浪,倾诉历史的遗恨!

国民党内德高望重的元老于右任先生,临终前伫立高山之巅,遥对大陆悲吟:"葬我于高山之上兮,望我大陆。大陆不见兮,只有痛哭!葬我于高山之上兮,望我故乡。故乡不见兮,永不能忘!天苍苍,地茫茫,山之上,有国殇!"大陆去台人士朝思暮想,渴望再饮家乡水;几多现代史上风云人物,与大陆生离死别后,带着无限的乡恋魂归黄泉。

历史,不能再沉默;中华民族,再不能骨肉分离了!

今天,当我们将历史的长镜头回望沧海桑田时,不禁聚焦于已在2002年去世的国民党元老陈立夫先生,记录下他渴望回归大陆的心愿。

1988年,陈立夫以中央评议委员会主席团主席的名义,联合34位国民党元老,向李登辉提出动议,力促海峡两岸炎黄子孙早日统一。

1992年9月,大陆首次派出记者采访台湾,陈立夫向大陆同胞表示,愿以94岁高龄回大陆架起谈判的桥梁。

1993年1月,陈立夫通过亲属转达了第二年春天回大陆观光的愿望。

陈立夫夫妇与王映霞母女摄于陈氏寓所

陈立夫身在台湾,情系大陆,他通过与大陆亲友、故旧晤面及通函,抒发了自己一颗不老的爱国雄心,留下不少春天般葱茏的佳话。

郁达夫前妻王映霞别后重逢陈立夫,面对旧友,老人心头泛起浓郁的乡情

1990年12月21日清晨,万紫千红的朝霞正簇拥着一轮红日喷薄欲出,给初冬的大地洒下柔柔的阳光。王映霞(已于2001年去世)虽已85岁高龄,仍红光满脸、精神矍铄,走路不用拐杖,身上洋溢着一股青年人的朝气。他由女儿钟嘉利陪同,应台湾《传记文学》社长刘绍唐先生以及老友胡健中先生(原国民党中常委、《中央日报》社社长和立法委员)之邀,去台湾访问。

俄顷,一架波音客机箭一般飞向蓝天……

王映霞抵台后,住在胡健中寓所,一转眼一个多月过去了。1991年2月间的一天黄昏,斑斓的夕阳透过窗棂,映照得客厅里一片金光,

王映霞与胡健中倾心交谈,沉浸在过去的岁月里。忽然,胡健中双指叩案,急急地说:"啊呀,这么重要的事,我差点给忘了。"边说边颤巍巍站起(他中过风),"陈立夫向我问起你哪!"

"哎,他怎么问你的!"王映霞兴奋地问道。

"你刚来,他就打电话问我,想来看你,叫安排个时间。"

"这……"

"你们是老朋友嘛,他家离我家仅有10分钟,方便的很啰。"

原来,胡健中与陈立夫友谊很深,且不说在大陆他们常来常往、议论风生,单就国民党赴台后,陈立夫受到蒋介石排挤,流亡到美国,倍感孤寂,而胡健中每次赴美,必去看望陈立夫。当时,陈立夫与夫人孙禄卿在家里研究科学养鸡,居然赚了不少钱。陈立夫毕业于美国匹兹堡大学,获得硕士学位,学问十分渊博,故时有创新。后来,蒋介石与陈立夫消除前嫌,陈氏夫妇回台北,益觉胡健中乃患难之交,彼此达到无话不说的程度。

这时,王映霞猛然想起,她刚到台湾不久,立法院长来看胡健中时,告诉她:"陈立夫先生对我说,他知道你来了,想看看你呢。"王映霞顿时感到陈立夫多情多义,尤其关心大陆赴台的老人,心中非常激动,遂对胡健中道:"建中,我自然想见见陈先生,请你作个安排吧。"按照台湾的习惯,走亲访友必须事先约好时间,如果作不速之客,那会被视为不礼貌。

于是,胡健中拨通了陈家的电话,对陈立夫说:"你不是想见王映霞吗? 怎么个安排啊?"

"好,那好,"陈立夫立即回答,"王女士既然在你处,我马上来看她。"

王映霞就在边上,电话筒里陈立夫的声音她听得一清二楚,忙向胡健中摇手,凑在他耳旁轻声说:"陈先生年纪比我大,应该我去看他。"很快,胡健中唤司机驾车,送王映霞母女去陈家。

胡家的司机张先生为人热情周到,他快乐地哼着小调,驾车驶向鲜花似海的山道。陈立夫与胡健中一样,均住在阳明山士林区,这儿是国民党政要元老、社会贤达居住区,如宋美龄返台也居于斯。阳明山乃台湾著名避暑胜地,那儿温泉众多,山明水秀,林木葱茏,鲜花锦簇。由于台湾属亚热带季风气候,全年平均温度高于摄氏 20 度,所以四季常青、花儿不败。轿车穿过樱花、杜鹃、山茶等鲜花争奇斗艳的一段沥青路,不一会便到了陈家。

这是一幢两层楼的花园洋房,坐落于一个绿色盎然的小山坡上。王映霞步入陈家大院,立即产生如入“童话世界”之感,园内树木森然、百花盛开,秋天的桂花与春天的牡丹同时开放,缓缓流淌的山溪与飞鸟穿林的鸣叫,给这方静谧的风水宝地带来些许野趣。房主人只有两位,即陈立夫先生夫妇,他们的三个儿子和孙辈都在美国。平时和他们同住的有钟秘书、护士、女仆和司机数人。陈立夫自己有一辆轿车,进出非常方便。

王映霞正凝神环视,钟秘书已跨入园内,微笑着做个请的姿势:“王老太太,你老人家好,陈先生正等您呢。”王映霞刚到会客室门口,陈立夫“嗖”一下从沙发上站起,动作敏捷利落,根本不像一个耄耋老人。他不用拐杖,趋步上前,作个揖:“王女士,想不到我们还能见面,不容易呵!”王映霞眼含泪花,细细地打量陈立夫,见他身体健康、满头白发,连胡子、眉毛也染上了一层“霜”,举止谦和、儒雅,依然保留着年轻时的学者风度。陈立夫见王映霞激动得说不出话,遂拢拢铁灰色的棉长袍,请她落座叙谈。

王映霞一坐定,便颤颤地说:“能见到陈先生,真是太高兴了。”

“呵,我也是,我也是。”陈立夫说毕,悄悄地抚摸茶几上印有杭州西湖的茶叶盒。王映霞这才看清,会客室有两间,每个约 60 平方米,室内四周尽是沙发,沙发前面放着几只古朴的茶几。房中央的红木花架上,放有水仙花和深红色的杜鹃。桌上的陈设精致典雅,大半是中国的古玩。四周墙上高悬中国的名胜山水画,以及孔孟、孙中山等名人的条幅。窗明几净,纤尘不染,白色的窗帘长曳到地,一派幽雅的氛围。

郁达夫、王映霞摄于20世纪30年代

陈立夫轻轻放下茶叶盒,问道:"您什么时候来台湾的?"

"已经一个多月了,一直没有来看望您老人家,心里很不安哪。"王映霞歉意地作答。

"一路上辛苦不辛苦?"

"我也85岁了,自然觉得劳累,不过勉强可以支持。"

"您现在的家庭情况怎么样啊?"陈立夫很聪敏,他先不提郁、王的往事。

"我现在有一双儿女,男的叫钟嘉陵,现在深圳电视台担任总编室主任。"王映霞又指指身旁的女儿,"他叫钟嘉利,上海复旦大学数学系毕业,现在在杭州教书。"

陈立夫一听杭州,顿时眼放光芒,感喟道:"啊,西湖,多美的山水哟!"

"陈先生,您还记得58年前,我们在杭州见面的往事吗?"王映霞乃杭州名门闺秀出身,说到故乡兴奋不已。

"记得,记得,"陈立夫脸上洋溢着怀旧的情愫,不觉沉浸于30年代西子湖畔的一个金秋里，"我们曾经在楼外楼吃过饭。"

1933年秋天的一个傍晚，胡健中在西湖孤山南麓的楼外楼，为时任国民党中央组织部部长的陈立夫游览西湖洗尘。胡健中特意邀请郁达夫、王映霞夫妇作陪。当时，陈立夫西装革履，风度潇洒，意气风发。席间，大家面对桂子飘香、金波闪耀的西湖，边品尝名扬中外的醋熘鱼，边高谈阔论。陈、郁、胡都是对中国传统文化有深入研究的才子，真是"酒逢知己千杯少"呵！

弹指间，当年的才子佳人中，郁达夫早已惨死于日寇的屠刀之下，其余3人也进入了暮年。陈立夫微闭双目，渐渐地从记忆的长河中遨游回来，脱口高声说："上有天堂，下有苏杭啊！"

王映霞接口吟诵苏东坡的绝唱："水光潋滟晴方好，山色空蒙雨亦奇。欲把西湖比西子，淡妆浓抹总相宜。"

"现在的西湖怎样了？"陈立夫又拿起茶叶盒，关切地问王映霞。

"西湖依旧如故，没有什么大变化。"王映霞缓慢地介绍道，"就是西湖的水经过疏浚，比过去清澈多了，白堤、苏堤上的杨柳和桃树也添种了不少，可惜雷峰塔还没有重建。楼外楼仍然存在，经过翻造，比从前更加富丽堂皇了。"

陈立夫听罢沉默良久，接着呷一口茶，轻轻地自言自语："虎跑的水，龙井的茶，天下第一啊！"

大家又继续谈起各地巨大变化，忽然，陈立夫指指身上的长袍说，"这件袍子的丝绵，还是我一位远方侄儿从故乡湖州捎来的呢。"他深情地问道，"湖州这几年怎么样了？"

浙江湖州乃江南的鱼米之乡，宋代以来，此地商贸繁忙；明清之际，资本主义萌芽在杭、嘉、湖地区兴起，湖州更领时代风骚，不仅物阜民丰、盛产丝麻，而且风光绚丽，孕育了许多近现代史上的英雄豪杰。

王映霞喜滋滋地回答："湖州发展得好快，特别是乡镇企业，报上常常报道那儿的经济情况、乡民的幸福生活。"

"噢，这就好，这就好！"陈立夫以一口道地的湖州官话连声赞扬，乐呵呵地说，"您看，我几十年乡音不改，即使外出演讲也讲湖州话，别人都能听懂嘛。"

随着双方谈兴益浓，陈立夫回忆起抗战时期，在台儿庄大捷和武汉会战中，两次与郁达夫见面长谈的往事。当时，郁达夫、郭沫若、田汉等文化名人都在文化教育三厅工作，郁达夫去看陈立夫的事从未告诉过王映霞，还是这次陈立夫忆起来的。陈立夫对郁达夫英年早逝十分痛惜，他对朋友的情谊是很深的。陈立夫还对王映霞说，50 年前他为王办了一件大事，但没说内容，王映霞也不便多问，至今仍是一个谜。

他们交谈近一个小时了，内室的门"吱——"地开启了，陈夫人（已于 1992 年 9 月 29 日逝世）由女仆搀扶着，艰难地蹒跚而出。陈夫人平时一般不见客，刚才听说王映霞来家，便无论如何要去见面。王映霞连忙起身，上前扶陈夫人一把："大姐，您可好啊。"陈夫人有严重的心脏病，显得老态龙钟。她喘着气，微微地摇头叹息。陈夫人由女仆扶着，慢慢地坐入沙发。她与陈立夫同庚，他们是结发夫妻，时年都 92 岁，已经快到白金婚了，真是一对世上罕见的高龄恩爱夫妻。

王映霞打破沉寂，冲陈立夫笑笑："陈先生身体很好，何不到各地区旅游一番呀？"

"我是想到外地去观光，"陈立夫指指陈夫人答道，"但太太有心脏病，我一步也不能离开呵。"

陈夫人轻轻地咳嗽几声，有气无力地插话："我的身体太坏啦，小辈都在国外没有人照料，家里的事务全靠立夫一个人主持呢。"

王映霞急忙拍拍陈夫人的背，凑近说："大姐有这样好的先生，真是前世修来的福分啊！"大家一阵欢笑，王映霞又话锋一转："希望大姐早日康复，陪先生一道回故乡看看。"

陈夫人突然精神一振，眸子里闪出憧憬的波光。陈立夫的目光流星般与夫人的目光撞击，一迭声道："是呵，是呵……"

不知不觉一个多小时过去了，钟秘书请陈立夫夫妇、王映霞母女坐在一起为他们拍照留念。王映霞早就知道陈立夫是一位书法家，告辞

陈立夫书赠王英霞的养生条幅

时对他说："陈先生,请您赐我一点墨宝,留个纪念吧。"

"行呀,我今晚就为您写吧。"陈立夫边答应边送王映霞母女出客厅。陈立夫一直将她们送至大门口,与她们依依惜别,直到汽车启动了,王映霞回首还看见陈立夫立于门口,高挥手臂。

第二天上午,钟秘书送来了墨宝,上面书就陈立夫古朴苍劲的书法:

春花开的早,夏蝉枝头闹。黄叶飘飘秋来了,白雪纷纷冬又到。叹人生容易老,总不如盖一座安乐窝,上挂着渔读耕樵,闲来湖上钓,闷时把琴搞,喝一杯茶乐陶陶,我祗把愁山推倒了。

映霞大姐雅属,陈立夫时年九十二(印)。

王映霞离台前夕,携女去逛超级市场,在熙熙攘攘的人流中,她突然发现陈立夫也在买副食品,后面跟着一个司机,手里拎一只菜篮。陈立夫动作利索地付款买菜,随手一一放入司机手中的篮内。王映霞感到不可思议,马上过去打招呼:"陈先生,您怎么亲自来买菜?"

"是啊,是啊,"陈立夫遇见王映霞,一阵兴奋,"我是常来的,这里东西很丰富,只可惜没有湖州的粽子、锅糍(湖州特产,用糯米所做)和西湖的莲藕呵!"因顾客太多,他们短暂的相会竟被挤散了。

然而,陈立夫思乡情切的话语,却经常在王映霞耳畔回响。

孙中山外孙王弘之专程赴"中华孔孟学会"拜访陈立夫,深感老前辈心系国学,情连大陆学术界

1991年8月,台北虽值酷暑,然波涛起伏的森林正张开无数凉爽的手臂,去拥抱这个高度发达的现代化大都市。浓荫蔽日的公路上,一辆轿车穿梭于望不到尽头的车流之中,直驶"中华孔孟学会"。

车上坐着赴台探亲访友的上海金融专科学校副教授、上海"中山学社"理事、上海文史馆馆员、孙中山先生的外孙、74岁高龄的王弘之先生。几天前,王弘之在老同学家谈起陈立夫,觉得陈先生对自己的外公最为崇敬,每当海峡两岸纪念辛亥革命和孙中山诞辰时,他都要挥毫题词,自己很想见见这位老前辈。王弘之的同学告知,陈立夫每星期三、六去"中华孔孟学会"上班,届时去拜访他十分方便,他很平易近人,一般老百姓也常去找他。

王弘之望着窗外的高速公路、摩天大楼、街心花园,沉浸在孙中山当年规划祖国建设,振兴中华的遐想之中。上午10点左右,轿车驶至闹市区一幢西式洋房前戛然而止。可是,洋房旁的停车场内早已停满了小车,针都插不进去。司机左拐右弯,总算等到一辆车开走,遂停入空挡,这时已近11点了。王弘之急忙下车,快步走到传达室问道:"先生,请问陈立夫先生在吗?"

"呦,他忙了一上午,"门卫婉拒王弘之于门外,"时间不早了,大概要回家了,您是否下次……"

王弘之急出满头大汗,推推眼镜,打断门卫的话:"我……我来自大陆,非常想见陈先生啊!"说毕迅捷地递上名片。

陈立夫与孙中山外孙王弘之合影

　　门卫见是大陆客人,立即满脸堆笑,客气地说:"王先生,您稍等,您稍等。"便进入楼内。约半支烟工夫,门卫笑嘻嘻地出来请王弘之入内:"陈先生请您过去呢。"于是,王弘之便携外甥穿过走廊,来到客厅。客厅门口的长沙发上已坐着两个客人,厅内陈立夫正在与客人会谈。几分钟后,厅里几位客人微笑着离开了,工作人员示意沙发上的客人进去,但关照他们各人只能见2分钟,两位客人先后入内,进屋前都庄严地系领带、整衣冠,极其恭敬。

　　王弘之见状心想,如果工作人员也规定我2分钟见陈先生,这如何是好呢,我远道而来岂不失望?然而,轮到王弘之时,公务员热情地说:"王先生来一趟不容易,陈先生要好好地与您叙谈叙谈。"

　　此刻,陈立夫已经和蔼可亲地走到门口,伸出手欢迎王弘之。王弘之赶紧上前,紧握陈立夫的手,作了一番自我介绍,又提了几位大陆朋友的名字,但陈立夫一下子记不起来。王弘之见陈立夫皱眉回忆,恭敬地问他:"陈老先生,您还记得起周佩箴吗?"周佩箴乃王弘之同学的父亲,是孙中山委任的第一任中央银行行长。

陈立夫一听此人，连忙答道："认识，认识。他是我的老朋友嘛……"然后，陈立夫微微昂首望着天空，一群鸽子在乳白色的云海里盘旋一圈，向远方飞去……

王弘之又郑重地说："我这次来台湾探亲，参观了国父纪念馆，国父是我的外祖父。"

"呵，让我仔细看看你。"陈立夫顿时闪射出异样的目光，久久地看着王弘之，仿佛从这位身上流淌着中山先生热血的古稀老人的形象上，可以搜寻出从前陈立夫晤见孙中山先生的难忘情景。陈立夫亲热地请王弘之入座，彼此距离骤然缩短。

王弘之素闻陈立夫晚年潜心研究中国传统文化，便问道："听说陈老先生在研究儒家学说，尤其是研究易经，大陆近年研究易学之风甚盛。"

"我知道，我知道，"陈立夫颔首回答，"周易是一门艰深的学问呵。"

"希望陈老先生有机会到大陆来，对易学研究加以指导。"

"哪里，哪里，"陈立夫赶紧摇手，谦虚地说，"我不懂，正在学习，而大陆这方面有成就的为数不少。"陈立夫对大陆学术界在儒学、易学等方面的研究动态如数家珍、非常熟悉，令王弘之惊佩不已。

"您老人家对中医的研究很有成就，这在大陆是家喻户晓的。"王弘之将话题又转到陈立夫感兴趣的地方去。

"我也不懂，只是对传统文化加以研究罢了，"陈立夫将目光移向窗外，慢慢地说，"中医的根总是在大陆嘛。"

王弘之怕谈话时间太久影响陈立夫吃午饭，便去看墙上的挂钟，时已 12 点多了。他环视客厅，见墙上挂着林献堂先生的遗像，两边是陈立夫亲撰的对联，一幅红梅图格外醒目，似乎昭示着办公室主人的品性。陈立夫办公的案几上摆着他的照片、小钟、笔筒、砚台等，显得高雅朴素。王弘之怀着崇敬的心情，站起身说："今天幸会，时间不早了，我想与陈老先生拍张照。"

"好的，好的。"陈立夫微笑着立即起身。王弘之马上跨过去扶陈立夫坐下,站于他身后合影。刚照完,陈立夫又站起身,招呼王弘之外甥:"你也过来,我们三人再照一张。""咔嚓——"他们三人并肩而立,留下了珍贵的瞬间。

临别,王弘之说:"陈先生能否赐墨宝给我?"

"好啊!"陈立夫爽快地一挥手,"你住在什么地方,留个地址吧。"陈立夫拿过王弘之的地址,顺手从衣架上取下西装往手弯一搁,与王弘之他们一起出来,握手告别。

王弘之回到寓所心想,陈立夫一天很忙,而请他写字的人一定很多,我初次相见便冒昧求字,不知他会不会写,但又不能去催问。一周后,陈立夫寄来题辞,王弘之欣喜若狂,抖抖地展开宣纸,上书:

智及之,仁不能守之,虽得知,必失之。(孔子)
弘之先生雅属,陈立夫时年九十二
民国八十年八月十二日。

右上有闲章:"弘毅斋"(陈立夫的书房),下印:陈立夫印。
另外附信一封。

弘之先生:

手示及相片两张均收到,谢谢。承嘱写字,已书就,附奉。其意乃为"创业在智,守成在德,否则必得而复失",孔子语,望留念。

立夫附志、八、十三

王弘之事后感喟,与陈立夫交谈时,他闭口不谈政治,但所赠墨宝的字里行间却都在谈政治。

陈立夫自1900年降临人间,经历了20世纪多少急风暴雨、沧海桑田。他的话寓意深刻,实为今人乃至后代殷鉴。

大上海老寿星童玉民与陈立夫鸿雁传书，
共探中医、长寿之道，他们期待着在大陆欢聚的
日子快快来临

数年前，台湾当局在邓小平先生"一国两制"的构想推动下，向封冻的坚冰挥下了一镐、二镐……趁此东风，陈立夫先生在众多国民党元老中，率先在大陆发表了一篇中医理论的论文。一石激起千层浪，海内外报刊纷纷转载，引起强烈的反响。

这时，上海一位鹤发童颜的老人手捧陈文反复研究，认为陈立夫先生对中医理论研究颇深，许多观点与自己探索的长寿之道相吻合。异地千里迢迢，且隔了一条历史的鸿沟，想当面与陈立夫探讨中医理论暂不可能，老人便将自己撰写的《人生康寿要决》、《人之一生盛衰记》、《争取长寿135岁》、《论精、气、血、神的关系》等论文陆续邮寄台北的陈立夫先生。同时，生平第一次给陈立夫去信，祝贺他的论文在大陆发表。这是1988年春天的事。

这位老人叫童玉民，乃上海的知名人物。1961年，上海62位年高德劭的社会贤达喜获殊荣，被当时的上海市长曹荻秋聘为上海文史馆馆员。岁月无情，这62位老人中，尚剩两位健在。其中之一便是童玉民。他生于1897年，1993年已97岁。步入晚年的童老潜心研究营养学、老年学，并撰写了《营养康寿新论》等论文。他在给陈立夫的信中提出自己对人的康寿问题的看法，即应注意饮食、劳作、休息、锻炼、清静、卫生清洁等各种的综合作用，不可偏重一种，要动静配合、调节起居饮食、食疗补养与医疗结合，方可延年益寿。

陈立夫接信后大喜过望，立即回函："惠函接悉，远承称许，殊感卓谊，大函所陈，颇有见地。"

童玉民凝视回信，内心真有说不出的高兴，如同当面聆听陈立夫的赞赏一般。从此，他每有心得，必寄赠陈立夫以求指正。特别是他冥思

苦想,遍翻浩如烟海的中医史籍,撰写了《争取长寿135岁》(后选其中要点,发表于《新民晚报》)一文。童玉民根据古人所说120岁为上寿,100岁为中寿,80岁为下寿的理论,提出了人活到135岁才算上寿的新观点。他说应将俗语"人生七十古来稀",改为"人生百岁古来稀"。他怀揣毕生研究的心得,像捧着一颗无法用金钱估价的夜明珠,庄重地投入邮筒,让它插翅飞向陈立夫手中。

陈立夫接信果然如获至宝,潜心研读后,欣然复信:"来信奉悉,致沈君山先生(现任台湾行政院政务委员)一函已转致。台湾研究长寿之道,举中外古今长寿者为例,而以135岁为上寿,如能再以如何达到上寿方法研究出来以益世人,则更善矣。"他对童玉民的见解推崇备至,且寄予厚望。

童玉民的长寿之道融合了他的人生观。1989年春天,他给陈立夫寄去《养生之道要诀》,其中对人生愿望阐述为:健康长寿为人民服务、为国家服务、为世界人类服务,最终实现人类互助互利、平等共处的大同社会。同时,他还抄录自家的"映绿斋对联"寄去。联云:"百岁丹心世间共处,一生宿愿天下大同。""健身延龄励志勤学尚德崇俭创业治家谋求社会幸福,敬老爱幼热情助人为公克己尽忠报国愿望万邦和平。""崇尚民德应遵守法规清廉忠信仁义熙熙世间同怡乐,尊重人权须保持纪律秩序民主平等攘攘天下自安宁。"同年夏,他又寄去《大同社会构想论》一文。

陈立夫在1948年曾代表国民政府赴加拿大渥太华,参加"重振世界道德会",尤喜谈论礼义操守,是国民党中少有的清官;晚年提倡儒学,更希望祖国统一,人间大同。因而,陈立夫收到童玉民的书信、对联,不仅感慨系之,深深地引童先生为知己,遂复函云:"九三高龄,犹关心国事,所作建议,颇有实施之可能,至佩。惟若主政者坚持舍己之田而耘人之田,则自视低微,何能得人合作耶?国父之言,即欲国人注重精神文明,重于物质文明,与先生之见,俾相符合,特录之以代作答。"陈立夫所说的国父之言,即为"有道德始有国家,有道德始成世界。"陈立夫信中还说:"学问之第一目的为管制自己,谓之率性;道德之第一目的为顾及他人,谓之修道。"

两位老人的肺腑之言,宛若川流不息的黄河,流淌着中华数千年的美德,充满着人道主义的情怀!

大凡天下的行尸走肉者,焉能不在这样的情操前汗颜?

当时年近百岁的童玉民先生体能尚佳、步履轻捷,他不仅生活自理,每星期还必挤公共汽车去上海图书馆查阅资料、勤奋写作,以古人的"一刻千金,寸阴尺璧"鞭策自己。不久前,他将这些情况写信告诉了陈立夫。

陈立夫得悉童玉民身体健康格外高兴,便手书《养生格言》寄往上海。格言云:"养生在勤,养心在静;饮食有节,起居有时;物熟始食,水沸始饮;多食水果,少食肉类;颈部宜冷,足部宜热;知足常乐,无求常安。"衷心祝福童老健康长寿。

几年来,童玉民与陈立夫探讨长寿之道,彼此情谊与日俱增。最近,他获悉陈立夫的《四书道贯》一书将在大陆出版;陈立夫翌年春天将回故土省亲,甚感欣慰,期待着两位健康老人面谈长寿之道。

一天黄昏,斜阳西照,童玉民的庭院里鲜花盛开,归鸟啾鸣,他凝视着苍天火红的晚霞,口占一绝句:"海峡遥离系别怀,同胞厚谊梦低徊。泱泱华族今团结,统一功成迓客来。"

此刻,大海对岸的陈立夫也一定在远眺大陆,发出与童玉民一样的心声。

20世纪80年代以来,陈立夫是国民党元老中与大陆交往最多的一人。我们藉此还寻访了陈立夫在大陆的亲属,因他们不愿意披露身份和姓氏,故笔者只能粗线条地介绍陈立夫晚年的日常生活。

随着蒋氏父子的去世,国民党第一、第二代的许多政要相继退隐。陈立夫仅担任国民政府资政和"中华孔孟学会"的会长,这些都是虚职,然陈立夫权力观念早已淡化,以"宁静致远"的境界看待世事沉浮,颐养天年。每年,陈立夫除在书斋研读孔孟之道、中医典籍,潜心写作之外,特别喜欢写条幅,每年要写7000多字,且无论任何人,只要品性端正者,向他求字没有空手而归的。他给大陆各方人士已写了许多条幅。如:他的堂侄孙考上大学习文学医或者成婚,他必写条幅前去祝贺;云南名胜燕子洞管理处慕名求字,他也喜题"云燕飞翔"寄去;上海长宁区商贸交易会去索字,竟也如愿以偿。我们去采访王映霞老人时,恰遇一位南京青年向陈立夫求字,很快遂了心愿。

然而,大陆一些人不了解陈立夫的特点、习惯,也有闹出笑话的。陈立夫的信纸一般背面都印了自己题的条幅。一次,他给上海某学院一位教师回信,那位教师手捧信札,误以为得了墨宝,匆匆拿去发表。他的堂侄孙写信告知此事,老先生则不以为意。

陈立夫还喜欢种花养草、散步健身,看似闲庭信步、优哉游哉,其实他内心一直在翻涌着感情的波澜——

老人思乡尤甚,常常伫立于阳明山巅,抒发日暮乡关的愁绪。他每次给亲属去信,都要询问故旧、老同事、老部下的情况。他曾叫儿子回湖州探亲,拍了大量照片带给他。湖州陈其美(字英士)新墓落成后("文革"中被毁,现为衣冠冢),政府邀请陈立夫回家祭扫,他虽未成行,却表示要承担全部费用,并且派侄子代表他回故乡扫墓。1991年,华东遭水灾,他又带头捐款……

老人盼祖国统一心急如焚。早在20世纪30年代抗日救亡期间,陈立夫就是第二次国共合作的促成者之一。1936年5至9月,陈立夫与周恩来作为国共双方谈判的首席代表,多次协商统一事宜;及至9月1日,周恩来以民族大义为宗旨,修书与陈果夫、陈立夫兄弟,为第二次国共合作打下了基础(此信手稿现存台湾档案馆)。1937年3、5、7、8月,周、陈又多次在上海、杭州、南京、庐山等地谈判,终于促成了抗日民族统一战线。事隔半个多世纪,陈立夫还向大陆记者深情地回忆与周恩来的交往。1975年,陈立夫通过秘密通道,向中共中央发出邀请毛泽东到台湾访问的信息,并在香港报纸撰文,呼吁毛泽东、蒋介石消除前嫌,共图重振中华雄风之大业……

老人疾恶如仇,叹世风日下。他希望国人继承孔孟中的精华,温良恭俭让。他给亲属的信和条幅的落款,都是以"天姥宫书斋"称之。此名取唐代大诗人李白《梦游天姥吟留别》一诗之含义。凡是懂点文学史的人都明白,李白写这首诗时,正受到权贵排挤,流亡各地。诗人在诗中委婉地表露了自己卓尔不群,"安能摧眉折腰事权贵,使我不得开心颜"的高风亮节。陈立夫以此自诩,寓意十分深刻。

冬去春来,万物复苏,大地山川晶莹、碧绿,中华故土是多么令人神往、令人钦敬!然而,陈立夫先生在离别大陆50多年后,终于带着遗憾永别人世,只留下他对故土的无限深情……

国民党三大"叛徒"之一：姜豪传奇

引　子

万里长江,浩浩荡荡,奔腾入海。在上海黄浦江畔一幢高楼里住着一位高龄98岁的传奇人物,此人曾是国民党省军级官员,建国后从1954年关进监狱,直到1975年作为最后一批国民党省军级人员被特赦,现被聘为上海市文史研究馆馆员。每天,他总喜欢久久地伫立在窗前,远眺日出日落、江水东流,沉浸在记忆的长河中——

1949年5月7日,在黎明前最黑暗的时刻,蒋介石怀着颓唐、忧伤、痛楚的心情,乘上"江静"轮逃离了他赖以发迹的大上海。

傍晚,残阳斜照着黄浦江,宛若一条血红的锦缎,在波涛中急剧地颤动。此刻,一位年方40、矮小精悍、一身电工装束的汉子,乘上东去的渡轮,正迎风望着行舟寥寥、暮色苍茫的江水。他方正的脸上浓眉挑起,流星般的目光时而迅捷地扫向四周。

他,就是正被特务追索的国民党上海市参议员姜豪(1908—2006)。

面对滔滔江水,他浮想联翩……

20世纪80年代，出狱后的姜豪终于来到了天安门广场

长夜路漫漫

姜豪，字季超，1908 年出身于上海宝山县。其父乃清末的拔贡，曾在名流宋耀如先生家当过数年家庭教师，为人急公好义、庭训严格，对姜豪从小灌输儒家"大一统"思想，使少年姜豪立志"修身、齐家、治国、平天下"。

20 世纪 20 年代初，姜豪考入南洋公学（现上海交通大学）附中，一直读到大学毕业。他同班同学中大部分是豪门子弟，如晚清北洋大臣李鸿章、大官僚盛宣怀的孙子、孙女，国民政府大官和省主席以及大资本家、大地主的儿女。他们不仅坐小车上学、挥金如土，而且蔑视寒门子弟。姜豪对此愤愤不平，刻苦学习，以期出人头地；同时，他思索着人间不平，忧患民族危机，关心政治风云。

1925 年 5 月 15 日，上海内外棉七厂工人顾正红被日本资本家枪杀，激起了中国人民的反帝怒潮。28 日，中共中央决定发动各界群众，于 30 日下午举行大规模的示威游行。29 日,上海学联动员学生去租界演讲。

30 日清晨,姜豪手执红旗,随着工人、学生潮水般开赴南京路,他们沿途高呼:"为顾正红报仇!""打倒帝国主义!"往橱窗、电线杆、电车上贴标语。下午 1 点半,游行队伍来到南京路、福建路(今福建中路)口,姜豪爬上一辆小车顶,向着激昂的人群振臂一挥:"同胞们,上海是中国人的上海! 但是,黄浦江上到处是列强的船舰,中国人正在豺狼的铁蹄下呻吟、流血……难道我们能容忍中华民族的耻辱吗?"

突然,一阵枪声打断了学生的演讲。南京路老闸巡捕房的英国捕头竟下令向游行队伍开枪,姜豪的同学陈虞钦中弹倒地。姜豪立即跳下车,哭叫着扑过去扶起他:"虞钦、虞钦,你……你……"然而,陈虞钦胸部血如喷泉,怒睁双目已不能言语。烈士的鲜血沾满了姜豪淡湖色的竹布长衫。

"五卅惨案"后,姜豪投身国民革命。在蒋介石、汪精卫、陈公博等人伪装革命的漂亮说教下,姜豪的人生之舟驶入迷雾重重的港湾。第一次国内战争时期,他担任过国民党上海市党部监察委员、执行委员,上海市新生活运动促进会书记。抗战时期,干过上海市各界抗敌后援会组织委员会主任委员、战时服务团团长、中统专员、军委会西南运输处主任秘书。解放战争时期,官至上海市老闸区区长、上海市参议会议员……在变幻莫测的政治洪流中屡经浮沉。

1945 年 8 月 15 日,中国人民经过 8 年浴血奋战,终于打败日本侵略者,取得了自鸦片战争以来首次民族自卫战争的伟大胜利。

中国在沸腾,上海在沸腾。

浦江两岸,大街小巷,飘扬着胜利的彩旗,激荡着欢乐的歌声。姜豪从重庆返沪,刚出北站,便汇入了载歌载舞的人群。他的耳畔似乎响起了不久前,蒋介石在重庆的讲话:"抗战必胜,建国必成!"现在,"强虏灰飞烟灭",我们可以医治满目疮痍的祖国了。

但是,他想得太美、太天真了。

国民政府的接收大员一下飞机便张开血盆大口,肆意噬啃着战火硝烟后尚待喘息的大上海。他们的"五子登科"(金子、车子、女子、房子、位子)犹如五雷轰顶,击懵了姜豪。他感到困惑,为何接收大员占了贝当路(今衡山路)、辣斐德路(今复兴中路)、霞飞路(今淮海中路)等处的花园洋房,中央信托局(专管敌伪财产的单位),却以极低价格卖给他们?

　　1945年11月,初冬的寒风似长鞭抽得梧桐树叶纷纷凋谢,景色不胜萧瑟,国民党中央秘书长朱家骅来上海慰问蒙难同志会会员(抗战期间,做地下工作被日伪逮捕过的人),上海市副市长吴绍澍布置在南京西路康乐酒家大礼堂开会。那天,大礼堂内灯火辉煌,墙中央高悬孙中山先生和蒋介石的巨幅画像,两旁挂着国民党党旗、国旗和"礼义廉耻"等标语。

　　西装笔挺、仪态儒雅的朱家骅缓缓地从主席台站起,他潇洒地捋捋乌亮的头发,一道闪光融入空中。"首先,我代表总裁,向你们全体蒙难同志问好!"朱家骅一个开场白,场下600余名会员"唰——"地挺立如剑。他满意地点点头,微笑道:"你们为国家辛苦了,你们不愧为党国之英雄。今正值国家百废待兴,希望你们保持与日伪搏杀的精神,投身到建设国家的事业中去。为总裁争光,为党国争光!"

　　接着,会员代表发言,会场倒也洋溢着"精诚团结"的气氛。

　　"我要求发言,"随着一声吼,姜豪指着主席台说,"我们抗日做地下工作,被日寇、汉奸逮捕、受刑,乃义不容辞之举,不值得慰问。"大家听出姜豪的话火药味很浓,会场的气氛急转直下。他又厉声说道:"但是,今天胜利了,接收大员却'五子登科',大发胜利财,整天纸醉金迷、胡作非为,人民怨声载道。难道抗日志士流血流汗,是为了让这些贪官污吏鱼肉百姓、糟蹋胜利果实吗?请问,中央如何处置败坏党国信誉的丑行?"

　　"哗——"全场掌声雷动,几百道敬佩的目光投向脸色绯红、胸膛起伏的姜大炮(这是姜豪的绰号),尔后又直射主席台。只见朱家骅宽阔的额上大汗淋漓,双手紧揪桌上的绒布。吴绍澍见势不妙,跳起来颤抖着宣布:"今……今天的会……到此结束。"

1948年7月27日,蒋介石在南京召开国防部会议时,沉痛地说:"我们在军事力量上本来大过共匪几十倍,制空权、制海权完全掌握在政府手中,论形势较过去在江西围剿时还要有利。但由于在接收时,许多高级军官大发接收财,奢侈荒淫、沉湎于酒色之中,弄得将骄兵逸、纪律破坏,军无斗志。可以说,我们的失败,就是失败于接收。"

除了国民党反动派逆历史潮流而动这基本一条外,蒋介石总结腐败加速了失败,不失为切肤之言。

1946年7月,蒋介石在美国"扶蒋反共"政策支持下,悍然挑起了全面内战。

然而,在短短一年里,中国人民解放军"运筹于帷幄之中,决胜于千里之外",粉碎了国民党军队对解放区的全面进攻,以及对陕北、山东解放区的重点进攻,歼敌112万名。1947年6月,刘邓大军挺进大别山,拉开了解放军战略反攻的序幕。

同时,国统区的经济危机日甚一日。以抗战前夕的物价为标准,到1947年7月上涨了6万倍,年底更达到14.5万倍,1947年1年内物价普遍上涨20至30倍。物资缺乏,通货膨胀,物价飞涨,激起了人民反内战、反饥饿、反迫害的怒潮。

这一切,对国民党营垒产生了强大的冲击波,他们或挣扎或彷徨或分化……

当时,国民党中央训练团(成立于1939年3月1日)上海同学会经常聚会议论时事,其中一些参议员参加。姜豪和淞沪警备司令宣铁吾都是常务理事,故出面较多。1947年年底,蒋介石准备搞宪政,开放党禁。消息传来,这些国民党上层人物十分兴奋,便一起去大观俱乐部研究国民党如何才能革故鼎新。

冬日的阳光徐徐融化了玻璃窗上的薄霜,窗外枯秃的树杈上几只小麻雀在跳跃,仿佛在埋怨这严寒的季节给它们带来了孤独和暮气。

姜豪触景生情,脱口叹曰:"春风何日能度玉门关呵!"

参议员张中原道:"季超兄莫急,这次委员长似有诚意革除弊政,我们应该顺水推舟,极力阻止内战。"

"党国日渐腐败,还要打内战,这不是自取灭亡吗?"姜豪听到内战,嗓门就特大,"抗战胜利了,首要任务是建设国家,否则就要失去民心。唐朝魏徵每天上朝,必对太宗敲木鱼:'水可载舟,亦可覆舟',为君之道最讲究民心相背,深知此者可保江山固若金汤。我们非得劝委员长借鉴汉高祖刘邦的休养生息的政策哪!"

"砰——"一只茶杯重重地扣在桌上,茶水溢了一滩,宣铁吾竖起又高又瘦的身躯,摘下帽子按在胸前说:"依我看,先得清除孔祥熙这类老朽,狠杀贪污风;并且让我们少壮派掌权,党国才有希望。"

……

1948年3月1日,中训团纪念大会前,姜豪在理事会上建议:"各位同学,搞宪政已两个月过去了,起色不大,我们必须上书委员长,要求彻底革新政治、清除老朽、起用新人。"

"我同意,"宣铁吾第一个表态,"方秋苇(《亚洲世纪》杂志主编)有'竹林七贤'之才,请老兄起草文件,如何?"很快,这篇批评国民党当权者贪污昏庸、政府腐败无能,要求革新政治、起用新人的《上团长书》,在纪念大会上通过,并在上海各大报发表。然后,由毕业于黄埔军校,曾当过蒋介石侍卫长的宣铁吾去南京当面交给蒋介石。

几天后,宣铁吾垂头丧气地向姜豪等人讲述晋见的过程。

宣铁吾走进总统府,来到蒋介石办公室,兴冲冲地朗声道:"校长,学生特意来……"

"娘希匹"!蒋介石厉声打断宣铁吾的话,双眼射出凶恶凌厉的目光,嚎叫着:"你不是我的学生,你带来的那个东西目无法纪,破坏政府信誉;既然上书团长,为什么不先送给我,反而先在报纸上发表,这不是故意捣乱,又是什么,嗯!"蒋介石说完,摸着光溜溜的腮帮子,恶狠狠地背过身去,宛若一柄寒森森的长枪插在屋中央。宣铁吾吓得浑身哆嗦,赶紧退出去。

宣铁吾讲完,愣愣地望着众人。姜豪沉思片刻,拍拍宣铁吾肩胛:"宣司令,我们不要灰心,既然政府拒绝革新,那我们自己成立政治组织吧。"

"我不灰心,我同意!"宣铁吾坚定地回答。

姜豪话已出口,但心里并没有谱,他直勾勾地仰望天花板,似乎在看穿屋顶外的青天,究竟能不能任鸟飞……

灵魂大搏斗

走出警备司令部,姜豪心绪如麻,独个儿沿北四川路(今四川北路)向南,回赫司克而路(今中州路)寓所。夜幕像一面硕大的黑纱巾,款款罩向喧嚣了一天的大都市,霓虹灯闪烁的高楼、酒吧里,飘出淫荡的靡靡之音;路上不时撞见醉醺醺的美国水兵,搂着妖艳的女郎狂叫着;衣衫破烂的报童,吆喝着"卖报、卖报"……

"冒险家的乐园"犹如一只陀螺,在姜豪脑子里急剧地旋转。他敏感地意识到,国民党政权土崩瓦解已为时不远。那么,自己怎么办呢?是"不成功,便成仁",还是投奔光明?在国共两党大决战,光明与黑暗的夹缝中,搞另外的政治组织无异于抓着自己的头发离开地球。

姜豪拍拍后脑壳,思忖:"自己已是国民党的一个官,共产党得了天下,会放过自己吗?与其以后成了历史罪人,倒不如当初在南京路随陈虞钦一块被枪杀,倒落个流芳千古。唉——真是'赠君一法决狐疑,不用钻龟与祝蓍。试玉要烧三日满,辨材须待七年期。周公恐惧流言日,王莽谦恭未篡时。向是当年身便死,一生真伪复谁知?'白居易这首七律太绝了!"

他想起了追随"国民革命"的风风雨雨。

1927年,"四·一二"反共政变后,国民党交大区分部改组,吸收了一批新党员,姜豪是其中之一。次年汪精卫反蒋成立改组派,陈公博在上海创办《革命评论》，吸收了不少热血青年。一天晚上在交大大礼堂，陈公博对 100 多名国民党员学生慷慨讨蒋："同学们，南京政府违背了孙中山先生的三大政策，变成了生殖器政府，当权者都是蒋介石的皇亲国戚。让我们团结起来，打倒它！"姜豪被陈公博的风度、口才、革命词句所吸引，与许多学生一起参加了改组派，并负责交大区分部工作，全力从事反蒋活动。

1931 年秋，姜豪因反蒋被捕。"九·一八"事变爆发，国民党内部以"共赴国难"为名，蒋汪合作，姜豪才恢复自由。1937 年 1 月，汪精卫出任行政院长，陈公博当了中央民运会主任委员，兼国民政府实业部部长。不料，他们一掌权马上成了"中山狼"，将革命口号抛到了爪哇国。姜豪对他们深感失望，他们不也成了生殖器政府吗？

1937 年，"七·七"卢沟桥事变，抗日战争全面爆发。在这场全民族抗战中，姜豪从反蒋到拥蒋。

是年 7 月底，姜豪去庐山暑训团受训，参加者为省将级军政党人员，蒋介石亲任团长。这是姜豪第一次见到蒋介石，他发现瘦削、冷峻、整洁的总裁光彩照人、仪表威严，使人难以亲近。在庐山大厦礼堂里，姜豪听蒋介石训话，头脑中重叠着这位风云人物的特写：这就是那位参加辛亥革命，护卫孙中山，从黄埔军校起家，两次东征陈炯明，举行北伐；旋又叛变革命，屠杀共产党人；东北三省沦陷后，提出"攘外必先安内"，经"西安事变"，决心抗日的多重性格的领袖吗？

"同志们，"蒋介石的声调突然增高，手猛力一扬，"对此次日本侵略，我还是 7 月 17 日那句话，如果战端一开，那就地无分南北，人无分老幼，无论何人皆有守土抗战之责任。"

7 月 30 日，一份急电飞到庐山，北平、天津沦陷，华北危急、全国危急。至 8 月初的早会上，暑训团气氛更加紧张。在庐山大厦大操场，全体团员肃立，仰望国旗在绚烂的晨光中冉冉升起。蒋介石、教育长陈诚、总队长卫立煌严肃地登台训话。蒋介石眼含晶莹的泪珠儿，哀伤而激昂地说："北平、天津沦陷，使我非常悲痛，为了国家之主权、同胞之性

抗战前夕，蒋介石巡视庐山军官训练团

命，我决心抗战到底，我们要准备打大仗、恶仗！"

"是，我们决不辜负蒋委员长的期望，誓为国家杀身成仁！"团员们举起一片森林般的手臂。姜豪心旌摇荡，放眼云雾缭绕中的匡庐，万顷林涛翻滚，险峻的山峰直刺苍天，远方长江如带、奔腾东去。啊，祖国的壮丽河山，你不能任日寇宰割、蹂躏！

于是，暑训团中的军、师长纷纷调返防地，全体团员向他们敬酒壮行，激励他们奔赴前线、英勇杀敌。训期原定3星期，至此提前一周结束，姜豪于8月12日返沪，次日"八·一三"上海抗战打响。

蒋介石自兼总司令，以75万大军抵挡日寇的进攻。11月，大军西移后，谢晋元率800壮士死守四行仓库，战斗激烈。姜豪夫妇与无数市民挤在公共租界内苏州河以南观战。当他们仰望四行仓库顶上高高飘扬的国旗，听着震耳欲聋的枪弹、喊杀声，不禁号啕大哭，汇成了一首气势磅礴的《悲怆奏鸣曲》。自此，姜豪更崇敬蒋介石和抗日的英雄。

姜豪不知不觉走近了黄浦江，江轮沉闷的汽笛如同归鸦的鼓噪。可是，蒋介石其后在抗战中指挥不力，丢失大片国土，甚至同室操戈，顾祝同等制造了"皖南事变"……姜豪脑海中又交替闪现着蒋介石表情复杂的面庞,1939年自己在重庆的情景。

上海沦为孤岛后,姜豪担任了国民党上海市党部地下组织的执行委员。1938年10月,日本间谍小野寺由日本参谋本部派到上海担任"支那派遣军司令部"参谋,假意与蒋介石谈"和"。姜豪得到情报,立即电告陪都重庆国民党中央,次年1月奉命抵渝。他先后列席国民党中央全会,参加第一期中央训练团党政班。蒋介石每次训话,免不了声称:"抗战到底、抗战必胜、建国必成!"姜豪对此深信不疑,为有这样的领袖而自豪。

同年4月,蒋介石在新生活运动总会接见各地的分会书记。姜豪时任上海新生活分会书记,格外受到蒋介石重视。蒋介石和蔼地问道:"上海地下斗争情况如何? 民众抗日情绪如何? 新生活运动开展得如何?"姜豪一一作答。蒋介石点头"嗯,嗯",接着他喝了一口白开水,高声说:"新生活的核心是倡导'礼义廉耻',在日寇面前坚持气节。当然,生活上一定要勤劳朴素,不抽烟喝酒。"

"委员长,"姜豪立正答道,"我一定做好抗日工作。生活上我素来洁身自好,痛恨骄奢淫逸,也从不抽烟喝酒,今后决不辜负委员长的教导!"

"好,好!"蒋介石一仰脖子,哈哈地笑了。

接见完毕已是黄昏,夕阳顺着斑驳的云彩,朝广阔的地平线沉落。姜豪欢快地漫步于嘉陵江畔,他欣赏着长江、嘉陵江交汇处被落日染红的波浪,对岸重重青山间亮起万家灯火。呵,多么瑰丽的晚霞!

1939年5月9日,姜豪返沪才几天,他与4位同乡在公共租界福来咖喱饭店商讨组织抗日游击队之事,不幸走漏风声,被日本宪兵绑架。当时姜豪迟到,匆匆上楼见空无一人,急忙退身下楼。他刚下到一半,猛然窜出两个穿西服的人,以老鹰捉小鸡之势将他反剪。姜豪遭突然袭击,尽平生之力向后一缩挣脱出来,挥拳向两个家伙左右开弓。这时,又上来几个人,拔出手枪道:"放老实点,不然死了死了地干活!"随后将他掀倒在地,押上小车,直驰北四川路金谷宪兵队。

5华人被绑,舆论哗然,蒋介石拍电安慰姜豪家属,表示通过外交途径尽力营救。适逢小野寺苦于无法沟通蒋介石,遂趁机要姜豪做桥梁,关押了十几天便获释。5月底,姜豪再抵重庆,经朱家骅向蒋介石汇报情况后,蒋介石指示他与戴笠联系。

姜豪马上去海关巷军统局本部见了戴笠。戴笠兴致很高,约他第二天去曾家岩戴公馆吃午饭。这是一栋中西合璧的建筑,外表赭墙黄瓦,里面是雕花镶板、和田地毯,洋气十足。戴笠身穿便服,马脸上堆着笑,和善地说:"姜先生,你给中央党部的报告,委员长已转给我了。现在派你去香港与日本人接触,你到那儿住什么旅馆、用什么化名,我会派人和你联系的。"他从口袋里掏出一本密码,交给姜豪:"以后有事直接和我联系。"

但姜豪赴港前,朱家骅也交给他一本密码,要他与朱家骅联系。于是,姜豪在香港与日本间谍谈判的情况,必须向两个人汇报。不久朱家骅来电:"奉总裁渝,即返。"姜豪飞回重庆,去曾家岩见戴笠,戴笠避而不见。姜豪素闻戴笠与朱家骅的明争暗斗,深恐自己得罪了戴老板,性命难保。马上拟一函,托新生活运动总会总干事、励志社总干事黄仁霖转给宋美龄,说姜父是她的老师,现在本人处境困难,工作无着落。宋美龄见信很高兴,当场转给蒋介石,蒋介石下令朱家骅安排姜豪当了中统专员。事后,黄仁霖对姜豪说:"委员长信任你老兄哟,否则戴老板……"

"嘟,嘟——"一辆雪佛莱小车在姜豪身边戛然而停,车上跳下两个洋人,牵着一条狼犬,趾高气扬地向一幢豪华别墅走去;前方,一位枯柴般的老汉吃力地拉着黄包车,淹没在浓重的夜色中……姜豪喟然叹曰:蒋介石、国民党与个人恩怨来说,是有恩无怨;然对国家而言,却是葬送中国前程、危害百姓生计的呀。

姜豪又是一个闪回,仿佛见到1945年年底,蒋介石夫妇殷殷向他走来。

那天上午,蒋介石、宋美龄专程抵沪,接见蒙难同志会成员。隆冬

1945年8月，抗战胜利后，蒋介石地位如日中天，这是上海市大新公司（今中百一店）竖立的巨幅蒋介石画像

惨淡的朝阳懒洋洋地照耀着市府大厦（今汉口路劳动局、园林局、民政局），在摆满万年青的大厅里，蒋介石赞扬会员："你们敢于共赴国难，与日寇作斗争，忠贞于人民，忠贞于党国，是难能可贵的！"

"唰——"全场肃立。

训话后，蒋介石等要人给姜豪等人颁发胜利勋章，并与其中10人合影留念。蒋介石夫妇并肩而立，姜豪站在蒋介石旁边。从此，他将这幅照片放大，挂在家里最显眼处。

接见完毕，蒋介石夫妇从一扇窗子来到临江西路（今江西中路）的半圆形大阳台上，向行人致意。在嗖嗖寒风中，蒋介石穿着长袍马褂，光头被太阳照得闪闪发亮，宋美龄身着裘皮大衣，他们一起高高挥手。顿时，江西路上人山人海，那时抗战胜利人们饱受战乱之苦，是多么渴望安宁的生活，他们对国民政府寄予厚望。

姜豪回到家，呆呆地盯着墙上那幅大照片，陷入不尽的烦恼之中。蒋介石为何非打内战不可呢？政府为何屈从洋人呢？内战打了一年又8个月，国民党政权江河日下，蒋介石威望扫地，内部倾轧，民不聊生……他徐徐地勾勒出上海上层人物勾心斗角的轮廓——吴绍澍等与CC派、杜月笙之间,CC派与黄浦系、军统之间,吴国桢等政学系与CC派、与黄浦系、军统之间矛盾重重、盘根错节。最近,军警特务又滥捕滥杀,简直是狗急跳墙。

相反,共产党的军队越战越强,解放区已成为人民向往的蓝天,像万丈灯塔那样,照耀着中国的前程。姜豪寻思:"古人云:'良禽择枝而栖',我投身政治,追随国民党,本意是想救国。如今,这棵'病树'正在误国,我难道还要留恋它吗?但是,'烈女不跟二夫,忠臣不事二君',此乃中国士大夫的气节,我既然认蒋介石为明主,岂能在他落难时离开?"倏地,姜豪眼前又交替闪现达官贵人醉生梦死、穷苦百姓冻毙街头的镜头。他呷一口茶,暗叹一声:"唉——,这个政权不倒,民族要亡,还有什么个人利益而言?记得《史记·李斯列传》中,李斯怀才不遇,遇见老鼠在粮仓乱窜。得到启发,环境可以重塑人生,遂西入秦国,建功立业。对,一个人只有追求光明,才不枉为人一世!"

姜豪猛地站起,推窗远眺,无垠的苍穹月挂中天,星汉灿烂;春风吹来阵阵花香,他顿觉心旷神怡,飘飘然飞向夜空,成了一颗晶亮的星座……

冲破黑暗的罗网

1948 年 5 月,人民解放军在各个战场对国民党军队发起凌厉攻势;蒋管区到处在罢工、罢课、罢教、示威游行、绝食请愿……真是"山雨欲来风满楼"。

国民党上海市党部、参议会担忧控制不住上海局势,便在中汇银行研究对策。国民党中央常委、上海参议会议长潘公展摘下金丝边眼镜,呵呵气,边擦边骂:"共产党共产共妻,杀人放火,匪区老百姓 3 人合穿一条裤子。"他戴正眼镜,凶狠地说:"我们在后方,要协助委员长治理国家,不准让共匪的舌头伸到鼻子底下来。诸位要多加宣传,切不可

1948 年，蒋经国在"大上海市青年服务总队"会议上讲话，发起"打老虎"行动

通匪！"

杜月笙拢拢马褂，气喘一会儿道："潘先生此言有理，我们不能白白地把江山送掉。"

场上一阵沉默，姜豪敲着桌沿说："共产党不是土匪，他们有理论、有组织、有计划，我们却在火山口跳舞哪！"

邻桌几位参议员悠悠地飘来一句："是呵，姜大炮说得有点道理。"

"姜先生，"潘公展指着姜豪，厉声道，"你讲话要手托下巴嗬！"

杜月笙连忙附和："哎，我们可不能长他人志气，灭自己威风哟。"

聚会不欢而散。

5 月 22 日，上海学生 15000 人在交通大学集会，发起一个 10 万人反美扶日签名运动，继而波及全国。6 月 4 日，司徒雷登发表声明，恐吓人民抗议运动。《中央日报》叫嚣要对爱国民主运动"斩草除根"，形势十分紧张。当天晚上，黄炎培先生在新园林素菜馆招待姜豪、方秋苇等知名人士。席间，黄炎培挺挺魁梧的身体，和善的面庞流露几丝忧伤，先请客人评论时局。

他们陈述了对时局的看法,争取和平民主的情况后,姜豪表态说:"黄先生,你放心,我们一定会为国家安危、民主进步效劳的。我们都不满政府的腐败和黑暗。"

"谢谢各位,"黄炎培双眼熠熠生辉,鼓励他们,"你们要支持学生的爱国活动,阻止政府的暴行。只要民众起来,坚持斗争,则国家幸甚、民族幸甚!"

6月26日,交大学生会自治会举行反美扶日运动公断会,出席学生1500人。陈叔通、马寅初、史良、许广平等民主人士发言支持学生,一些参议员也与会发言。大批特务、警察如临大敌,双方一触即发。姜豪叮嘱方秋苇:"你在会上支持学生,我在外面听候消息,观察特务、警察动向,如有事故发生,我组织社会声援。"结果,敌人慑于声势,眼睁睁看着示威游行队伍浩浩荡荡开往美国领事馆。

姜豪在投身爱国民主运动的基础上,进一步靠拢了中共地下组织。1948年12月底的一个晚上,在姜豪家里由方秋苇介绍他同中共中央华东局城工部地下党员高汉及其妻子交通员徐立取得了联系。

高汉热烈地握住姜豪双手,摇晃着说:"姜先生,你出淤泥而不染,为进步事业做过不少好事,我们欢迎你。以后你的行动,由地下组织部署,具体由我们负责联系。"

姜豪眼放光芒,连忙答道:"高先生,我投奔光明是经过激烈思想斗争的,一旦认定就不后悔,争取为国家为人们做点事,以洗过去误入歧途之尘。"

自此,姜豪成了重放的鲜花。

1948年下半年,国民党的经济已经崩溃,每年仅内战经费一项便占总支出的80%,再加上官僚贪污成风,到处是风声鹤唳。蒋介石为了苟延残喘,8月20日派蒋经国任经济督导员,开进上海扫官商、奸商。蒋经国宣称:"做官的人如与商人勾结,政府将要加倍惩办。这次只打老虎,不拍苍蝇!"

蒋经国抓了杜月笙的儿子杜维屏,惹恼了杜老板,便将"祸水"引向孔祥熙长子孔令侃,端出了在南京路迦陵大楼的扬子建业公司,蒋经国被迫"大义灭亲"。孔令侃慌忙打电话给宋美龄,宋美龄又打电话给在北平部署"东西对进"的蒋介石。次日蒋宋飞沪,带孔令侃回南京,蒋经国中箭落马。

在蒋经国打虎时期,市长吴国桢跑到南京递交辞呈,社会局长吴开先擅自批准绒线厂上涨五成,公然在太岁头上动土……

消息传出,社会上出现空前的抢购狂潮。国民党营垒里发出一片绝望声。姜豪气得回家拍桌大骂:"他妈的,简直是腐败到头顶生疮、脚底流脓,不可救药了!"

国统区的经济危机影响了在华洋商的利益,他们要求公用事业费用可以自由涨价,将危机转嫁到市民头上。吴国桢为了讨好洋商,擅自越过参议会,提出了一个依据物价指数计算公用事业费用的公式,直接报经行政院批准,并在报纸上公布命令。这个决定不仅加重了市民的负担,而且导致物价飞涨。

姜豪在参议会负责公用事业委员会,闻讯大怒,在参议会上向吴国桢开炮:"市长大人,你这个计算公式对洋人有利、对百姓有害,卑职建议立即取消。"

吴国桢此人崇洋媚外,凡在有洋人的场合,他发表意见总是先讲英语,再用中文复述。这时他气得脸色铁青,推一推眼镜,一把撩开西装,竟又讲起英语来。

姜豪一摆手:"吴市长,请你讲中文吧,卑职不懂英文。"

"不行,不能取消,"吴国桢鼓起眼睛,咆哮着,"行政院已经批准,必须执行!"

"我们去请愿,"姜豪高举双手,对众人说,"上南京找翁院长说理啊。"当场有邵永生等十几名参议员推举姜豪为团长,次日清晨赶往南京,向行政院长翁文灏请愿,翁文灏被迫同意取消。

国民党政府因挑起内战不得人心,许多新闻报刊都以各种方式予以披露和批评。而南京的《新民报》,犹如插在反动派心脏上的尖刀。

1948 年 7 月 8 日,国民政府内政部命令该报永久停刊,称其"屡次刊载为匪宣传,诋毁政府,散布谣言,蛊惑民心,动摇士气"。

这一消息传到各地,群情激愤,不少新闻单位、进步人士向《新民报》声援。姜豪与上海新闻、法律、文化界人士毛建吾、胡道静、曹聚仁等 24 人联合发出抗议书,题为《反对政府违宪摧毁新闻自由,并为南京新民报被停刊抗议》,发表于 7 月 13 日上海《大公报》。他们呐喊:"永远废止窒息我们的所谓《出版法》之类的枷锁。"这篇檄文,引起国内强烈反响,令政府要员暴跳如雷。

姜豪一次次与政府唱反调,他的"大炮"名声越来越响,也逐渐引起特务的注意。但中国革命飞速发展的形势,鼓舞他坚定地迈向人民一边。

1949 年 2 月初,高汉向姜豪传达了人民解放军发动辽沈、淮海、平津三大战役,歼敌 154 万的喜讯,然后通知他:"形势发展太快了,看来解放军不久要打过长江来,我们要欢迎上海解放。近日想召开一次筹备会,请你来联系一些可靠的参议员参加。"

几天后,在地下党的领导下,不少工人、学生、进步人士、国民党营垒中分化出来的人员,以春节聚会的形式,在金城银行俱乐部召开了筹备会。当时估计形势,地下党认为上海可能出现一个战争相持的过度期。于是决定成立上海安全委员会,发动市参议会、工商界、慈善团体和红十字会各方面人士参加,以便在过渡时期维持地方治安、安定民心,开展救护伤员、救济难民等工作。

会后,姜豪疾步如飞,他的大头皮棉鞋踩得地上的薄冰嚓嚓响,马路上光秃秃的树梢伸向天空,仿佛千万双手在召唤生机勃勃的绿色,他已经走进一个新的境界。

三大战役后,国民党反动派在军事、政治、经济上都已陷入绝境,中国人民革命斗争即将在全国胜利。这时,美国和蒋介石玩起了"和平"阴谋。毛泽东在 1 月 5 日发表《论战犯求和》,14 日发表《关于时局的声明》,既揭露了蒋介石的阴谋,又表示了共产党愿意和谈的诚意。21

日,蒋介石引退,李宗仁代总统。

24日,上海各界人士100多人《电请李代总统,即与中共接触进行和谈》,发表于《申报》头版头条,姜豪也签名为之奔走。电文哀诉:"上海市民在八年抗战,三年内战之后,民力凋敝,工商破产,对于和平民主之渴求不落后于人……"

然而,和谈反反复复,没有什么进展。

3月,国共两党商定在北平举行和谈,双方指定了代表。但国民党代表邵力子陪她夫人住在上海中美医院,迟迟未行。姜豪与张中原、赵仰雄(市参议员)一起去医院探望邵力子。他们一进门,先向邵力子献上一束鲜花,以示和平、吉祥。姜豪眉宇间充溢着焦虑,他恳切地说:"邵先生,全国人民渴望和平,请你赶快北上进行和谈,我们求你了!"说毕,他高高地作个揖。

"唉——"邵力子叹曰:"这种和谈前途渺茫,去了有啥用呢!"

"邵先生,请你以民意为重,尽力争取。"他们一起鼓励邵力子。

邵力子沉思良久,矮小的身子狮子般从沙发上蹦起:"好吧,鄙人不负各位诚意,愿为人民效命,一定尽最大努力去谈。"

4月15日,中共提出和平协议。当晚,潘公展召开参议员座谈会,向大家征询对和平协议的意见,他首先发言:"我看,这个东西是共产党的阴谋,他们不会有诚意的,我主张发表一份反对这个和平协议的意见书,诸位同仁有何看法?"

他话音刚落,几位CC分子便随声附和:"潘公高见,我们不能上共匪的鬼当。"

"我反对,"姜豪瞥一眼潘公展,"我们应该拥护和谈,即使全面和平达不到,也要争取上海局部和平。"

张中原,严谔声马上响应:"希望参议会接受和平意见。"

潘公展冷笑一声,"唰"地从口袋里抽出一份早已拟好的反对中共和平协议的文件,吼叫道:"这是人民的公意,共产党决不会有和平的诚意!"他扫了姜豪他们一圈,阴阳怪气地说:"我要提醒某些人,不要走得太远,替共产党作应声虫啰。"

黑夜即将过去,曙光正在涌动,姜豪已能眺望到喷薄欲出的一轮红日。然而,黑暗的绳索也正向他套来。

魔爪伸向"大炮"

1948年年底,姜豪上了特务的黑名单。

历史刚翻过风云激荡的1948年,国民党元老李济深公开亮出反对内战、分裂,争取和平、民主的旗帜,在香港成立了民革。李济深主席派秘书叶尚文来沪筹组民革上海分会,叶任主席,方秋苇、秦光焯等为委员,姜豪也参加了。随之,他们发表宣言,申明赞成召开新政协,拥护共产党;并伸出两个拳头,成立了进步中国协会、工商研究会,经常聚会宣传中共团结知识分子和保护民族工商业的政策。

叶尚文及时返港,向李济深汇报上海卓有成效的活动,李济深大喜,通知姜豪带工商界人士一名去香港共商斗争方略,并随他去参加新政协会议。叶尚文返沪转达了李济深的指示。由于姜豪正在积极开展工作,脱不了身,便委托参议员邵永生先行赴港。1948年12月21日,邵永生搭乘霸王星客机飞港,不幸飞机失事,机毁罹难。李济深立即派人去机场了解情况,次日报纸上报道了事故消息。当时邵永生用了张寿的化名。军统特务查出张寿即邵永生,断定他去香港与民革有关。他们联想到邵永生与姜豪关系密切,马上电告保密局局长毛人凤。

按毛人凤指示,特务先拘捕了邵永生妻弟(管户口的政府干事,提供邵永生化名身份证),逼他交待是姜豪指示邵永生去香港见李济深的。但是,邵永生妻弟早已倾向革命,任特务软硬兼施、严刑拷打,拒不招供。邵永生母亲天天去参议会,她一找到潘公展就大哭大闹:"我儿子已经惨死,你们为什么还要加害他的小舅子。你……你们的良心喂了狗!"潘公展被闹得烦了,加上特务查不出证据,只好将邵永生妻弟关押两个月后释放了。

几个星期后，参议员江浩然在大观俱乐部遇见姜豪，一把将他拖到僻静处，焦虑地说："季超兄，邵永生出事时，民政局局长张晓松对我说'邵永生出师不利身先死'，他做了姜豪的替死鬼，他是代表姜豪去香港见李济深的。这个人是危险分子，你以后要注意他的行动。"江浩然朝四周看看，压低了声音："老兄，我与你私交笃厚，念你豪爽耿直，才告诫你的。当局可能会对你下毒手，望你善自珍重。"自此，特务便在暗中查姜豪反对党国的证据，他家周围常出现形迹可疑的人。

　　1949 年 4 月中旬，在江湾郊外姜豪吹了个大背头，身穿一身豆沙色西装，鼻梁上架着平光金丝边眼镜；徐立则长发披肩，着墨绿色旗袍、高跟皮鞋，他们扮作一对夫妇，边散步边由徐立向姜豪传达中共中央上海局关于完成当前任务的指示。

　　徐立轻轻地说："无论和谈结果如何，解放军即将渡过长江，解放全中国了。上海是国际大都市，临解放前斗争肯定非常复杂、尖锐，我们要做好思想准备。"接着她从发梢里拿出一个小纸卷，递给姜豪。

　　姜豪拆开一看，中共上海地下组织指示赫然在目："由于我军事上已占绝对的优势，敌在政治、社会各方面已陷于严重崩溃状态，人民对解放军渡江热烈盼望，所以京沪地区基本上可以迅速同时获得解放。敌人长期固守上海是不可能的了……我们当前的中心任务是：抓住人们空前高涨的革命情绪，不断扩大敌人的失败情绪，使其进一步瓦解，顺利完成里应外合解放上海和上海的接管工作。"

　　"好哇，"姜豪拍着纸条，兴奋地说，"上海就要获得新生啦！"他们相视一笑、齐望前方，太阳闪耀着辉煌的金光，绿茵茵的田野间小溪淙淙、飞鸟唧唧，成行的杨柳迎风起舞，展示出一片跃动的新生命。

　　"不过，"徐立谨慎地说，"反动派临死前，必然会疯狂残杀革命志士，我们要提高警惕。"

　　这段日子，上海一片白色恐怖，特务、军警密布各处，架着机枪的装甲车横冲直撞，镇压工人罢工、学生游行。"飞行堡垒"频频出入监狱、刑场……4 月 22 日，淞沪警备司令陈大庆宣布全市进入战时状态，提前宵禁,实行全面军事管制,并颁布《上海市紧急治安条例》,列杀戒8条。警察局长毛森先后逮捕了3000多名嫌疑犯,杀害其中1300多人。龙华、斜桥、大八寺等处,日夜响着罪恶的枪声……

几天后的一个晚上,徐立打扮成佣人模样,突然来到姜豪家里,她脸色苍白、气喘吁吁地说:"我……我家的交通站被特务破坏了,我们的几位同志被抓……去了(后来被特务杀害于宋公园,即今闸北公园。解放后,由高汉、徐立、姜豪等人募捐,掩埋烈士遗骨)。"她喝了口茶,稍平静地继续道:"我们已在窗台上放了危险信号——宝石花,其他同志一看就明白了。老高总算逃脱了,现在他已去了苏州。姜先生,请你给我安排一个住处,谢谢!"

姜豪二话不说忙装成阔少,带徐立直奔好友葛家珍家。葛家在新城警察分局旁边的弄堂里,呆久了会暴露,徐立住了几天又转移到市郊结合部的马荫良家里。

姜豪的一系列行动,终于惹火了毛森。

4月底的一个傍晚,姜豪拖着疲倦的身体刚到家,屋里站起一个身穿长衫的陌生人,客气地递给姜豪一张请柬:"姜先生,警察局局长毛先生请你今晚去吃饭,地点在老闸分局,告辞了。"

姜豪打了个寒噤,心想:"自己虽然与毛森在重庆中训班同过学,但素知此人心狠手辣,从无交往,今天他怎么请我的客,看来其中定有文章,这是不祥之兆。"姜豪平时在外进行迎接上海解放的活动,是瞒着妻子的。此刻,他心事沉重地走进里屋,对太太说:"刚才在家等我的人是个朋友,他要我去聚餐,也可能要出几天门。"接着他深情地瞧瞧几个小孩,抱起2岁的小儿子亲亲,便出了家门。

在弄堂里,姜豪与张中原撞个满怀。原来,张中原也收到了请柬,特意来找姜豪商量去还是不去。姜豪拉住张中原道:"这是黄鼠狼给鸡拜年,没安好心。但我们不去,就显得心虚,反而暴露了,我们还是去吧。"

他们一踏进老闸分局,只见空场上摆了十几桌酒席,团团坐着卸去

国民党上海警察局局长毛森

武装的警察,边上几十个便衣特务贼溜溜地逛着。

"姜先生、张先生,"酒席圈里闪出了永安公司老板郭琳爽,他粗犷地说,"我也来作陪啰。"

毛森"请"了他们3位由老闸区选出的参议员,但更重要的是掌握了姜豪、张中原近日接近共产党的把柄;同时,他还要警告一些策划起义的警察,今天是一箭双雕。

一脸横肉的毛森闪着恶狼似的眼珠子,走向姜豪,双手一揖:"姜先生,久违啦,今天请你老兄赏光,来小庙喝薄酒一杯,哈哈——"

酒过三巡,毛森站起来,冷冷地环视一周,举杯道:"为委员长的健康,为党国的精诚团结,干杯!"他仰脖一饮而尽,话锋一转:"现在有些人受了共匪的欺骗,勾结他们,图谋不轨。这些人的阴谋,我已经完全掌握了材料。我警告他们,必须马上坦白自首、迷途知返。凡是坦白的,我们还是看在党国的情分上宽大为怀,我负责把他们的家属送到台湾去,保证他的安全,保证他到台湾后有工作,全家生活有着落,"

毛森讲完话,通红的脸上一团团肌肉在颤动,好像一条条小毒蛇在漫游，两道凶狠的目光，仿佛毒蛇的腮，直向众人舞来。突然，他一掌击在桌上，厉声喝道："要是不坦白杀无赦，还要灭九族，何去何从，希望他们好好考虑，我这儿的'花生米'是六亲不认的！"毛森的主桌上正好坐着姜豪他们3人，他们望着掀翻的酒和菜汁，感到空气都凝固了，周围的人都在这个杀人不眨眼的魔鬼面前，心跳如鼓捣。

然而，毛森为了放长线、钓大鱼，这次放走了姜豪、张中原。

他们一出魔窟，滚烫的脸颊经夜风一吹，头脑清醒了许多。张中原长吐一口气："好险呀，真像过了鬼门关。"

姜豪皱皱眉头，提醒张中原："项庄舞剑，意在沛公，毛森今天摆的是鸿门宴。他如果对我们下手，我们只好束手就擒，以后尽量小心，先避避风头吧。"

当晚，姜豪便住到了金神父路（今瑞金二路）的亲戚家里。从此东躲西藏，不敢回家，直到上海解放。

5月7日下午，姜豪去闸北水电公司策反，出门发现对面马路有两个"小贩"卖商品，却瞟着公司大门，他意识到被人盯了梢，立刻叫了辆黄包车向南飞奔。

翻过泥城桥（今西藏路桥）后，他跳下黄包车淹入人流，再搭有轨电车赶往外滩。在轮渡口，他回头望去，"尾巴"还未甩掉。他趁下船的人拥挤，急忙蹲下假装系鞋带，阻断了"尾巴"的视线，并掏出一小瓶机油涂在脸上。最后，他瞅准渡船起航的一刹那猛地跃起，一个箭步跳将上去。

缓缓流动的晚霞将辽远的天际装点得五彩缤纷，一群江鸥追逐着流光溢彩的波浪盘旋远去，海关大楼又响起了清脆的钟声。姜豪稳稳地下了船，大步走向东方……

奔向太阳

1949年4月21日，人民解放军百万雄师飞越长江天堑，于23日解放南京。当天,何应钦、顾祝同等在上海举行军事会议,研讨防御事宜;蒋介石从奉化赶来上海,召见团以上军官训话,表示自己要"和上海共存亡",令京沪杭警备总司令汤恩伯死守6个月至1年,以期挽救危局,抢运物资和金银外汇。5月9日,汤恩伯布防了23万兵力,妄图与人民解放军决一死战。12日,华东野战军第9、10兵团兵分两路,直逼上海外围,打响了解放上海之役。

当太阳像小火球那样,在广阔的地平线上跳动之时,国共双方都在与时间赛跑。

5月16日,上海市长陈良在天蟾舞台训话,他攻击道:"中国共产党统治下的土地更无自由,天天实施恐怖,自由其名,奴役其实。"叫嚣国民党残匪要与共军血战到底,不要逃难,他的训话更加刺激了外逃情绪。凡是有权有钱的显要人物,纷纷逃往海外、台湾、香港。

这时,姜豪有如一张满弓,马不停蹄地奔波于上海各大公司、企业,劝阻工商界人士留下,迎接上海解放。一天下午,姜豪坐着一辆奥斯汀小车飞驰至参议会副议长、上海商会理事长徐寄倾公馆。他一跨入徐家客厅,便向徐寄倾作个揖:"徐寄老,我们开门见山吧,您老平时对当局的黑暗甚多指责,如今正是弃暗投明的天赐良机,您千万、千万不能去台湾啊!"

"姜先生,"徐寄倾捋须而问,"共产党来了,会不会跟我们过不去?工商界吾辈同仁态度如何?"

"您老不必多虑。"姜豪眸子里闪过晶亮的光波,斩钉截铁地说,"共产党并非陈良所言面目可憎,他们也是活生生的追求幸福生活的人嘛。工商界同仁,都向我表示留下来。喔,还有商界泰斗刘鸿生、全国商联会理事长王晓籁先生也答应不去台港(上海解放前二天,蒋介石派特务逼他们去了香港)。你们都有办实业的丰富经验,将来可以为建设新上海效力,图个国富民强,遂平生心愿。"

"嗨,你这门大炮颇有苏秦、张仪之才嘛。你何时转过弯子,为中共周游列国的呀?"

"从前，我牢记庭训，为人以'忠孝节义'而取信于天下；以岳武穆'精忠报国'为楷模，绝对效忠于总裁和党国。然党国倒行逆施，给黎民百姓带来无穷灾难；而共产党倡导民主、追求光明，乃中国之希望。常言道：'识时务者为俊杰。'国运如此，我为何要陷入泥潭，不奔高山流水呢？"然后，姜豪告诉徐寄倾，自己拒绝要人邀请去台湾的经过——

1949年春节，姜豪去拜访监察委员陶百川，与国民政府社会部副部长陆京士不期而遇。大家分析了一番时局，陆京士指着烟缸里的烟蒂，感慨万分地说："我们与共匪斗了20几年，却败在了自己手里，党国在大陆的日子，与这些烟屁股差不多啰。"

姜豪接过话茬："陆部长所言极是，连戴院长（考试院院长戴季陶）、陈公（陈布雷）都绝望了，我们应尽早寻条出路。"

"出路只有一条，去台湾作复兴基地，日后东山再起，反攻大陆，决不能走戴院长、陈公的绝路！"陆京士边说边劝姜豪，"季超兄，我们是老朋友了，实话告诉你，我就要去台湾了，你留着没好处，共产党不会放过你的。"

"我家庭包袱太重，"姜豪双手一摊，"桑梓有高堂父母，家里有5张小嘴，哪里出得起旅费，以后再说吧。"

"唉，旅费可以申请嘛，你还是走的好，不要等坐了共产党的牢再后悔，鄙人告辞了。"陆京士见劝告无效，便驱车而去。

阳春三月，大观俱乐部的茶室里热气腾腾。被解职不久的宣铁吾脸色晦暗，对姜豪、张中原说道："国家和个人怎么会落到这个地步。现在，潘公展飞向美国，吴开先去了香港，许多弟兄都准备跑。你们两位打算去台湾吗？"

"不去，"姜豪诚挚地望着宣铁吾，"你也不要去，我们倾向光明，共产党会厚待我们的。"

宣铁吾无可奈何地说："好吧，听季超兄高见，我不打算离开上海。"但是，宣铁吾口是心非，上海解放前夕他还是悄然逃往台湾了。

4月底，公用局长张仁滔特意拜访姜豪，他垂着脑袋说："姜先生，我要先去台湾了。我们共事3年之久,念你为上海公用事业出过大力,想请你一起走,助兄弟一臂之力。"

"不行呵,上海公用事业是大头,人都走光了,谁负责任?"

"那么,请你继任局长,吴国桢去台湾后,我向新任市长陈良推荐了你。"

"我不想坐这把交椅,"姜豪婉言谢绝,"不过,我愿尽力协助维持公用事业的正常营运。"……

徐寄顷听姜豪讲毕,十分敬佩他的胆识,慨然表态:"姜先生,天降大任于斯人也,老朽决定留下,为新政府尽绵薄之力!"两双手紧紧地、紧紧地握在一起……

国民党逃离上海前作垂死挣扎,企图留给共产党一座废城。

4月25日,当局派军事联络员进驻专科以上学校、大型工厂,以及重要公用事业单位。毛人凤窜到上海,召集特务头目开会,布置抢运黄金、白银、物资,破坏工厂、公用事业设施……5月初,蒋介石急飞上海,坐镇复兴岛,指挥劫掠物资,屠杀革命者,搞大破坏……尔后逃往舟山群岛。

早在年初,高汉就向姜豪等传达了中共中央指示,由于解放军的绝对优势,解放上海不需要采取武装起义,而要发动群众,反对国民党破坏,保护工厂、机关、学校,配合解放军维持社会秩序,迅速恢复生产,接管城市。5月初,徐立赶往金神父路,扼要地传达了地下党的指示:"姜先生,请你组织安全委员会的同志配合工人护厂队、纠察队,全面展开反破坏、反屠杀、反迁移的护厂、护校、护业活动。"

于是,姜豪等将策反、保护大上海的活动推向高潮。

姜豪利用在大观俱乐部举行的工商界聚会,向资本家宣传共产党的城市政策。他挥舞着双臂,声调高亢:"诸位先生都是明白人,国民党气数已尽,谁愿意去陪葬呢。"他幽默地眨眨眼:"近来我成了变化无穷的孙悟空,今天是冒着杀头的危险,来劝大家的。为了迎接上海解放,请你们配合职工护厂,保全器材设备,维持公用事业的供应,要挺过任何困难,决不能让上海瘫痪!"

台下百余名资本家争先恐后地嚷起来:"谁愿意让自己的设备被破坏。""我们一定要粉碎当局的阴谋"……明媚的阳光穿窗而入,映照着他们的脸膛,他们睁大微炫的双目,仿佛看见了一片芳草如茵的原野。

随之,姜豪日以继夜,奔走于各大公用事业单位,先后策反了电力公司总经理汪经榕、电讯局长郁秉坚、闸北水电公司总经理王兼士、副经理陈梦渔等人;组织了上海市客房总联合会,发动全市里弄修建铁门木栅,以防止国民党军队败退时,败兵流氓抢劫居民,为解决上海之役中,维持上海城市的正常运转作出了贡献。

5月24日,解放军向上海城区发起总攻前夕,姜豪打电话约老友曾直夫去兆丰公园(今中山公园)见面。曾直夫系黄埔军校毕业生,曾任过抗日名将戴坚将军的师参谋长,当时他的一些同学在国民党军队中当官,自己任《国防新报》社社长,在军界有许多社会关系。

他们沿河漫步,聊了各自近况,姜豪拾起一块石头扔入河里,随着荡开去的涟漪,他轻声问:"直夫兄,共产党马上要解放上海了,你想立汗马功劳吗?"

"季超兄,什么意思?"曾直夫狐疑地看着姜豪。

"策反你的同学,"姜豪手作刀劈状,"不能让上海变成废墟!"

曾直夫早有弃暗投明的心思,故一一向姜豪报了他同学部队的番号,然后他望着几棵苍老的古树,下了决心:"我尽力而为吧。"由于曾直夫同学所在部队分散于各布防点无法见面,且解放军已向市区发起总攻,故该计划没有实现。

25日,解放军"济南第一团"浴血奋战,攻克国际饭店、外滩公园、邮政大楼,将敌人逼至苏州河以北。在血战南京路同时,姜豪、张中原、李玉书先后与国际饭店内的警察总队部、老闸分局、江宁分局、新成分局通电话,劝他们插白旗。这天凌晨,永安公司职工冒着国民党军队的枪弹,在公司楼顶的绮云阁上,升起了南京路上第一面红旗。姜豪他们通宵达旦,在永安公司10楼向全市广播苏州河以南市区已经解放,宣告安全委员会成立的消息,并公布办公地址及电话号码,呼吁市民安心工作,热诚欢迎解放军,共同协助维持地方治安。至夜晚,老闸区内国民党残部已肃清,姜豪等立即配合地下党,发动南京路各大公司、商店开门营业,迅速恢复了秩序。

姜豪忙了两天一夜,一阵睡意袭来,他摇晃了一下。突然,地处苏州河以北的民政局主任秘书王微君(主办户口工作)给姜豪打来一个电话。王微君急促地说:"季超兄,我从广播里知道安全委员会成立了,也听到了你的名字,非常高兴。可是民政局局长陶一珊临逃时关照我,在紧急时把全市户口总册及重要档案烧毁,搭乘最后一批轮船去台湾。你看怎么办,快说啊!"

姜豪急出一身冷汗,马上对王微君说:"你无论如何要保存好全部户口册和档案,负责办好移交,这样你一定会受到解放军的优待。听着,解放全上海就在眼前哪!"

"好……好,我照办!"

姜豪长长地吐出一口气,软软地靠在椅子上。朦胧中,他隐隐约约听见苏州河以北的枪声渐渐稀落,仿佛看见鲜艳的红旗高扬在大上海所有的高楼大厦……

他打了个盹,又如离弦之箭飞奔公交公司,借了一批公共汽车,交给解放军上海警备司令部,作运兵之用。26 日,解放军全歼苏州河以北残敌。27 日,打杨树浦最后一仗时,8000 守军投降。晚 7 点,上海——这个"冒险家的乐园",披着战斗的硝烟,像烈火中的凤凰,在人民的怀抱中更生了!

人民获得了新生,许多国民党营垒中的有识之士,也获得了新生!

然而,逃离大陆的国民党反动派,却恨死了不作他们殉葬品的反戈一击者。蒋介石得悉杨虎、吴绍澍、姜豪投奔共产党的消息后,气得大骂:"娘希匹,又出了 3 个大变节分子!"毛人凤恶狠狠地诅咒他们 3 人是上海的三大叛徒,指示特务将他们列入第一批暗杀的对象;台湾当局还布置原上海市一个参议员,在广播电台、《中央日报》连篇累牍地声讨

姜豪（前排右一）参加上海文史馆重阳节活动，前排左二为原上海市委书记夏征农

三大叛徒的"罪行"。

夜，已经很深，但受尽辛酸、屈辱的南京路却华灯齐放，如同白昼；欢乐的人海打着腰鼓、点燃鞭炮，汹涌澎湃。

姜豪闪着莹莹泪光，汇入这不尽的"波涛"中。他的耳畔似乎又响起了"五卅运动"的《英雄交响曲》，脑海中飞速掠过惊心动魄的曲折人生。

海关大楼的钟声又响了，姜豪心头滚过奔腾的黄浦江，坚定地走向新的一天……

枭雄博弈:1947年"金都"大血案

2006年仙逝的99岁高龄的上海市文史研究馆馆员、原国民党省军级人员姜豪老先生是一位传奇人物,他一生历经大革命、抗战、解放战争等历史风云;1954年又因潘杨案件被捕入狱,直至1975年才获特赦,1978年才真正获得自由。姜豪曾参与国民党政权诸多大事,并于解放前夜弃暗投明,他曾向笔者披露了发生在上海的金都大血案。

警宪厮杀大戏院

1947年是中国现代史上风雷激荡的一年。在国共两党血肉大搏杀的前线,我刘邓大军挺进大别山,揭开了战略反攻的序幕;在蒋管区,民众则掀起了反饥饿、反内战、反迫害运动,沉重地打击了蒋家王朝。在这一背景下,国民党内部也矛盾重重。

1947年7月27日晚,酷暑中的上海滩偶尔吹来丝丝凉风。

坐落在福煦路西段(今延安中路)的金都大戏院(今瑞金剧场,已拆除)门口一片人山人海,光怪陆离的霓虹灯映照着一幅幅撩拨游人春心的性感剧照。当彩灯打出大字幕的《龙凤花烛》电影片名时,人群中响起一阵阵酸溜溜的嘘声。原来,此片乃国泰影片公司刚上映的古装哀艳凄情巨片,由著名导演屠光启执导,著名演员冯喆和陈燕燕领衔男女主角;片长15大本,一次放完,并由金都、金城、文化会堂三家影剧院隆

金都大戏院

重推出,因而轰动了上海滩。达官贵人、富豪巨贾自不待言,连平民百姓也竞相一睹名角儿为快,遂使剧院场场爆满,且每场等票者蜂蚁如潮。

晚9时半,夜场即将开演,上海市政府工务局科长刘君复带着一对俊俏男女手持两张票,大摇大摆地往剧场里闯。查票员张铺根上前道:"先生,你们还缺一张票呢。"

"让开,兄弟进去补票,"刘君复瞟一眼张铺根,"侬识相点噢。"手摇古折扇,仍然向里走。原来,旧上海的军人、流氓、政府工作人员经常是不买票看电影的,刘君复少一张票算守规矩的,但碰上一位不懂世风的查票员。

张铺根横眉怒目,厉声道:"今晚这场戏,谁也别想白看。"

"阿拉进去补票,侬给我滚开!"

"今天无票可补,侬给我死出去!"

双方争得不可开交,院方急忙叫来值班警察卢云衡(七期毕业学警)。卢云衡一个箭步,横在刘、张之间,打起了圆场:"我看算了,让这位先生补个加座票吧。"

双方见有台阶可下,态度都缓和了,孰料斜刺里杀出个程咬金,素来欲与警察局争地盘的驻院宪兵廿三团八连排长李豫泰率宪兵吴伯良上前干涉。李豫泰指着卢云衡破口大骂:"侬吃饱饭啦,来管戏院里的闲事!"居然不让刘君复补票。

卢云衡平时常受宪兵的气,今日又当众受辱,不由义愤填膺,胸中犹如恶狼奔突,大喝一声:"这是我的职责范围,侬马上闭紧臭嘴!"

李豫泰闻言猛地扑上去对准卢云衡一顿乱拳,卢云衡遭突然袭击,立即一个马步做出擒拿格斗架势。吴伯良见状,从后面飞起两脚,当场将卢云衡踢倒于地,口吐鲜血。宪兵打伤警察后,得意地上楼而去。

卢云衡挣扎着挪到马路上,雇了一辆黄包车,飞奔新成警察分局报告。局中七期同学甚多,闻讯大发雷霆,一位黑脸警察"嗖"地跳上一张方桌,声色俱厉地说:"弟兄们,宪兵平时自恃特殊,不把我们当人看,今日卢兄惨遭毒手,我们再也不能忍耐了!"于是,警察们立即打电话给老闸、黄浦分局的七期学警。三个分局计百余名警察徒手乘车开赴金都大戏院,一部分入院守住院门包围行凶宪兵,另一部分在院外声讨宪兵,一时万人云集,福煦路上一片混乱。

宪兵被围,吓得魂飞魄散,李豫泰慌忙向康脑脱路(今康定路)宪兵队部告急。仅几支烟工夫,一辆卡车及几辆吉普呼啸而至,车上也跳下百余名宪兵,他们荷枪实弹,一面布防一面入院驱逐警察。警察见状,毫不畏惧,齐声怒吼:"宪兵打人,宪兵打人! 交出打人凶手!"

宪兵与警察扭作一团、拳脚相向,突然一阵尖厉的哨声划破夜空,宪兵"哗——"地闪向一边,戏院楼上的宪兵架起汤姆机枪,向警察扫射,布防的宪兵也拔枪射击。"哒哒哒"的枪声,吓得行人作鸟兽散,这时恰好有一辆满载西瓜的卡车自西向东开来,警察发声喊,纷纷雀跃上车,但前胎中弹不能开动了,车内两个小孩被打伤,发出令人心碎的哭叫。警宪冲突结果:当日死亡 9 人,其中警察 7 人,市民 2 人;受伤 18人,其中警察 5 人,宪兵 3 人,市民 10 人。马路上四处滚动着西瓜,一滩滩殷红的鲜血,在皎洁的月光下一闪一闪……

警察泄愤砸金都

　　血案震惊了大上海,28日各报均有头条新闻报道了事件经过。但是,宪兵团则发表了与媒体完全相反的声明。声称宪兵巡查组6人至金都大戏院巡查军纪,因观客购票事与金都职员发生争执,宪兵上前调解,与警察发生误会,相互殴斗……排长李豫泰出金都时,即被百余便衣警察包围,李乃退至三楼,并以电话通知连部及新成分局……宪兵团特别强调了警察夺宪兵枪支并射伤宪兵的情节。

　　警宪火并消息传到市长办公室,市长吴国桢又气又吓,急电淞沪警备司令部、上海市警察局和宪兵团三方面组织调查委员会;同时命淞沪警备司令宣铁吾电请南京国防部派遣大员来沪处理事件。

　　警察见宪兵团颠倒黑白,更是群情激愤,但又拼不过宪兵,便将矛头指向金都大戏院,一位警察流着泪喊道:"弟兄们,宪兵把金都当碉堡,残杀我们罪该当诛,但他们逃得了和尚逃不了庙,我们砸他娘的金都去!"几十名警察立即响应,各持警棍分乘数辆警车,一路啸叫着飞驰金都大戏院。他们在28日的11时、下午1时及4时半,连续3次捣毁大戏院。警察们圆睁血眼,高擎棍棒狂呼乱叫着冲入剧院,逢物就砸,见人便揍,顿时戏院里的胶片、剧照、广告似蝴蝶纷飞;工作人员或哭爹喊娘,或抱头乱窜,或头破血流;院内一切设备被砸得七零八落,好端端一座豪华剧院变得一片狼藉。

　　在警察捣毁金都大戏院的同时,许多警察罢岗以示抗议。宪兵见事态扩大,怕激起民愤,也在28日奉令罢勤,龟缩在营房里。宪兵总部则向市府报告:此举实在迫不得已,是为了避免再次发生不幸事件。

　　黄昏时分,几千名警察佩戴黑纱,在悲怆的哀乐声中,在中央殡仪馆为死难的七警士举行大殓。

　　警察局代理局长余叔平亲自主祭,他眼含泪花,悼念英勇献身的下属,旋又慷慨激昂地讨伐了宪兵的罪行,最后庄严宣布:对身强体壮死难者各发抚恤金2000元(4000元殡葬费除外);市警察局成立了"七·二七"被害同志伸冤复仇善后处理委员会,并向当局提出14条要求。

凶讯激怒蒋介石

27日事发的深夜,宣铁吾便向南京国防部挂长途电话报告了事件概况,次日国防部大员动身抵沪,不料事态越闹越大。29日,不仅上海各报继续报道,而且外国大报也发了号外,这下可捅了国民党高层的马蜂窝。

蒋介石在28日中午一拿到上海的报纸,看罢咆哮如雷:"混蛋,这还了得,还要不要党纪国法!"他颤抖着双手,将报纸撕得粉碎,抓起电话摇到上海市政府,命令吴国桢迅速平息事态。当晚,警察扩大事态的消息又传到蒋介石耳里,他拍案而起,仰天嚎道:"警察狗胆包天,实在令人痛心!"蒋介石仰脖喝干一杯白开水,急令国防部次长秦德纯于29日飞抵上海,担任军事法庭审判长。

7月31日首次审讯案犯,引起血案的刘君复脸色吓得惨白,被两位法警押上来。他睁着一对老鼠眼,机警地环扫四周,擦掉头上的汗后,一字一句地说:"7月27日晚9点半,因有友人夫妇一起去看戏,预购两张票,请补购一张。检票员不肯,还说宣铁吾来要求补票都不行,你是一个公务员,算什么东西!本人以其出言不逊,说他没有礼貌。他却反驳:'什么没有礼貌,我就说,宣铁吾、宣铁吾',一面喊宪兵。宪兵来了说:'他既不买票,算了,你去吧。'本已无事,忽又闯来一位军官问什么事,检票员说:'有一个公务员要补一张票,我说不行,他说我态度不好。'军官便推我,叫我走,我说:'我是公家职员,让我说明白好吗?'当时旁边一位警察说:'算了吧,不要难为人家。'军官动起气来说:'谁要你管,我是陆军军官,你算什么?'警察说:'我也可以管的。'就此争吵起来,9 时 40 分电影开映,我就走了。"

刘君复的作证与媒体大相径庭,况且只字不提双方发生冲突的关键细节,场内顿时大乱,记者像狼群逐羊那样扑向刘君复。审判长见势不妙,马上宣布休庭。秦德纯当天向蒋介石汇报情况后,蒋介石于 8 月 1 日发出指示:要有关单位慎重处理血案,在沪侦讯完毕后,于 8 月 15 日转至南京审理。

姜豪大闹参议会

金都大血案乃民国历史上少有之事,把个大上海闹得沸沸扬扬。上海市市长吴国桢决定 7 月 29 日下午,在市参议厅召开临时参议会。

是日下午,火辣辣的太阳烤得马路上热气蒸腾,梧桐树上响起蝉儿的聒噪,参议厅里虽然开着冷气,但紧张的气氛不亚于室外的热流。

会议由市参议长潘公展主持,市长吴国桢、警备司令宣铁吾、警察局代理局长余叔平,以及毛子佩、张中原等大部分参议员出席。

潘公展阴沉着脸,示意大家团团围着长桌坐下,然后擦把汗说:"今天请各位来开会,内容想必你们都清楚。金都大戏院发生血案,对党国、对我们上海造成了极坏的影响。"他停顿片刻立正道:"总裁非常关心案子,希望我们及时妥善地解决问题,下面请宣司令介绍案情。"

宣铁吾乃黄埔系,曾任过蒋介石的侍卫官,素与 CC 派的潘公展面和心不和,他见潘公展首先推出自己,不快地瞟了他一眼,慢吞吞地站起来,向参议员们拱拱手道:"这么热的天,劳驾先生们前来开会,真不好意思。"接着介绍了血案经过。宣铁吾呷口茶,又说:"此事起因甚小,而冲突结果已死伤多人,查此重祸突出一部分宪警知识不够,对本身职权不够了解。事后警察情绪激昂,多亏各方疏导,事态不致扩大。责任问题已组织三人小组着手调查。"他清清嗓子,不情愿地自责道:"宪兵警察原均由警备司令部管辖,惟本人警察局长名义尚未交卸,故电请国防部派员调查真相,依法处理。我以为,此案最大症结乃宪警职权未划

国民党上海警备司令宣铁吾

分清楚。经此事件以后,其制度当可改善也。"

吴国桢站起身问与会者:"在座的对案情还有不清之处吗?"见大家默然,推推金丝边眼镜,斯文地说:"目前首要之举,务使复杂之事态简单化。至于责任问题嘛,中央已派大员来沪会同三方面调查,一俟确定是非再依法办理。"

潘公展掠过一丝不易觉察的笑容,起身也向各位拱拱手:"鄙人也同意宣司令、吴市长的看法,事件发生之原因在于宪警职权没有划分清楚。"旋又将凌厉的目光环视一圈,斩钉截铁地说,"鄙人有言在先,在负责调查机关未发表事实真相前,希望兄弟们少发意见,以免有所偏袒。"杜月笙立即附和,大多数参议员乐得少发表意见,纷纷表示同意。

正当潘公展准备宣布散会时,猛听得炸雷似一声吼:"且慢,我有话说!"众人望去,只见站起一位中等身材、目如流星的汉子,原来是市参议员、上海新生活运动总书记、老闸区区长姜豪。姜豪其父乃宋美龄的家庭教师,他本人又是青帮里辈分大于杜月笙的大亨,且在抗日战争期

姜豪（右）与当年参加警宪冲突案善后会的上海市参议员毛子佩在上海
文史研究馆

间任过要职，不久前作为蒙难同志会的十大斗士之一，受到蒋介石的接见并合影。有此背景，姜豪平时敢说敢干，号称"大炮"。上海头面人物都让其三分。

姜豪扬扬手，厉声说："警宪冲突造成这样一件大血案，我是非常气愤的。"座位上顿时一片骚动。各种阴风怪话徐徐飘出，潘公展摇摇手，想阻止姜豪讲话。姜豪手按桌沿，继续大声说："刚才几位都说造成血案的原因，乃是警宪双方职权没有划分清楚，我认为双方各自的任务是很清楚的，即警察管社会治安，宪兵管军风军纪。尤其重要的，不论警察和宪兵都有保护老百姓安全的责任。"

吴国桢见姜豪提到老百姓，不禁虚汗直冒，连忙站起身阻止他："好了，姜先生听我一句，我们的职责是尽快平息事件，向委员长复命嘛。"

"不对，吴市长此言差矣，"姜豪虎起脸，"今天老百姓在警宪冲突中被打死打伤了，请问应该由谁来负责？参议会既然是民意机构，我们当参议员的应该站在老百姓立场，为无辜遭难的市民鸣冤叫屈。"

"姜先生，你……"潘公展眼露凶光，威胁他，"你要注意影响，每次

旧上海市长吴国桢在办公室

开会都要闹，想想自己的身份，像话吗？"

姜豪理也不理潘公展，双手一起挥动："警察被打死了，政府花了大笔丧葬费为他们举行隆重的殡殓仪式，还发给每人抚恤金。我现在提议，要求政府对于被害的老百姓同样给予殡葬和抚恤，对于伤者要负担医药费。至于警宪双方的谁是谁非问题，自有司法机关来调查处理，我们可以不管。"

潘公展气得吹胡子瞪眼，指着姜豪说："姜先生说话不负责任，各位不要听他的。"吴国桢、宣铁吾、杜月笙等刚想接着说，下面已是乱哄哄的了。

"哈哈——"姜豪仰天冷笑。复指着潘公展，声色俱厉地说："你平时口口声声说什么'民为邦本'，告诫我们记住唐朝魏徵的名言'水可载舟，亦可覆舟'，现在怎么都忘掉了呢？"

潘公展眼看下不了台，恶狠狠地宣布："今天会开到这里！"参议会不欢而散。

草率了结血案

血案已经发生,高层又如此重视,它的结局如何,人们拭目以待。

案子于 8 月 15 日移至南京审理后,9 月 27 日以国防部名义,由蒋介石验证的电文发往上海:

查上海金都大戏院警宪冲突一案,迭经电饬国防部依法讯办后,兹据先后呈复到府。经核定如次:

(一)宪兵司令张镇对于部属统权无方、训导不力,致生巨大祸乱,应予记大过一次。当时兼上海警察局长宣铁吾对于本案处理欠当,应予记大过一次。

(二)宪兵廿三团团长及该营营长平素教练无方,应各降一级。

(三)关于宪兵罪刑部分,准照国防部九月廿七日吕办 19730 号签呈所拟原判办理(作者注:指判宪兵罗国新死刑,以及判李豫泰、吴伯良等有期徒刑)。

(四)关于警员犯罪部分,俟宪兵部分执行后准予移送首都地方法院依法讯办。

(五)上海新成警察分局局长卓清宝准予撤职,连同有肇事警员移送法院并案究办。

然而,案子了结并未按国防部电文办,而是一拖再拖。据 1948 年 3 月 13 日上海《新闻报》报道,"除宪兵排长李豫泰等业经国防部军事法庭审理论罪外,警察部分卓清宝等 11 名提起公诉。"到了 5 月 20 日的报道,则是"金都案警察七名宣判各处有期徒刑十个月"。此外,宪兵廿三团于 1947 年 8 月 8 日奉令调回南京。最后结果令人失望,宪兵的处理没有下文。

1947 年 9 月 23 日,上海市参议会让代理警察局长余叔平答复参议员的质询。余叔平垂头丧气、吞吞吐吐地说:"金都事件关于宪兵部分,已在南京审判终结。至警察部分,将由司法机关审判。关于行政者,新成分局长已降调,老闸、黄浦及嵩山也有学警参加,故对各局长记一大过。本人也有失职之处,自请市长处分。"就是没提对伤亡市民的抚恤问题。

在中国历史发生巨大变化的前夜,国民党营垒内的警宪大冲突,实际上反映了人心向背的问题,由此折射出国民党政权垮台背后的问题,值得后人殷鉴。

"咔嚓"——为风云人物定格

在上海,有一位年近九旬、身材魁梧的长者,天天身背照相机穿街走巷,拍下了一幅幅珍贵的历史照片。他,就是上海市文史研究馆馆员、著名老摄影家康正平先生。康老从事摄影工作迄今已达 60 余年,他曾以上海《良友画报》、《正言报》等报刊摄影记者的身份,走遍祖国的大江南北,拍摄了许多中国现代史上风云人物的照片,其中有周恩来、叶剑英、聂荣臻、耿飚、伍修权、茅盾等老一辈革命家,也有蒋介石、宋美龄、蒋经国、于右任、孔祥熙、何应钦、李宗仁、白崇禧、陈诚、阎锡山、杜聿明、郑介民等国民党要人,还有张大千、齐白石、溥心畬、梅兰芳、周信芳、程砚秋、言慧珠等文化名人,更有马歇尔、里昂诺夫、饶伯逊、都乐德、特罗森科等外国人士……

2001 年笔者曾对康正平先生做了深入采访,这里掇拾他在漫长摄影生涯中的几个片断,以飨读者。

阎锡山巧舌如簧

1946 年 5 月,康正平千里入晋,去采访阎锡山(1883—1960)。23日下午,来到阎锡山办公室。刚一进门,便传出一声粗犷的山西官话:"呵,上海来的记者先生,锡山甚喜,欢迎欢迎!"阎锡山呼地起身,快步上前紧握康正平的双手。

著名摄影记者康正平老人（已去世），壁上为
刘海粟书赠的条幅

　　寒暄之后，阎锡山说有事先走一步，让副官热情陪同康正平。他们来到省公署招待所，副官指着琳琅满目的名酒说："阎主席希望客人自己点酒点菜，客人喝得越多他老人家越高兴，先生自便吧。"康正平一眼扫去，柜上摆满了茅台、汾酒、竹叶青及各类洋酒，应有尽有。

　　阎锡山招待客人不遗余力，是向客人显示自己治晋有方。当时，阎锡山治晋确有许多地方与众不同，例如军调部下设组，按理派往山西太原的应叫军调部山西第几组，但阎锡山不买国民党中央的账，偏偏取个怪名：编村办公室。再如，阎锡山不顾国民党铁道部的"统一使用宽轨"的规定，在山西境内将铁路修成窄轨，以此阻止外省火车在山西境内通行。

　　康正平在饭厅坐下不一会儿，就听到省公署外一声喊："阎主席到——"只见一辆雪佛莱小车嘎的一声停下，阎锡山在两个卫兵的搀扶下跨出车门。这时他身穿一套灰布制服，脚登布鞋布袜，活像一个山西老农。阎锡山一见康正平，马上发问："酒点好了吗？"

　　"点好了，茅台。"招待员头儿擦擦汗抢着回答。

阎锡山满意地点点头,"康老弟爽快、爽快呵,哈哈……"然后主宾入席。阎锡山举杯先向康正平敬酒:"康记者远道而来,采访鄙省,有失远迎。锡山代三晋父老,欢迎老弟呵!"

酒过三巡,阎锡山口若悬河、滔滔不绝:"山西乃礼仪之邦,历史悠久,物阜民丰,又为历代兵家必争之地。锡山自随中山先生革命,历尽艰险,方倚仗三晋父老百姓及全军官兵,把小日本鬼子杀回他娘的老家去喽。而今百废待兴,锡山愿以诸葛孔明为楷模,为山西之富强鞠躬尽瘁,死而后已!"他见康正平正在记录,稍露喜色,接着说:"抗战8年,山西苦难深重,锡山与民共赴危难,于日军崩溃之际率30万大军收复失地……"

康正平听到这里插话道:"阎主席率师抗日,不知八路军怎样?"

阎锡山回答说:"'七七事变'之后,中共派周恩来、徐向前来山西找俺,商量八路入晋抗战之事。那徐向前乃永安村人,俺是河边村人氏,只相隔一条滹沱河哩。徐向前还是俺的学生(指徐曾就读于阎创办的山西国民师范),俺锡山是个讲信义礼节的男子汉!"阎锡山仰脖喝干一杯酒,话锋一转:"但是,抗战胜利后,中共却派刘伯承、陈赓来占俺的地盘,虽说俺在上党吃了小亏,俺自认晦气。现在,俺们还是要防备中共,尽力保卫桑梓。当然,和为贵乃是锡山的外交政策,锡山希望举国上下一起同心同德建设国家。"

康正平又问:"阎主席,为什么山西的铁路都比较窄呀?"

"咳,那是十几年前的事喽,"阎锡山又干完一杯酒,一摊手,"那年头,俺们穷呀,但铁路不能不建,铁路是建设的先行官嘛。可是,关心修铁路的中山先生死了,靠北洋军阀政府吗?靠汪精卫武汉国民政府吗?都不行,只有靠自己,没钱只能造'窄轨'。"

酒宴结束,阎锡山陪康正平去一个叫"海子边"的地方看戏。散戏后,康正平请示阎锡山:"阎主席,我这次来山西采访,很想去看看名扬天下的晋祠。"

"近来那地方秩序不好,出了不少捣蛋事,"阎锡山拢拢衣袖,委婉

阎锡山赠康正平的戎装照

地拒绝了,"还是过些天再说吧。"其实,晋祠在太原郊区,是八路军活动之处,阎锡山自然不同意记者去。

第二天,康正平在宣传处官员的陪同下,参观了阎锡山指定的钢铁厂、纺织厂等,自己却没有采访的自由。

第三天上午,康正平离晋前,去向阎锡山辞行。阎锡山郑重地送他两件礼物:一件是 4 册"兵农合一"的书,另一件是有阎锡山题字的照片。照片上阎锡山身着戎装,威风凛凛。背面题云:"正平同志:跟不上地球自转的表是废表,跟不上时代进步的人是废人。"题词颇含哲理,可谓是阎锡山个性的反映。康正平放好礼物,掏出相机,"咔嚓"一下,留住了这位脸呈笑容的军阀的形象。可惜此照片在"文革"中被当作罪证抄走,打倒"四人帮"后也没找回来。所幸的是阎锡山送他的那幅照片还在。

叶剑英英雄虎胆

1945 年 9 月下旬,康正平随国民党 94 军军长牟庭芳去北平采访

北平军调部正门

军调部。

　　军调部设在协和医院内，外观显得古色古香，若不是门口挂上了牌子，外地人还会误以为是王府呢。开门第一间会客厅为新闻发布室，旁为秘书室，里面才是叶剑英的办公室。每次，各军调小组带回的信息，一般都由叶剑英向记者发布。

　　康正平第一次采访叶剑英，是在一个上午。记者们在新闻发布室刚坐定，随着一声嘹亮的带有广东音韵的普通话："各位先生辛苦，一大早就来听消息啊！"之后，叶剑英便一身戎装迈入室内。正当壮年的叶剑英英姿勃发、气度潇洒，两道剑眉下一对明亮的眼睛，显示出机敏和睿智。记者们举起相机，一阵闪光灯亮过，各自打开笔记本。叶剑英微微一笑，双手一拱说："我想，军调部是干什么的，先生们一定都明白的吧。我再重申一句：军调部调停国共冲突，目的是防止内战爆发。我们共产党历来坚持全国民众团结起来、建设好国家，难道我们还能让历史上自相残杀的悲剧重演吗？"他接着列举了各小组调停的情况，最后摘下军帽，诚恳地说："我们请各位去采访冲突地区，是以和平手段达到和

叶剑英舌战群儒后摄于军调部
大门口

平的目的，打是不能解决问题的嘛！但是，这需要三个方面的诚
意……"

叶剑英结束讲话已近中午，记者们提了一些问题后正想告辞，他急
忙摆摆手："各位吃了便饭再走，哪天有新闻会通知你们的。"

这次新闻发布会后，康正平去唐山、昌黎、张家口一线采访，沿途所
见国军防区挖了很长的交通沟，架着重机枪、小钢炮，战争气氛很浓。叶
剑英曾对军调部的斗争有个形象的说法：表面上是"三方合作"，实际上
是"两军对峙"。事隔55年，康正平回忆叶剑英讲话，还深有体会地感
到，他具有高度的警惕性，早已含蓄地指出美国和国民党合伙的实质。

康正平返回北平不久，军调部请记者赴宴会，三方面代表全部出
席。那时国共摩擦已越来越厉害，大规模内战已不可避免。席间气氛
十分紧张，当记者问军调部执行协议的情况时，国民党代表郑介民一片
吹嘘，美国代表饶伯森也连连点头。叶剑英则不动声色，等郑介民讲得
差不多了，他一口干掉半杯酒，愤怒地一拍桌子说："郑介民，你好不知
羞耻！"然后，他一一列举国民党不执行协议规定的种种事实，以无比锐

利的目光射向郑介民、饶伯森,厉声道:"你们回头看一看,10年内战、8年抗战中,是谁先开战端?历史的教训告诫我们:如今不停止冲突,不拆除碉堡,铁路修好了,铁甲车就会跟着开入解放区!"他下意识地整整风纪扣,又继续发问:"你们口口声声说,保留碉堡是为了防御。请问,防御谁呢?如果是防御共产党,就是对共产党不信任。既然国民党不信任共产党,那么有什么理由要我们信任国民党呢!"最后,他圆睁环眼,猛力向全场一扬手:"难道能让他们的火车、铁甲车到处横冲直撞吗?"

顿时,全场掌声如雷,郑介民脸色煞白,虚汗湿了一头;饶伯森怕事情闹大,连连耸肩挥手打圆场。酒宴不欢而散。

康正平被叶剑英的刚烈、英雄虎胆所折服,决定单独为他拍几张照片。次日清晨,康正平赶往军调部,见叶剑英已在办公了,便拍拍挂在胸口的相机:"叶将军,我为您照张相,行吗?"

"好的好的,来吧。"叶剑英立即正襟危坐,康正平拍下一张他的半身照。接着,康正平又请叶剑英到大门口再照一张全身的。叶剑英笑呵呵地起身而出。晨光照耀着叶剑英魁伟的身躯,他的目光深情地遥望远方。康正平一阵激动,"咔嚓——"快门按动,留下了这帧珍贵的照片。

1946年7月,内战正式打响,各处交通相继遭到破坏,军调部已名存实亡。9月,叶剑英在军调部开完最后一次新闻发布会,紧紧地握着康正平的手,说:"你们最好去解放区看看,我们的建设靠自力更生、艰苦奋斗,这样更能体会中国的希望在哪里!"

聂荣臻大战前镇定自若

康正平一行记者在1946年采访军调部时,叶剑英对他们说:"你们最好亲自去看看解放区,我们的建设靠的是自力更生、艰苦奋斗。你们可以去张家口,找晋绥军区司令员聂荣臻,他会给你们介绍情况的。"两

聂荣臻大战前神态自若

天后,康正平和几位记者便乘飞机去了张家口。

当时,国共双方的形势异常紧张。1946年6月,蒋介石撕毁停战协定,对解放区发动了全面内战。我军奋起还击,解放战争正式打响。张家口作为历代兵家必争之地,此刻正面临两种选择:不是被蒋军攻克,就是解放军主动撤离。因为当时阎锡山、傅作义军队正向绥东地区进犯,锋锐直指张家口。聂荣臻为了打下敌军的威风,遂与晋绥军区向中央军委提出晋北战役作战方案。结果在大同、集宁等战役中,虽歼灭了一些敌军,但因敌强我弱,我军尚不宜攻打城市,便主动撤围,退守张家口。这样,张家口就在敌军的眼皮底下,随时可能发生恶战。

康正平一行来到张家口城门前,看到巍峨的古城墙上贴着"自己动手,丰衣足食"的标语,城内的平房显得斑斑驳驳,店铺里也没有什么东西可卖,确实是一片贫穷的景象。出来接待康正平一行的,是晋绥军区司令部的两位青年军官,他们客气地请康正平等人住一间房子。康正平一看,这房子的里面是空的,只能睡在草垫子上。其中一位青年军官见他们惊疑,便解释道:"记者先生委屈了,我们这儿条件差,咱们司令员也住这种房、睡草垫。"另一位军官接着说:"聂司令说了,他今天正忙军务,等有空就接待你们。"

不一会儿,到开午饭的时候了,军官居然拿来几串用绳子穿起来的土豆,对他们说:"你们挂在身上,饿了就吃吧。"康正平顿时觉得共产党能在如此艰苦的条件下,坚持自己的信仰的确伟大,这与国统区那种纸醉金迷的状况恰成鲜明对比。

第二天下午,青年军官兴冲冲地跑来说:"记者先生,咱们聂司令请你们吃饭,请准备吧。"黄昏时分,他们随青年军官去军区司令部招待大厅。进门一看,所谓招待大厅,原来是一间大泥巴房子。聂荣臻理着光头,身穿灰布军衣,微笑着大步迎上来,与康正平等人一一握手,连声说:"你们一路辛苦了,到得我们这里,也没得啥子可招待的。"康正平见聂荣臻举止儒雅、谈吐文明,像位庄重、敦厚的学者。

这房中央放一张大长桌,聂荣臻站在正中,康正平见窗外的夕阳映射在聂荣臻脸上,显得神采飞扬,便迅速取出相机,抓准最能反映聂荣臻性格的一刹那,抢拍了一张照片。

开始时,聂荣臻指着桌上的 6 盆菜(5 盆蔬菜,1 盆土豆烧肉),稳稳地说:"委屈各位了,这是我们最好的宴会了,请包涵!"说完,聂荣臻笑笑,举起粗瓷杯,斟满米酒,向记者们敬酒,大家碰杯后他一饮而尽,接着致了简短的欢迎词:"我们欢迎你们来,我们虽然艰苦,但心情很愉快、信心很足,我们一定会有前途的。"记者们记录完毕,个个傻愣愣地盯住他,心想,怎么啦? 就这么几句话? 聂荣臻拿起筷子,示意大家吃菜,的确不讲话了。很快,饭就吃光了,记者们见要散席了,聂荣臻又没什么表示,出于职业的敏感,就要求去张家口各个地方自由参观。聂荣臻马上和蔼地劝道:"这件事不能答应你们哩,有些地方是军事重地,去了有所不便。"婉言谢绝了记者们的请求。记者后来果然不能自由行动,身边都有解放军军官陪同。

其实,此刻正是聂荣臻最紧张的时候。敌阎锡山、傅作义部,以及蒋介石嫡系李文兵团,正兵分三路,向张家口压来。

然而,大战在即,聂荣臻一点不惊慌,康正平从他的脸部根本看不出近日有恶仗要打。康正平见聂荣臻不愿意多说话,总感到不死心,便自个儿去找了聂荣臻几次,但每次聂荣臻都只是寒暄,不多说一句关于战争的事。最后一次,聂荣臻诚恳地对康正平说:"你不必要我多说嘛,我们的力量在人民那里,你多去看看他们的精神面貌吧。"

康正平遵嘱,到老百姓那里去采访,发现他们不仅积极生产,而且文化气氛也浓,农民们纷纷在演《兄妹开荒》、《夫妻识字》等剧目,并且扭大秧歌、小秧歌,洋溢着一片向上的朝气。事隔半个多世纪,康正平还对聂荣臻临危不惧的大将风度敬佩不已。康正平认为,聂荣臻的个性与叶剑英不同,他十分深沉、内向、稳重和老成。

溥心畬宁静致远

清宣宗道光皇帝的曾孙、著名山水画家溥心畬(1887—1963),名儒,号西山逸士,是中国现代绘画史上画风独特的大家,人们曾将他与张大千并列,号称"南张北溥"。

溥心畬的祖父恭亲王奕䜣曾经权倾一时,连慈禧老佛爷也畏惧他三分。溥心畬幼年即三次蒙召入颐和园觐见光绪皇帝和慈禧太后。光绪曾对他说:"汝名为儒;汝为君子儒,天为小人儒。"慈禧则夸他"本朝灵气都于此童"。光绪帝驾崩后,溥心畬据传曾为储君候选人,差点取代溥仪成为"末代皇帝"。他自幼由母亲项太夫人发蒙,苦读诗文,小小年纪便满腹经纶;而一卷南宋无款山水画激发了他画画的灵感。他又练习骑射与武术,故而在秀朗中透着一股英气;弱冠之年,还远赴德国留学,获生物学和天文学博士,博览古今中外,眼界大为开阔。

康正平对这位清室后裔早已心驰神往。

1946年1月,康正平赴北平采访军调部之隙,很想采访些皇城名流。那天深夜,康正平在旅馆里夜不能寐,思量着先去采访哪位名人。

溥心畲在画室静心创作

子夜的钟声响了,他的脑海里倏地泛起一幅飘逸的山水长卷——浩瀚的长江边上,一座伟岸、瑰丽的大山间树木森然、泉流淙淙,一条古栈道逶迤通向一间茅舍,一位老翁正与几个顽童在抚琴……他想起来了,这是溥心畲的画,他前几天去逛北平著名的荣宝斋时,见到不少人在欣赏此画,认为其淡雅空灵、较少渲染,线条勾勒十分奇特,看似平淡却意境深远,颇有陶渊明的《桃花源记》之神韵。康正平又从观众口中得悉,溥心畲的画风源于宋元风格,很有点卓然独立的味道。

康正平一个翻身,心想溥心畲是一个皇族,更是一名大画家,他会接受自己的采访吗?

翌晨,康正平醒来第一件事,便是向采访团负责人提出采访溥心畲的请求。负责人说:"试试看吧,咱们向市里提一下。"谁料,仅仅至中午,市里便来电告知溥心畲答应了。

是日下午,康正平兴冲冲地来到一条幽静的胡同,溥家就坐落在胡同深处。整个四合院看上去已很陈旧、破落了,但昔日的皇威似乎还在院子上空飘荡。

"吱——"黑漆大门开处,溥心畬亲自来迎接康正平,彼此自报家门后,溥心畬谦逊地说:"感谢记者先生,天这么冷,您还来看望我,请里面坐——"

尽管康正平有备而来,然而当他真正见到溥心畬时,着实大吃一惊,眼前的画家无论如何也不能与威仪天下的皇帝连在一起,只见溥心畬一头长发向后梳着,双目虽闪闪发亮,却隐含着凄婉、忧郁,一身洗得发白的长袍,衬托出画家的生活状况相当清贫。

双方坐定,康正平虔诚地说:"溥先生,您是清皇的后代,身上显示出高贵的气质,您的画又是那么引人入胜,使我大开眼界啊。"

"哪里,哪里,"溥心畬脸色微红,急忙摆摆手,"祖上的荣光早已灰飞烟灭,我的身上除了流淌着先圣的热血外,实在是一介平民,不值足下如此敬重。"通过交谈,康正平了解到溥心畬不仅是一名画家,而且是一名文史大家,他早年毕业于北京政法大学,自幼好学,于经史子集无所不窥,成年后著有《四书经义集证》、《寒玉堂论画》等;更不简单的是,他对中国学术界的状况非常熟悉,诸如王国维、罗振玉的古文字学,萧一山的史学、雷海宗的人类学等,都能信手拈来。只是谈到清朝列祖列宗时,他以沉默作答,显示了他做人的低调。

康正平以记者的敏锐,发现溥心畬家里的陈设十分简单,一片斑斑驳驳,且雇不起佣人,家中一切琐事均由溥夫人操劳。然而,尽管溥心畬一点架子都没有,但他的言谈举止很像表演皇宫戏的文人,康正平对他的形象至今仍历历在目。

溥心畬与康正平谈得兴起,欣然接受康正平拍照的请求,边走向院子边说:"我虽然出身显赫,但一直把荣华富贵置于脑后,一生酷爱书画艺术,喜爱清静淡泊的生活,粗茶淡饭足矣。我不喜欢吵吵闹闹,更讨厌勾心斗角的官场,我的座右铭乃是诸葛孔明的名言'宁静致远'。"

随之,康正平从不同的角度,对溥心畬拍了几帧照片。其中一帧特能反映溥心畬的气质:他 10 指交叉放在长袍正中,静静地站在院子的台阶上,忧郁的双眸凝视着前方。而且,他周围的环境则体现了京派文化的某些特色:石阶、花盆、屋宇、回廊、大柱、白纸窗;特别是那只用来扣门的精巧小石墩,相当于南方的石狮子,也可用来填门。在北京,这种小石墩有猴子、狗、猫等各种形态,颇具艺术性。这些器物与儒雅、宁静的溥心畲,构成了一幅和谐的画面。

程砚秋诵经明志

抗日战争期间,京剧大师梅兰芳蓄须明志,拒不表演,早已名扬天下。殊不知,京剧四大名旦之一的程砚秋(1904—1958)则以另一种方式——诵经明志,来展示自己的民族气节,却鲜为人知。

1946年1月,康正平在溥心畲的引荐下,特意去采访程砚秋,由此了解到一些大师诵经明志的详情。

那天午后,雪后放晴,北平城一片银装素裹,康正平兴致勃勃地赶赴北平郊外青龙桥程宅。康正平下车后,便眺望到巍巍群山间一栋栋古色古香的民房,程砚秋自"七七事变"之后,便从城里搬到这山野中隐居,坚不接受任何邀请,更不演戏。斯时,抗战胜利了,他才开始露脸、接待客人。

程砚秋出生于满清八旗贵族,字玉霜。国民政府期间曾任南京戏曲音乐院北平分院院长、中华戏曲专科学校校长;建国后任中国戏曲研究院副院长。1957年由周恩来、贺龙介绍,加入中国共产党。康正平敲开程家大门,顿觉有一股孔明隐居隆中躬耕田野的超然之感。康正平向程砚秋亮了《良友画报》的采访证后,程砚秋紧握住他的手,响起一口洪亮的京片子:"呵,《良友画报》的记者,有失远迎、有失远迎,咱们是老朋友啰。"程砚秋旋又双目闪亮地一转,发出他那幽咽婉转的"程派"唱腔,"啊呀呀——你来得早不如来得巧,过几天我就要搬回城里去啰!"

双方边寒暄边入室,分宾主坐定。康正平环顾四周,陈设十分简

程砚秋端坐诵经堂

陋，颇有农夫的山村野趣。心想：抗战8年，大师在这里自食其力，很不简单，还是开门见山吧。他便双手一揖，问道："久仰程先生大名，今日有幸拜见，不胜欣喜。晚生早就风闻您在抗战年月，坚决不为敌伪演戏之事，愿知其详情，望先生赐教。"

这时，适逢抗战胜利，全面内战尚未开场，故程砚秋心情极好，他一口答应："可以，可以嘛，这是每一个懂得礼义廉耻的中国人都应该做到的。我虽不能像岳飞、文天祥那样英勇杀敌、大义凛然，亦可学明末清初之东林党，保持自己的操守吧。"——

原来，程砚秋自"九·一八事变"后，即痛感东三省沦陷，发誓不为敌伪演戏。但是，他作为一代宗师，常常遭到一些敌伪分子的骚扰，为此十分苦恼。1934年春天，程砚秋打听到北平城西单牌楼（已于20世纪50年代拆除）有一位武术大师杜心五功夫非凡。他思量自己是唱花旦的，如能学到更好的武术，既可提高演技，又能防身，遂提了礼品前去拜师。学艺经年，程砚秋武艺大为长进，1937年8月他搬往青龙桥隐居前，满怀激情，挥毫书就一副对联，献给恩师：

纵谈及上下古今,每提命移时,辄望雪立;

所学穷九流三教,惜闻道太晚,徒仰山高。

谁料,程砚秋此番习武,竟使他在隐居期间救了自己一命。抗战中期,有一次程砚秋去天津,在街上被几个汉奸盯上了,他们一下子挡住程砚秋的去路,阴笑着说:"怎么样,程先生久违了,您老人家为什么不登台唱戏呀?"

"滚开——"程砚秋大喝一声,"我的戏只唱给人听,岂能唱给鬼听!"说罢依然昂首向前迈去。

汉奸们惊呆一会儿,一齐发声喊:"打死这臭戏子!"一窝蜂扑将上去。程砚秋见状不慌不忙,一个"蜻蜓点水",从他们的缝隙中"嗖——"地蹿出,马上杀个回马枪,先一个扫蹚腿,踢倒一个汉奸;又一个"黑虎掏心",将一个瘦汉奸打翻。这时,行人越聚越多,一起为程砚秋助威,汉奸们见势不妙连忙拔出手枪,虚晃一晃,落荒而逃……

更令人叫绝的,程砚秋也与梅兰芳一样蓄须明志。当时的北平人无不敬仰他,偶尔也有一些名士去青龙桥拜访程砚秋。一天,住在北平西弓匠营胡同的京剧票友、大法官赵彭寿去探望程砚秋。彼此评论时局大发感叹,程砚秋想起国破山河在,自己空有一身绝技却不能奉献于民,不禁悲从中来,便援笔在一幅扇面上题了一首五律,赠与赵彭寿:

人生何所欲?所欲唯两端。

中人慕富贵,高士爱神仙。

富贵不可羡,神仙岂能攀?

不如归山下,如法种春田。

从而抒发了一代宗师在日寇铁蹄下威武不能屈、富贵不能淫的卓然人格。

不知不觉,几个小时过去了。程砚秋回忆毕,眼中已蓄满了泪水,深沉地说:"你知道吗?在那苦难的日子里,我是靠诵经拜佛度过去的啊!好在中华民族悲惨的一页,终于翻过去了。"

康正平趁机道:"请带我去看看您诵经的佛堂吧。"程砚秋欣然应允,起身将康正平领到佛堂。这佛堂约十几平方米,墙上挂满各类象征佛海天国的对联、山水画,其中尤以竹子特能反映主人的心绪,同时还高悬观音菩萨像。桌上摆满经文,体现了主人入禅的韵味。康正平请程砚秋手捧佛经,端坐椅上,稳稳地按下快门。于是,一代宗师虔诚诵经的神情呼之欲出。

少顷,程砚秋又领康正平去看自己种瓜菜的田园。他们来到一垄西红柿旁,程砚秋望着青里泛红的果实,脸上呈现喜悦之情。康正平请程砚秋站在西红柿前,面对远方燃烧的晚霞,照下了一帧大师超凡脱俗的形象。

临别,康正平请程砚秋为《良友画报》题词,大师欣然命笔:日寇投降,抗战胜利,中华民族振兴有望。遗憾的是,这幅题词因写在一张又黄又花的旧纸上,最后没能在《良友画报》上发表,"文革"中康正平家被抄,这幅珍贵的题词不翼而飞。

看齐白石画虾

1946年冬,来到北平的康正平采访了程砚秋后,又乘隙拜访了齐白石(1863—1957)老人。

齐白石老人不爱照相。30年代中期,摄影家郑景康拜访齐白石,在府上为老人照了12张相,老人则回赠他一幅《虾趣图》;是年,肖像画家周维善为齐白石画了一张半身像,老人也送他一幅《东方朔偷桃》人物画。过了9天,老人在客厅写了个牌子,云"双方不合算",表示以后有人来照相,概不应酬。况且,抗战胜利后北平城里的一些国民党达官贵人千方百计去见齐白石,其实是"醉翁之意只在画",更惹得老人烦

齐白石静静地坐在藤椅里

恼,故平日里紧闭大门,不轻易见客。

为能顺利采访,康正平便去找北方著名的人物画家刘凌沧,让他陪自己到齐家。

那天午后,康正平与刘凌沧一同去拜访齐白石。他们跨上一辆人力车,向城西贵人关街齐宅而去。这条贵人关街,又名鬼门关,1920年齐白石来此定居时,曾幽默地作诗纪事:

秋风吹袂异人间,
久住浑忘心胆寒;
马面牛头都见惯,
寄萍堂外鬼门关。

以后当地人遂称此街为鬼门关。住宅前院乃齐家人的客厅、卧室,后为白石老人的画室,题名为寄萍堂,堂上高悬大名士王湘绮书写的"寄萍堂"横额。寄萍堂内青砖铺地,正中设有方桌以及椅凳,东首是一张旧藤椅,西边是高大的立柜,旁边为红木大画桌。

齐老太太见来了客人,先出来迎接,刘凌沧恭恭敬敬地向老太太请安,然后才拉过康正平道:"这位是上海《正言报》《良友画报》的摄影记者康正平先生,专程来拜望齐老先生的。"

刘凌沧刚介绍完,内屋响起轻轻的脚步声,"嘎吱——"房门开处,白石老人缓步来到寄萍堂。他先不向刘、康打招呼,而是习惯地坐于画桌旁的椅子上。老人面容清癯,几缕银须垂于胸前,戴一副老花眼镜,身穿灰布长衫、布袜布鞋,一副安贫乐道的农家打扮。老人坐定,慢慢地端起老太太沏好的参茶,喝了两口,嗖了一声,这才客气地对刘、康说:"莫客气,请坐,请坐。"

刘凌沧又向老人介绍了康正平,老人边听边露出慈祥的笑容。康正平想,寄萍堂外并未挂什么"双方不合算"之牌,也不见老人对摄影记者有反感,便说:"齐白老很忙,今天有机会拜访,不胜荣幸。晚生想为齐白老拍几张作画的生活照,不知您老以为可否。"

"可以,当然可以。"

接着,老人一边铺纸,一边对刘凌沧浅浅一笑。康正平见状,猛然想起刘凌沧在来的路上说过:"你若要看齐白石画画,那得看他画虾,这才叫真正的过瘾。"康正平趋前一步,请求老人:"齐白老,晚生素知您老人家善于画虾,请赏我一饱眼福。"众所周知,齐白石老人 80 岁以后画虾的技法,已到出神入化的地步。当年老人已 83 岁,一般老人到这个年纪,写字画画手要发抖,他却能画虾须。

齐白石铺好纸,磨了些墨摆正颜料,握起一支专画虾的长锋羊毫提笔,端坐椅上,提了几下手势,用淡水墨将虾的轮廓勾勒出来,再用一些深浅不同的水墨,稳稳地画开去。画到一半,竟突然停止,挪到一边再画第二幅。当齐白石画到虾须时,只见老人运足丹田,嘘了一口气,将笔尖在纸上快速地几勾,转眼间挺直而强劲的虾须便跃然画面。康正平望着活泼的虾子心花怒放,赶紧举起相机拍下了齐白石画虾的镜头。

齐白石作好画,额上渗出点点汗珠,但老人十分兴奋,遂与刘、康论起绘画艺术。老人呷口参茶,头微微一晃,说:"老夫晚年画虾,着重点是画出虾的神采,其实嘛,莫得什么诀窍,只是作了与虾头垂直画眼的艺术夸张。"接着,老人手指鱼缸里自由游弋的活虾,轻轻吟道:"粗大笔墨之画,难得神似;纤细笔墨之画,难得形似。"

闲谈之间,康正平环视堂内,四壁挂满了齐白石的作品。那张做工考究的旧藤椅格外引人注目。据齐老太太介绍,齐白石作好画常到藤椅上休息。他一生中有相当长的时间,是在那张藤椅上度过的。康正平觉得老人与那张藤椅有不解之缘,藤椅是一个能反映老人山野情趣的象征,就对齐白石说:"齐白老,我想为您老照一张坐在藤椅上的照片,您看行吗?"

"行啊,它是我的老朋友嘛。"齐白石爽快地应允,静静地坐正让康正平拍照。

康正平将老人请到客堂门口,让他站定。此刻,冬日的夕阳金子似地款款洒向老人,与陈旧、典雅的四合院融为一体,康正平抓住白石老人宁静致远、淡泊名利的眼神,拍下了一张唯一能反映老人心态的照片。

胡蝶喜迎康巴尔汗

抗战胜利后,国民党政府委派张治中主持新疆政务。他为了加强边疆与内地的联系,经常派歌舞团访问大江南北、中原故都,由此相沿成习。1946 年 12 月,新疆青年歌舞团赴南京、上海、杭州、台湾等地演出。当时新疆第一舞星康巴尔汗为该团团长。康巴尔汗幼年侨居苏联,曾在塔玛勒哈侬舞蹈学校和莫斯科舞蹈学院学习,40 年代后期定居新疆(解放后,她担任过新疆舞协主席、全国舞协副主席、全国文联副主席等职)。

新疆青年歌舞团访问南京期间,蒋介石、宋美龄夫妇曾率文武百官接见全体团员并合影。观看演出后,蒋介石特别称赞康巴尔汗舞技超

胡蝶（左）与康巴尔汗喜相逢

群。歌舞团一时成为南京新闻报道的中心，并迅速波及上海。

上海市政府和参议会紧急磋商，决定以隆重、热烈的场面来欢迎这支维吾尔族歌舞团。上海市长吴国桢、参议会议长潘公展还委托"影后"胡蝶代表上海人，前往北火车站迎接新疆青年歌舞团并献花。消息传出，大上海仿佛炸开了锅，成千上万的影迷和市民隔夜就如潮水般涌向火车站，准备一睹"影后"胡蝶的芳容。

胡蝶自从 1924 年进入电影界，参加了《战功》一片拍摄以来，已担任了《秋扇怨》、《火烧红莲寺》、《歌女红牡丹》、《自由之花》、《狂流》、《夜来香》、《劫后桃花》、《绝代佳人》、《建国之路》等几十部影片的主角。1933 年被观众选为"影后"。她是影迷心中的圣女。同时，这位被誉为大上海第一美女的"影后"身上，还笼罩着神秘的光环。如有名士曾做诗，说"9·18 事变"那天晚上，她与张学良跳舞，致使少帅"不爱江山爱美人"；当时社会上还传言她与军统头子戴笠同居。适逢戴笠于 1946 年因飞机失事死亡，人们更想见见这位深居简出的胡蝶。

康正平当时是《良友画报》的摄影记者，还兼着许多家画报的特约记者。当康正平获悉胡蝶将迎接新疆青年歌舞团并献花的信息后,便断定上海市民必然会前往猎奇。

第二天早晨,等到康正平早早赶到火车站时,但见火车站已被数万人围得水泄不通。中午,火车才缓缓停靠月台。

车门打开后,身着艳丽的民族服装的新疆艺术家鱼贯而下,这时人们的目光齐刷刷扫过去,来捕捉胡蝶的形象。然而很遗憾,胡蝶因故未到。原来,上海市政府见火车站人太多了怕出意外,临时决定让胡蝶去新疆青年歌舞团下榻的华懋饭店(今锦江饭店)迎接贵宾。影迷们因没见到胡蝶,愤怒得大骂市政府混蛋,并立即与记者一起飞奔华懋饭店。

康正平抢先一步赶到华懋饭店。不一会儿,市民也一起拥来,在寒风中等胡蝶露面。当新疆青年歌舞团的车队开到华懋饭店门前时,胡蝶在各界人士的簇拥下,手持鲜花笑吟吟地迎上去。顿时,影迷发狂地乱叫:"胡蝶——胡蝶——"有的向天上扔帽子,有的拼命吹口哨,有的泪流满面几乎晕厥。无数鲜花飞向"影后"。

康正平倚仗着自己人高马大,迅速抢占最佳位置,"咔嚓——"拍下了胡蝶持花微笑的单身照。然后,他一个大返身,在人群中左冲右突;狠命跨前几步,再一个转向正好看见胡蝶与手捧鲜花的康巴尔汗并肩而立,两人都露出了甜蜜的笑容,康正平猛地跳起来,一个俯摄抢拍了这张胡蝶喜迎康巴尔汗的珍贵照片。

解放后,侨居加拿大的胡蝶十分思念祖国,经常翻看自己年轻时的照片,但缺少 50 岁左右那一时期的。著名演员王丹凤在访美期间,特意去加拿大拜访了胡蝶,回国后向有关部门谈了这件事。有关方面便找到了康正平,康正平抱着侥幸心理,在家中到处寻觅,终于在一本发黄的旧相册里找到了这两幅照片,并将其寄给了胡蝶。胡蝶接到照片后老泪纵横,立即致函康正平表示感谢,又附上一帧自己亲笔签名的近照。

茅盾面对特务非常沉着，他的太太却惊恐不安

茅盾先生处危不惊

1946年12月5日，茅盾偕夫人孔德沚应苏联对外文化协会的邀请访问苏联。他们从上海乘"斯摩尔纳号"轮船启程，在辽阔的苏联大地走访了莫斯科、列宁格勒和格鲁吉亚、乌克兰等地的许多城市后，于1947年4月25日仍乘"斯摩尔纳号"返回上海。

当时，茅盾是以民主人士身份活跃在社会舞台上的。因此，尽管蒋介石日益加强对思想文化领域的控制，但还不敢明目张胆地迫害民主人士。茅盾夫妇走下舷梯后，便在迎接他们的郭沫若、沈钧儒、许广平、叶圣陶、田汉、阳翰笙等文化界人士以及大批记者簇拥下，下榻于鲁迅故居附近的大陆新村。在新中国诞生前夕，人们急于想了解苏联的情况，以便从中看到中国的未来。茅盾在寓所与众知名人士寒暄后，简单介绍了一些访苏的观感，并决定出席5月2日由中苏文化协会上海分会和中华全国文艺协会组织的，在八仙桥女青年会欢迎他归来的盛会。

康正平获得消息后非常兴奋，他早已拜读了《子夜》，深深地佩服茅盾将上海的十里洋场和资本家的尔虞我诈，揭露得如此淋漓尽致。

5月2日下午，八仙桥女青年会沐浴在明媚的春光中，难以计数的记者、市民、学生拥在大楼门口，康正平已等候了1个多小时。突然，传来一阵汽车喇叭声，几辆小车徐徐驶来，车上走出田汉、茅盾夫妇及其他文化界人士。康正平见状，端起相机硬往前挤，他刚站稳，只听见田汉对茅盾说："你与嫂夫人先在外面等一等，我进去看看会场。"这样，茅盾夫妇就站在女青年会门口，大大方方地向围观的人群点头致意。康正平正要为茅盾夫妇拍照，猛地发现周围尽是些不三不四的人，有两个穿长衫的人手伸在裤袋里，斜视着康正平。康正平以记者的敏锐，一下子辨认出这些均是便衣特务，他马上放下相机，假装欣赏梧桐树上的新叶。否则，康正平即使为茅盾夫妇拍了照也会被特务抓住，强迫他把胶卷曝光，甚至会弄到宪兵队去审讯一番。

当时的社会背景也的确复杂。时值"五四运动"纪念日前夜，茅盾在香港为《华商报》写了一篇《"五四"与新民主运动》的文章，提醒人民要识破那些满口"民主"的刽子手，从而激怒了国民党政府。不久前，蒋介石利用苏联红军在东北的某些不良行为，煽动了一次反苏浪潮，虽然不敢公开禁止介绍和宣传苏联，但对于一位从"赤都"归来的"危险分子"，是必然隐藏着杀机的。因此，为了防止国民党当局的无理干涉，进步的文艺团体特意选择这个宗教场所来开欢迎会。

便衣特务越来越多，他们凶恶的目光在茅盾身上扫来扫去，气氛很紧张。康正平仔细观察，只见茅盾夫人孔德沚脸色苍白，双手紧紧地挽住茅盾，眼神中显出惶恐、焦虑不安，脸部的肌肉也绷得紧紧的。孔德沚的担心不是没有道理的。就在一年前，国民党反动派为了加强独裁统治，蓄意镇压人民民主运动，制造了震惊中外的"沧白堂事件"、"校口场血案"、"李、闻惨案"。然而，茅盾却泰然处之、神态自如，脸上泛起和善、自信的微笑。这时，地处闹市中心的女青年会人声鼎沸，行人不知发生了什么事，人越聚越多，便衣特务们的注意力有点分散了。康正平抓紧时机,对准茅盾夫妇"咔嚓"按下快门,然后迅速地收好相机,随着人流进了会场。

茅盾在欢迎会上作了长篇演讲,介绍了苏联的城市、乡村和文化设施,康正平记得最清楚的是茅盾讲苏联作家的情况。茅盾呷了一口茶,挥着手高声说:"苏联的作家与出版界的情况实在令人羡慕啊。他们每年新出版的书,印数最少是5万册,多则不计其数。而稿费是按印刷纸张计算的,第一次印行时抽30%版税,5万册以上减为20%,由此可以想见苏联作家的生活多么优越!在苏联,公民用不着担忧生活问题。苏联作家的稿费除掉自己充分开销外,多半捐作文艺基金……"(作者注:其实,苏联当局安排茅盾参观的地方都是有选择性的,他不可能看到苏联特权阶层与人民大众两极分化的真实情况)茅盾十分巧妙地通过称赞苏联作家的生活,来反衬国内的文化专制主义所造成的恶果,尤其嘲讽了那时物价飞涨、民不聊生的衰败景象。一些特务似乎听出了味道,三三两两地挤到台前去,也许想威吓茅盾。不料,茅盾音调更高,干脆指着那些特务的鼻子,说:"在苏联,每位逝世的著名作家,国家都为他成立个人博物馆。鲁迅先生是中华民族的伟大文学家,在苏联时常常有人问我'鲁迅博物馆'的情形,我窘迫得无言可答呀!"茅盾的临危不惧、大义凛然、机智达观令听众大开眼界,全场掌声雷动。

康正平拍到茅盾的这张照片,他认为体现了茅盾作为一个大文豪和革命家的丰富内心世界,以及镇定、乐观的气魄。康正平打算在《良友画报》上发表,适逢当局大搞文化专制主义,实行严厉的新闻检查法,查封了《文汇报》、《新民报》、《联合晚报》等。于是康正平只好将这幅照片珍藏起来。

志愿军老兵的热泪

在纪念抗美援朝战争 60 周年之际,我不禁想起 1988 年夏在丹东参加一个党史研讨会期间,相识的一名志愿军老兵、原上海金山石化总厂炼化部党委书记陆地培,在中朝边境三次流泪的情景。

那天下午,我们随陆地培前往丹东滨江大道,去看鸭绿江大桥的雄姿。当我们来到江畔,只见列车飞驰而过的鸭绿江大桥右侧,横卧着被美机炸毁的老鸭绿江大桥,那饱经风霜的桥墩、怒向青天的铁板,仿佛仍然在控诉侵略者! 老陆一见到老鸭绿江大桥,立即热泪滚滚,激动地说:"当年,许多部队就是从这座桥上跨过去的!"然后,我请老陆佩上英雄勋章,以两座大桥为背景照相留念。

从鸭绿江大桥返回途中,我们特意去瞻仰丹东抗美援朝纪念馆,老陆领着我们稔熟地绕到志愿军烈士陵园,他对着一方方墓穴,流着泪说:"同志们,我来看望……你们啦!"就在这斜阳映照的红彤彤的墓地,他激昂、深情地回忆了那战火纷飞的岁月——

1950 年 6 月,美帝国主义悍然发动侵朝战争。9 月 30 日,周总理警告美帝,必须立即悬崖勒马! 然而仅第二天,美军便越过三八线,把战火烧到鸭绿江边,美机对安东(今丹东)等边疆城乡狂轰滥炸。10 月 8 日,毛主席发出《给中国人民志愿军的命令》,号召志愿军协同朝鲜同志将美军赶出朝鲜!

当时,我刚满 16 岁,正在家乡参加土改。我怀着对新中国的深情、

今日鸭绿江大桥，右为被美机炸毁的老大桥

对朝鲜人民的同情，坚决要求参军上前线。招兵的说我年龄太小，不同意。我急得又哭又叫："报国不分年龄，你们不批准，我就不离开！"

一位干部被缠得脱不了身，只好答应："好厉害的小鬼哟，收下、收下。"

1950年10月，我们9兵团（兵团长宋时轮）26军，从上海赶到山东滕县集结。那天早晨，我们全团战士坐在金风送爽的齐鲁平原上，听团参谋长作动员。参谋长的动员简捷、有力："同志们，美国鬼子已经打到了鸭绿江边。"他指着一张中国地图，厉声道："你们怎么办？"

"打！"战士蹦地全站起来，齐刷刷举枪怒吼："保卫毛主席！保卫党中央！保卫祖国！"森林般的手臂，在灿烂的晨光照耀下直刺苍天。

11月20日晚10点，我们从临江跑步跨过鸭绿江大桥。一到临江附近，只见四周漆黑一片，天空不时飞过美机，远方有被炸弹燃烧的村庄。临江、安东等大桥前，苏军炮兵严阵以待，高射炮成扇形对着茫茫夜空，战争气氛很浓。

进入朝鲜境内，美机轰炸更加频繁，烟幕笼罩了星光。举目四望，到处是硝烟弥漫、断壁残垣,被炸死的朝鲜百姓横七竖八,尸堆中隐隐传出老人的呻吟、婴儿的啼哭……战士们亲眼目睹这一幅幅悲惨的景象,人人气得脸色铁青,恨不得立刻与美国鬼子拼刺刀,为死难的朝鲜百姓报仇。

9兵团入朝第一仗就是硬仗,志愿军总司令部给我们的任务是独立担负朝鲜东线作战,在长津湖地区围歼进犯的美海军陆战第一师(是参加过二次大战的王牌部队)。当时朝鲜奇冷,达零下40度,我军为了追赶美军的4只轮子,必须爬山抄近路,我们攀着树枝,往结冰的山坡上爬,上山后80%的人累倒,大家呷两口白酒,暖和下身体,又飞速滑下山去。一个晚上翻山越岭,不知摔了多少跤。

次日黎明,我军才赶到新兴里宿营,我们刚歇下,就被敌机所发现。一瞬间,敌机犹如雀子群在天际盘旋,频频扔下炸弹和汽油桶。顿时,在"嘘——咣——"的刺耳尖叫声中,到处烈焰滚滚、树枝噼啪、红光冲天。据侦察兵告知,前几天兄弟部队在此过夜,不料特务打信号弹,引来敌机轰炸,一个连全部英勇捐躯。果然,仅几支烟工夫,我们十几位战士光荣牺牲,他们被炸断的手臂和大腿直挂到树上晃荡,我见了心酸得直掉泪。

我军经连续急行军,硬是穿插在美军前头,将美陆战第一师,以及美第七师一部分割包围于长津湖地区,采取集中兵力、火力各个歼敌的战法围歼敌军。美一师先头部队被我军逼到一个狭长的山沟里,一家伙全部报销。然而,美军这支部队毕竟是块"老姜",他们的后续部队死不投降,作困兽之斗,叽里呱啦地嚷着拼命突围。公路上,8辆美式坦克缓缓爬来,大批步兵尾随其后。我们连长孔庆发高举驳壳枪,率领全连穿过一个山包,似天兵天将下凡,突然横在坦克面前。2排6班率先挟着炸药包扑上去,敌人机枪一阵狂射,6班战士全部牺牲;4班再上,又被敌人火力封锁,伤亡很大。坦克气势汹汹,一路横冲直撞,眼看敌军将突出包围圈。千钧一发之际,我们发现一团白乎乎的东西从雪地里滚向坦克,那"白团"刚贴着坦克竟"嗖"地跃起,迅捷地爬上了第一辆

志愿军老兵陆地培在炸毁的鸭绿江大桥前

坦克。我们凝神细看，啊呀，是战斗英雄简朝陆（后来在平京阻击战中牺牲），他圆睁血眼，大喝一声："操他娘的小鬼子！"掀开"铁乌龟"盖子，对准里面就是一梭子。这辆坦克遂成路障，敌人遭到突然袭击，吓得傻了眼。

孔连长赶紧高喊："同志们，赶快解背包，去卡坦克履带。"我们一个猛冲，将棉被卡进了坦克履带，7辆坦克全部解决。敌军步兵慌忙后撤，挤在一个斜坡前。我千军万马吼声震天，把敌军团团围住，直杀得鬼子鬼哭狼嚎、血流成河。当我们将军旗插上山头时，大家高兴得将简朝陆举起来，抛向天空。

9兵团旗开得胜，这场战斗足足打了13昼夜，毙伤、俘敌13900余人，得到毛主席、党中央和志愿军总司令部的赞扬和嘉奖。

志愿军入朝参战，三战三捷，把美李（承晚）匪军赶过三八线。1954年1月14日，中朝军队一举攻克汉城，全世界震惊。

可是，美第八集团军司令李奇微突然发起"雷击攻势"，向我汉江南岸桥头阵地全线进攻。

我军血战汉江南岸,在那儿打了 38 天(日日夜夜)阻击战。这场战斗空前惨烈,我们与占绝对优势的敌军反复拉锯、拼杀,常常为了一个无名高地,双方都要伤亡许多人。我们是红军第一连,出国时 200 多人,回来只乘 98 人(其中 60 人残废)。

　　我终身难忘那腥风血雨的 38 天。我们每个人的眼睛、枪管全打得通红,有的战友双眼打瞎了、双腿打断了,便抱着成捆手榴弹,以血肉之躯滚入敌阵同归于尽;有的战友临死前,还狠命地咬住敌人的喉管。阵地上到处是尸体、弹坑,白茫茫的雪地变得血红血红。我正杀得兴起,猛感到腹部一麻、双眼一黑,等我醒来时已躺在了后方医院……

　　4 月中旬,我因伤归国,军列上全是伤员。当时因美机企图封锁我运输线,故列车只能夜行。第三天黎明前,列车停在隧洞里,但仍有两节车厢露在外面。两天下来,车上已断粮断水,伤员们又饿又渴,却不敢贸然下车。

　　正焦虑间,前方隐隐约约出现了一条白色的"飘带",在微明的曙光中缓缓飘来。大家定睛望去,"啊——"是几十位朝鲜阿妈妮。她们头上顶着稀饭,赶了好几里山路来救志愿军了,她们踏着碎步,一路高喊:"吉文滚东姆(志愿军同志),莎尔吗西哟(吃饭吧)!"伤员们见状泪流满脸,连声说:"考吗斯咪达(谢谢)!"阿妈妮们来到车厢内跪在伤员面前,挨个喂着稀饭,使我们在异国他乡遭受危难之际,感受到了伟大的母爱。

　　等我们吃完早饭,阳光已洒满大地,阿妈妮们不顾我们的劝说,非赶回去不可。我们只得怀着惴惴不安的心情,与她们拥抱惜别。

　　阿妈妮们走出才几十步,天上便响起了美机的尖厉怪叫声,我们顿觉凶多吉少,将心提到了喉咙口,争相扒到隧洞外的车厢窗口望去。敌机终于发现了目标,它们轮番俯冲,机翼都看得清清楚楚,机枪子弹如暴雨般扫向阿妈妮。仅仅几分钟,她们全被活活射死,死在明媚的春光下! 春风拂去,她们浸透了鲜血的雪白衣衫微微掀起,吻别满目废墟间怒放的金达莱。

丹东抗美援朝烈士陵园

　　我们目睹了一场"野兽"灭绝人性的大屠杀,恨不能为阿妈妮复仇,
纷纷从车上爬过去大哭大喊,有的乱打自己耳光,有的当场昏厥,几位
瞎眼伤员猛然撞壁自尽,我则哭得泪人似的……至今每当我享受生活
的欢乐时,眼前便浮现阿妈妮倒在血泊中的形象。

　　陆地培说到这里,已泣不成声。斯时,几只苍鹰在陵园上空盘旋几
圈,哀鸣着飞向鲜红的落日……

许杰与他的难友们

1993 年 9 月 25 日下午,我国当代著名作家、与 20 世纪同龄的"五四"老人许杰教授因突发脑溢血,病逝于上海普陀区中心医院。斯时,一阵萧瑟的秋风猛然穿透病房的窗棂,微微掀起覆盖在许杰脸上的白布,只见他的额头上横着深深的忧患,口微张着。这位一生坎坷、一生清贫、一生急公好义的老知识分子,实在是舍不得与自己为之倾注了无限深情的祖国和人民永别!在悲怆、肃穆的氛围中,在亲人的痛哭声中,那些曾经与许杰生死与共的朋友、学生们满怀凄楚,在哀哀的告别声中,又一次追忆起与他们度过的那段不堪回首的非凡岁月。

理想幻灭与厄运降临

沉重的 1957 年,这是一段在中国当代史上不寻常的日子。

阳春三月,万物复苏的北京古城沐浴在明媚的阳光中,满目嫩绿的中南海里碧波荡漾、群鸟争鸣。满头华发的上海作家协会副主席、华东师大中文系主任、民盟华东师大主委许杰教授含着热泪,眺望着这个昔日的皇家后院、今天的祖国心脏,不禁感慨万端:我们历经苦难的民族,在经过民族解放战争和三大改造的战斗洗礼后,各项建设蒸蒸日上,真是凤凰涅槃啊!

1957 年 3 月 12 日,许杰作为上海民主党派的特邀代表,荣幸地在

1956年，许杰在北京心花怒放

中南海怀仁堂聆听了伟大领袖毛泽东在中共全国宣传工作会议上的讲话。毛泽东在会上以气吞山河的手势、声若洪钟的湘音鼓励民主人士大胆鸣放，帮助中共整风。庄严、古朴的大堂里久久地回荡着他的演讲，"不要怕向我们共产党人提批评意见。'舍得一身剐，敢把皇帝拉下马'，我们在为社会主义和共产主义而斗争的时候，必须有这种大无畏的精神。在共产党人方面，我们要给这些合作者创造有利条件……"毛泽东的讲话被雷鸣般的掌声所打断，许杰激动得心似乎都跳出了胸膛。"放，就是放手让大家讲意见，使人们敢于说话、敢于批评、敢于争论……我们主张放的方针，现在还是放得不够，不是放得过多。"许杰听完毛泽东的这段话，顿时产生了对共产党人虚怀若谷、从谏如流的高尚作风的无限敬仰之情。

会后，毛泽东信步来到代表们中间，当统战部部长李维汉介绍到许杰时，毛泽东紧紧地握住他的手，大声说："久仰、久仰，你原来就是那个写小说的许杰；喔，还有一位安徽籍的地理学家许杰。"言毕，毛泽东又对许杰道："欢迎你们民主人士为我们提意见，言者无罪，闻者作戒嘛。"

许杰自"五四运动"为民主与科学摇旗呐喊,在大革命的洪流中投身拯救中华民族的解放事业以来,亲身经历了国民党政府的黑暗政治,如今面对共产党人的清明、豪放,他兴奋得如同孩童欢呼雀跃。许杰回校后立即召开了民盟会议传达了毛泽东的讲话,他激昂地说:"同志们,我们一定要以天下为己任,真心实意地鸣放,帮助共产党整风。"接着,许杰贴出了中文系的第一长大字报,内容主要有两点:一是高等院校是特殊的传授知识的领域,不能让外行领导内行,因而要教授治校;二是共产党的一些干部官僚主义严重,与群众之间堵着一座墙,我们应该拆除它。同时,他对一位副校长的工作作风提了一些意见。

1957年5月12至20日,中共上海市委宣传工作会议召开,出席会议的正式代表1170人,列席人员950人,其中一半是党外人士,许杰也应邀参加了市府大礼堂的开幕式。中共上海市委书记柯庆施一脸虔诚,号召党外人士帮助上海党组织克服官僚主义、宗派主义、主观主义,他认真地分析了毛泽东《关于正确处理人民内部矛盾的问题》的讲话,指出:"我们一定要看清国内阶级斗争已经基本结束所造成的新形势,分清两种不同性质的矛盾,用不同的办法处理不同性质的矛盾……我们的任务就是自己有缺点、有错误就坚决改正;就是要坚决贯彻执行党中央关于'百花齐放,百家争鸣','长期共存,互相监督'的方针,大胆地放。"然后,柯庆施着重提出了上海党组织存在的五大问题,希望民主人士根据中央精神,帮助共产党整风。柯庆施的发言极大地鼓舞了民主人士。许杰望着主席台上衣装朴素、颇有儒雅风度的柯庆施,心中默默地表示决不辜负中央的期望和对民主人士的信任。

会议期间,许多知名人士踊跃发言,出现了中国历史上前所未有的民主气氛,许杰也以那张大字报的内容,作了专题发言。在大会闭幕式上,柯庆施满面春风,高度赞扬了民主人士的一片忧国忧民之心,着重指出整风要采取和风细雨的方式,"整风是为着克服官僚主义、宗派主义、主观主义,进一步团结一切可以团结的人,把一切消极因素化为积极因素,以推动社会主义建设事业,巩固人民民主专政"。自此,上海的整风运动全面拉开了帷幕。照理,当时中共中央和毛泽东发动这场整风运动的宗旨是善意的,目的是清除新生的共和国政权内的腐败现象。然而,因极少数人以帮助共产党整风为名,向党发起了进攻,这就使毛泽东错误估计了形势,从而导致形势发生逆转,产生了反"右"扩大化的严重后果。

就在中央改弦更张的前夕,已揣摩上头精神的柯庆施召开了一次市委统战部知识分子座谈会,许多文教界知名人士如许杰、傅雷、徐中玉等都出席了。许杰在发言中再次表示了对官僚主义的不满,以及对华东师大那位副校长的看法;傅雷则对稿费低有意见……谁料,这次赴会的知名人士都上了"引蛇出洞"的大当,他们几乎一夜之间被内定为"右派",许杰成了华东师大乃至上海文教界最大的"右派"头目之一。散会前,柯庆施还与赴会者一一握手,笑呵呵地表扬他们。几天后,他就在市府大礼堂,对内定的"右派"说:"你们都是君子,犯了错误只要改正就算了。"

是年6月8日,《人民日报》发表社论《这是为什么?》,标志着暴风骤雨般的反"右"大扫荡开始了。许杰作为一名有声望的作家,在华东师大第一个中箭落马。当时,许杰尚蒙在鼓里,仍然真诚地向广大师生宣传中央的整风方针,以及上海市委宣传工作会议的精神。但是,厄运即将降临,华东师大的第一把手针锋相对地贴出了反驳许杰的大字报,于是两军对垒,声势日益浩大。那些铺天盖地的反驳大字报,将许杰污蔑成有意扰乱整风步骤的反党分子、一贯仇视社会主义的投机分子,以资产阶级思想领导中文系等等。

6月16日,《解放日报》头版以"坚持社会主义原则,痛斥右派叫嚣"为标题,首次将许杰作为大"右派"抛出来,以醒目的黑体字称"许杰有意打乱整风步骤",同时报道了以华东师大外语系一位教授为首的民进成员对他的批判,指责"许杰的做法恰与师大党委的整风布置相违背,他想造成一个混乱局面,看你怎样收拾。这是帮助党整风,还是在捣乱"？在阶级斗争的年头，将一个人在党报曝光，等于在政治上宣判他的"死刑"。许杰万万没有想到，自己发自肺腑地为党整风，居然落得如此下场，他既感到委屈也有些慌张。是晚，星月无光，初夏的闷热已早早袭来，许杰仰对苍天，心想这些还属于人民内部矛盾，不妨去第一把手家登门请教。孰料，许杰刚敲开第一把手的房门，第一把手没容他开口，怒目圆睁，呵斥道："同你这种人毫无共同语言，你给我马上滚出去！"许杰受到如此奇耻大辱，悲愤而沮丧地宛若一片枯叶，默默地消失在黑暗之中，这一幕对他刺激特深，以致终身难忘。

从此，《解放日报》、《文汇报》等连篇累牍地刊登批判许杰，以及某些教授揭发他反党言行的报道和文章；学校里更是大小批判会一个接一个开。6月26日，华东师大第一把手在全校师生员工反"右派"大会上，将许杰列为华东师大头号"右派"，他声色俱厉地说，我校"右派"分子首脑人物：许杰、戴家祥、施蛰存，他们承受了"右派"的纲领，向党进攻。许杰很欣赏闹事，煽动学生闹事，煽动教师攻击党。他强调民盟不做党的尾巴，要民盟与党平分秋色，他主张取消师大中文系党总支。他玩弄两面手法，当面说一点意见也没有，背地里却大肆攻击。他支持反社会主义言论，宣传三个主义是社会主义的产物。他支持"楚歌"写反党反苏的文章。他是一贯的投机分子。次日早晨，这通对许杰定性的讲话就上了《解放日报》。不久，许杰便理所当然地与"大右派"陈仁炳、彭文应、徐铸成、陆诒等一起成了"章罗联盟"在上海的骨干分子之一。

据许杰的好友，亦是毛泽东的好友许志行云：1957年6月27日，毛泽东邀许志行去中南海见面时，许要求毛泽东关心一下许杰的困境，但毛泽东说："你别急嘛，你知道现在谁在阴间里当阎王？不是别人，一个是马克思，另一个是恩格斯。今生弄不明白的事，到阴间后也会弄明白的。"从而委婉地拒绝了许志行的说情。许杰终于以光明磊落之心，换来跌入人间深渊的悲惨下场。

虎落平阳,在炼狱的日子里

许杰被打成"右派"后,300多元的工资被减去一半,并且被赶出中文系,贬到图书馆整理卡片;一家老小也从师大二村的小洋房里扫地出门,改住20平方米的矮房;更令他苦恼的,是剥夺了他写作的权利。

许杰不仅失去了自由,而且还怕牵连家属子女,唯有一个人孤独地在秋风扫落叶的校园里踽踽而行,他将校园的丽娃河比作奔腾的汨罗江,一遍遍地吟诵屈原的《离骚》:长太息以掩涕兮,哀民生之多艰。坎坷的人生呵,何日是尽头?

在那个封建株连的时代,最残酷的就是社会舆论逼迫子女与反动家长划清界限。许杰划"右"不久,《解放日报》记者便找到了正在上海二医大读书的他的女儿,诱使她写了一篇文章,劝父亲与戴家祥、徐中玉等划清界限。文章见报的当晚,许杰怀着痛楚,佯装笑脸对女儿说,你的文章我看到了,写得不错。其实,他是在宽慰女儿,为了子女的前程,他只得默默地吞下社会"赠送"的苦果。这位女儿大学毕业后分配在南昌,她为了表示自己爱憎分明的阶级立场,将近两年没有给许杰写信,直至他摘去"右派"帽子,才买了一只瓷杯送给他以示祝贺。事隔42年,当许杰女儿回忆这段辛酸的往事时泣不成声,忏悔之情溢于言表。然而,这种痛苦的抉择能怪她吗?如今,该有多少在哪个时代留下终身创伤的人在忏悔呢!

1958年冬天,许杰与上海40多位市级"大右派"被发配到郊区颛桥,半天劳动,半天学习,以改造思想。许杰已经虎落平阳,希望能早日摘帽,免得连累家庭,因而劳动格外卖力。时年58岁的许杰乃一介寒士,瘦骨嶙峋的身上裹着破旧的列宁装,喘着一口口粗气挑担、推车,甚至赤着双脚跳入河中挖泥,半天下来脚痛得裂开了口,像只紫萝卜,随之在寒风中颤抖着挪回营房。1959年,许杰又随"大右派"们去嘉定外岗社会主义学院劳动、学习,半年下来他的表现突出,终于于1960年获得华东师大"右派"中第一个摘帽的"殊荣"。

1966年,一场更大的风暴侵袭神州,许杰尚未喘口气,又在66岁高龄之际,成为华东师大最早揪出来的"老右派"、"老反革命",遭受了比"反右"期间更加凶残的暴行。发了疯似的造反派、红卫兵第一个给许杰戴上浇过糨糊的高帽子游街,让他拿着铜锣敲打,喊自己是"老右派";每天早晨,强迫他和中文系另一位老教授郝丙衡,在胸前挂着打有红××的自报姓名牌,背贴"老右派"的纸标,到学校大门口两旁人行道上"示众",连带扫地,被称为京剧《空城计》中城门外的两名"老军"。如果他们稍有不慎,不顺造反派、红卫兵的眼,他们立即被拳打脚踢,痛得在地上打滚……

"文革"一开始,许杰全家再次被扫地出门,住进了校园围墙边一排摇摇欲坠的破房,面积仅十几平方米。即使这间破屋也整日不得安宁,许杰一共被抄家16次,所有像样的家庭用品、书籍被抄得干干净净,甚至连他的内衣裤都被抄走,弄得房内仅剩一床一桌。斯时,许杰的子女均不在身旁,苍苍两老终日提心吊胆。他们的房门口每至半夜便会叠起几十块泥砖,翌晨一开门砖块"哗啦啦"地倒下,直砸得两老腿脚红肿。造反派、红卫兵还在经济上置许杰于死地,每月仅发给他60元生活费,许太太没有工作,一个小女儿大学毕业后待业在家,生活之艰难令人心酸。他们全家终年鲜知肉味,常常以青菜、咸菜、豆腐伴着稀饭,度过那难挨的困苦日子。

然而,就在这令人难以想象的悲惨日子里,许杰居然还能接济比自己更困难更不幸的朋友;他崇高的境界,在那个风雨如磐的时代的炼狱中得到了升华。

仗义疏财,无私援助路永明

华东师大历史系教授路永明,毕业于清华大学文学院,在校期间主攻罗马史,显示了他的才华和潜力,因而深受清史专家萧一山、人类学

路永明教授在寓所（现已去世），
墙上所挂为朱晓文女士遗像

家雷海宗(1957年被打成"大右派")的器重。1937年,路永明身系民族危亡,毅然参加了抗日民族先锋队,为中华民族的正义之战而奔走呼号。解放前夕,萧一山反复劝说路永明跟他去台湾做学问,但路永明出于对共产党的热爱、对新中国的向往,婉言谢绝了。

这样一位爱国知识分子,竟会遭遇灭顶之灾。

建国后,路永明先被著名学者侯外庐聘为西北大学讲师,1955年又由中央高教部调入华东师大历史系。正当他在史学研究上大展宏图之际,一张无形的黑网向他罩去。1957年"反右"时,华东师大分到了上海市委拨下的指标,他们在凑数时瞄准了从未贴过大字报,从未向校、系党组织提过意见的路永明,遂以莫须有的罪名给他戴上"右派"帽子,下放到华东师大印刷厂做校对。

路永明一下子从学术的道路上跌入苦难的深渊,心中义愤填膺,患了严重的神经衰弱症。此时,全国正在狂热地进行"大跃进",长期睡眠不好的路永明还得无休止地加班加点。结果,就在路永明极度疲乏,眼皮瞌一瞌的一刹那,他们全家便被送上了惨无人道的祭台。当时,一位工人在排一篇文章时,将毛泽东排成了毛匪东,而路永明恰恰没有校出来,这一字之差够得上杀头罪了。华东师大党委和保卫处立即将路永明以反革命的名义,报送上海市公安局,很快一辆警车呼啸而至,将路永明逮捕。公安局经过两年的刑事侦察,得出了这是工作过失的结论,于1962年将路永明释放。

可是,当虚弱不堪的路永明回到华东师大后,竟被告知他已经被开除了。从此他到处申诉,只希望讨个公道、恢复工职,以养活全家。

路永明的不幸遭遇,被许杰知道了,他不顾身背"大右派"的黑锅,经常去路家宽慰路永明,推心置腹地说:"活着就是胜利,你一定要坚持住,你还有一大帮孩子呢。"在许杰的鼓舞下,几乎绝望的路永明渐渐开朗了,他也常去许杰家交谈,两颗受到伤害的心紧紧地跳在一起。其实,早在40年代,路永明在济南大学当教师时,许杰也正在当教授,两人仅有初步的印象;路永明来华东师大后,与许杰也没有什么交往;而当路永明陷入绝境时,许杰却义无反顾地伸出了友谊的手。

路永明有4个未成年的子女,全家6口人仅靠路太太朱晓文每月42元的病假工资艰难度日,他家为了节省,几乎天天用酱油汤泡饭、用盐炒葱做菜;为了改善伙食,朱晓文经常在微明的晨光中去荒地摘野菜,孩子们则跑到菜场拾烂菜皮……一天黄昏,许杰刚被监督劳动后返家,忽见校园的一片枝蔓缠绕的荒野上,一个农妇模样的人正佝偻于地,他觉得有点眼熟便悄悄地走过去,待那妇人抬头正是朱晓文,不禁悲从中来,含泪道:"路太太,我看你太苦了,整天挑野菜、拾菜皮,你再这样下去要垮掉的呀!"

"唉——许先生,这实在是没办法,"朱晓文感动得站起身,望着夕阳辉映下宛若一棵老松树的许杰,反而告诫他,"您老自己可要当心身体哪,多谢您的关心!"

许杰难过地流下两行清泪,冲动地说:"我现在也是山穷水尽,一旦有了办法,我一定要帮助你们、帮助你们!"言罢,许杰无奈地挥挥手,走向晚霞燃烧的前方……

1967年，上山下乡的洪流也涌入了路永明的家，他的两个女儿理所当然地去插队落户了。1970年7月，安徽发大水，路永明大女儿逃难回家。谁料，狗崽子连逃难的自由也没有，朱晓文所在的华东师大二附中的造反派立即开会批斗她，勒令她马上送女儿回去。可怜路家翻箱倒柜，愣是找不出一张车票钱。情急之中，朱晓文摸黑去许杰家借钱，她敲开那间破房门后，许杰点亮昏黄的小灯，问明来意当即从一只纸包里掏出20元钱交给朱晓文，然后诚挚地说："你以后每到发工资那天，就上我家来拿20元钱，我不要你还，你还记得我曾有过的诺言吗？"朱晓文手捧20元救命钱，激动得泪流满面。

朱晓文回家，与路永明紧紧地握着这20元钱，把孩子们叫到跟前，她哽咽道："孩子啊，这是许伯伯给我家的救命钱，这雪中送炭的恩情你们永生永世要牢牢记住哪！"打这天起，许杰按月接济路永明20元钱，一直持续到1972年9月路永明去华东师大医务室当勤杂工为止，共计两年零两个月。在路永明全家处于生死存亡的关键时刻，许杰的20元钱救了他们。许杰的这一义举，他的亲属至今无人知晓。问题是，在当年许杰自己也揭不开锅的状况下，他靠了什么"法术"救人于水火之中，这也许是千古之谜了。

许杰的侠义使路永明夫妇非常不安，始终记在心头。在路永明工作了一段日子后，他们凑足了那笔钱，买了一盒蛋糕去探望许杰。许杰见他们要还钱，急得连连摆手："不行，不行，我有过诺言的，这是应该的。蛋糕么我留下，我领了你们的心意。"

路永明夫妇一回家，将那笔钱放在桌上，双双哭着对子女们说："许伯伯对我家的恩德太深了，你们将来一定要报答啊！"

许杰看到路永明的子女长大后十分欣慰，他特别喜欢路永明的独子路新生（现为著名史学教授），常常抚着这孩子的头说："你要学一门手艺，将来不至于落到你父母那样悲惨的境地，因为他们只会读书呵。"一代文豪，在知识荒芜的年月，居然说出这样悲观的话，怎不令人心酸、悲哀！

1989 年 10 月，朱晓文终因长期心境不畅、缺乏营养而过早去世，许杰得到噩耗，悲痛地对路新生长叹："你母亲不简单，她吃苦太多，不然她可以多活几年，享受你们子女的孝敬！"他停顿良久，又伤感地说："我年纪大了，走不动了，更不能看到这种凄惨的场面。"他委托女儿代表自己去参加朱晓文的追悼会。

大洋两千，救活"胡风分子"费明君家属

华东师大中文系教授费明君，早在 20 世纪 30 年代，就以其卓越的翻译成果得到鲁迅先生的高度评价，他们之间有过很多通信。费明君懂英、俄、日等几国文字，翻译过《为什么》、《阿里巴巴和四十大盗》、《十二排椅子》等 18 部作品，在文艺界享有一定的声誉。1938 年他从日本早稻田大学归国，便在复旦大学中文系执教，50 年代初调入华东师大中文系教中外文学。

许杰见费明君来校心中大喜，亲自去听他讲课，课后握着他的手赞扬道："你这么年轻却才学出众，果然名不虚传啊！"由此，两人成为莫逆之交，经常在一起切磋学问，情谊日深。

费明君讲课生动，颇受学生欢迎，据著名苏联史专家叶书宗教授回忆，1955 年 5 月华东师大历史系一、二两个年级的学生由李腾鹏同学作代表，画了一幅保尔·柯察金的油画，集体送给费明君。他激动得连连鞠躬，声声道谢。

不久，意识形态领域掀起了一场粉碎"胡风反革命集团"的狂飙，费明君不幸卷入。其实，费明君在建国前与胡风之间没什么交往，仅仅为共建进步文艺而交流过。而费明君在历史上却为共产党立过汗马功劳。抗战期间，费明君被澎湃的救亡热潮所振奋，受共产党领导人陈丕显、杨瑛的派遣打入上海警察局当翻译，获取过不少情报，救出一批共产党人和抗日志士。然而，这些无法挽救他的悲剧命运。

1955 年 6 月 8 日夜，费明君全家正在吃饭，门外闯入几个不速之

费明君教授在20世纪30年代，这是他留存于世的唯一照片

客，声称华东公安局要他去市里开会，费明君丈二和尚摸不着头脑，急忙问来人："我是无党派人士，从未犯过错误，公安局为何叫我去？"

来人不耐烦地扬扬手："少啰嗦，你跟我们走就是了。"费明君见对方神情严肃，便抱起3岁的小儿子费建强亲亲，口中喃喃道："乖孩子，爸爸去去就回来喔。"然后向太太及几个子女挥挥手，跟来人走进黑暗之中，从此再没回家。

当晚，费明君就以"胡风分子"的反革命罪被宣布逮捕，这时的费太太乃一个不识字的家庭妇女，足下有6个嗷嗷待哺的子女，肚子里怀着一个小女儿。几天后，费太太得不到费明君的一点音信，不禁急火攻心，赶到许杰家问道："许先生，明君被人叫走快一个星期了，怎么没一点消息呢？"

许杰一跺脚，急急地答道："唉，我已去学校反映了这个情况，一有消息我马上告诉你。我也急得很呀，上课教师突然失踪了，这怎么搞的，但我无能为力啊！"

仅过了几天，华东公安局的一辆警车飞驰而至，将费明君的家抄了个底朝天,只留下少数生活用品和一堆书刊。至此,费明君作为"胡风分子",走向死亡之路;学校也如临大敌,向他发起批判的浪潮。最可怜的是费明君的家属,一下子断了经济来源,顿觉一片迷茫,费太太搂着一堆孩子整日以泪洗面。

正当人们惟恐躲避费家不及的危急关头,许杰毅然拿出仅有的积蓄2000元,来到费家买下那堆抄剩下的书刊。许杰的惊人义举,直激动得费太太领着孩子们齐刷刷地跪下,哭道:"许先生,您可是救了我们一家啊,我们全家永远不忘记您的大恩大德哪!"

许杰连忙扶起费太太及孩子们,热泪滚滚,悲愤难言。

众所周知,50年代2000元的含金量,相当于现在的20几万元,而费明君抄剩的一堆书刊的价值可想而知。知道了这件事后,人们纷纷劝许杰,这是不合算的买卖,还是退回去为好。许杰听罢很不高兴,严肃地对那些人说:"提这些干什么,我又不是做生意!"这2000元的背后,蕴涵着许杰的同情与不平,显示了他卓然独立的人格、对朋友的无限深情。于是,他背上了与"胡风分子"划不清界线这条罪状。

费明君被捕当年,即押送青海德林哈劳改农场。本来费明君有一线转机,但因当时法制不健全,很快被葬送了。1957年年底,上海市中级法院对费明君一案得出"没有问题"的结论,通知华东师大派人去青海领回费明君。但是,学校已在1957年8月将费明君家属发配到甘肃敦煌劳改农场,因而感到问题无法收场。校领导竟然组织班子写黑材料送往法院,法院遂以此为根据,于1958年判处费明君7年徒刑。费明君这一去,直至1973年青海德林哈劳改农场寄给他家属一张"因病死亡"的通知书,整整18年家人不知道他丝毫音信。

而费明君家属自发配大西北始,便踏上了一条与囚徒一样的苦难之路。许杰急救他们的2000元钱,在两年中逐步花光了,他们来到敦煌这片有着举世无双的民族瑰宝的土地上,费太太为人打短工、缝衣服艰难度日;几个孩子则饥寒交迫,去茫茫大戈壁放羊。

1961年,经过3年大饥馑的折腾,敦煌劳改农场为了甩掉包袱,放费明君家属回上海。可他们上哪儿去弄盘缠呢,坚强的费太太咬紧牙关,对7个子女说:"咱们太穷了,但我们即使讨饭,也一定要回上海!"于是,这帮衣衫褴褛、面黄肌瘦的特殊乞丐从兰州出发,一路风餐露宿,硬是讨饭讨回了上海,其间的苦难非笔墨能够形容的。他们回到上海,早已没有自己的家,遂蜗居在华东师大附近、郊外国民党军队废弃的碉堡里,整整住了8个月,直到1963年初被遣送至安徽淮北定远的穷乡僻壤。

费明君家属回上海的目的,乃是为了申诉,向校方讨个公道。然此时正值蒋介石叫嚣反攻大陆,上头提出"阶级斗争要年年讲、月月讲、天天讲"的1962年,他们的申诉当然是徒劳的。而许杰却因接济费明君家属2000元钱的事被人旧账新算,校园里贴出了许多揭发、批判他包庇"胡风分子"的大字报,他还被监督劳动。一天下午,许杰正在清扫厕所,倏地眼前一亮,校园一隅匆匆而过的似乎是费太太,他一阵激动,不顾一切地大喊:"费太太、费太太——"此人果然是费太太,她闻声回首,顿时热泪涟涟,转身奔向许杰,他们已经整整6年不见面了,这是多么激动人心的时刻!

当许杰得悉他们是一路乞讨回上海,不禁呜咽失声,他热忱地说:"我现在虽然工资被革了,但还是比你们强,我只要有一点办法就会帮你们,请你们不要怕什么连累不连累的,任何时候都可以上我家。"

过了几天,费明君的大女儿费林儿牵着绰号叫"小耳朵"的大儿子,趁着浓浓夜色来到许家,许杰大步迎上去,嘘寒问暖,十分兴奋。然而,当许杰知道他们住在废碉堡里,又申诉无门时,连连摇头,痛苦地遥望星空,叹道:"苍天呵,公理何在?"接着,他吩咐小女儿许玄翻箱倒柜,找些衣服及其他礼物送给他们;临别时,他又从微薄的生活费中抽出几十元钱,以及一些粮票资助他们。

1979年,费太太和小儿子费建强从安徽回上海,又开始了申诉。费建强从小在劳改农场长大,没读过一天书,是个接触阴暗面太多、勇猛粗犷、桀骜不驯的彪形大汉。他由于在"文革"期间不服造反派管教,以及童年时代长期的牧羊生活,身上被打得四处是伤,且患有早期肝硬化、胃溃疡等病。费建强一回上海,第一个就去看救命恩人许杰,许杰见昔日的小顽童如今长得威风凛凛,禁不住笑声朗朗,随即问他在劳改农场生活的一些情况。费建强立马吼道:"那简直不是人过的日子,我就是当代'小罗卜头'啊!"眼前顿时浮现出他刻骨铭心的一幕——

1967年1月,"一月风暴"的浊流席卷全国。时年15岁的费建强天天面对无边无际的旷野,仰望长空的雁阵,想念自己的父亲,他可是连父亲是啥模样,脑子里都没有印象的啊!那天早晨,农场造反派见费建强呆呆地眺望远方,便催他去上工,费建强置之不理,一个满脸横肉的造反派厉声道:"你个'狗崽子'在想什么?"

"想爸爸,你们还我爸爸!"费建强横眉冷对。谁料,这个造反派兽性大发,一把将费建强拖到工棚,随手将一把火钳放入炉子,然后以老鹰抓小鸡之势,把费建强悬空提起,狠狠地掼于地下,大骂道:"让你去找爸爸吧!"操起通红的火钳向他的腿上烙去。"吱——"费建强惨叫一声,当场痛昏过去……这以后,他还被造反派打伤后脑和腰椎骨。

许杰听完这段法西斯暴行,伤心得泪水盈眶,俯下身边看费建强腿上的两个疤痕边抚摩着说:"孩子呵,你吃苦啦,现在你回到了上海,从头学文化学手艺,为你父亲争光吧!"

费建强不负许杰的期望,一面刻苦学习木工活,一面向学校及上级单位为父亲申诉。当时,"胡风"一案仍然铁板一块,但许杰置个人安危于不顾亲自活动,全力支持费建强申诉,并为落实他的工作与校方交涉,他颤巍巍地说:"费明君已含冤而死,他一家吃了那么多的苦,费建强现在一身是伤痛和疾病,如果他生活无着,死在你们面前,你们对得起他父亲吗?"很快,校方将费建强安排到总务处工作,不久又调入艺术系,如今他已经是学校一家三产公司的总经理了。

费建强经过4次连续申诉,直至上北京找到了赵紫阳和万里,终于使父亲的冤案得到了昭雪,他拿着平反书飞奔至许家,许杰细看毕,赞道:"你不愧为费家的好子孙,我没有想到你会这么快获得成功。"

费建强解决了父亲的事后，便着手报恩，他一次次地对许杰说："许伯伯，'文革'中谁打过您、斗过您，我为您报仇。"许杰淡淡一笑，根本不可能向他讲这些噩梦一般的人与事。

1991年，费太太去世，许杰硬撑着病体前去参加追悼会，并对费明君的女儿说："你们的妈妈是一位伟大的母亲！"

在许杰去世前最后一次入住华东医院时，费建强去看他，他伤感地说："我一闭上眼睛，脑海中就出现你的父亲，我怀念他啊！"

这真是一对人间少有的患难知己。

"牛棚"珍闻，点化学生祝文品

华东师大中文系教授祝文品，是位出身三代贫农、从小靠捡煤渣苦学成才、于1956年从部队考入华东师大中文系的高材生。他从大学一年级起就在漫画杂志和报纸上发表漫画、诗歌，他以强烈的翻身感，让自己年轻的心在年轻的共和国的热土上跳跃。然而，正当他扇动幻想的彩翼，在文学的殿堂里飞翔的时候，突发的"反右"风暴折断了他的翅膀。

自从许杰与第一把手两军对阵以来，展开了大字报之战，祝文品坚定地站在许杰一边，暗中已被盯上。"反右"开始后，许多支持许杰的学生，包括怀疑他是"右派"的学生，几乎都被打成"右派"，而祝文品也许因根红苗正，暂时没有进鬼门关。

"反右"之初，上海市委依然号召整风，恰恰初夏的上海刮了一阵龙卷风，这一大自然的偶然现象却使祝文品遭了殃。一天课后，祝文品去小卖部买面包，碰到两位同学在议论要出年级黑板报帮助党整风，却没有适当刊名，他们见到祝文品，便拉到一起讨论。同学说，考虑出一个新颖的刊名，如"孙悟空"好吗？祝文品一听，作诗的灵感骤然跳出，脱口道："就叫'龙卷风'吧。"同学大声叫好，设计任务便交给了祝文品。

第三天上午，中文系的黑板报栏上，一幅"龙卷风"的漫画格外引人注目,画上是一阵狂风吹掉了一个人头上的3顶帽子,即党要求整风的三大主义。祝文品这下闯了大祸,这幅画轰动了全上海,甚至国外也作了报道,校领导联想到祝文品的立场,第一把手恶狠狠地说:"我们党要和风细雨,而有的人却要刮龙卷风,要把党连根拔掉。"立即通知系里停止祝文品的党组织生活。

祝文品放暑假在家里寝食不安,觉得学校领导歪曲了自己的原意,便写了一封表白信给党总支,并咬破手指在信上按了鲜红的血手印。系总支书记接到信,反而认定祝文品有问题,不然为何按血手印,来个"此地无银三百两"。1958年,祝文品终于被戴上"右派"帽子,他是全国仅有的两名留校的学生右派(另一名是中国人民大学的林希翎女士)。原来,中宣部副部长周扬来到华东师大检查"反右"情况,第一把手汇报时专门提到了祝文品,周扬当场拍板:"此人留校,作反面教材,因为出身好的人不注意思想改造,也会走向反面的。"由此,祝文品得以留校察看继续读书,至1960年才摘帽。

"文革"爆发后,华东师大中文系成了重灾区,造反派、红卫兵在第一、第八宿舍的旧房子里,建了关押"黑五类"的"牛棚",中文系的著名教授如许杰、施蛰存、钱谷融、徐中玉、史存直、郝丙衡、徐震锷等,以及祝文品等摘帽"右派",均作为"牛鬼蛇神"关了进去。这个"牛棚"自1966年年底至1968年年底,工宣队进驻华东师大才撤掉。

被关在"牛棚"的中国一流的知识精英,遭受非人的折磨自不待言,单就"牛鬼蛇神"每晚互相揭发,就够他们受的。一天晚上,红卫兵见"牛鬼蛇神"都沉默不语,便火冒三丈地揪出曾在日本监狱写过一张悔过书的史存直教授批斗,红卫兵凶恶地问他是不是叛徒,他点点头;又问出卖过同志吗(按他们的推理,凡是能从敌人监狱出来的,一定出卖过同志),他立刻高声回答:"没有。"红卫兵大吼一声,一个耳光打掉了史存直的眼镜,他弯腰捡起,再次高声回答:"没有!"结果,他挨了一顿毒打,等红卫兵一离开,他马上老泪纵横。

第二天中午,"牛鬼蛇神"去校园荒地挑土,许杰与祝文品搭档。祝

作者与祝文品教授在华东师大校园

文品平生敬仰许杰,见白发苍苍的老师艰难挑担,便将装满泥土的担子尽量往自己这边挪。许杰感觉肩上轻了许多,便微笑着向祝文品致谢,两人不知不觉谈起昨晚红卫兵毒打史存直的事,许杰皱皱眉头沉重地说:"这些年轻人既可怜又可悲,可怜的是他们被愚弄,可悲的是他们打没有抵抗能力的老人,这是违背人性、违背传统道德的啊!"在那样一个人妖颠倒的年代,祝文品得到了一番人道主义的启蒙教育。由此也看出了许杰的正直、善良和深邃。

是晚,"牛棚"内例行互相揭发时,许杰忽然发言"揭发"祝文品,他慢条斯理地说:"今天上午劳动时,我与祝文品挑一副担子,他拼命将担子往自己肩上挪,从而使我肩上轻了,这是妨碍我的改造嘛,因为改造世界观是要脱胎换骨的。"祝文品一听,一时想不通,感到自己是照顾老师,怎么反而被揭发了呢。第二天,他就不愿与许杰搭档了,但许杰依然对他微笑着。过了一段日子,祝文品终于悟出了道道。其实在这种特殊场合,许杰以揭发的形式当众表扬祝文品,人已经陷入地狱,祝文品还能照顾老人,这是多么难能可贵的闪耀着人性光辉的情操啊。然而，就这么一个人生插曲，许杰也念念不忘。多年以后，他俩都解放了，祝文品去看望许杰，许杰带着内疚的目光凝视着祝文品，轻轻地道："文品，还记得当年我揭发你的事吗？今天我郑重地向你道歉了！"

"许老师，您说哪去了"，祝文品急忙表示，"当时没几天我就理解了，请您别放在心上。"

许杰这才舒心地笑道："这就好了。"他就是这么一位一生正直宽厚，"宁可人负我，不可我负人"的谦谦长者。

在"文革"恶浪滔天的日子里，被迫害者绝大部分都对前程悲观、失望，祝文品更觉得自己年纪轻轻，已葬送了政治生命，将来漫漫的人生路如何走呵。他常对妻子哀叹，他身上的冤案要到下一代才有希望平反。不久，他的消沉、迷茫却得到了许杰的点化。

1967年盛夏，烈日当空，"牛棚"里吹不进一丝凉风，"牛鬼蛇神"们在痛苦而无奈地受煎熬。一天上午10点左右，一群红卫兵闯到"牛棚"门口，将最年轻的祝文品揪出来取乐。他们拿一支毛笔饱蘸墨汁，在祝文品的白衬衫上写了"小右派祝文品"6个大字，硬逼他下跪。祝文品的尊严遭到如此践踏，他怒不可遏，猛地如皮球般蹦起，昂首苍天。这下可激怒了红卫兵，他们如狼似虎地把祝文品拖到第一宿舍楼梯旁一间暗屋里，分别站在四个角落对祝文品拳打脚踢，祝文品痛得双手抱头无处躲藏，发出了一阵阵撕心裂肺的惨叫，祝文品实在忍受不住了，扑倒于地痛苦地呻吟，红卫兵仍不罢休，端一盆冷水浇他的头，再拖起来继续猛打，直到打到下午1点才扬长而去。

祝文品被打得遍体鳞伤，白衬衫已被鲜血、汗水和冷水浸透，他趴在地上一阵阵抽搐，然后坚强地扶墙而起。他去厕所小便时，当场尿出了血尿，可怜他的肾被打坏了。

祝文品爬起后，首先想到的是去许杰家（住校的"牛鬼蛇神"一般放回家吃饭），他艰难地挪到那间破房子，一进门便放声痛哭，悲怆地哀叫："这种暗无天日的日子没法过了，这样活下去有啥意思！"

许杰夫妇见祝文品被打得人不像人、鬼不像鬼，不禁双双掩面而泣。许杰抹掉泪水，连忙打了一盆水，扯下自己的毛巾给祝文品，呜咽着说："文品啊，你先把血迹洗掉吧。"接着，又吩咐太太："你快盛一碗饭菜来，他还没吃饭呢。"祝文品端起饭碗边哭边吃，难以下咽。许杰轻轻地捶他的背，直至他将饭吃光。

饭毕，许杰抚着祝文品意味深长地开导说："文品啊，你还年轻，要学会忍耐，我们系里80多岁的老教授不也在忍耐嘛。"沉默片刻，许杰继续说："西汉司马迁忍辱而著《史记》，他吃的苦难道不比我们厉害么，历史上这样的人物举不胜举呵。我送你一句话，活着就是胜利，你应该珍惜光阴、努力学习，将来会有用处的。"许杰知道祝文品当时在偷偷研究篆刻，便将自己劫后剩下的一本《康熙字典》送给他，以示勉励。

许杰的一番教诲，仿佛茫茫夜色中的一座灯塔，使祝文品豁然开朗，为他度过人生低谷指明方向。从这天起，祝文品置荣辱于度外，刻苦读书，偷偷地练习讲课，学业与时俱进。以至粉碎"四人帮"后，他重上讲台，成为上海高校著名的老师（笔者作为他的学生，有幸聆听过这种充满艺术享受的文学课）。40多年弹指一挥间，祝文品许多事都记不清了，但许杰对他在十字路口的点化却永志不忘。

许杰对学生的厚爱有口皆碑，诸如他经常脱下身上的毛衣给贫困学生御寒，慷慨解囊接济受迫害的学生，点点滴滴，一言难尽。而他在晚年无数次地对子女、好友说自己一生有两大遗憾：一是有些学生听从他的劝告，解放前夕没有出走留下来建设祖国，却受到了不公正待遇；二是许多才华出众的学生因受他株连而被打成"右派"，弄得家破人亡。

如一位学生曾参加过国民党空军的技术工作，上海解放前夕许杰劝他留下不要去台湾，为新中国的航空事业贡献力量。结果，这位学生留下来被打成反革命、特务，十一届三中全会前连工资都没有，吃尽人间苦难。许杰90大寿那天，这位已经70多岁的学生也来祝寿，席间许杰说起往事，含泪问他："当初因我一句话，使你苦了一辈子，你后悔吗？"

这位须发花白、满脸沧桑、身躯佝偻的老先生流着泪，诚诚恳恳地答道:"老师,您不要难过,我现在很好了,当初听您的话留下来,我真的不后悔!"说完,师生两人抱头痛哭,在座的人望着两颗苍苍白头贴在一起颤动,无不为之动容……许杰去世时,这位学生恰巧在外地,因而许杰家属一直瞒了他两年,最终由许杰的女儿许力去他家告知不幸消息。老人闻讯跪在地上号啕大哭,伤心地说:"我知道了就是爬也要爬去送老师的!"

另有一位复旦大学中文系的学生,因写信向许杰讨教文学问题,许杰回信后,他高兴地在班上朗读而被打成"右派"。1958年,这位学生被发配新疆,女朋友顶住千钧压力,毅然跟他去了茫茫荒漠。27年后,这位学生的母亲去世,他回上海奔丧完毕,便面对黄浦江发誓永远不再回上海。

90年代初,这位学生与许杰经常通信,双方约定在春暖花开之际去苏州见面,由于许杰病倒住院,计划落空。然而,这位学生为了见上许杰一面,决定打破誓言,特意回上海去华东医院探望他。那天黄昏,这位学生手捧鲜花踏入病房,经过30多年的风风雨雨,两人第一次见面了。学生古铜色的脸上刻满了刚毅、不屈的皱纹,他悲愤地对许杰说:"老师呀,我的命运与电影《牧马人》里的主人公的遭遇是一样的,所不同的是我有一个老婆,生了两个孩子……"许杰闻言,潸然泪下,金色的夕阳将这对特殊的师生融化在一起了。

肝胆相照,后半生情系徐中玉

华东师大中文系教授、原上海作家协会主席徐中玉是一位名扬天下的铮铮铁汉,他与许杰有着将近半个世纪的深情厚谊,有着共同的理想、爱憎和追求,一起度过了休戚与共的珍贵时光。

早在抗日战争时期,许杰在福建暨南大学当教授时,发起了主张抗战到底的"东南文艺运动"。那时徐中玉在广东与湖南交界的坪石,他站在高耸云天的群山之巅,眺望到了抗战文艺的曙光,立即给许杰去信

徐中玉教授在寓所接受作者采访，
老人家今年已高寿101岁

支援，从此两人结为生死之交。1946年，徐中玉回到上海，许杰与徐中玉第一次见面，由于他们在信中坦诚相交，故彼此无比兴奋，作竟夜之谈，以后经常在一起探讨学问、关心国家的命运和前途。

1952年高校院系调整后，许杰与徐中玉一直在华东师大中文系共事（当时徐任系副主任），直到许杰去世。

在"黑云压城城欲摧"的日子里，许杰与徐中玉几乎朝夕相处，一起经受了严峻的考验。

1957年3月，许杰从北京听了毛泽东的讲话，回校一传达，徐中玉便积极地为之宣传；许杰贴出大字报后，徐中玉也马上贴大字报声援。他始终认为，许杰以其一生的爱国心路而言，是决不会反党反社会主义的，是真心诚意地帮助党整风的，因而自己与许杰心心相印，战斗在一起没有错。

6月8日以后，许杰已被打成"右派"，他还最后一次在中文系大会上为同时被划右的施蛰存伸冤，他激动地挥手，高声道："施先生是我国现代文学史上杰出的小说家、散文家、诗人、翻译家和编辑家，他在30

年代主编《现代月刊》时，倾向进步，为革命文学作过贡献；建国后又为党和人民唱赞歌，这样的人怎么会是右派分子呢?"席间的反对者立即站了起来，说施蛰存曾开出《庄子》、《文选》两本书以麻醉青年，遭到鲁迅的痛斥。

徐中玉也呼地站起，厉声驳斥对方："我告诉你们一个史实，1933年国民党反动派杀害柔石等左联五烈士后，鲁迅满怀悲愤，写了《为了忘却的纪念》，以抨击当局的暴行，当时没有刊物敢用，唯有施先生不顾安危，将文章登在《现代月刊》上。请问，这算不算革命的壮举?"徐中玉环视一圈，继续道："施先生作为一个搞文学的学者、作家，会有什么反党行动呢。我以会议主席的身份，坚决拥护许先生的发言!"说完，他就鼓起掌来。但许杰和徐中玉为施蛰存鸣冤已在"反右"风暴拉开帷幕之际，因而他们仍然遭到了围攻。

许杰划"右"，徐中玉紧紧跟上，成为华东师大四大"右派"之一，然第一把手为了孤立许杰，竟亲自造访徐中玉。1957年6月底的一个晚上，第一把手突然敲开了徐中玉的房门，寒暄几句便切入正题，他严肃地对徐中玉说："许杰属于毛主席讲的策划于密室的右派头目，是很反动的。你与他关系密切，只要如实写出他的罪行，交代你们是怎样策划的，我们就算你反戈一击，你可以平安无事了。"

"不，我们没有策划过什么事，"徐中玉冷静地回答，"许杰也没有什么反动言行，更不是什么右派头目，我没有什么好写的。"第一把手讨个没趣，铁青着脸悻悻地走了。

然而，第一把手并不死心，过了几天又派了两位女干部去请徐中玉吃饭。徐中玉知道她们来者不善，但出于礼貌，便随她们来到一家饭店。女干部点了一桌酒菜，殷勤地向徐中玉敬酒，徐中玉摆摆手："喂，你们有什么话先说了，咱们再吃不迟。"

一位年长的女干部放下酒杯，笑呵呵地说："徐老师，您不要太固执么，您只要揭发了许杰的阴谋，学校领导保证您没事的，人总得为自己考虑考虑吧。"

"多谢你们的'盛情款待',我不吃了,再见!"徐中玉闻言利索地起身,甩开椅子,头也不回地离开了饭店。

徐中玉放着"光明大道"不走,理所当然要倒大霉了,学校对他的批判一天天升温,直到 7 月 24 日晚上和 25 日上午达到了高潮。学校以民盟支部的名义,连续批判、围攻徐中玉,他被迫作了检查,但检查中依然为许杰和自己声辩,为他发表在《文汇报》、《光明日报》、《文艺报》上帮助党整风的文章声辩。

接着,在一片嘈杂的呼喊之中,一些干部、教授向徐中玉开火了。×××说,徐中玉是许杰的军师,他的反党言论是人所共知的,他在每篇文章中都反对党的领导……×××说,徐中玉对党不满是和许杰一样的,并揭发他为许杰打掩护;×××揭露,徐中玉曾安慰许杰说"右派"分子很多,没有关系,并为许杰的"检讨"出主意;×××吼道,徐中玉为许杰打掩护时强调"实事求是",而他自己的检讨却偏不实事求是,是自欺欺人;×××声讨,徐中玉指责校领导对许杰的做法,中文系的老教师是不同意的,他要为许杰打"圆场"……这些围剿徐中玉的实录,登在 7 月 26 日的《解放日报》上,对他形成了强大的压力。

从上述那些干部、教授的发言中,我们可见许杰与徐中玉的关系的确亲密无间,他们是被绑在一起受磨难的。自然,那些发言的人都是受愚弄者,在后来的"文革"中几乎全受到迫害,他们到了晚年纷纷向许杰、徐中玉致歉,心灵均在忏悔,这也反映了中国知识分子的悲剧。

与此同时,上海作协也连续对许杰、施蛰存、徐中玉发起了猛烈的批判,他们多次被叫到作协去检讨。一次,在某些著名作家、诗人指责许杰历史上就反党时,徐中玉忍耐不下去了,愤怒地打断他们的话,大声说:"许先生在大革命失败的白色恐怖中,就为无产阶级文艺而奔走,以后又受共产党派遣去南洋,开拓了新加坡、马来西亚的华人文学,抗战中更是高举革命文艺大旗,何来什么反党活动!"

谁知,徐中玉话音刚落,坐在第一排的姚文元圆鼓金鱼眼,跳起来狂吼:"徐中玉放老实点,你还想为许杰辩护,我正要清算你的反党言论呢。"

徐中玉横眉冷对,镇静地说:"我倒要讨教讨教,看你如何清算。"

姚文元素以"金棍子"闻名文坛,见徐中玉应战,不觉"飞"起一阵乱棍,开连珠炮似的说:"你直到6月4日还在写文章反党,胆子可不小啊。我读了你的大作《积疑三问》:你的第一问是'某些偏差从哪里产生'?哼,这明明是污蔑思想改造、污蔑肃反,反对党中央;你的第二问是'为什么官职要越设越多'?哼,这是你徐中玉自己没捞着做官,想爬到共产党头上作威作福;你的第三问是'入党的首要标准是什么'?哼,这是侮辱已经入党和争取入党的同志,这是攻击党的干部政策!"他一口气列数了徐中玉的"罪状",得意地摇头晃脑下了结论:"你的这种右派言论简直反动透顶,是造共产党的谣,你的心灵是多么的黑暗!"

徐中玉再也听不下去了,他猛然击案而起,声色俱厉地指着姚文元喝道:"你血口喷人,想用人家的鲜血来染红自己的顶子,决不会有好下场!"许杰、施蛰存始终沉默着,用一种冷峻的目光透视这个年轻人的拙劣表演……"反右"是姚文元发迹的一个起点,他当然不会放弃任何一个"靶子"的,不久他就以"辟谣三则"为题,将攻击徐中玉的话写成文章,公开发表于《解放日报》。

徐中玉终于作为一名市级"右派",与许杰等"大右派"一起去颛桥、外岗,接受痛苦的劳动改造。

"文革"初期,许杰、徐中玉等被视作洪水猛兽,一起关进了"牛棚"。许杰作为"老右派"、"老反革命",被勒令清扫学生厕所,干完这些活还要与其他"牛鬼蛇神"一起去校园拔草、挑土等等。每天,许杰背上挂着写有"老右派"的大黑牌,在一间间被学生弄得肮脏不堪的厕所打扫。他做事认真,又身负重物,常常累得汗流浃背,扶着门框喘气。这时,徐中玉只要有机会,便悄悄地跑去帮许杰的忙,他比许杰小14岁,身体较好,每当帮助许杰一次心里就感到踏实些。

1967年的一个冬日北风凛冽,校园的荒地上结了一层晶莹的薄霜。许杰这天发烧,仍背着大黑牌去拔草,徐中玉见他脸色蜡黄,遂不离左右,尽量让他休息。不料,监督的红卫兵看见许杰坐在地上,便一个箭步冲过去,厉声吆喝:"许杰,你这个死不悔改的老右派,为什么偷懒!"一把揪住他的衣领,拉起来就打。

徐中玉见状大喝一声:"许先生烧成这个样子,你们还逼他干活,还有没有一点良心!"将身体横在红卫兵与许杰之间。徐中玉当时40多岁,且又似一团烈火,那个红卫兵吓得傻了眼,转身去搬救兵,将他们斗了一通。

按照"牛棚"纪律,严格规定"牛鬼蛇神"不得与任何人往来,不许看大字报,每天来回至少4次,经过路口必须面对张贴着的领袖像三鞠躬"请罪"……一天上午劳动前,"牛鬼蛇神"向领袖像"请罪"毕,红卫兵提出许杰,叫他站到领袖像前90度弯腰,久久不准抬头。原来,每天晚上"牛鬼蛇神"要学习"红宝书"、"老三篇"。而红卫兵中有一个特别凶狠的家伙,经常叫许杰背"老三篇",他年事已高,难免有背错之处,那家伙就讲他篡改,这时就来惩罚他了。众"牛鬼蛇神"敢怒不敢言,徐中玉实在忍无可忍,冲出人群去搀扶许杰,免不了受到红卫兵的毒打。他们面对淫威毫不畏惧,紧紧地拥抱在一起,眼中喷射出愤怒的烈火,以抗议这种没有人道主义的兽行。晨光下,他们宛若一座金色的雕像高耸蓝天,熠熠生辉……

1974年春节前后,许杰、徐中玉已相继解放。此时,全国掀起了声势浩大的"批林批孔"运动,《解放日报》社请徐中玉去参加座谈会。他居然"不识抬举",在发言中认为孔夫子的"己所不欲,勿施于人"、"温良恭俭让"等思想没有错,是传统文化的精华。徐中玉这下可捅了马蜂窝,报社当场对他进行了批判,又将他的罪行通知学校。

那时的华东师大是"四人帮"的一个堡垒,学校立即组织批判会。但是,徐中玉在会上坚持自己的观点,许杰也起来支持他,直气得校革委会、工宣队大骂他们是死不悔改的"老右派"。

许杰、徐中玉在危难中相濡以沫的友谊是多么难能可贵!

当中国这艘古老的航船驶出闭塞的港湾,扬起改革开放的风帆时,

上世纪80年代，从左至右：钱谷融、徐中玉、许杰、吴奔星教授

许杰、徐中玉如同重获生命那样，热烈地为祖国的光辉前程而欢呼。他们十几年来，几乎每天早晨相互搀扶着去上海最大的长风公园散步，边走边谈国家大事、德道文章。他们都居住在华东师大二村，两家相距仅几十米，因而一有什么想法随时可以沟通。

许杰到了晚年，自感来日无多，忧患意识日浓，他无论在家还是住院，总是对徐中玉讲两件事：一是强调中国要前进，必须高扬"五四"时期就提出的民主与科学的大旗，因为离开这两条是建不成新社会的；二是呼吁大力加强社会公德的教育，不然社会风气、民族素质滑坡，拜金主义、享乐主义、极端个人主义将一发而不可收。特别在许杰最后一次住院期间，每到探望病人之时，他便挣扎着坐起，盼望徐中玉来；而徐中玉一到，他马上双眸生辉，衰弱的身体内爆发出一股力量，促膝交谈一系列忧国忧民的问题……

许杰去世后，徐中玉万分悲痛，多次在文章、讲话中表示："这样一位无比正直忠厚的长者从我的生活中逝去，实在太突然、太沉重了！"

许杰，这位20世纪卓越的文学大师，一旦认定自己的人生理想，便九死不悔，他从青年时代起就追求民主与科学，追随共产党奔向光明。即使在1927年"四·一二"政变不久，许杰仍以英雄的胆略，为革命文艺而呐喊。他曾写了如下滚烫的文字：

> 至于明日的文学呢，我们现在不能决定有如何的收获，我们现在只能决定应该努力的方向与进程。我们且先唱一声东方报晓的鸡声吧！
>
> 无产阶级文学万岁！
>
> 倘使地球不会开了倒车，要从今日转回昨日；倘使江河不会改了方向，要从东海流上昆仑；那么，明日的、无产阶级的文艺的成立，是谁也颠仆不了的……

这些，足以体现许杰的人生观、宇宙观。

然而，当这位世纪老人在度过自己将近四分之一人生的不幸岁月之后，迎来祖国满园春色的时候，他从未诅咒以往的灾难，而仍以澎湃的激情歌颂党的改革开放政策，乃至在80多岁高龄重新加入了中国共产党。

许杰，是一位不幸之大幸的世纪老人，他毕竟活到亲眼目睹中华民族重定乾坤、展翅飞翔、成就非凡的这一天，这比起他的难友费明君以及被极"左"思潮迫害至死的无数冤魂来，他的归宿是光明的。

许杰可以安息了，但曾经发生在当代中国的那段丑恶的历史，国人乃至我们的千秋万代是不能轻易忘却的；一个有希望的民族，只有在汲取惨痛的历史教训的基础上才能提升、才能奋进、才能自立于世界民族之林。

清贫的白杜鹃

——王国维关门弟子著名金文学家戴家祥的坎坷人生

2004 年 5 月 30 日下午,华东师大小礼堂内庄严肃穆,众多学者在此追思我国著名金文甲骨文权威、国学大师王国维的关门弟子、华东师大历史系教授戴家祥先生逝世 5 周年。人们在高度赞扬戴家祥的学术成就时,更钦敬他的卓越人品,他在临终前留下遗嘱,将自己的一生积蓄及出版《金文大字典》的稿酬、获奖的奖金 10 万元,捐给家乡的希望工程。于是,人们将历史长镜头定格在 20 世纪初叶的旧中国——

1906 年早春,浙江瑞安苍凉而萧瑟的乡间小道上,一位腆着大肚子的女人,一手牵着 6 岁的男孩一手拄根打狗棍,迎着料峭的寒风一路乞讨。谁能料到,此刻在女人腹中骚动的小生命,日后会为中华民族的文化宝库,奉献一部漫漫 5000 年文明史中唯一的《金文大字典》。

是年 3 月 28 日,戴家祥诞生于一间四壁漏风的破草房里。斯时,绽露新绿的林梢上,响起一片白杜鹃的歌声……

然而,戴家祥是个遗腹子,他的生父姓周,在贫病交加中英年早逝;他的生母怀抱嗷嗷待哺的婴儿生出无限愁绪,遂在他出生第 13 天,在痛彻心扉的悲泣声中,以 35 元的低价卖给戴家为子。戴家拥有良田千余顷,然戴家祥却饱受养母的虐待,在苦难中铸就了不甘落魄的雄心。戴家祥少年老成,与老妈子一起睡在铺着草甸子的北屋里,天天秉烛苦读,打下了较深的国学底子。他面对黑暗的社会和大家庭的尔虞我诈,

清华大学内院，清华园为宣统皇帝御笔，已于"文革"
中被毁，现又重建，风范毕竟不同。站在清华园大门下
者为作者大叔，摄于1950年10月3日

无意功名利禄，却寄情于洁白、纯净的白杜鹃，憧憬外面精彩纷呈的
世界。

投身清华国学研究院

20世纪20年代中期，正值列强入侵、北洋军阀执政的民族危亡之
秋。但是，在军阀混战的同时，由五四新文化运动激起的振兴国学、追
求光明的波澜，却吸引了无数壮怀激烈的青年学子。作为政治、文化中
心的北京，有两大文化摇篮：一是发起新文化运动的北京大学，二是弘
扬国学的清华大学，后者以著名国学大师王国维、维新闯将梁启超、学
贯中西的大学者陈寅恪、语言学大师赵元任扛鼎，举办了令天下学人垂
青的国学研究院。

1925年，戴家祥中学将近毕业时，他的学问日益精进，声名鹊起。
是年夏季，一位学兄从东南大学寄来一份剪报，传来了清华开办国学研
究院的消息，并约他一道去北京应试。戴家祥手捧剪报，登上青山，遥

望北方,油然升起凌云壮志。然这是跨越本科的高难度的应试,戴家祥心头掠过一丝不安,而当地著名的教育家、书法家陈琼先生却鼓励他去,并写了一个证明,列举他读过的古籍、心得、专长,寄希望予同等学历应试,但最终竟被家庭的经济制裁所阻遏。此番挫折,更坚定了他走出"桃花源"的决心。

1926年秋,戴家祥肩背简单的行囊,毅然北上。经过严格的考试,他力挫群雄,终于考进了清华国学研究院第二期。这期仅召20名研究生,著名史学家谢国桢考取第一名,戴家祥则名列第七。

戴家祥平生敬佩王国维,这次直奔大师门下,故考前已熟读了他的《观堂集林》。开学前夕,王国维亲自召见学生,戴家祥怀着敬仰之情来到了大师的工作室。王国维留着长辫子(清华园内独他留辫),身穿长袍马褂,戴着深度近视眼镜,他和蔼地问过戴家祥的简况,便耐心地听戴家祥讲自己的科研计划。戴家祥得悉王国维对古文字有很深的造诣,便谈了自己准备跟大师研究古文字的愿望。王国维听戴家祥讲完了,才微微点头道:"幼和(戴家祥的字),你有鸿鹄之志,乃清华之幸,然研究之题可大可小,切忌好高骛远、四面出击。余以为,你宜专攻'古文字学',不知你以为然否?"

"多谢老师栽培,"戴家祥高兴得立即作揖,朗声回答,"这正是学生平生之愿!"于是,戴家祥便开始了长达70余年的金文、甲骨文的学习和研究。

清华国学研究院的教学大纲是王国维起草的,采用旧中国的书院制和英国牛津大学的导师制相结合的教学方式。教授有王国维、梁启超、陈寅恪、赵元任,每人配工作室一间、助教一名,月薪400元;讲师有李济、梁漱溟,每人也配有工作室,月薪100元,外加美国弗利尔艺术馆给的300元,与教授收入持平。这批中华文化的精英正当盛年,最年长的梁启超才53岁,李济、梁漱溟还不到而立之年,加上待遇优厚,因而他们尽心培育英才,使清华园呈现勃勃生机。

当时,每当王国维等授课,不仅研究生,而且连本科生和大学助教

清华大学晚清建筑，即当年国学研究院一角

也来聆听。王国维主讲《仪礼》、《说文举例》，用他研究的金文、甲骨文来证明许慎著的《说文解字》的错误之处，这对戴家祥的治学起了极为关键的启迪作用。梁启超主讲《历史研究法》、《儒家哲学》，他也多次召见戴家祥，但往往自己滔滔不绝，不给学生讲话；他讲的《中国土地问题》中肯定孙中山"耕者有其田"的观点，给戴家祥留下深刻印象。陈寅恪主讲《西洋人研究东方学的目录学》、《金刚经》，他知识面太广，有些课学生难以听懂，特别是通过译印度梵文讲的《金刚经》。不过，戴家祥经常陪王国维去陈寅恪寓所，听他们交流学术，受益匪浅。李济主讲考古学，这位现代中国考古学的开拓者，在课堂上批评安特生的仰韶六期分法的见解，潜移默化地影响了戴家祥不唯权威是从的治学秉性。梁漱溟主讲《人生哲学》，这位当代中国最后的大儒所阐述的人生，充满了独立见解，宛若点点火星，划亮了戴家祥的脑海……

　　清华国学院师生之间情同父子，特别是王国维对戴家祥的循循善诱、细心教诲，对于他以后的授业、解惑起到了关键作用。

　　当时，国学院每学期有两次师生茶话会，一次由老师作东，一次由

1925年冬，清华国学研究院导师合影，前排从右至左：赵元任、梁启超、王国维、李济，斯时陈寅恪尚未到京

学生集资回敬。1926年的期中，由学生作东的茶话会上，教务长梅贻琦透露消息，说李济从山西考古归来，足足带回考古资料49箱。梁启超立即鼓掌，大声道："这是一件学术大事，我建议开个欢迎会。"学生们"哗——"的一片掌声，纷纷争先恐后地去积极操办。

召开欢迎会那天，春光明媚，礼堂内布置得庄重、朴实，李济眼放光芒，讲述自己选择山西为工作对象，是因为《史记》上讲到"尧都平阳，舜都蒲坂，禹都安邑"，这些行政名城都在山西。接着，助教王庸端了一盒子遗物上来，其中有半个被割裂过的蚕茧，学生们都伸长了脖子看。有的说，年代那么久，还是这样白；有的说，既然是新石器时期的遗物，究竟用什么工具来割它呢？

王国维见学生如此专心、如此有创新精神，高兴得满面堆笑，顺手接过那个盒子，耐心地解释新石器时代是没有金属工具的。依加拿大人明义士的话来看，牛骨、龟骨都是用耗子的牙齿割的；其实，原始人用石片就可以割蚕茧，学生们感到非常新奇。王国维又笑着说："余十分赞赏李先生之开拓精神，然余主张找一个有历史根据之处做发掘，一层层掘下去,看其文化堆积,方能大有收获。"王国维的一席话令学生们茅塞顿开。

次日,戴家祥特意去王国维工作室,请教山西夏县究竟是不是禹都。王国维听罢沉吟片刻道:"此乃搞错之考古问题。我国古帝都皆在东方,禹之都邑虽无考,然自太康以后以迄于桀,其都邑及地名之见于经典者率在东土,与商人错处河济盖树百岁矣。"他讲解后抚着戴家祥的背,深情地说:"你对学问能探其深奥,不畏艰辛,将来定有出息,尤其搞古文字,非锲而不舍,才能成正果矣!"王国维一席话说得戴家祥心头热乎乎的。

在风光旖旎、人文祥和的清华园,戴家祥得到了中国一流的文化熏陶,他如同辛勤的工蜂,在知识的花丛中酿造古文字的醇酒。

戴家祥入学不到一年,清华园便发生了震惊中外的王国维沉湖事件。

1927年春夏之交,戴家祥经过数月的苦心钻研,撰写了一篇金文论文《释甫》,作为学年成果交王国维检查,王国维评为乙等成绩。戴家祥去王国维工作室取论文那天,王国维什么话都没说,以一种忧郁的目光凝视了戴家祥片刻,谁料这是他们师生的永诀!

6月2日黄昏,金色的夕阳映照着清华园,戴家祥正与几位浙江同学聚会,忽见同窗刘节脸色苍白地奔进室内,哀叫一声:"不好了,王先生跳昆明湖啦!"戴家祥等学生闻言,急忙赶往王国维寓所,一头撞见助教赵万里,他流着泪说:"王先生的确投湖了。"戴家祥一听,顿觉眼冒金星,跌倒于地,然后和同学们放声痛哭。

原来,是日早晨,王国维悄悄地走出清华园,唤住一个黄包车夫,以他的名义包车去附近的颐和园。到了颐和园后,王国维让车夫在门口等他自己进去玩。结果,车夫在门外等到夕阳西下,尚不见王国维出来,管门人说:"游人们都散尽了,你还不走。"车夫告知还有老先生在园内。管门人猛地拍腿道:"刚才昆明湖捞起一个人来,你去看看是不是你家老先生。"车夫入园一看,果然是王国维,立马赶回王宅报凶讯。

戴家祥教授在华东师大新村

王国维为何自沉,乃是一大历史悬谜。戴家祥认为,一是他性格内向,二是社会黑暗造成的悲剧。王国维的遗体安葬在清华园东面的"七间房",梁启超等大师率领全体研究生去祭灵,他发表了热情洋溢的讲话,并撰一联:"其学以通方知类为宗,不独奇字译鞮,创通龟契;一死明行己有耻之义,莫将凡情恩怨,猜疑鹓雏。"以颂扬王国维的治学精神。

戴家祥在清华国学研究院学习两年期满,这是他人生的重要转折,他在这儿开拓了视野,学到了大师们的治学精神。于是,戴家祥以一个饱学之士,先后在中山大学、南开大学、四川大学、英士大学任教授,抗战期间还当过中学教师。几十年的颠沛流离,戴家祥都不曾忘怀自己师承王国维所钟爱的古文字。

大右派"地下"啃金文

1949年是中国现代史上风云激荡的岁月,戴家祥这时适逢失业,只好回到瑞安老家躬耕田野,以卖菜为生,晚间则考证金文、甲骨文。

直至 1951 年华东师大成立筹备组,戴家祥的老友、著名文学家许杰教授拍去电报,邀他任华东师大中文系教授,次年转入历史系。

这样,戴家祥总算有了几年安定的日子,他便一门心思投入金文研究,浪迹四海,搜寻一切能见到的青铜器,仔细考证上面的铭文,他的心中慢慢形成一个庞大的计划,编一部可以流芳千古的金文典籍。

然而,沉重的反右大风暴击碎了戴家祥绚烂的美梦。1957 年 6 月 8 日,华东师大历史系一个资料员化名"楚歌",在历史系黑板报的增刊上发表了"告全体同学书",文中列举了中国近代自鸦片战争以来遭受列强欺凌的史实,呼吁大家抛弃使中华民族丧失独立性的"教条主义"(指不能跟着苏联邯郸学步);认为"官僚主义、主观主义、宗派主义"是由共产党的制度造成的,煽动同学起来推翻党的领导。学校马上报告上海市公安局来破案。这个资料员也承认是自己所为,并被打成右派,但校方并不满足于这样一个小右派,连续召开全校大会,要揪他的后台老板。结果,这个资料员在历史系党总支的唆使下,诬告"告全体同学书"是戴家祥写好后让他抄的,戴家祥就此被打成全国学术界著名的大右派。

这时已被打成华东师大头号右派的许杰心中非常明白,戴家祥绝不可能是"楚歌",而他一旦落下这个罪名,后果不堪设想。于是,许杰冒着风险,一次次去历史系为戴家祥辩护,到头来他们反而罪加一等。报上立即刊登文章,称戴家祥、许杰在历史上就相互勾结、破坏抗战、反对共产党。

6 月 26 日,华东师大再次召开全校反右派大会。会上有的领导声色俱厉地说:"戴家祥也是一贯敌视党的。这次运动中他与许杰一道在历史系积极进行反党活动,他在写给历史系党员的信中十分恶毒地攻击党。他拉拢一部分教师去外面秘密聚会,又深入学生宿舍煽动学生,反对政治教育。"当反右派进入高潮的 7 月 10 日,《解放日报》以"当年破坏抗日,今日疯狂反党——许杰、戴家祥乃一丘之貉"的通栏标题对他们大加批判。

在当天报纸上，还刊登了戴家祥在复旦大学物理系读书的儿子与父亲划清界限的一封信。信中云："爸爸，从报纸上看到揭露你的反对党领导的行为以后，我非常惭愧，也非常气愤。为什么要为反动阶级做奴才？爸爸，向人民请求宽恕，把对不起人民的一切都交代出来，重新做人！和我一起做反动阶级的叛逆！"次日下午，戴家祥在校园一隅碰到许杰，他含泪泣诉："报上那些污蔑我们反党、当年破坏抗日的谣言，我可以不屑一顾，但我的儿子也被欺骗了，这多么令人伤心啊！"许杰听罢悲哀地告诉戴家祥，自己的女儿也在报纸上发表了与其划清界线的文章。随之，两位老人相互扶携着，慢慢地、慢慢地隐入一片苍虬的树荫中……

戴家祥被打成右派后，剥夺了教书权利，但他仍在做资料员。他利用清扫校园的空余时间，偷偷地整理自己研究金文的论文、卡片。1961年9月，他被摘掉帽子后，境况才略有好转，他正想着手撰写金文著作时，"文革"狂飙再次将他打入人间地狱。

1966年8月4日，是华东师大历史上最黑暗的一天。

是晚6点30分，全校造反派、红卫兵扯上拉线广播，将所有的"反动学术权威"、"黑五类"、"走资派"押到文史楼前的大草坪上批斗。一个红卫兵头头凶恶地吼道："今天，是我校响应伟大领袖毛主席的号召，正式点燃'文革'烈火的日子。现在，所有的反动分子全部跪下！"顿时，冲上去黑压压一片暴徒，将几百名教授、讲师和"走资派"掀翻于地，一个个屈辱地跪下了。红卫兵头头兴奋地摩拳擦掌，先命令喽罗将许杰押上台，又狂叫："把'老右派'戴家祥押上台示众！"戴家祥立即乘着"喷气式"被押上去，他身上颇有乃师王国维的遗风，脾气十分倔强，更不懂"好汉不吃眼前亏"的人生哲学，他的头乱摆动，硬是不让红卫兵挂黑牌子。这下可激怒了其他红卫兵，他们蜂蚁般扑上去，对他一阵乱拳。红卫兵叫他当众下跪，他又不干，红卫兵便轮番踢他的腿骨。随着一阵阵"嘎、嘎"的脚踢声，许杰想去护卫戴家祥，红卫兵发声喊，一脚踢翻许杰，转身又猛踢戴家祥，他的腿终于被踢成骨折。此时，两位当代中国杰出的文史专家双双跪着、泪眼相望,血水、泪水、汗水淌满脸颊……

接着,在扫四旧的狂潮中,红卫兵冲进戴家祥清贫的家,将他视作生命的自 1927 年以来发表在许多刊物上的古文字论文及著作,以及几十年来辛勤考证金文、甲骨文所作的心得卡片,全都付之一炬(在旧中国战争年代,也遗失过一部金文著作)。

然而,兽性是扑不灭文明的火种的。戴家祥在伤心之余,依然我行我素,在十年浩劫的苦难日子里,不顾监督劳动的百般折磨,像"地下游击队"那样打一枪换一个地方,坚持考证、研究古文字,直至迎来了中华民族凤凰涅槃的那一天。

呕心沥血编撰《金文大字典》

1978 年中央作出改正错划右派的决策,戴家祥的冤案终于得到平反。这时他已年逾古稀,动过 3 次大手术,患有心脏肝胆等多种疾病。然而,戴家祥望着劫后苦心搜集的古文字资料,默诵着曹操的千古名句:"老骥伏枥,志在千里",决心实现青年时代的夙愿,编撰《金文大字典》,以慰王国维先生在天之灵。

从此,戴家祥十几年如一日,玩命似地扑在这项浩大的工程上,他将自己的生活压到最低水平,一年四季粗茶淡饭,从不轻易购置衣物,家中除金文、甲骨文典籍外,简直清贫到家徒四壁的程度,而将自己微薄的工资省下来作编辑经费。《金文大字典》从 1980 年正式上马到 1996 年出版,他一共花去一万多元,这对一位穷教授而言已经达到了极限。

大凡研究历史的人都知道,由于受资料的限制,越古越难研究,何况金文创于奴隶制时代,地下发掘的青铜器更有限,这是一块极其难啃的硬骨头。戴家祥特意勾勒了一条线:商周时甲骨文与金文并存时代,中国的古文字已走向成熟。铭文书体,一般称为大篆或称籀书。当时西方的秦国铭文书体则由籀书演变成秦篆,也即秦始皇统一中国后的标准小篆。到了汉朝,青铜器被视为神圣,对其铭文已感陌生,汉武帝得到一个古鼎就改元为元鼎;汉宣帝时出土一件铜鼎,人们不认识鼎上的铭文,遂将它存于宗庙里。可见古人已视金文为畏途。

戴家祥又勾勒了一条线:从漫长的封建时代到今天,出土的青铜器日益增多,历史上各代学人为了释读铭文,也编了几部字典——东汉许慎很注意收集整理和研究青铜器上的铭文,编著《说文解字》,此乃中国第一部字典;五代郭忠恕、宋代夏子乔、清代段玉裁和吴大澂、当代的容庚都编有字典。但自《说文解字》问世以来,有关金文的训释都沿许慎旧说,而许慎看到的资料很有限,故错处不少。《金文大字典》必须将现在一切能见到的金文编入,以正《说文解字》之误,这就注定了戴家祥与他的同道们要去经受一番艰苦的"炼狱"。

《金文大字典》的启动,非个人力量所能承担。华东师大历史系主任吴泽教授率先推荐了上海博物馆馆长马承源先生,这位著名的考古学家派人从全国各地拓来青铜器铭文,将馆藏拓片全部奉献给戴家祥,并对每一张拓片进行鉴别。复旦大学著名古文字学家胡厚宣将他的高足、著名甲骨文专家潘悠女士推荐给戴家祥。这位因1957年不承认男友是右派,自己也被打成右派、开除公职,当了20多年家庭妇女的巾帼英雄,来到戴家祥身边,倍加珍惜这难得的治学机会,发奋编书期间,女儿不幸得癌症去世,自己也得了肝癌和脑溢血。1979年,华东师大中文系主任徐中玉教授去市里大声疾呼,要求有关部门支持戴家祥的事业,从而使戴家祥有机会从许多报考他的专业的青年学子中,选了两名研究生,一位是在劳改农场关押过十几年的王文耀,另一位是上海一家开关厂的学徒沃兴华,他们如今已成为新一代金文专家。

有了精兵强将,戴家祥老当益壮,每天与编撰组在简陋的办公室苦战。整整16个春秋,全书十几万个金文,都靠潘悠用剪刀一个字一个字地剪下来,然后粘贴在毛边纸上,再由王文耀、沃兴华用小楷毕恭毕敬地抄上该字头的器名和文句。字头的编排是关键的一步,戴家祥亲自把舵,要求《金文大字典》采取严格以金文自身固有的形体特征为依据而设置部首,打破《说文解字》不合理的部首体系,使之符合金文发展的客观规律,并便于人们从金文字形入手查阅此书,以探寻文字发展之源。

释文中凡属《金文大字典》创见性的部分,都由戴家祥亲自撰写、裁定。他写的释文总是精益求精,一遍遍地反复修改。甚至在字稿誊清之后,他仍在不断撰写更完善的释文,坚决抽出已出资请人誊写的稿子,换上最新最好的释文。这种犹如乌龟参加赛跑的工作方式,使日益年迈、疾病丛生的戴家祥主持的这项浩大工程进展太缓慢了,无论旁观者还是编撰组成员人人心焦,以致产生急躁情绪,担心戴家祥生前完不成《金文大字典》。然戴家祥镇定自若,他多次在病榻上对潘悠、王文耀、沃兴华动情地说:"你们不要急。我完不成,可以由我的接班人完成,你们不就是我的希望嘛!"

这艰难的 16 年中,他们的办公地点三易其地。每次搬家戴家祥必亲自到场,指挥学生仔仔细细地运那一叠叠、一捆捆的稿子。这样一项浩大的文化工程,近 200 万字的篇幅,三大卷《辞海》般厚的巨著,从资料搜集、复制,到编排、撰写,乃至初稿、二稿、三稿……直到定稿后的誊清工作,几乎耗尽了戴家祥及其助手们的心血。然而,他们为了向这座文化的金字塔攀登,尝遍了学者的清贫和苦楚。戴家祥号召大家尽量节约每一个铜板,初稿一律用废旧纸,资料袋用手工制作,以后每次去出版社送稿取稿都靠王文耀、沃兴华手提肩扛,从来不敢"打的"……

更难能可贵的,他们在编撰《金文大字典》期间,谁都不知道哪家出版社肯出它;戴家祥更加洞察人情世故,他深知在一个世风不古、商业氛围浓重的环境里,自己完全可能看不到它的出版,但这些丝毫没有动摇他们的军心。

最终,在许多出版社不敢出版《金文大字典》的困境中,唯学林出版社社长雷群明慧眼识宝,投资 50 万元人民币出版 1000 册。谁知,初版1000 册(每册售 800 元)刚上柜就一售而空,其中由戴家祥签名的 70册珍藏本(每册售 2000 元),在上海第二届图书节上也一抢而光。不久,《金文大字典》获全国社科类图书特等奖,当时的中宣部部长丁关根还亲自手捧三大册书大加赞扬。

当然,《金文大字典》具有如此轰动效应,与时下的文物收藏热有关。由于《金文大字典》采取的是实录性的收编法,使其具有一种文物鉴定的特殊功能。考古史证明,青铜器铭文的真伪是殷周青铜器鉴定的一个重要方面。《金文大字典》以金文原拓影印收录字头,该缺的缺、该残的残、该全的全,一如原样,丝毫不加修饰,不掺入编辑者的主观设想。如果有一件青铜器,铭文中的某些字与字典收的字形完全不符,那么必定是一件赝品;有些字在字典里明显是残缺的,这些青铜器却完好无损,那么它的真实性就值得怀疑。因为这样一种社会价值,学林出版社又推出了第二版2000册。这与其说是文物热的效应,毋宁说是中华传统文化之大幸啊!

现在,让我们将历史长镜头闪回到1996年3月28日,戴家祥90华诞暨《金文大字典》的发行仪式上。光华灿烂、迎春花绽放的华东师大校园显得格外宁静、温馨,晨光中的戴家祥由王文耀、沃兴华搀扶着缓缓走向副主编马承源,彼此泪眼相望;他用颤抖的老树皮般的手,轻轻地、轻轻地抚摸着重病在身的潘悠,不禁热泪滚滚⋯⋯

倏地,苍翠挺拔的杉树林中,响起一阵悦耳的鸟鸣,戴家祥抬头仰视,仿佛看见一群白杜鹃悠然飞向云端⋯⋯

上海滩"文革"大案:"孙悟空"炮打张春桥

——"胡守钧小集团"冤案始末

26年前,中国理论界曾爆响过一颗重磅炸弹。

复旦大学社会学系一位中年学者,在当时声名显赫的《世界经济导报》上,发表了《权力经济论》的文章。该文云,权力经济乃是一种以权力为轴心的阻碍生产力发展的经济运作形态。权力可以转化为金钱,导致权力膨胀;权钱交换,导致政治腐败、经济衰退、文化萧条、心灵扭曲……文章被《新华文摘》转载后轰动全国。

若干后年,理论界掀起批判权力寻租的思潮,中共中央号召反腐倡廉,反对权钱交易,特别是十八大以来的雷霆反腐败,完全验证了那位学者的预见。

这位具有超前意识的学者,就是在"文革"初期炮打张春桥的"孙悟空",现任复旦大学社会学系学术委员会主任、博士生导师、上海市政府决策咨询专家、著名社会学家胡守钧教授。

40多年前,"胡守钧小集团"作为上海民间第一大案,曾震撼过神州大地。如今,劫后余生的胡守钧不堪回首话噩梦,又将我们带到那腥风血雨的苦难岁月——

"一月风暴"拉开了"文革"初期全面夺权的序幕,

张春桥官运亨通,权倾朝野;然而,他做梦也未想到,

暗中竟被一位小人物的眼睛盯上了

1966年5月16日,毛泽东亲自主持了中央政治局扩大会议,通过

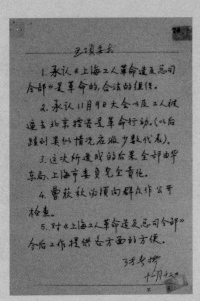

张春桥答应造反派的五项要求

了关于发动无产阶级文化大革命的《五·一六通知》。

这场席卷全国的狂飙,成全了一批阴谋家"改朝换代"的狼子野心。原中共上海市委书记处书记兼宣传部部长张春桥,多年来在"好学生"柯庆施的教诲下韬光养晦,以展"宏图"。这时,张春桥见时机成熟,伙同姚文元与江青遥相呼应,顺利地成为中央文革小组要员,并很快荣升中央文革副组长。

张春桥、姚文元平步青云后,猛然杀个回马枪,煽动上海群众造华东局和上海市委的反,妄图打倒陈丕显、魏文伯和曹荻秋等领导干部,自己取而代之。1966年11月9日,上海一部分工人成立了"工总司",在声讨"上海市委所执行的反动路线"的示威游行中横空出世,不久相继发生安亭卧轨事件和康平路武斗事件。

11月11日,毛泽东指示张春桥乘专车抵安亭站。13日下午,上海工人在文化广场召开大会,张春桥代表中央文革小组宣布了"承认工人革命造反司令部是合法的革命组织"等5条意见。然而,上海市长曹荻秋深知张春桥在30年代的根底,一眼看穿他乘乱夺权的阴谋,公开表

1967年1月，上海人民广场集会，庆祝"一月革命"胜利

示中央文革的"五条"是大毒草，"应该把张春桥揪回来"。作为拥护上海市委的"赤卫队"，也提出"要张春桥回上海向人民低头认罪"。这是"文革"初期，最早反对张春桥的声音。

但是，曹荻秋和"赤卫队"压根儿不知道毛泽东支持夺上海市委的权。

转眼到了数九寒冬的 1967 年 1 月。

1 月 4 日，毛泽东委派张春桥、姚文元抵上海处理"文革"大事。次日，"工总司"、"红革会"等众多造反派和红卫兵组织，在《文汇报》联合发表向上海市委进攻的《告上海人民书》。8 日，毛泽东表态："这是一个阶级推翻一个阶级，这是一场大革命。""上海革命力量起来，全国就有希望。它不能不影响整个华东，影响全国各省市。"9 日，经毛泽东亲自决定，向全国广播了《告上海人民书》，《人民日报》也在头版头条位置全文刊登了它……自此，"一月风暴"拉开了全国夺权的序幕；张春桥、姚文元一步步登向上海第一、第二把手的宝座。

这时，复旦大学内寒凝大地，无书可读的大学生们好奇地望着天翻

1978年，胡守钧出狱后第一件事
便是去照相

地覆的人间荒诞剧。由于当时全民族处在个人迷信的癫狂中，大学生
们出于对领袖的无限忠诚，政治热情普遍高涨，他们尤其关注在台上的
风云人物，每天聚在一起议论甚至辩论对时事和领导人的看法。

夜已经很深了，贴满大字报的校园不时发出破纸的呜呜啸叫声。
学生宿舍一隅的灯光依然亮着，风华正茂的胡守钧皱着眉头，正在仔细
翻看刊有张春桥讲话的传单，陷入深沉的思索之中。张春桥何许人也，
他为何要支持"工总司"？他又为何迫不及待地欲取上海市委而代之？

胡守钧于1944年诞生于长江边上的一个沙洲，并在那儿度过了苦
难的童年，艰辛的底层生活铸就了他勤奋学习、善于思考的秉性。早在
3年困难时期，胡守钧就利用假期深入湖北的农村、工厂做调查研究，
藉此对"左"倾思潮产生了朦胧的反感；对百姓的疾苦忧心忡忡，经常在
长江边面对滔滔激流，高吟屈原的《离骚》。60年代中期，胡守钧从武
汉考入复旦大学物理系，后又转入哲学系。随着视野的开阔，他的发散
性思维导致了强烈的理想主义色彩，凡事喜欢"反着想"。38年后，胡
守钧已达花甲之年，他冷静地说："在'一月风暴'中，我首先炮打张春

桥,并不是什么先知先觉的圣人;对张春桥的狰狞面目,有一个从怀疑、反感到抵制的过程。"

胡守钧想着想着,不觉踱到窗前,他推推眼镜,推窗遥望星空中徐徐涌动的黑云,一阵凛冽的北风迎面扑来……

张春桥自吹自擂,叫嚷毛主席同意他当上海人民
公社第一书记,终于激怒了"孙悟空"。于是,
大上海刮起了一场剪除妖魔的风暴

胡守钧将自己怀疑张春桥是反革命两面派的想法讲给同学们听,大家认为有理,便分头收集张春桥的材料,胡守钧还跑到上海市图书馆查阅 30 年代的报刊。当他们掌握了张春桥的历史材料,以及他阳奉阴违的多次讲话后,又潜心研究了斯大林晚年被赫鲁晓夫蒙蔽的历史,一致担心毛泽东没有识别躺在身旁的奸佞。

1967 年 1 月 22 日晚,胡守钧从食堂出来,碰上一位刚从市里回校的同学,同学神情紧张地说:"守钧,我听说张春桥、姚文元今晚 9 点接见造反队和红卫兵组织代表。"胡守钧听罢,拉住同学直赶市区,通过市里的红卫兵组织,尾随代表们混进了接见会场。

他们进入会场已有数百人在内,这些人眉开眼笑,相互拍拍胳膊上的红袖章,欣赏佩在胸前的毛主席像章。9 点刚过,张春桥、姚文元潇洒地步入会场,场内一阵骚动。张春桥示意大家安静,便坐在毛主席接见红卫兵的巨幅画像下,悠然地点燃香烟。

一位满脸横肉的"工总司"头头率先吹捧张春桥、姚文元是毛主席派来关心大家的,然后殷勤地请张春桥发言。张春桥理理大背头,镜片后射出两道阴森森的目光,皮笑肉不笑地说:"工人同志们、红卫兵小将们,毛主席他老人家叫我们来看望、问候你们哪!""哗"——掌声雷动。张春桥喜不自胜,大吹了一通"文革"的大好形势,布置了一番继续向基层夺权的"战斗任务",突然话锋一转,站起来躬着背,对着麦克风自吹

自擂起来:"同志们,我要告诉你们一个好消息。下个月,上海就要成立'上海人民公社'啦,这是继巴黎公社之后,人类历史上的又一个伟大创举。伟大领袖毛主席非常非常支持,他老人家同意我当公社的第一书记,文元同志当第二书记。这是毛主席、党中央、中央文革对我们最大的信任和器重啊!"张春桥话音刚落,全场宛若炸开了锅,造反派和红卫兵发了疯似地鼓掌、欢呼,一些人还扭起了忠字舞。而胡守钧和同学对张春桥的拙劣表演极为反感,两人将手拢在袖子里,愤怒地看着这幕闹剧。

然而,会议刚结束,只见张春桥向徐景贤使个眼色,徐景贤疾步走到一位红卫兵头头跟前,厉声道:"你慢点走,我们有事找你。"随后,上来几个如狼似虎的"工总司"头头,将此人非法绑架了。原来,这人是"红三司"头头,他们因在炮轰上海市委中立下汗马功劳,欲在未来的领导层中占一席之地,而张春桥却将他们抛掉了。"红三司"在不满、愤懑之余,于1月15日凌晨和1月22日中午两次冲击市委大院,宣布"接管"上海市委。因此,为了压下"红三司"的气焰,张春桥策划了上述一幕。通过这天的接见会,胡守钧进一步认清了张春桥的野心和两面派嘴脸。

1月23日凌晨,上海市区的主要街道刷满了"坚决拥护张春桥同志当上海第一书记,姚文元同志当第二书记!"的大幅标语。这正是22日晚,张春桥耍政治手腕,造反派、红卫兵吹捧这位大红大紫的无产阶级司令部干将的结果。

与此同时,胡守钧也在紧急行动,他向同学们评述了张春桥的发言,焦虑地说:"张春桥一旦得逞,上海将暗无天日,我们必须将他拉下马!"他们迅速制定了上街刷标语,炮打张春桥的战斗方案。最后,大伙提出款下署名时,胡守钧一挥长发,斩钉截铁地说:"孙悟空舍得一身剐,敢把皇帝拉下马,咱们就叫孙悟空吧!"

是日夜晚,寒风呼啸,大上海一片萧瑟。胡守钧等同学们骑着装满糨糊桶、白纸、墨汁、排笔的黄鱼车,浩浩荡荡开向北站、外滩、南京路、

"文革"初期，红卫兵在
上海外滩散发传单

淮海路……凡是看到有拥护张春桥、姚文元的标语，便针锋相对地贴
上："坚决反对张春桥当上海第一书记、姚文元当第二书记！""警惕反革
命两面派！"等标语。有时为了节省纸墨，就在"坚决拥护"4个字下面
写上"坚决反对"。标语后面一律署名"孙悟空"，瞬时上海形势发生逆
转，一些原来支持张春桥的组织这会儿也调转枪口了，更多的人则对反
革命两面派提出了问号。一幕山呼海啸般的倒张运动，在上海拉开了
帷幕。

    "孙悟空"在复旦两次召开炮打张春桥大会，
并决定在人民广场举行全市倒张大会；张春桥
狗急跳墙，派出特务和军队，一纸中央文革
特急电报，使英雄抱恨终生

    一浪高过一浪的倒张运动，犹如利剑直刺张春桥心脏，姚文元本是
个刀笔吏，见自己也上了标语，不禁胆战心惊，整日厮守着张春桥。张

春桥紧张地盯着属下撕来的标语，一支接一支猛抽香烟，猜想谁在幕后操纵？他沉思良久，忽地想起嗅觉灵敏的特务——游雪涛（上海《青年报》文艺组副组长）的"扫雷纵队"，立即拨电话让他赶来晋见。

很快，随着一阵强烈的摩托引擎声，游雪涛一身军装，恭恭敬敬地来到了张春桥、姚文元跟前。张春桥假装镇静地问道："小游呵，这两天发生的炮打无产阶级司令部的反革命事件，你知道了吗？"

"报告春桥、文元同志，"游雪涛立正回答，"我们纵队正在行动，目前已发现线索，复旦好像成立了什么'孙悟空'……"

"对，就是他们贴的标语，"姚文元打断游雪涛的话，叮嘱他，"你们要顺藤摸瓜，舆论千万不能掌握在他们手中。"接着，张春桥又对游雪涛作了些指示，这条凶恶的鹰犬便迅捷地消失在传单满天飞的大街上。

"孙悟空"的行动在全市引起了巨大的轰动，许多红卫兵组织在推波助澜，将倒张运动推向高潮。复旦这时成立了炮打张春桥的总司令部，各大专院校的学生蜂拥而至。1月26日深夜，他们制订了一个周密的揪徐景贤计划，因为此人是市委写作组"丁学雷"的头目，长期在张春桥手下效命，是张春桥的"材料袋"。1月28日凌晨1时，大学生们兵分3路，直扑武康路、康平路和三门路市委党校。当奔赴三门路的人马一到党校，徐景贤吓得在楼内乱窜乱躲，最后被大学生们抓住，押到复旦去看大字报，并逼他交代张春桥的阴谋。

张春桥获悉徐景贤落到红卫兵手里，吓得脸色惨白，哆嗦着叫秘书打电话给警备区，马上派军队去抢回徐景贤。警备区方面请示，部队是徒手，还是全副武装？秘书转过身问张春桥，张春桥恶狠狠地作刀劈状："这还用问，没有武器还算什么军队？如果不带武器，我就不会同意派兵了，当然要全副武装！"

在张春桥的命令下，上海警备区师政委徐海涛率领4个摩托排和一个步兵连，呼啸着直扑市委党校，继又追至复旦大学，企图抢回徐景贤。

张春桥的强硬手段，激怒了"孙悟空"和其他红卫兵组织。当天晚上,倒张掀起第一个高潮。一部分红卫兵组织在上海展览馆咖啡厅围攻张春桥、姚文元,他们气愤地责问张春桥:"为什么派兵镇压红卫兵?"不仅揭了张春桥30年代化名狄克攻击鲁迅的老底,而且痛骂姚文元的父亲姚蓬子是反动文人和叛徒。那个岁月讲究历史清白和红色血统论,这两炮可轰到了张春桥、姚文元的要害,以致在寒冷的冬天张春桥额上大汗淋漓,姚文元浑身颤抖。最后,红卫兵在"打倒张春桥!火烧姚文元!"的口号声中,与他们对峙达6个小时之久。

与此同时,"孙悟空"在复旦大学召开炮打张春桥誓师大会。可容纳近2000人的登辉堂(现为相辉堂)内挤得水泄不通,连窗台上也爬满了人。胡守钧作为"孙悟空"首领,在大会上作了重点发言。他瘦弱的身子骨因激动而显得意气风发,他列数了张春桥的丑恶历史,剖析了张春桥的两面派嘴脸,台上不时爆发一阵又一阵的"打倒张春桥!"的口号。胡守钧见群情激愤,音调陡然增高:"同学们,张春桥这个反革命两面派,是埋在毛主席身旁的恶魔,他不仅煽动群众斗群众,而且野心特大,他是混进中央文革的坏人。"台下煽起一股亢奋的情绪。胡守钧将手猛力高扬:"同学们,张春桥是个铁腕人物,我们反对他可能会坐牢的,你们怕不怕!"

"不怕!我们愿为真理而献身!"台下顿时响起一片排炮齐鸣般的呐喊。接着,全场高唱毛主席语录歌《革命不是请客吃饭》。

胡守钧眼中涌出一层晶莹的泪光,手往下一挥:"让我们宣誓,不打倒张春桥誓不罢休!"

"唰——"台下举起一大片森林般的手臂。大会在激昂的毛主席语录:"下定决心,不怕牺牲,排除万难,去争取胜利。"的歌声中结束。

入夜,胡守钧步出登辉堂,仰望无际无涯的苍天,不禁为自己那种敢作敢为的献身精神所振奋,他的胸中奔腾着理想主义的激流。呵,任何一个良知未泯之人,在如火如荼的青春时代,难道能不陶冶崇高的使命感吗?他慢慢地走回宿舍,记忆的长河中,忽然划来两艘破船,船头站着他中学时代的两位右派老师,他心中一阵抽搐,冲上去向他们行礼,结局却落得个思想落后、没有立场的批评……为什么,我们的社会缺乏人文主义的启蒙呢? 为什么,在我们这块古老的土地上,到处在上演整人的恶作剧呢? 胡守钧脑海中交替闪现街头、田野、工矿、机关批斗、毒打"黑五类"、走资派,以及抄家烧东西的场景。为了反对整人,必须打倒张春桥之类的罪魁,他挺挺胸膛,准备像海燕那样去迎接更猛烈的暴风雨。

1月29日晚,复旦大学再次召开炮打张春桥大会,这天外校来了更多的大学生,以致礼堂外面也黑压压地站满了人。胡守钧在会上又作了重点发言,他号召全市各群众组织抛弃一切分歧,团结起来,共同对敌,炮打张春桥,直至取得最后的胜利。会上决定,联合上海各高校学生,30日在人民广场召开30万人的全市倒张大会。午夜时分,"孙悟空"一马当先,将上万张海报刷遍了全上海。胡守钧贴完海报,立即赶回宿舍,通宵赶写重点发言稿。

可是,"孙悟空"及其他高校学生的行动,全被混入复旦的游雪涛"扫雷纵队"侦察到手,并连夜向张春桥汇报。张春桥急得六神无主,在屋里团团转,但他毕竟是善于玩弄政治阴谋的老手。当30日的第一道曙光将照亮上海城之前,张春桥亲自拟写了"文革"中唯一的"中央文革特急电报",急忙与北京的王力联系,王力迅速征得陈伯达、康生、江青等人的同意,于30日凌晨5点向上海发电:"把斗争矛头指向张春桥、姚文元是为资产阶级反动路线'张目',一切后果应由反张春桥的人和幕后操纵者负责!"当时,中央文革权倾朝野,早已取代了中央书记处和政治局,这一特急电报犹如圣旨,使全市大会毁于一旦。

顿时,张春桥、姚文元无比兴奋,命令王洪文立即行动,王洪文跳上台,疯狂叫嚷:"谁反对张春桥、姚文元同志,就是反对中央文革、反对无产阶级司令部、反对伟大领袖毛主席!"他亲自点将,对陈阿大、叶昌明、黄金海等小兄弟一声吼:"踏平复旦去!"调动大队人马包围了复旦,并抢回了徐景贤。徐景贤一自由,马上反扑,指挥宣传车开上街头……

"文革"初期,由"孙悟空"发端的可歌可泣的炮打张春桥运动,就这么悲壮地被镇压了。

张春桥公开表示,不追究炮打者的责任,
背后却指示徐景贤秋后算账。于是,"清队"
和"一打三反"仿佛两条凶猛的毒蛇,
死死缠住了胡守钧

张春桥扫除了飞黄腾达的障碍,便与姚文元紧锣密鼓地筹备2月5日在人民广场成立上海市人民公社的大会,从而达到了他们独揽上海大权的夙愿。张春桥任上海市人民公社第一书记、姚文元任第二书记。后因毛泽东反对这个称呼,24日上海市人民公社更名为上海市革命委员会,张春桥任主任、姚文元任副主任,徐景贤、王洪文等因功勋显著也荣升副主任,其他保张春桥有功之人全得到了升迁。

然而,深谙古今中外政治黑幕的张春桥,非常清楚自己的对立面不会轻易改弦易辙,他多次在公开场合表态:"对我个人的账,我是从来不记的;广大小将是受蒙蔽的,从此以后不再追究他们的责任。"但在暗中,张春桥磨刀霍霍、等待时机,欲把"孙悟空"置于死地而后快。

1968年春,中国大地灿烂的百花园被"文革"这匹脱缰野马践踏得七零八落。挑动群众斗群众的"清理混进革命队伍的阶级异己分子"运动,把中国人民推向更深的灾难之中。张春桥见时机成熟,马上叫徐景贤来到办公室。徐景贤理着漂亮的小分头,春风得意地推门而入:"春桥主任,您好,叫我来有什么指示?"

"请坐,请坐",张春桥点烟吸了两口,示意徐景贤坐在沙发上,"景贤,你对这次中央布置的'清队'有什么看法啊?"

"揪出混进革命队伍的反革命,"徐景贤是最善于揣摩主子心思的,提高嗓门道,"特别不能让那些炮打无产阶级司令部的现行反革命漏网!"

"好,你的政策水平很高。"张春桥满意地笑了。

张春桥的老奸巨猾,在于办事点到为止。徐景贤可是心领神会,他

1967年"一月革命"中，红卫兵在刷大字报

立即纠集游雪涛、徐海涛等人，组成了"03"专案组，开始搜集"孙悟空"去年炮打张春桥的黑材料，胡守钧被他们列为"复旦头号变色龙"。

风声一天天紧起来，"孙悟空"的许多成员都潜往外地避风头，同学们也劝胡守钧躲一躲。胡守钧心想，现在上海成了张春桥的老巢，咱们好汉不吃眼前亏，"三十六计走为上"，便乘客轮溯长江而上，去名山大川踏青。4月6日，胡守钧获得信息，复旦的学生安然无恙，旋悄悄回到上海。他刚踏进市郊一位"孙悟空"成员家门，突然村庄里人声鼎沸，埋伏已久的"革命群众"一窝蜂破门而入，一个彪形大汉上前揪住胡守钧衣领，厉声道："你这个反革命小集团头子，要好好尝尝无产阶级专政的铁拳！"又冲上去两人将他反剪，五花大绑押回复旦，宣布隔离审查。

胡守钧被囚的"牛棚"是一间学生宿舍，一张双层铁床，床下躺着一条乌黑的铁链，活像一条令人胆寒的恶蟒，墙上溅着斑斑血迹。几天前，哲学系的一位教师就在这里被活活打死，现在床空了，轮到了胡守钧。"清队"期间，复旦有几百名师生遭囚禁，胡守钧耳闻目睹好几位学生被逼自杀。5月的一天深夜，他正在写"交代"，猛听见"嘭"的一声巨响,对面楼上一个学生跳楼自杀,可偏偏折断了腿,凄厉的惨叫在夜空中久久地回荡。几天后又一位学生跳楼轻生,整个头颅陷进了胸腔……

由于胡守钧是市里的头号要犯,对他的看管格外严、审讯特别多。日复一日,专案组成员对他进行车轮大战,不让他睡觉(每晚用大灯泡照),也不让放风,妄想在精神上摧垮他。然而胡守钧抱定宗旨,炮打张春桥没有错,自己不是反革命小集团头子。于是,他要么沉默,要么在纸上抄毛主席语录权当"交代",但他无法忍受专案人员的淫威、"牛棚"的暗无天日。

胡守钧开始设法逃走,机会终于来了。7月的一天黄昏,胡守钧去上厕所,一位专门守候的同学趁看管人员不备,偷偷塞给他一个纸团。胡守钧急忙拆开,上面写着帮他逃走的方法,看完他就撕碎纸条,扔入茅坑。几天后的一个中午,胡守钧撒了个谎,说要去锄草,避开了看管人员,七转八弯溜进跃进楼后的乱草堆里。那里有道竹篱笆,下面是条乌黑的臭河浜,河的对面就是公路。篱笆上有个洞,那是大学生们闲得无聊,为抓知了抽去不少竹竿造成的。胡守钧环顾四周无人,像只猫儿迅速钻过篱笆,把衣服举过头游过臭河浜,爬上岸疾步奔向对面汽车站,等候的同学给了他一笔钱和粮票,当场上车离开上海。胡守钧透过车窗,眺望飞速掠过的蓝天、田野、河流、村庄和城镇,由衷地发出呼唤:自由,是多么珍贵啊!

胡守钧逃离上海,躲在江苏阳澄湖畔一个农民家里,又开始了浪迹天涯的流亡。

1970年初,全国开始了骇人听闻的"一打三反"运动。当时,张春桥、姚文元在中共九大之后荣升政治局委员,实际在北京搞"文革",上海则交给了马天水、徐景贤、王洪文、王秀珍等中央委员管辖。张春桥见机会来到,又勾起了对炮打往事的回忆,他担心苦心经营的根据地再次"后院起火",下决心将"孙悟空"一网打尽。

张春桥谋划好方略,便挂长途电话给徐景贤,明确指示:复旦是上

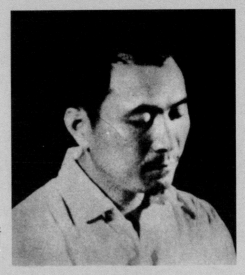

1967年"一月风暴"中的闯将
陈阿大，他被捕时入党志愿书
居然在办公桌抽屉里

海这次运动的重点单位，由徐景贤、王秀珍等亲自抓点。徐景贤等立即
发动"群众"大揭大议，揪炮打无产阶级司令部的现行反革命。《解放日
报》、《文汇报》于2月5日发表评论员文章，文章云："有些同志往往只
注意历史的反革命，不大注意现行的反革命；只注意公开的活动，不大
注意地下的阴谋活动。老的反革命分子打下去了，还会有新的反革命
分子长出来。他们的手段非常毒辣，暗的、明的、软的、硬的，目标就是
要颠覆我们的无产阶级专政……我们要特别警惕那些反革命两面派。
这些人密谋于暗室，活动在地下，行动诡秘，专门干阴谋勾当，始终把矛
头指向无产阶级司令部。他们明明是反革命，却装作非常'革命'的样
子，明一套，暗一套，极尽造谣诬蔑、挑拨离间之能事。"46年后，我们再
看这些文字，可以明显看出是徐景贤操纵舆论，针对"孙悟空"的。

　　"孙悟空"的"元凶"胡守钧尚未落网，徐景贤急得如热锅上的蚂蚁。
张春桥回沪，连忙召见徐景贤和王秀珍，匆匆问道："上海的'一打三反'
搞得怎么样啦？"

　　徐景贤恭恭敬敬地汇报："春桥主任，您放心，我们已经造了舆论，

正在揭议现行反革命。"

"复旦情况如何啊?"张春桥双目射出两道寒光。

"我们已派驻了大批工宣队、文攻武卫。"王秀珍邀功心切,响起那泼妇般的尖嗓门,抢着回答。

张春桥郑重地说:"我一天看不到复旦的消息,就一天睡不着觉啊!"

"春桥主任,我明白了。"徐景贤不禁握紧了拳头……

是年春节姗姗迟来,寒风夹着雪粒漫天飞舞,市民们半夜起床,去菜场排队购买稀少的猪肉、鸡蛋、河鱼……景象不胜凄凉。胡守钧因长年在外流浪,不知道上海已布下天罗地网,只等"孙悟空"的情况。他于大年初三返回上海,与一位同学在市区吃罢晚饭,回到了阔别已久的复旦。他们刚进校门,斜刺里窜出一群工宣队,为首的一个家伙冷笑一声:"胡守钧,这次你再翻几千只跟斗,也跳不出如来佛的手心啦!"随之,他指挥喽罗将胡守钧押到 4 号楼学生宿舍,宣布隔离审查。这次,那些爪牙接受了上回的教训,将胡守钧单个关在底楼一间小房里,门窗钉上铁条,看守人员全是三代红出身的工宣队员、军宣队员和文攻武卫队员,他们三结合、互相监督,谁也不与胡守钧讲话。一日三班倒,每班 6 人,18 条大汉看管一位手无寸铁的学生。这在民主与法制、自由与人权被摧残的 20 世纪 70 年代初,是司空见惯的。

胡守钧被抓后,"孙悟空"的其他成员一一被五花大绑地从各地押回复旦。徐景贤兴奋得手舞足蹈,赶紧向张春桥、姚文元汇报战绩,并在他们的指示下,正式将"孙悟空"打成"胡守钧小集团",在上海作为头号现行反革命交予全市揭发、批判。

徐景贤在胡守钧被关后一个月,召开了专案人员会议,他先问大家:"今天请各位来,一起议一议'胡守钧反革命小集团'该定个什么罪名?"下面七嘴八舌,一致认为胡守钧他们炮打张春桥,就是炮打无产阶级司令部,符合《解放日报》《文汇报》评论员文章精神,就定这个罪吧。

"不行呀,"徐景贤迅速向专案人员扫视一圈,郑重地说,"不是反对毛主席,只是反对上海张春桥,这就不好办了,他们会用这一点攻我们,或者过了不久就要翻案。"结果,胡案的罪名上升到反对毛主席。那年月反对毛主席是要砍脑袋的。距此不久前,上海空四军政委王维国就在人民广场宣布十几名反对毛主席的青年被判处死刑。

接下来,专案人员又研究起胡案的材料,大家争先恐后地列举了"孙悟空"炮打张春桥的言论和行动。徐景贤冷笑道:"你们说得都不错,但光'一·二八'炮打是不够的,我们必须抓过硬的东西,攻击毛泽东思想的东西。搞一般化东西不行,我们要在这方面再作点努力。"经徐景贤这么一上纲上线,"孙悟空"成了十恶不赦的"三反"分子,很容易激起满脑子以阶级斗争为纲的群众的情绪。

专案人员接过令箭,直扑胡守钧宿舍,将他从中学开始写的日记、笔记、私人信件和照片悉数抄出,选出其中"过硬"的材料。胡守钧在大学一年级时的一篇日记,大意是说学习了《马列学习方法》一书,深为导师锲而不舍的学习意志所感动。反省自己的学习缺乏毅力,一事无成。末了他在日记下面画了一把宝剑,引用了韩愈的名言:"彼人也,予人也,彼能是我乃不能是!"宝剑右边写下了"宝剑作证人",注明《马列学习方法》读后有感。这分明是一句自勉的话,专案人员却硬说胡守钧杀气腾腾,欲取伟大领袖毛主席而代之。胡守钧在黄山天都峰拍了一张照片,背面题了"踏遍天下奇峰,赏尽人间佳景",中间是"行万里路"。这便成了他模仿希特勒、拿破仑,要站在地球仪上,妄图霸占全世界!此乃徐景贤亲笔题的按语,在当时名噪天下。

专案人员还向"孙悟空"其他成员发动袭击,从他们的宿舍抄出一本《暗房摄影技术》,就说他们在研究"暗杀技术";同学之间的私人信件,便被定为"特务单线联系";有人谈论汽车号码,就是要"暗害中央首长";有人报名去军垦农场,就是"打入军队刺探情报"……一时,讨胡的战报、通令、大字报满天飞、遍地盖。上海市委还专门印发了20多万份《胡守钧反革命小集团罪行材料》,全上海所有的单位均卷入了这场大批判的千古奇案。

从左至右：陈伯达、康生、江青、张春桥、姚文元在中共九大主席台上

1970年3月上旬，讨胡的总攻打响后，徐景贤在向专案人员以及区、县、局头头布置任务时强调："春桥主任对这场运动很重视，他每个原件都要看。"

胡守钧及其同伴，断然逃不脱更大的厄运。

1970年10月20日，上海江湾体育场举行
40万人声讨大会，胡守钧被逮捕；1975年，
以现行反革命罪判处他10年徒刑。张春桥、
王洪文原打算杀掉的"元凶"死里逃生

胡守钧被隔离后，在8个月中被批斗了200余次，每天吃饭、睡觉前看管人员逼他跪在毛主席像前请罪，稍有不服即拳打脚踢。徐景贤为了扩大战果，抓获漏网的"孙悟空"成员，竟下令全市各单位组织群众去复旦参观批胡展览会、看大字报，学习对敌斗争的经验，回去便揪胡守钧式的反革命，胡守钧成了反革命的代名词。

他们对胡守钧的迫害也在升级。专案人员见校园清静时，便押着胡守钧去看大字报，还美其名曰"触灵魂"。当胡守钧望着那些涂满"枪毙"、"杀头"、"坐牢"的法西斯语言，唯有双目射出愤怒的烈火，以沉默表示抗议。

转眼秋天到了。一天上午，市里来了一位"大人物"对胡守钧审讯，"大人物"问道："胡守钧，你知道自己犯了什么罪吗？你必须老实交代，争取宽大处理。"

"我没有罪，"胡守钧昂首大声回答，"我就是炮打过张春桥，这是公开的秘密，全上海无人不知，用不着交代。"

"你真是个顽固的现行反革命啊！"

"反对张春桥，不是反革命。如果你们把我打成反革命，我只要活着，就要告你们！"

"放肆！""大人物"拍桌站起，吼道："你别做梦，现在杀人权下放到省市一级了，用不着报中央批的。告诉你，不用公判，从隔离室拉出去就可以杀掉！杀了你，看你告什么状？"

神秘的"大人物"归去不久，张春桥从北京来电，指示上海方面召开公审胡守钧大会。10 月 20 日下午，上海市革命委员会在江湾体育场举行 40 万人讨胡大会，全市各大学、中学、电影院、剧场、音乐厅、俱乐部作分会场，上百万人听拉线实况广播。那天下午，笔者所求学的上海培明中学也听拉线广播。政治老师教导我们仔细听，千万不能忘记阶级斗争。

遍体鳞伤、脸色苍白的胡守钧被押往会场。复旦校门两侧，整齐地站满头戴藤帽、手握钢钎的文攻武卫战士；沿途戒备森严，三步一岗，五步一哨；会场内外更是布满军人、警察、民兵，以及许多不标明身份的神秘者。两个如狼似虎的彪形大汉，押着胡守钧坐着"喷气式"奔上示众台。

主持会议的徐景贤见状，立即挥臂高呼："谁反对毛主席就坚决打倒谁！打倒现行反革命分子胡守钧！"会场顿时响起乱哄哄的炸雷似地口号声。大会主席台上坐着张春桥麾下的大将马天水、王洪文、王秀珍、陈阿大、黄金海等人。有上海头面人物压阵,工、农、兵、红卫兵诸界革命群众"代表"不禁义愤填膺,一个个跳到台上声讨"胡守钧反革命小集团"的滔天罪行。

一位贫下中农女"代表"气得哭叫:"我伲贫下中农坚决粉碎胡守钧反革命小集团,复辟资本主义的阴谋! 坚决镇压反革命分子胡守钧!"

一位愣头愣脑的工人"代表"竭力吼道:"反革命分子胡守钧妄图颠覆无产阶级专政,让我们工人阶级吃二遍苦、受二茬罪,我们一千个不答应、一万个不答应! 我们强烈要求严惩反革命分子胡守钧!"

一位军训团负责人代表广大"革命群众",强烈要求对"罪大恶极的反革命分子"胡守钧逮捕法办。接着,一位公、检、法"代表"展开一方白纸,厉声宣布逮捕令。胡守钧一听,气得竖腰、挺胸、昂首,他从内心发出悲怆的呼唤:上苍呵,天理何在? 人道何在? 旁边马上窜出两个文攻武卫战士,恶狠狠地把胡守钧的头压下去;同时,又冲上两个警察,对胡守钧上了手铐、脚镣,直往囚车上拖。据说,解放以来,在上海用手铐加脚镣捕人,这是首例。王洪文望着胡守钧的背影,情不自禁地呵斥:"哼,这就是反对春桥同志的下场!"会后,张春桥来沪迎接越南南方民族解放阵线党政代表团时,欣喜若狂地称赞爪牙们,说这次公审大会开得好!

胡守钧被关进了上海第一看守所,整整关押了 5 年。奇怪的是判决迟迟不下来,胡守钧不知道张春桥葫芦里卖的是啥药,在监狱里过着度日如年的非人生活。与胡守钧关在一个"铁笼子"里的是个青年知识分子,他因忍受不了精神折磨,发生了神经错乱。白天,他呆呆地抓着铁杆,悲哀地叫爹喊娘,没到放风就吵着要出去,到了时间又一屁股坐在地上不动了;黑夜,他爬在地上发出一阵阵令人毛骨悚然的啸叫声,仿佛深山里的饿狼在嗥叫。更要命的是他天天用一只袋子装自己的大便,然后咬着在地上一圈圈爬,涂得满地都是,还咧嘴不停地痴笑……

"同是天涯沦落人",胡守钧总是含泪悉心照顾难友,并以此得到启发。在特殊的与世隔绝的环境中，为防止精神变态，一定要经常转移注意力。胡守钧一方面做伏卧撑、打坐、练气功，以增强体魄；另一方面看书、思考学术问题，偷偷地抄古诗词，用牙膏皮做工艺品，折纸动物等，以锻炼思维能力。更难得的，胡守钧始终不忘对人生哲学的思索，他乘放风拣回许多草叶来研究。荷兰哲学家斯宾诺沙说过，"世界上没有两片绝对相同的叶子"。他在专心考证叶子上每条经络的形状、走向、长短的确不一样时，联想到中国有无数像他这样的受难志士，但每个人的命运是不一样的，关键看自己的意志是否刚强。

在这段非凡的日子里，胡守钧差点被杀头。

张春桥一直将胡守钧作为自己的心腹大患，曾密令爪牙枪毙他，王洪文在全市各类专案组大会上咬牙切齿地说："像胡守钧这样的反革命就是要杀！"然而，即使当时没有民主与法制，但形式上的判决程序还是要的；也多亏了在民族动乱之秋，有一些正直之士尽力保护过胡守钧这样的政治犯。当时，上海市高级人民法院在所谓的"胡守钧小集团"案上曾提出过异议，认为证据不足，不同意判其死刑，承办人员甚至反对判徒刑。消息传到马天水、徐景贤、王秀珍那里，他们气得咆哮如雷，命令市高级法院有关人员去市委见他们。他们声色俱厉地训斥承办人员："胡守钧反对春桥同志、反对伟大领袖毛主席罪该当诛，现在判他10年徒刑是少的了。你们顶着不办，是什么立场？这是违背十大政治路线的！"（作者注：这时中共十大已开过，张春桥荣升政治局常委。）

马、徐、王的高压龙头，市高级法院如何抵挡得住？1975年5月，胡守钧终于以现行反革命罪被判处10年徒刑，旋即被关进上海市监狱。胡守钧被判后天天喊冤，高呼自己反对张春桥没错。审判者回答："你炮打春桥同志，与其他的人炮打不同，因为你顽固不化！"

1976年1月，胡守钧被押送安徽军天湖劳改农场。胡守钧身穿单薄的衣衫、戴着手铐，在风雨交加的隆冬走向皖南山区。途中，胡守钧眼望满目颓败的树杈、灰蒙蒙的冻土，耳闻孤鸟穿林的凄婉鸣叫，不禁满腔悲愤涌上心头，哀不胜言，口吟《西行》词一首：

从左至右：王洪文、张春桥、姚文元、徐景贤、王秀珍在中共十大期间

水寒山瘦气萧森，

云暗日蔽天低沉。

恨难消，

愁更深，

风声雨声欲断魂。

千古奇冤无门诉，

国事家事岂堪闻。

翘首望断天涯路，

天涯路，

何处是归程？

　　胡守钧在军天湖劳改农场，边承受重体力劳动"改造"，边写了洋洋数万言的申诉材料，但都石沉大海。一晃 9 个多月过去了。一天中午，胡守钧刚吃完饭，忽见管教随手扔掉一张《安徽日报》，他立刻拾起来细

细察看,发现新闻中中央领导人有了变化,他估计张春桥可能下台,于是又一遍遍写申诉材料。

1976年10月,"四人帮"被打倒的消息一公开,胡守钧就呈送了一大袋申诉信。胡案因影响太大,复旦党委协同公安局和法院联合调查了两年,直到1978年上海市高级人民法院经过重新审理,才确认:"胡守钧纯属反对'四人帮'而遭受政治迫害。宣告无罪,恢复名誉,予以彻底平反。"于是,被关押8年之久,九死一生的胡守钧又回到洒满阳光的复旦校园。

"胡守钧反革命小集团"这一大冤案,涉及面之广,受牵连者之众令人吃惊。直接与"孙悟空"炮打张春桥有关者近千人,上海各行各业揪出的"胡守钧式的反革命"、"胡守钧式的反革命小集团"不下万人。复旦大学中文系教授、著名美学家蒋孔阳是突出的一例。1968年,胡守钧因认识蒋孔阳的女儿,去他家借过几本书。当胡守钧"案发"时,蒋孔阳被作为长胡子的阶级敌人,他的家被指控为"孙悟空"的黑据点,蒋孔阳竟被隔离审查。胡守钧平反后,大批受牵连者单位来核实情况,诸如南市区的"胡守钧"、松江县的"孙悟空"等,一一找到胡守钧,要他提供证明材料,供自己平反之用,胡守钧一时应接不暇。其实,胡守钧与这些人素昧平生,甚至近几年他去外地参加学术会议,居然也有人告诉他,自己因胡案而坐了几年牢。

历史具有惊人的相似之处。20世纪50年代初的"胡风反革命集团"与"胡守钧反革命小集团"的遭遇,宛若一个模子里浇铸出来的,留给后人的思索沉甸甸的。

胡守钧的全家成了大反革命家属。胡守钧被隔离后,他的老父亲被赶到襄阳农村。家里唯一的妹妹去孝感插队,因为有个反革命哥哥,她成了集体户中最后的留守者,与之为伴的是一个精神病人!家中只剩下胡母一个人,老房子实在住不下去,被迫从汉口搬到武昌,人言可畏哪。可是,不久胡守钧的反革命判决书寄到了新居的里委会,被一个里委干部私拆了,胡母不得不第二次搬家,孤独地蜗居在一间破屋里,

胡守钧和难友、复旦大学中文系蒋孔阳教授，当年蒋孔阳的家被诬为胡守钧等"反革命"活动的据点。这是胡有生以来第一次与蒋合影

整天流着泪想儿子，差点哭瞎了眼睛。在胡守钧被关的8年中，他一次也不忍心叫父母去看自己，他怕父母肝肠寸断啊！他也不敢直接给家人写信，怕信封上那刺目的寄信人地址会给家里招灾惹祸。多亏了汉口老家的邻居小魏，胡守钧的每封家信都由他代为转送给胡母。胡守钧一出狱，第一件事就是用他平反的补助费，买了套当时十分紧俏的中学自学丛书寄给小魏，以表达自己对这位患难之交的由衷感激之情。

"文革"初期谭力夫的反动血统论，为这种比封建社会有过之而无不及的株连法，作了扼要的注解。什么叫惨无人道？一个儿子8年不能见父母，只能在漫漫长夜里偷偷地仰望故乡的天空，泣唤苦难的双亲，这就是形象的说明！

历史，终于翻过了沉重的一页。今天，当中国在奔向现代化之际，每一个有良知、有民族尊严、有人道精神的中国人都在反思那场民族浩劫，探索民主与法制的艰难道路，从而永远杜绝这类悲剧在中华大地重演。

今日胡守钧掠影

　　自从我在《世纪》1994年第4期发表了《"孙悟空"炮打张春桥——胡守钧小集团始末》一文后,胡守钧在风雨如磐的岁月里九死一生的遭遇,引起了读者强烈的反响,许多人又沉浸到当年这桩家喻户晓的大冤案中。同时,广大读者十分关心经过炼狱后的胡守钧,现在在干什么,他是否还保持着青年时代意气风发、棱角锐利的秉性? 我藉此又深入采访了胡守钧,向大家介绍他今日活跃在学术理论界、社会上的情况。

一

　　胡守钧出狱后,正值历经苦难的中华民族腾飞在即,改革开放的激流将每一个中国人推向时代的风口浪尖,这对于始终关注民族命运的胡守钧来说,他宛若暴风雨前夜的海燕,预见、欢呼那荡涤千年污垢的风暴。胡守钧回到复旦大学后,先在哲学系后到社会学系从事教学、研究工作。现为复旦大学社会研究中心主任、教授、博士生导师,上海市政府决策咨询顾问。社会学是一门牵涉到社会方方面面的新兴学科,在"文革"中被迫偃旗息鼓后又东山再起、重振雄风,对于振兴中华民族具有重大的意义。而胡守钧选择社会学,则给他提供了充分发挥聪明才智的天地。

　　30几年来,胡守钧开设了"自然科学思想史"、"社会学概论"、"文化社会学"、"中国社会思想史"、"国民性研究"、"周易与中国文化"、"中

胡守钧近照

国社会问题研究"等课程。胡守钧本就是思维敏捷、口若悬河的学者，再加上在监狱里磨砺了思想，从而使他的课通俗易懂、深入浅出，深受学生的欢迎；更有意思的是，胡守钧历来反对用考试来卡学生，他的这种教育思想普遍受到学生赞同。1994年9月，胡守钧在迎新会上告诫学生：我国幼儿园的教育还算成功的；但从小学到中学，学生成了分数的奴隶，遂从聪敏变愚蠢；直至考入大学，才由愚蠢转向聪敏，因而希望学生将大学生活看作人的自由、全面发展的阶段，积极争取成才。他的发言受到学生热烈欢迎。

教学之余，胡守钧将思维的触角深入整个社会的经济、文化及国民心理等领域，在博览群书、广泛调查研究的基础上撰写学术论文与专著。迄今为止，他已在《文汇报》、《解放日报》、《上海社科院学术季刊》、《探索与争鸣》、《社会》、《自然辩证法》、《人才开发》等全国有影响的报刊发表论文几十篇，并写了《国民性研究》、《走出轮回》、《社会共生论》等专著。

胡守钧发表的论文，差不多都引起了社会的强烈反响，不少文章被

《新华文摘》等转载。胡守钧除了 1989 年在国内率先发表《权力经济论》，显示了他的超前意识外，同年他在《上海社科院学术季刊》发表了《无主体所有制：困境与出路》，在中国第一个提出了解决产权问题的卓越见解。胡守钧在《文汇报》连续发表《是气功，还是神话》、《周易算卦透视》、《君子国的悲剧——论孔子的乌托邦及其亚态》，这些文章将中国的传统文化、科学精神，以及对现实社会的影响等融于一炉，形成了学术界理论创新的轰动效应，许多人来信来电，积极参与讨论或争鸣。其他，诸如发表在《社会》上的《灰色收入探源析流》、《管理系统分裂症》、《周易算卦在大学校园》；《解放日报》内刊上的《评价文化的科学标准》、《政治民主与结社自由》；《复旦学报》上的《观念必须科学化》、《中国文化：困境与出路》等论文，则全方位地探讨我国的经济、文化、政治体制改革、社会秩序稳定问题，其间闪烁着真理的光芒，折射出中国知识分子的忧患意识和良知。

胡守钧还经常参加报刊组织的学术讨论和大众话题，以及接受报刊的专访，由此不断推出他最新的研究成果。他曾在《青年报》组织的"匪气与豪气"的讨论中，从电影《红高粱》谈到秦始皇、刘邦、朱元璋，尖锐地指出："可以说，我们很少在真正的人文主义立场上批评过匪气，特别是成功的政治历史人物表现出的匪气。"追古抚今，这是多么的发人深省！1994 年 5 月，他在《探索与争鸣》举办的"市场化大潮中的文化走向"讨论中，提出了文化清流与浊流的分野，认为凡是有利于尊重和维护民众基本权利的文化、有利于改善民众生存状态的文化、有利于中国改革开放和现代化的文化皆属清流，反之为浊流，这里跳跃着一位学者追求人道主义和科学精神的赤诚之心。近年声名显赫的山西《发展导报》连续对胡守钧作了 3 次报道，在头版刊出《胡守钧提出如何解决中国经济发展中的五大难题》、《市场经济将产生强烈的文化效应——胡守钧为当代中国人寻找完整人格》、《从计划人到市场人——胡守钧为当代中国人"算命"》，多家报刊竞相转载，一时形成洛阳纸贵的情景。

当年胡守钧在相辉堂炮打张春桥，今日仍喜欢在里面作报告

今日胡守钧，已作为一名著名的社会学家出现在学术界和文化领域。

二

胡守钧就像一匹在原野驰骋的烈马，永无止境地奔向辽远的处女地。他满怀激情地参加各类社会活动，尽可能地为国家、为人民作贡献。近几年最突出的，乃是他参与上海东方电视台、东方广播电台的策划。

东方电视台创办不久，胡守钧应邀担任直播室顾问，策划了许多干预时弊、具有轰动效应的节目。1993年早春，胡守钧策划了一档妇女节目，当节目主持人以沉缓的语调说女人首先应当是人，然后才是女人时，荧屏前许许多多妇女掉下了眼泪，因为我国的封建社会漫长，残存在国民头脑中的"男尊女卑"观念根深蒂固，也就是说我国的妇女尚未彻底解放。这档节目喊出了广大妇女的心声，反响强烈。同年秋天，胡

胡守钧在作社会共生论报告

守钧又参与策划了一档"话说苏北人"节目,强调上海人只有正确对待苏北人才能成为现代人,这里讲的是人的平等意识。节目激起了无数生活在"下只角"的苏北人的波澜,也抨击了那种歧视籍贯的上海小市民心理,反映非常好。不久前,胡守钧对社会上乱涨价,损害消费者利益的丑恶行径,策划一档"谁人手里一把刀?"节目,节目播出后观众群情激愤,强烈要求电视台重播,后应观众要求又做一档续集,起到了良好的舆论监督作用。

胡守钧参与策划了对市民产生巨大冲击波的上海电视台"纪录片编辑室"某些节目,其中最敏感、最棘手的民工潮问题引起了观众极大的兴趣,一致评价节目关于民工流动是城市化的过程,应从整体上因势利导的观点,是正确对待民工的一帖良药。1994年4月,全国首届电视谈话研讨会在上海召开,胡守钧应邀在会上作了《走下圣坛之后》的长篇发言,提出了东方直播室完成了充满平民意识的五大历史性转折,即从等级意识到平等观念、从封闭到开放、从说教到交流、从舆论一律到自由争论、芸芸众生纷纷走上荧屏。胡守钧的发言激起了与会者的

社会共生论

共鸣，会后武汉电视台、辽宁电视台等单位争着邀请他担任顾问。

胡守钧又是东方广播电台的重要策划人之一，他先后策划过"相伴到黎明"、"今日新话题"、"半个月亮"、"百家文谭"等专题节目。他曾为"今日新话题"定位为：都市风情扫描，热点透视。1993年2月，上海开始掀起房地产狂飙，胡守钧立即策划了"房地产热不热"的节目，指出上海是房屋短缺的地方，必须使市场规范化；反对片面搞高档别墅，主张发展普通民居与写字楼，因为上海总体上不是一个旅游城，对当时房地产偏离方向提出了警告。翌年，政府整顿房地产的行动，完全验证了胡守钧的预见；23年后，我国一线城市房价飞涨至世界之最，引起国人恐慌，更加说明他的超前思考多么珍贵！胡守钧为"半个月亮"节目撰写一幅趣味盎然的对联："凭一股天地真气养心养身养智慧，借万般古今故事说生说死说觉悟。"每当胡守钧参与策划的节目，似一股股甘泉淌入一些生活坎坷的市民、青年的心里时，他们重新鼓起了人生的风帆，这一切给了心灵曾遭受过巨大创伤的胡守钧以莫大的慰藉。

从上述活动可见，胡守钧始终将思考的重心伸向如何实现人的现代

1994年第4期《世纪》杂志封面

化上，这是点中了中国社会发展的要害。自新世纪以来，胡守钧更上一层楼，研究如何实现人类社会的大同境界；他一反亨廷顿的"文明冲突论"，而是倡导人类社会的"共生论"。"共生论"首先出现在生物学领域，至今已经有一个多世纪了。这个理论鲜明地揭示了个体或群体取得胜利或成功的奥秘，就是他们在这个群体中密切联合的能力，而不是强者压倒一切的本领。自然界如此，人文科学中的生物哲学也可以如此理解。"生物共生论"诞生后，"共生"一词也渐为中国的文化研究者所关注。胡守钧几年来已出版《社会共生论》等多部著作，从人类社会层面，将"共生论"提升了境界。他的研究成果，对当下社会弥漫的社会达尔文主义，尼采、叔本华的超人哲学等丛林法则而言，具有新启蒙的意义。

今日胡守钧，正在成为人们心目中的社会活动家，宣扬仁爱与共生的人道主义启蒙家。

一个又一个星河灿烂的夜晚，伴随着胡守钧在写字桌前、电视台和电台的工作室里，度过那些充溢着生活意蕴的美好时光，然后他迎着东方的旭日，又走向新的一天……

1973:小平在江西的最后 24 小时

　　在江西著名的旅游胜地鹰潭市,不仅有风光胜似漓江的龙虎山,而且有尚未显山露水的人文景观。

　　进入鹰潭市区,沿着葱茏的林荫道,来到静谧的市委招待所,可见一幢具有民族特色的二层楼宫殿式建筑。这幢楼,与今天矗立在神州大地的无数大厦相比也许微不足道,然而却留下了一代伟人邓小平的萍踪,成为一个历史转折的支点。

　　在叙述邓小平逗留鹰潭的经历时,有必要简单地交代一下他贬谪江西的背景。

　　1969 年 3 至 8 月间,中苏边境接连爆发了几起冲突事件,其中的珍宝岛之战更是举世瞩目。之后,百万大军压境的苏联于下半年又私下向美国等国试探,对中国核设施发动突然袭击的可能性。在此背景下,我国开展了防范"新沙皇"侵华战争的紧张战备和疏散在京中央领导人的工作。

　　从 1969 年 3 月初开始,全国战备紧锣密鼓开展起来。3 月 4 日,《人民日报》、《解放军报》联合发表社论《打倒新沙皇!》其中说:"不管你们来多少人,不管你们联合什么人一起来,我们都要把你们坚决彻底干净全部消灭。"到 8 月 28 日,经毛泽东批准,中共中央发布命令,要求边疆地区革委会、人民解放军驻边疆地区部队,充分作好反侵略战争的准备,随时准备对付武装挑衅,防止敌人突然袭击。命令说,党中央命令

邓小平住过的鹰潭市委招待所，已于2010年11月拆除。这里曾到过上百位开国将帅及省市领导，结果为了在鹰潭开江西省运动会，便于首长停车而拆房建了停车场

你们充分作好反侵略战争的准备，"随时准备粉碎美帝、苏修的武装挑衅"。

10月14日，根据毛泽东的提议，中共中央发出通知，要求在京的中央党政军主要领导人及一些老同志，于10月20日以前全部战备疏散。通知说：为了适应反侵略战争的需要，应付苏修社会帝国主义的突然袭击，经中央讨论决定：中央机关集中到北京郊区战备地下指挥部办公，由周恩来同志留在北京主持工作；毛泽东主席到武汉主持全国的大政方针，林彪副主席到苏州负责战备。同时，中央领导人及原中央负责人也相应疏散。同日，毛泽东离京去武汉。

10月17日，林彪按照毛泽东的指示，发出了"林副主席第一号令"，全军上下进入一级战备的紧急状态，并立即着手疏散在京的现任和原中央领导人。

当晚，北京市革委会在新落成的首都体育馆举行包括体操、排球、篮球和乒乓球在内的体育表演晚会，观众近2万人，其中被邀请观看的外宾有2000余人，董必武、朱德、邓子恢、陈云、李富春、张鼎丞、陈毅、叶剑英、陈奇涵、王震、彭绍辉等应邀参加。会前,他们接到中央办公厅电话:晚会请务必出席。

在休息室里,周恩来向与会的中央领导人宣布了战备疏散的决定,以及他们的疏散地点。他还嘱咐一定要带夫人去,原北京的住处均保留不动。然而,已被彻底打倒的刘少奇、陶铸是不允许带夫人的(王光美已被隔离)。

于是,经过个别调整,董必武、朱德、李富春、滕代远、张鼎丞、张云逸去广州,张闻天去肇庆,陈云、王震及邓小平去南昌,陈毅去石家庄,徐向前及刘少奇去开封,聂荣臻去邯郸,刘伯承去武汉(后转上海),叶剑英、曾山去长沙,邓子恢去南宁(后转桂林),谭震林去桂林,陶铸去合肥,王稼祥去信阳,而彭真、彭德怀、罗瑞卿、陆定一、刘澜涛等人仍然被留在北京原囚禁地。

就在这紧急关头,周恩来亲自出面保护邓小平,他摇动红机子,一个电话打到江西省革委会,说邓小平夫妇马上要疏散到江西。接电话的江西省革委会主任程世清是林彪的死党,他尽管倚仗林彪的威势,但对周恩来还是不敢怠慢的,他连忙表示坚决执行中央指示。

周恩来特意交代:"毛主席在九大不是说过吗,邓小平的问题和别人不同,他下去是到农村锻炼。当然,这些中央领导同志年纪都大了,60几岁的人,身体也不好,不能当劳动力,要照顾一下。"

程世清立马答道:"我们打算安排邓小平夫妇去赣州,装暖气,配一部小车,绝对保证安全。总理,您看行吗?"

周恩来在电话里听了程世清的汇报后,认为赣州离南昌较远,交通不便,而且是山区,生活条件较差,将邓小平一家安排在那里不妥,他提出应该安排在南昌附近。他说:"邓小平情况特别,你们一定要保证他的安全。我看啊,房子应当是一栋两层的楼房,楼上为邓小平夫妇居住,楼下为工作人员住。最好是独门独院,这样既能在院里活动,又能保证安全。"

根据周恩来的指示,江西将邓小平一家安置在南昌市郊新建县的

邓小平住过的客房

原南昌步兵学校校长的住所(人称"将军楼"),并安排邓小平夫妇到离此处不远的新建县拖拉机修配厂劳动。

1973年2月,毛泽东在受到林彪折戟沉沙事件的强烈刺激后,面对遭到"文革"破坏的大好山河,终于想到了邓小平"人才难得",决定重新起用他来治理国家。斯时,中央通知被贬谪江西3年之久的邓小平回北京。中央办公厅主任汪东兴还向江西省委强调:这次邓小平回京,是根据毛主席的批示,由周总理亲自安排的,因而要绝对保证他的安全。于是,中央和江西省委选择了让小平同志及其家人从南昌先到鹰潭,再由鹰潭乘福州至北京的特快,经浙赣、京沪铁路回北京的路线。

当时,鹰潭还是镇委建制,但作为华东重要的交通枢纽,在江西省有着举足轻重的地位。江西省委决定由上饶地区行署秘书长林振福、鹰潭镇委书记霍凤翠、上饶地区公安处警卫科长刘树兴等负责邓小平的接待、保卫工作。他们经过反复研究,最终选择了有高深的围墙与市井相隔的镇委招待所,作为小平一家的住处。这幢楼是在国民党海军司令桂永清的私宅原址上建造的,建成于20世纪50年代末鹰厦铁路

周恩来和第二次复出的邓小平在首都机场

修通之日,60年代初启用,"文革"前称交际处,接待过100多名党政军高级领导。

邓小平到达鹰潭的前夜,林振福请示中央接待规格。周总理亲自来电指示:"见了邓小平,你们可以称呼他老邓,也可以称小平同志或者是首长,还可以称邓副总理。他的党内职务虽然撤销了,但是四届人大还没有召开,他在政府中的副总理职务还没有撤销嘛!"

2月19日上午11点,鹰潭市区行人稀落,两辆轿车在警车的护卫下徐徐驶入镇委招待所。第一辆车门开处,身穿雪花呢大衣的邓小平稳步下车,目光炯炯地环顾四周,他时年69岁,却毫无老态,健步如飞。这次随邓小平一起回京的有他的夫人卓琳、女儿邓林、邓楠、继母夏伯根、女婿张勤、一个小外孙,以及秘书王瑞林。林振福见邓小平下车,立即趋步上前与他亲切握手,叫他邓副总理,并解释这是周总理的指示。邓小平闻言,嘴唇微微颤抖,良久才平静地说:"还是喊我老邓吧,习惯了,这样还亲切些。"然后,邓小平与秘书、家人随着刘树兴向二楼的卧室走去。整个会见过程中,林振福等人看不出邓小平被解除软禁后的

邓小平夫妇回北京后与继母夏伯根及子女们合影，从左至右：邓朴方、邓质方、邓楠、邓榕和邓林

欣喜之情，只感觉他有着大山般的深沉。

然后，林振福引导邓小平一行上楼，他望着小平同志稳健而轻捷的步伐，不禁从内心深处发出由衷的感叹，在风雨如磐的苦难岁月，小平的身体居然没被整垮。

回首"文革"，有多少老干部因忍受不了精神上的折磨和肉体上的摧残而含恨离开人间。邓小平作为八届一中全会当选的中央政治局常委、中央书记处总书记，"文革"中被定性为第二号走资派，受到过非人的摧残，并于 1969 年 10 月 23 日被押送江西南昌市郊的望城岗。随之，在新建县拖拉机修配厂监督劳动达两年多之外，他不仅坚强地活了下来，而且活得这么健康、这么爽朗！

其实，了解邓小平的人都知道，这应归功于他对前途的坚定信念和宁静致远的心境。早在刘邓大军挺进大别山的时候，邓小平就养成了坚持每天洗冷水澡的良好习惯，被不公正的命运之舟抛掷到江西的时候，他已年届 65 岁，在当时已是高龄老人了。南昌虽处我国的南方，但一年中还有长达 3 个多月的霜冻期，冬天室内的最低气温可达零下四

1956年，李先念、刘澜涛、贺龙、邓小平、胡乔木（自右至左）同小朋友在一起

五度，他住的"将军楼"又没有暖气设备，但邓小平仍坚持每天用冷水擦身。如果没有超人的毅力，是做不到这一点的。

邓小平以冷峻、坚毅的目光环视一周，一步一步走上楼去……

二楼东面的套房是镇委招待所最好的客房，便安排邓小平夫妇住这里。套房外间摆着一对单人沙发和写字桌；里间是卧室，除了双人木床外，也置有沙发和写字桌，陈设十分简单。邓小平走进客房，凭窗眺望，但见前方鹰潭公园内几株古樟高耸蓝天。霍凤翠指着森然的树冠介绍道："那几棵樟树已有上千年的历史了，以前常有雄鹰在上面盘旋、栖息，只可惜现在人们再也看不到它们的身影了。"邓小平静静地听着，始终不发一言。早春二月，赣东尚是寒凝大地，客房内又没有空调等取暖设备。然而，邓小平丝毫不觉寒冷，而是一支接一支点燃香烟，默默地在屋里踱步。

是日中午，鹰潭的主人在镇委招待所设便宴招待邓小平一行。进餐过程中，林振福向邓小平全家介绍鹰潭的名胜古迹，他从缥缈的龙虎山、清澈的泸溪河讲到古朴的上清宫，并特意说明位于这一道教佳景处的镇妖井,是《水浒传》开篇洪太尉放出梁山泊108将的所在,邓小平听得津津有味。当林振福讲到国民党海军司令桂永清乃是鹰潭西门桂家村人时,邓小平当即以轻蔑的口吻问道:"此人就是毛主席著作中提到的15个大战犯中最后那个吧?"霍凤翠见邓小平思路敏捷,连忙回答:"是的,现在的人民公园,曾经是桂永清囤兵藏宝的库房。"

当晚,夜色深沉,月光倾泻在镇委招待所的窗棂上,值班的女服务员郑飞凤(今鹰潭市劳动局副局长)和值勤的刘树兴抬头望去,邓小平房里的灯光还亮着,他倚窗而立的投影正印在窗帘上。

远远地传来已过子夜的钟声,整个大院万籁俱寂。忽然,邓小平轻轻地推开房门,朝楼下走去。郑飞凤听见门响,立即从值班室出来,迎头正撞上邓小平下楼,她急忙问道:"首长,您需要什么,吩咐我好了。"当时,国家尚处于动乱之中,况且邓小平来到鹰潭是绝对机密的事,江西省委一再告诫接待人员绝不能出一点问题。郑飞凤怕万一有个闪失,自己如何向上级交代呢。然而,邓小平平静地摆摆手:"我什么都不要,只想随便走走。"邓小平最喜欢独自散步,以思考国家大事,尤其在软禁江西的日子里更是如此。郑飞凤非常着急,委婉地劝道:"首长,天气很冷,外边又有霜冻,这样走出去容易着凉的呀。"邓小平微笑着答道:"不怕,已经是春天了嘛,冷不到哪里去。"其实,此刻正是一天中最冷的时候,北风呼啸着,吹得树叶沙沙作响,但邓小平却步履从容,这声音仿佛是载着他勇往直前的波浪。

刘树兴见邓小平已到大院,便警戒着四周,只见邓小平背着手,慢慢地在月光下散步,时而伫立院中,仰望满天星斗。邓小平走了一阵,一片乌云笼罩了月亮,刘树兴趁机劝道:"首长,月亮已经被云遮住了,您还是早点去休息吧。"邓小平抬头望了望苍辽的天空,朗声答道:"不要紧,月亮马上就会出来的。"然后继续走了半个多小时,才回房休息。可是,第二天凌晨,他的房里就亮起了灯。很显然,在祖国处于危难之际,邓小平心中在翻卷着时代的波澜,他又怎能安稳入睡?

1973年2月20日上午11点多钟,福州至北京的特快列车在晚点

1975年，毛泽东、邓小平与毛泽东身边工作人员在中南海书房合影

3个多小时之后，缓缓驶进鹰潭车站。邓小平和鹰潭的接待人员一一握手告别，列车启动后还挥手向送行者致意。从此，邓小平作为人民共和国的中流砥柱，揭开了历史新的篇章。

岁月无情，奔腾的历史长河一瞬间已流到了21世纪，而难得的是鹰潭市委招待所中，当年邓小平的客房仍保存完好，倘若将其辟为一个人文景点，可与龙虎山交相辉映，令天下旅人所向往（笔者曾劝导鹰潭市委将其辟为鹰潭历史纪念馆，最终却被拆除，留下无限遗憾）。因为，像邓小平这样三起三落的伟人举世罕见。1973年2月，他在鹰潭的24小时，可称得上是中国当代史上，一道极具震撼力的长空闪电。

叶永烈:站在历史高地瞭望时代风云

深秋的早晨,上海徐家汇建于 1906 年的天主教堂上的钟声响了。距天主教堂一箭之遥的一幢高楼里,著名纪实文学作家叶永烈教授站在用家庭游泳池改造的大书房中推窗远眺,湛蓝的天空上一群鸽子在盘旋……

叶永烈近来心情很好,由广西人民出版社出版的《中共中央一支笔:胡乔木》、北京十月文艺出版社出版的《出没风波里》带着墨香,又走进了他专门陈列自己专著的书柜中;这两本书是经中央党史研究室和中央文献研究室审读之后获准出版的。

就在这片明朝大科学家、礼部尚书徐光启生活、奋斗过的神奇土地上,叶永烈心系天下,满怀忧患意识回首历史、展望未来,像老黄牛那样默默地耕耘着,数十年来源源不断地为他所挚爱的人民,奉献了一本本经得起历史检验的畅销书。此刻,叶永烈心潮激荡,他的视线随着远去的鸽群,陷入了人生的波澜之中——

瓯江之畔的神童

1940 年,在日寇铁蹄践踏永嘉(今温州)的炮火声中,叶永烈降生在那个中华民族多灾多难的岁月。

叶家是永嘉的望族,叶永烈之父乃是县银行行长兼瓯海医院院长,

叶永烈11岁时开始发表作品

家庭殷实,在地方上很有威望。然而,日军的入侵击碎了叶家的宁静,日军占领永嘉后,将叶家三层楼的洋房作为司令部,叶家老少被迫逃难,其间的颠沛流离、苦难生活给幼年叶永烈埋下了希冀民族强盛、个人奋斗的种子。

叶永烈兄弟姐妹5人,他位居中间,因天性聪颖,深得叶父疼爱。叶永烈在抗日战争、解放战争的硝烟中发蒙,尽管叶父忙于生计,不太管他的学习。但叶父是饱读诗书的旧式文人,有较深的文学修养,善诗词、书法,尤其叶父每天早晨组织员工听自己讲解一篇《古文观止》的早课,为叶永烈的心田注入了文学的养料。

一眨眼,新中国建立了,永嘉改名温州,亦在烈火中凤凰涅槃了。少年叶永烈对新社会充满了好奇,除了认真念书外,喜欢大量阅读书刊报纸,这使他的视野比同龄人开阔、思想比同龄人深邃。

于是,一个偶然事件,使叶永烈对文学产生了浓厚的兴趣。

1951年仲春,时值11岁的叶永烈背着书包放学归来,当他像小鸟似地回到离家不远处时,忽然窥见了旁边《浙南日报》社大门口的一只

作者采访叶永烈时在他的寓所合影

小木箱,他不知其为何物,便向报社门卫请教,门卫道:"小朋友,这是投稿箱,投稿人如果写得好,报纸就会登出来的。"叶永烈听毕将信将疑,回家便心血来潮,挥笔作了一首诗,然后轻松地投入箱内。谁料,一周后叶永烈收到一封信,信中问他上几年级,说诗写得很好,下周即可见报。是年 4 月 28 日,叶永烈的处女作———一首小诗登在《浙南日报》上,并注明作者系 11 岁小学生。这下可轰动了学校,更关键的是从此点燃了叶永烈创作的火焰,改变了他的人生命运。

这是历史的机遇,亦是人生的机遇,乃至几十年后叶永烈依然不忘当年的"伯乐"———《浙南日报》的编辑杨奔!

未名湖畔的科普作家

1957 年 9 月,跳了一级、年仅 17 岁的叶永烈考进了北大化学系,这又是他人生大转折的一个关键期。然而在报考北大什么专业时,叶父曾不满叶永烈想读中文或新闻的愿望,而当他选择化学系时,叶父则

满怀喜悦地说:"这样很好,念化学将来可以做雪花膏、做肥皂,总有一碗饭吃嘛。"也许,叶父从建国后接连发生的批武训、批胡适、批《红楼梦》学派、知识分子改造运动、揪胡风反革命集团、三反五反,直至1957年夏发动的声势浩大的反右派运动中产生顾虑,生怕儿子搞与文字有关的专业,还是学一技之长的好。

就在这个风云变幻的多事之秋,叶永烈作为北大化学系一年级年龄最小的大学生,从浙南的瓯江之畔跨入了北大的未名湖畔,开始了他长达6年的大学生涯。

北大在20世纪初叶,已引领五四新文化运动的潮流,成为当时中国思想解放的摇篮。从蔡元培、胡适到蒋梦麟、傅斯年、马寅初,历任校长均倡导兼收并蓄、开放自由的教学风气,鼓励学生多元发展。这样的校风使叶永烈如虎添翼,他的聪明才智宛若油井喷涌。

叶永烈学的光谱分析,是一门介于物理和化学之间的学科,6年的专业学习培养了他严谨的科学作风,因为化学理论是建立在实验基础上的,正如当年教他们化学的被毛泽东说成"中间偏右"的教授傅鹰所云,"事实是化学的最高法庭",这与叶永烈后来创作纪实文学时,遵循史学理论是建立在史实基础上的道理是一致的。典型的如叶永烈撰写化学毕业论文,先得从查文献、由英文、俄文翻成中文那样,采写纪实文学也得依靠查文献、档案,然后才能与口述历史相结合。

同时,北大的开放,使叶永烈站在更高的起点吸纳信息、瞭望社会,以致培养了他的多样兴趣。当时,叶永烈念完本专业,尚有大量时间放在课外阅读上,他一头扑进藏书全国第二的北大图书馆,如工蜂般每天在吮吸知识的玉液琼浆,往往一次借十几本书,连续3年寒暑假泡在馆里;他甚至在东语系还能阅读港台的一些报纸。特别在反右高潮中,叶永烈居然能看到右派学生办的《广场》,其中既有后来被打成极右派的沈泽宜写的诗《是时候了》,诗中公开号召"要烧尽人世间的樊篱",也有讽刺小说《阿O正传》。1958年大跃进阶段,北大学生在周总理指示下,纷纷去工矿、农村实践。叶永烈也来到湖南邵阳县,当了3个月化验员训练班的老师,并编了一本《湖南民歌选》……这一切,让叶永烈看到了比学生生活更丰富、更复杂的社会。

然而,叶永烈毕竟是一名来自偏僻城乡的单纯青年,何况他的班上有许多高干、教授的子女,所以他为人低调,也难以理解铺天盖地的反右派运动。他随着反右声浪起哄一阵后,便对此感到疲倦了。

刚升大二,叶永烈利用课余时间创作了科普作品《碳的一家》,因为不认识任何出版社的编辑,觉得上海少年儿童出版社适合,就直接寄过去,不久便收到通知单,告诉他书稿很好,马上出版。

顺着这条线索,大三时叶永烈认识了这本书的编辑曹燕芳。当时,曹燕芳在编《十万个为什么》,正为化学分册发愁。其实,化学分册已经编好,是上海一些中学化学老师写的,写得像教科书,她看后不满意。当曹燕芳发现叶永烈后,认定他是写科普作品的行家,便让他写了化学分册,后来又请他参加写了天文、气象、农业、生物等分册。这样,《十万个为什么》在1961年的国际儿童节第一次出版,5本共900多个为什么叶永烈写了300多个,占全书1/3篇幅。现在,《十万个为什么》总印数已超过 1 亿册。大四时,叶永烈又创作了《小灵通漫游未来》,如今取名于这本科幻小说的"小灵通"手机用户也超过 1 亿。这两个 1 亿,乃是叶永烈 20 至 21 岁期间创作的丰硕成果,它不仅激励叶永烈向全国各地报刊投稿的热情,而且为他日后连续创作大部头纪实文学奠定了基础。

这就是自五四以来高扬"民主与科学"旗帜,崇尚自由、开放的北大,给叶永烈的最好馈赠。

为毛泽东拍内片的电影导演

1963 年,叶永烈从北大毕业,生活向他展示了绚丽多姿的前景。但叶永烈是一个追求人生多样化的时代赶潮儿,他是不会做"一颗永不生锈的螺丝钉"的。经国家统一分配,叶永烈来到上海仪器研究所,这类单位在当年犹如金字塔尖,许许多多人可望不可即,但叶永烈仅呆了一个月便"跳槽"了,从而创造了计划经济时代的一个奇迹!

当时,上海科学教育电影制片厂正把《十万个为什么》搬上银幕,名为《知识老人》。叶永烈脑海中装着文学梦,闻讯立即带了一套《十万个为什么》横跨大上海,找到了科教电影厂厂长李资清。李厂长见是叶永烈,不禁仰天大笑道:"啊呀,真是'踏破铁鞋无觅处,得来全不费功夫',你就是写《十万个为什么》的叶永烈,我正要找你哩!"他听明白叶永烈要调入科教电影厂,高兴得当场拍板,让叶永烈回家等好消息。

从此,叶永烈成了电影战线的一名新兵,他从编剧到导演一干 18 年,居然成了一名技术全面、艺术领先的导演,令等级森严的电影厂各路科班出身的人马刮目相看。

然而,在上海科教电影厂,叶永烈遭遇了他人生中第一次强烈的风暴。"文革"初期,《十万个为什么》被当作"大毒草",叶永烈作为"大毒草"的作者,不仅被造反队野蛮地抄家,还将他送往"五七干校"劳动,一去整整 3 年。

1976年5月，叶永烈担任内部片导演在拍摄《驯兽》

　　1976年5月，忽然一个工宣队头头满脸堆笑地来找叶永烈，先说了一番恭维话，叶永烈丈二和尚摸不着头脑，以为造反派又要玩什么花招了。孰料，工宣队头头是请叶永烈担任内片组组长。叶永烈这一惊非同小可，因为内片的概念是保密性很强的影片，一般都是供大干部看的，他这样的"文艺黑线干将"怎么可以拍内片，这不是乱弹琴吗？

　　后来才明白，所谓拍内片，就是拍专供毛泽东晚年看的影片，工宣队之所以找叶永烈，因为他是拍片快手。这种中央交办的影片从接任务到出片，一般要求10天至半个月，速度太快了。上海科教电影厂的头头将导演一一排队，最终还是找了叶永烈这个"臭老九"，尽管他在"文革"中一直挨批，但业务能力强，他反倒获得了"解放"。叶永烈此次出山，为毛泽东拍了很多京剧唱腔、杂技。当时，叶永烈做梦也不会想到，这是为毛泽东最后的人生在拍电影，他只是莫名其妙地享受着拍革命样板戏的高级待遇，每部片子拍完就去北京，经审查通过出片、印拷贝。

　　粉碎"四人帮"后，叶永烈的导演生涯也达到了顶峰，他在获得百花

张耀祠（前排右二）等警卫员与毛泽东的合影

奖的同时，一连出版了《电影》、《电影的秘密》、《电影史话》3 部专著。他马上拿稿费买了 1000 本《电影的秘密》送给电影厂，后来成为电影入门书，每个进厂的青年都将其作为必读功课。

秉笔直书的纪实文学作家

照理，叶永烈循着电影导演这条阳光大道一直走下去，前程也是十分辉煌的，但他深藏内心的文学之梦苏醒了。他先是写小说，许多作品在《人民文学》、《收获》等名刊上亮相，其中发在《人民文学》头条的反腐败的短篇小说《腐蚀》，仅仅差几票就能获全国优秀短篇小说奖。还好，否则广大读者也许只能看叶永烈的各类小说，而看不到那些精彩的历史纪实文学了！

伴随着中国社会的转型，伴随着中国人从迷茫到觉醒的人的全面发展时代的到来，注定叶永烈要成为记录现当代中国历史的纪实文学作家。

叶永烈脱颖而出后,因住房狭小而被当时的中共中央政治局委员、国务院副总理方毅三次批示,要求上海方面改善叶永烈的住房条件,让他创作出更多更好的作品。不久,叶永烈调离上海科教电影厂,到上海市科协拐了一个弯,于 1987 年成为上海作协首批专业作家。从此,叶永烈作为一名忠实于历史的纪实文学作家,名扬四海,他的作品也像江河的波浪,一浪高于一浪。

叶永烈的纪实文学创作是多方面的,既有写政治人物、科学家、作家、文艺体育名星、知识分子等名人报告文学,又有全景式反映现当代中国历史的长篇纪实文学。他近些年的主要新著为"红色三部曲"——《红色的起点》、《历史选择了毛泽东》、《毛泽东与蒋介石》,展现了中国共产党的历程;《反右派始末》全方位、多角度反映了 1957 年"反右派运动"的全过程;《"四人帮"兴衰》——《江青传》、《张春桥传》、《王洪文传》、《姚文元传》以及《陈伯达传》,是中国十年"文革"的真实写照。《1978:中国命运大转折》,是关于中共十一届三中全会全景式纪实长篇。此外,还有长篇自传《追寻历史真相——我的写作生涯》、《用事实说话——我的采访手记》以及《陈云之路》、《中共中央一支笔:胡乔木》、《毛泽东的秘书们》、《傅雷与傅聪》、《追寻彭加木》等等。另外,他还将自己周游世界的行踪,结合对历史的思索,写出了《行走中国》、《行走美国》、《行走俄罗斯》、《我的台湾之旅》,等等。1993 年作家出版社出版了 6 卷本《叶永烈自选集》,《叶永烈文集》正在分批出版。

叶永烈是一位具有强烈的历史责任感,对祖国和民族怀着赤子之心的纪实文学作家,他对现当代中国历史的记录,乃是基于继承太史公秉笔直书之遗风,将历史的真相告诉人们,留传后世。

叶永烈善于将历史人物放在奔腾的历史长河中去观照,并通过表现他们的多重人格,来折射历史的复杂性。

吴晗——这位悲剧性的历史人物,在叶永烈的笔下还原了他如何走上不归路的根源。叶永烈在《反右派始末》一书中,就吴晗在反右派过程中的表现,曾难于下笔。因为这个人物太苦了,几乎所有中年以上

吴晗、袁震夫妇与女儿吴小彦合影留念

的中国人都知道,吴晗是"文革"中作为"三家村"第一个被用来祭旗的,直至悲惨地在秦城监狱吐血而亡,甚至他的夫人、女儿也随他而去,全家仅剩一个儿子活于人间……

然而,吴晗在反右中却是急先锋。1957年6月8日,《人民日报》发表社论《这是为什么?》,标志着暴风骤雨般的反右大扫荡开始了。而6月10日,《人民日报》即发表了《吴晗表示应该批判章伯钧等人的意见》;6月11月又发表了《吴晗谈话批驳章伯钧、罗隆基》,吴晗将三大右帅高度概括为"章伯钧主张另搞一个政治设计院,是否不同意宪法?""罗隆基提出另外建立平反机构,就是不信任党的领导","储安平'党天下'的论调是恶毒的诬蔑。"平心而论,吴晗这番话是反右中水平最高的。

对于这样一位已被"文革"的黑暗所吞噬,但确实为反右打冲锋的人物的言论要不要写,叶永烈考虑再三,基于让后人牢记惨痛的血的教训,在中国大地上再也不要发生这样的悲剧,他还是沉重地下笔了。这样,后人就会明白,吴晗之所以成为悲剧人物,盖因体制使然,由于当时

从左至右："文革"大将戚本禹、王力、关锋等合影

的知识分子没有独立人格,以致吴晗会随着毛泽东的意志,任意修改自己的专著《朱元璋传》的观点,为毛泽东发动反右打头阵,直至秉承上意写新编历史剧《海瑞罢官》……

叶永烈正是出于对历史的沉重反思,写了一系列类似吴晗这样的知识分子的悲剧命运(许多在反右中表现积极的著名知识分子,在"文革"中几乎全部中箭落马),从而呼唤今人建立高度民主与法制的正常的社会机制,让封建的人治阴影在中国的大地上永远不得抬头!

对"文革"中兴风作浪的大红大紫之人要不要写,这也是一个有争议的问题。叶永烈的看法很明了,凡是历史人物,只要对中国的历史进程有过影响的都值得写,而不能让飞鸟过后了无痕迹。但是,20几年前当叶永烈在上海《联合时报》发表《王力病中答客问》时,却遭到了猛烈的围攻。

这不是历史唯物主义的态度。如果说"文革"中的罪人不能写,那么后人如何来了解当时的历史,又如何接受历史教训呢?叶永烈正是从马克思主义关于评价历史人物的两点论和过程论出发,冒着风险深

晚年王力

入"虎穴",一一采访"文革"大将,从而为后人留下了极为宝贵的历史资料。

其中最典型的是,叶永烈在陈伯达出狱后,在前后一年时间里采访他,乃至成为陈伯达晚年唯一采访过他的人。

叶永烈之所以能让陈伯达敞开心扉,亦有历史的偶然性,那就是1958年5月4日北大校庆60周年,陈伯达到北大大膳厅作题为《在毛泽东思想红旗下前进》的报告,而叶永烈作为学生正端坐着听陈伯达开讲。奇怪的是陈伯达讲一口难懂的闽南"普通话",不得不由人翻译。30年后,即1988年10月,当已听得懂"福建普通话"的叶永烈去采访陈伯达时,已用不着翻译了。

叶永烈首先作了大量的案头准备,几乎查遍了陈伯达所有发表的文章,包括用各种笔名发表的,以及"文革"中许多传单。叶永烈一见陈伯达,立即说:"陈老,30年前我听过您的报告。"记忆力极强的陈伯达马上回忆起当时的情景,彼此距离骤然缩短。在交谈中,陈伯达就某件事才开个头,叶永烈即能报出日期,陈伯达知道叶永烈有备而来,也就

叶永烈采访陈伯达

愿意接受采访了。

慢慢地,在一次次的交谈中,陈伯达变得无拘无束、像聊天一样,叶永烈有时还住在陈家……

陈伯达作为"文革"中的第四号人物,曾经风光无限,最终因追随林彪集团而一落千丈。一个历史人物大起大落,既有时代的原因,也有个人的作为,叶永烈为陈伯达作传,就是要写出这样一位空前绝后的历史人物的多重心理,以及阶级斗争思维的残酷性。然而,陈伯达是耐人寻味的,与他环环紧扣的毛泽东也是耐人寻味的。叶永烈采写的一个细节凸显了这一点。当陈伯达被押送秦城监狱时,他绝望地发出了暗示他曾救过毛泽东一命的呼唤,结果毛泽东批示生活上不能苛待陈伯达,所以陈伯达在狱中的待遇是不错的。

叶永烈记录下这些生动的历史细节,真是令人感慨万千。如果当时的高层不搞阶级斗争,而是发展生产力、追求和谐社会、奔向大同境界,那么他们那种战友的生死情谊是多么珍贵啊!

叶永烈正是通过对众多正反历史人物曲折人生的透视,以历史哲

1949年4月，毛主席和胡乔木在香山交谈

学的眼光钩沉出近代中国百年未有之大变局，那就是被世界新科技远远抛在后头、动乱的、封闭的社会，必然要走向改革开放、为人民谋福祉的崭新的时代。

我们且让历史长镜头闪回到近 30 几年前。"文革"内乱给国家带来了极其严重的创伤，国民经济濒临崩溃的边缘，内乱遗留下来的政治、思想、组织等方面的混乱现象比比皆是；还有"两个凡是"的思想禁锢，阻碍了中国社会前进的步伐。

这段历史的记录，应从何处入手？邓小平说过"改革是中国的第二次革命"。叶永烈回溯历史，无论先秦的商鞅变法、北宋的王安石变法、明末的张居正改革，还是近代的戊戌维新、晚清新政均表明：改革比革命更艰难。再纵观西欧的改革与社会发展，如文艺复兴、法国启蒙运动，乃至俄国的彼得大帝改革、日本的明治维新等，都是先从意识形态的思想解放入手的。这样，叶永烈找到了写改革大变局的突破口，从中共十一届三中全会之前的"真理标准讨论"切入，将当代中国这场伟大的思想解放运动的着力点放在邓小平、胡耀邦两个人身上。

叶永烈请张耀祠将军忆毛泽东
衣食住行

　　叶永烈经过艰辛的采访,特别是于 1996 年 5 月 28、29 日,先后采访了胡耀邦的秘书陈维仁及胡的长子胡德平,掌握了大量的一手资料,从而为创作《1978:中国命运大转折》作了充分的准备。

　　胡耀邦在邓小平的全力支持下,高举骨头(为真理而奋斗要有骨气)向"两个凡是"发起了勇猛的冲锋,终于在 1978 年 5 月 11 日,《光明日报》以头版地位推出了酝酿了 9 个月之久、反复修改多次、署"本报特约评论员"的《实践是检验真理的唯一标准》一文。此文一发表,立即在中共高层掀起了轩然大波。先是汪东兴指责,"此文理论上是荒谬的,思想上是反动的,政治上是砍旗帜的"。然后华国锋也表态:"理论问题要慎重。"(但他对"真理标准讨论"持开明姿态,不随意扣帽子;否则该讨论可能更加曲折)

　　然而,无私无畏的胡耀邦针锋相对地说:"理论问题要勇敢!"并迅速组织了《历史潮流滚滚向前》一文,发表在中央党校主办的 1978 年 6 月 30 日第 70 期《理论动态》上。正是邓小平、胡耀邦等人的解放思想、拨乱反正,才使中共十一届三中全会拉开了中国改革开放的帷幕……

叶永烈在采访中共高层改革内幕的过程中,一个电话将他的视线聚焦到中共意识形态掌门人,号称中共中央一支笔的胡乔木身上。

　　1993年秋天的一个上午,叶永烈正在成都全国书市上签名售书,忽然中央党校出版社来电,问他是否愿意写胡乔木,表示可以提供一切方便。此时,距胡乔木去世已一年,叶永烈当场就兴致盎然地答应了。因为胡乔木作为中共中央的一支笔,毛泽东、邓小平两代领导核心都与他休戚相关,从他身上更能折射出一个知识分子从政后的波澜起伏,乃至反映其所处时代的风云变幻。

　　叶永烈很快赶到北京,顺利地采访了胡乔木的夫人谷羽、长子胡世英等家属,并从外围采访到许多与胡乔木共事之人,收获颇丰。在采访中,叶永烈还有一个意外收获,他从胡乔木工作人员口中得悉,胡的一个警卫员处有一本记录他在"文革"中行踪的日记。叶永烈立即顺藤摸瓜,连夜在西单一条胡同里找到了那位警卫员。警卫员在家里一搜,居然找到了那本日记,上面记录了哪天哪时,胡乔木坐哪路公交车,去哪儿接受批斗等情况。

　　据叶永烈了解,中共高层规定警卫员是不能记录首长行踪的,这是铁的纪律,他便惊问其故。警卫员准确地回忆道:"那是'文革'初期,一天周总理找胡乔木,结果没找到。总理就叮嘱我以后将首长的行踪记下来,以便有事找他。"叶永烈获得了这本日记,对胡乔木在"文革"中的遭遇就十分清楚了。

　　由此,叶永烈又弄清了"文革"中毛泽东去胡乔木家探访之事,从而澄清了社会上各种版本的传说。

　　叶永烈通过采访原中央警卫团团长张耀祠,才得知这一内幕。那也是"文革"初期,一天张耀祠陪毛泽东外出,车过胡乔木家门时,毛泽东发现墙上刷着"打倒胡乔木"的大幅标语,他便问张耀祠这是什么地方。张耀祠告知,此乃胡乔木的家。毛泽东马上叫车停下,让张耀祠去敲门,说要去看看乔木。遗憾的是胡家的大门是不开的,平时进出边门,所以胡家无人知晓,遂与这在当时被看作世界上最隆重的恩典擦肩

叶永烈采访公安部原部长王芳

而过。毛泽东回中南海后,表示当晚再去看胡乔木,张耀祠通知了胡家。胡家极为兴奋,里里外外将家打扫干净,虔诚地等待那个伟大的时刻。结果,毛泽东因当晚有事没去成,但胡乔木很快从日夜被揪斗的困境中解脱了。

叶永烈采访到了如此重要的历史细节,他从中感叹到在一个政治生活不正常的社会,哪怕像胡乔木这样了不起的理论权威,个人的祸福都掌握在最高领导人手中,这就更说明改革开放的必要性,因为中国的改革不仅仅是经济体制改革,更有政治体制改革。

正因为胡乔木有过大起大落,以致"文革"后他随邓小平第二次复出时,就格外看重手中的那支笔。这位曾为毛泽东起草文件的大秀才,又开始为邓小平起草文件,按杨尚昆的点赞,中央许多重要文件均要经其过目,才敢发下去。

可见,历史人物的个人沉浮、荣辱与时代风云是紧密相连的。

叶永烈为毛泽东的两大秘书陈伯达、胡乔木作传,也纯属历史的偶然性寓于必然性之中。1990年,位于长春的时代文艺出版社出版《陈伯达其人》,突然中央要调10本去看,叫已印好的7万册书封存。原来,是胡乔木要看《陈伯达其人》,不日便告解禁,该书顺利出版。由于中央党校出版社知道这一内情,所以3年后请叶永烈为胡乔木作传。

叶永烈创作的大量纪实文学,因其有史料严密、鲜为人知、内幕解密等特点,以致每发表一篇报告文学或传记文学、每出版一部纪实书籍,便好评如潮,被许多报刊、电台转载和传播,并获得80余项文学奖,从而成为享誉海内外,被美国传记文学所聘为顾问,入选美国的《世界名人录》的高产作家。

叶永烈声名大噪后,中共高层不少已去世的大干部的家属纷纷前来,请他为那些大干部做传记的整理工作。但叶永烈实在太忙了,只能遗憾地婉言谢绝。唯有一个例外,那就是原国务委员、公安部长王芳的传记,叶永烈与王芳的3位秘书一起参与了整理工作,该书出版后引起很大的反响。叶永烈觉得王芳的经历非常丰富,记忆力又强,人也十分和善,所以愿意为他工作。例如,毛泽东一生去杭州30多次,每次都由时任浙江省公安厅长的王芳陪同,更有江青与王芳的夫人也相处较多,从而使他对毛泽东有很深的了解,这样的传记是极有史料价值的,这也是叶永烈愿意参与整理的一大原委。

苏东坡的《题西林壁》诗云:"横看成岭侧成峰,远近高低各不同。不识庐山真面目,只缘身在此山中。"研究历史,尤其是中共党史何尝不是如此。叶永烈坦言:"我的创作路子从科普到纪实,是很大的反差,行当完全是陌生的。我必须对中共党史从头学起,有非常系统的认识。但是我能适应种种非常大的变化,这得益于从小养成的习惯,就是无论做什么事情,要么不做,要么做好。转到中共党史也是这样,中共党史的研究是很深的学问,要大量地研究文献,你所占有的是别人没有的。否则,你的东西不真实、不可靠。我能大量采访到当事人,这是我的优势,而且要很勇敢地把真相告诉读者。"

这,就是叶永烈研究中共党史、撰写纪实文学的座右铭。

一阵秋风吹来,叶永烈又望见苍天一群鸽子悠然飞向天主教堂的尖顶。在当下以和平与发展为主旋律的世界潮流中,在中共高层倡导建立和谐社会,一步步迈向现代化的征程中,叶永烈深感时不我待,欲以强烈的历史使命,为中华民族和人类文明作出更多的贡献。

想到这儿,叶永烈马上毅然下楼,郑重地坐到了电脑前……

木心的人生境界

一死了之，这是容易的，而活下去苦啊，我选难的……小时候，家里几代传下来的，是一种精致的生活，后来那么苦，可是你看曹雪芹笔下的史湘云，后来要饭了，贾宝玉，敲更了。真正的贵族是不怕苦不怕累的，一个意大利作家写过，贵族到没落的时候愈发显得贵。

——木心

题记：木心美术馆 2015 年 11 月 15 日在乌镇开馆，木心身后遗留绘画作品600 余件，文学手稿数千份，人们或许可以从这些作品里找到通往木心精神世界的线索。特别年代，木心被数次囚禁，在人生中最黑暗的时刻，他没有放弃过追求，而是将积蓄下来的力量在哲学、文学、绘画、音乐中喷薄……

1946 年夏季，"东方巴黎"大上海的霞飞路（今淮海路）上，伴随着法国梧桐间的阵阵蝉鸣，一位长着欧罗巴脸型的青年美男，正哼着舒伯特的《小夜曲》，轻盈地走向黄浦江畔。

这位青年，就是从江南千年古镇上的孙家大院，走向缤纷世界的木心。

当他面对上海外滩充满欧美风情的万国建筑群，面对樯橹林立的

19岁那年，木心参加了生平的第一次展览：
杭州的"元旦画展"。65年后，接近弥留的
木心看到自己当年在画展上的照片，哭了

滔滔江水，一颗心一会儿化作翩翩江鸥，追逐波浪，一会儿化成展翅雄
鹰，高高飞翔在蓝天白云。他很天真，也很浪漫，在他的心中，似乎没有
田园的哀愁，多的是春花秋月、一地落红、朗朗清风……

三年后，在新生的红色政权铿锵的鼓点声中，这位曾因参加反内
战、反饥饿、反迫害运动，而被旧上海市长吴国桢点名开除学籍的青年，
又站在了黄浦江畔。这次，他眺望着金光闪闪的奔向大海的江水，激情
澎湃地哼起了《马赛曲》，在他面前呈现无限光明的共产主义世界，到处
是鲜花、到处是秧歌，仿佛神州大地都在奏响贝多芬的《田园》、德彪西
的《儿童乐园》；中国人民都沐浴在梵高的《向日葵》下，欢快地绽放《蒙
娜丽莎》永恒的微笑……

青年木心满怀憧憬、满怀美梦，走向绚烂的田园牧歌、走向箫笛悠
扬的明天……

时间如白驹过隙、飞镝掠空，一眨眼历史长焦聚，便推后 66 个
年轮——

2015 年 7 月 29 日下午，"东方达沃斯"乌镇烈日当空，缠绕着明清

古居的氤氲河水,潺潺流向元宝湖上即将开展的木心美术馆。斯时,木心度过苦难岁月的上海创新工艺品一厂一群退休职工,怀着虔敬的情愫,面对木心生前在美国为陈丹青等画家上最后一课、回归乌镇后接受美国记者采访时神采奕奕的视频,深深地三鞠躬,沉浸在"风啊、水啊,一顶桥"的深邃意境中。

斜阳残照,天宇苍辽,望着小鸟掠过的嫣红河面,我油然忆及与木心这位启蒙老师相处的珍贵时光……

旷世奇才虎落平阳

1972年12月下旬,北风呼啸,天寒地冻,我从培明中学毕业分进了上海创新工艺品一厂。这家由社会主义三大改造脱胎而来的小厂,坐落在石门二路、新闸路交合处(石门二路266弄13号),曾经是破尼姑庵的厂房,呈现一派衰败景象;做塑料花的车间,几无劳动保护,注塑的毒气无孔不入地侵袭着工人的肌体。

我当年风华正茂,理所当然地成了成都北路由破庙改建的分厂的"骡子",隔三差五地骑着三轮货车去总厂送产品。一次卸完货,从拉料车间的破门帘后闪出一位年近半百、风度儒雅、着补钉整齐的劳动服之人,他双目如炬,深藏的眸子冲我一笑。我自幼喜读古书,讶异于此人颇有仙风道骨,遂脱口一声:"师傅,您好!"不料,他脸色骤变,连连摆手,示意我不能这样称呼。以后,我们多次相遇,他总是一迭声说咱俩有缘。我从老师傅口中得知,此人是上海美术专科学校的高材生(1946年考入),其知识之渊博,在上海手工业局无人能望其项背,但也是每天要向领袖像请罪之人,这就是木心先生。我这个血液里有"狗崽子"基因的小青工,很快被厂内头号阶级敌人木心的学识和风度所吸引。

当时,木心处于人生最坎坷最痛苦的低谷,他作为被打入十八层地狱的"黑五类",任何人都可以侮辱、欺凌他;而他却整天强装笑脸,对任何人都得点头哈腰;特别是每逢元旦、春节、五一、国庆、毛泽东生日等节庆时,更被训得狗血喷头,人性被彻底扭曲!凄惨的还有肉体摧残,且不说他经常挨打受骂、被批斗,单以强劳力而言,他干的是厂里最苦最累最脏的活,除了倒便桶(厂里没有正规厕所)、通阴沟、铲车间地上的机油外,还经常跟着铁塔似的装卸工扛原料;其中通阴沟、铲机油最累,我曾帮他通过阴沟,阴沟内彩色的胶水般的污泥,足以将得过肺病、文质彬彬的白面书生木心击倒!然而,即使木心在十八层地狱被造反派罚扫"厕所",他居然像打造艺术品那样,将"厕所"修理得"一片灿烂"。

而木心一生中干得几近垮掉的活儿,是1975—1976年的翻建厂房,他既每天要推无数次的垃圾车,又经常加班加点,生病了也不敢上医务室,悄悄地去药房买点药。有一天黄昏,正发高烧的木心,涨红着脸、喘着粗气,从工厂后门推车挪向山海关路,可怜他双腿打颤,扶着墙慢慢倒在地上;少顷,他又咬紧牙关爬起来,推车徐徐消融在血一般的残阳中……

在木心这段悲苦的历史中必须记上一笔,当年如果没有后来成为木心恩人的"及时雨"煜元兄等青年士友在基建队尽量护着木心,不让他干那些甩18磅铁榔头的重活,那么他何以度过难关?

木心的苦难岁月中,对他刺激最大的是每年12月26日毛泽东生日那天。这是中国历史上罕见的国人狂欢的一天。当时全厂职工可以免费吃一碗白面、一块红烧大排和鸡蛋,但阶级敌人木心必须最后一个凭票去炊事房领(按当时规定,"黑五类"是不能享受这一待遇的,"文革"后期才网开一面),多亏"高级厨师"卫海兄因其家庭成分灰暗,而对木心产生同情心,每次都会留大点的排骨,并多给些肉汤。于是,木心端着碗,站在一个阴暗的角落里慢慢地、慢慢地品尝,整个动作很优雅,维护了基本的人格尊严。事隔40多年,卫海兄回忆道:"当时,为庆祝毛主席生日,工人发的是粉红色券,木心发的是白色券,他最后一个来领,我反而可以多加点肉啊汤啊;平时,他来打饭菜,我也找机会多给点,因为他身体那么单薄,劳动强度那么高,再不多给点,如何挺得住!

不过,我只能像做贼一样帮他一点,如果被我们炊事房的头头发现,我准倒大霉,因为他是党员,有鲜明的阶级立场。你作为我的入团介绍人应该明白,我是可教子女,入个团多么不容易,唉——"

木心为了排遣痛苦,便大量抽烟,似乎烟雾会带他遨游在无限美妙的艺术世界里。令人辛酸的是,木心拿的是生活费,为了省 0.14 元车钱,他一年四季风雨无阻,都是走十几公里上下班,因而抽了大量 8 分钱一包的"生产牌",以致给肺部留下严重的隐患。我厂一些青工一方面劝他不要抽"生产牌",一方面尽量给他些好烟抽,如"当代豪侠"福荣兄、"乒乓冠军"礼民兄经常偷偷地塞给他"大前门"或"光荣"牌。有一年秋天,我斗蟋蟀赢了 0.49 元一包的"红牡丹",立即从分厂赶去与他共享。

那么,木心是以什么罪名落到如此悲惨的地步的呢?我进厂不久,就听见几个市侩气十足的老师傅笑谈木心不是正常男人。据当年被厂领导调去查阅木心档案的"书法准将"小林姐回忆,那些档案里充塞着许多不堪入目的揭发材料,污蔑他是同性恋者。同性恋在现在已然成为常态,而在当年则是罪大恶极啊!小林姐是非常善良、纯洁的姑娘,她看了这些材料很生气,认为那些揭发者信口雌黄,缺乏起码的人性!就这样,早在 1956 年,一顶坏分子帽子就飞到木心头上。另外,1968年他被关押在上海市静安分局,戴上地主帽子;1971 年他被关押在创新厂防空洞时,戴上现行反革命帽子。

请看,乌云笼罩的历史舞台,拉开了亘古悲剧的帷幕,这位中国现当代罕见的文化巨人,从此陷入灾难的深渊。

不畏强暴的独身者

其实,木心是一名从小立志献身艺术的理想主义者、完美主义者,他熟读中外典籍,洞悉人生的波澜,以众多伟大的西哲,诸如柏拉图、奥古斯丁、斯宾诺莎、笛卡尔、霍布斯、洛克、亚当·斯密、伏尔泰、康德、叔本华、尼采、休谟、维特根斯坦、萨特、爱默生等为榜样,崇尚独身主义。因为他深知婚姻会束缚自己追求艺术、追求美的手脚,倘若婚姻不幸,甚至发生像普希金那样的伴侣背叛,还会危及生命,何谈发展?遗憾的是,在阶级斗争气氛弥漫全社会、人的现代化几乎无人提及的时代,谁能理解木心这位融汇中西文化的大师的内心世界呢?结果,施行专政者居然推理出他不成家,就是同性恋者、就是坏分子的荒谬逻辑!

循着这一荒谬逻辑,除了特别年代的阶级斗争观念以外,从民族性看问题,国人之所以对独身者投去异样的鄙夷的目光,盖因中国数千年的家庭伦理观念,长期主次颠倒,首先考虑传宗接代,这也是先秦儒家的重要思想,而爱情这一崇高的神圣的精神金字塔,则降为物质的附庸(如今愈演愈烈),鲜有人思考恩格斯的名言:"没有爱情的婚姻是不道德的。"于是,许许多多貌合神离的夫妇,莫名其妙地度过了乏味的一生。这也是为什么在我们的国度,诞生不了涅克拉索夫的名诗《俄罗斯女人》中,十二月党人的妻子抛弃优渥的贵族生活,饱含泪水跪在地上,亲吻丈夫脚下冰冷的脚镣,毅然去西伯里亚陪伴流放的丈夫,并将自己永远留在高寒冻土里。我们更难涌现大文豪托尔斯泰暮年发现伴随自己一生的妻子,因刻意追求物质享受,无法理解自己世界观激变而厌恶贵族生活的精神世界,便于1910年10月28日凌晨,以老态龙钟之躯,出走雅斯纳雅·波良纳庄园,将自己葬送在风雪弥漫的阿斯塔波沃小站……

以木心之高智商,他明鉴人的一生想得到真正的爱情之难,难于上青天!所以,高颜值的他在青年时代,就尽量躲避"丘比特之箭",将自己的终生托付给艺术世界。正因木心是一名超越世俗的高人,他才能在兽性施虐的年代,风雨兼程,顽强地追求自己的人生目标,创造非凡的业绩。

缺少思想启蒙的国人,在农耕文明中浸润得太久,以致很难突破世俗的樊篱,鲁迅先生对此早已看得清清楚楚。

1974年11月，木心的恩人朱煜元（右）和作者合影

　　开放的世界势如奔马，蓝色文明荡涤着陈腐的污泥浊水，对那些将无产阶级专政的枷锁，套在木心这位高尚的独身者脖子上的愚夫而言，算是对他们做一次迟到的剖析。

　　木心的卓越在于，不仅自己忍受苦难，而且以博大的胸襟庇荫我们这些在"读书无用论"思潮中长大的小青工，凡有求知者，他无不悉心帮扶。在木心这棵大树上，仅采撷几片叶子：木心精心培养"音乐天才"陈杰兄，并为他谱曲，使其一路夺关斩将，考取上海音乐学院，其间细节堪比电视连续剧《潜伏》中的余则成搞地下斗争。木心辅导煜元兄做文章如何谋篇布局、遣词造句，使其写得一手逻辑严密的政论文。"蟋蟀英雄"耀毅兄很想文武双全，便向木心学习书法，经常去他东长治路93号二楼的小屋作竟夜之谈，木心要求耀毅兄重点临摹《兰亭集序》，互相通信达100多封。木心冒着被批斗的风险，趁推垃圾车出厂，悄悄地潜入"大宝贝"正峻兄在山海关路的蜗居，指导他创作水彩画。更大胆的，木心将"印刷元帅"尧兴兄收为"关门弟子"，以游击战的形式，在外面教他绘画，示范草图100余幅，时间长达5年之久，并为尧兴兄留下珍贵书法一幅……

木心对我的启蒙富有戏剧性,他仿佛一盏灯塔照亮了我迷茫的人生。我们屈指可数的"授课"的教室,是曾经关押他的防空洞,该洞约20平方米,我们七二届青工进厂后,通过义务劳动将这又脏又臭的地牢打理成厂图书馆,后又置一张乒乓桌,平时无人光顾。

关于这个木心称之为"三号防空洞"的地牢,是他人生中最屈辱之所在,亦是他从死人堆里爬出来的再生地。1970—1971年,"文革"初期的疯狂已渐趋平缓,但在"一打三反运动"(即"打击反革命分子,反对贪污盗窃,反对投机倒把,反对铺张浪费"运动)的又一轮声浪中,木心被囚防空洞整整18个月,期间遭受的苦难非晚生一枝秃笔可形容。然其中木心被毒打,差点去见阎王一段,犹如骨鲠在喉,不吐对不起历史、对不起苍天。

由于木心内心世界极其强大,他表面上可以对任何人卑躬屈膝,但在暴力面前他是决不会屈服的。只因木心在一次次的暴力淫威下,不吐一个饶字,遂被暴徒用武装带狂抽;遍体鳞伤的他抱住脑袋,坚不出声,终于引致暴徒兽性大发,活活将他3根手指打骨折……

此刻,防空洞外电闪雷鸣、暴雨如注,阴森森的厂房里游荡着老师太的幽灵。在木心生命遭到威胁的千钧一发之际,仿佛神助,上帝向他伸出了橄榄枝,盖因他心中有主,平生随便在哪儿,每见耶稣像,一定止步,虔诚地细细看、静静想,一部《圣经》被他读了一百多遍。于是,仁慈的圣母玛丽亚心急如焚,赶紧从九天飞来,痛哭着大喊:"木心呀,你是上帝派到人间播种葡萄,拯救人类精神世界的天使,你实在疼得受不了,就叫一声吧!"突然,木心发出雄狮冲破囚笼,飞奔原野的仰天长啸——

这声怒啸,比莱蒙托夫的红帆在太阳下,希冀风暴更嘹亮!

这声怒啸,比高尔基的海燕之歌,呼唤暴风雨快快降临更猛烈!

这是一个反抗精神暴虐、追求个性解放的天才,挣脱黑暗沼泽时发出的呐喊,它一若贝多芬的《英雄》,将划破人类历史的长空,永远地回响! 很耐人寻味,20 多年后,这名可爱的老头居然写诗"宽恕"了暴徒——

安息吧,仇敌们

世俗的功成名就

明显地有限度

即以其限度

指证着成功之真实不虚

既如此,我拆阅了纷纷的祝贺信

为层叠的花篮逐一添水

我不像一个胜利者

我的仇家敌手都已死亡、痴呆

他们没有看到我苍白而发光的脸

我无由登台向他们作壮丽的演说

倒像是个失败者那样默默低下头来

安息吧,我的仇敌们

熟悉世界史的木心,对暴力革命是有独特思考的,当他因在防空洞时,对这个问题想得更深更远。在这座脏水流淌的人间地狱,他就着昏黄的一盏煤油灯,在《狱中笔记》里记下了思考的片断,他提到了卢梭的最后一部著作《一个孤独漫步者的退想》。虽然,我们现在看不到这本饱蘸作者血泪的笔记,但木心对卢梭的思考是深刻的。卢梭作为一个从小失去母爱、饱受人间苦难的大思想家,其探讨人类不平等的起源、倡导治理人类世界的社会契约是伟大的非凡的,而他的激进主义、暴力革命的思想,影响了罗伯斯庇尔,成了法国大革命的导火索,乃至以后影响了 1917 年的苏俄革命、1949 年的中国革命。在一个不平等的社会,暴力革命当然有其合理性,难道奴隶永远要受剥削受压迫吗?关键在于,暴力革命要有一个度,它最终要转向改良,消弭革命对社会和生产力的破坏,让人类求得人与人、人与自然、人与社会、人与自己的心灵以及各种文明之间的和谐,从而迈向和谐社会、奔向光芒万丈的大同境界!

然而,在那"黑云压城城欲摧"、风雨如磐的混乱年代,中国社会仿佛一匹脱缰野马,迷失在苍茫的天地之间。

苦难的白云苍狗啊,当我记录木心被暴力摧残的往事时,握笔的手宛若破舟一叶,颠簸在浊浪翻滚的暗流之中,耳畔响起柴可夫斯基如泣如诉的《悲怆奏鸣曲》,眼前浮现秦始皇焚书坑儒、明清文字狱中民族精英激越的抗争;屈原在三湘大地上高歌:"长太息以掩涕兮,哀民生之多艰",然后奋身跃入波涛滚滚的汨罗江;杜甫行驶在"两岸猿声啼不住"的长江三峡,站在破船的甲板上,痛呼知识分子的悲惨生涯,一病不起;高擎真理火炬的布鲁诺,大义凛然地走向欧洲中世纪宗教裁判所熊熊燃烧的火刑柱;第二次世界大战中,无数犹太精英,被德国法西斯扔进奥斯维辛集中营的煤气绞肉机……

当一代又一代为人类盗火种的普罗米修斯赴汤蹈火、万死不辞的历史画卷在我们面前展示时,难道我们要当历史的失言者?难道我们还能让顾准、遇罗克、王申西那样的先知先觉倒毙在黑暗中?难道我们还能无视张志新被割喉管,而成为鲁迅笔下抢人血馒头的看客?难道我们可以罔顾缪斯,不高唱悲壮的《国际歌》?

吊诡、奇妙的是,发生在防空洞的暴力事件,不知何故,后来被释迦牟尼他老人家知道了,以致应验了佛教中的因果报应说,也即大凡做人应慈悲为上,作恶没有好下场的。这是另一个故事,将来让木心的青年粉丝去写吧。

这是一个血迹斑斑,令人沉思的防空洞。

洞悉世界、人生的思想者

我一般与木心约好,趁去总厂送货之机,像野猫般窜入防空洞内,他随后一闪而入,彼此点燃香烟,在几缕残光下畅谈中西文化。每次仅十几分钟,一旦被厂方发现,那必然大祸临头。其时,我只是一个喜欢文化的小青工,基础是比较差的,然木心遇到有人聆听他高谈阔论,兴奋不已,滔滔不绝,也不管我能听懂多少。

印象中,他谈西方古典音乐,一边讲德国古典音乐如何从宫廷走向民间,即从海顿到莫扎特到贝多芬,一边忘情地闭起双目,向着空中弹钢琴,那些我听不懂的美妙的旋律,从他薄薄的嘴唇中奔泻而出。

木心一生热爱莫扎特,说莫扎特的音乐不哀伤。回溯西方音乐发展史,莫扎特正处于欧洲社会的启蒙主义阶段,人们崇尚理性,不太认同哀伤的审美;同时,伴随着欧洲从前商品时期向商品时期过渡,西方音乐逐渐从教堂和贵族客厅,慢慢走向社会、走向市民阶层,这就决定了莫扎特音乐创作的乐观、向上的基调。木心的刚强,也体现在他崇拜莫扎特,向黑暗挑战,向往光明的音符上。当木心关在防空洞时,经常被造反派罚面壁而站,这时他以头脑里高山流水般的莫扎特音乐的旋律作抗争;而当监管人员稍有疏忽,他就在废报纸上画一架钢琴,然后激情飞扬地弹奏莫扎特,从而使他虽身陷囹圄,却心忧天下、情系苍生,最终战胜灾难。

难能可贵的,木心骨子里是个思想家,他的哲学思辨、历史视野、国际意识交相辉映。1975 年,毛泽东号召干部学 6 本马列著作,我作为团干部正在读《国家与革命》和列宁夫人克鲁普斯卡娅写的《列宁回忆录》。讲到暴力革命与国家消亡,读过许多马列原著、做过大量心得笔记的木心深刻地指出,国家消亡也即人类大同,这是历史发展的客观规律,但历史发展是多元的,非暴力如改良,也能到达幸福的彼岸。中国30 多年改革开放的巨大变化,证实了他的预言。

1977年春天，在金山松江大桥上部分团员青年合影：三排右一为经木心培养，考进上海音乐学院的陈杰；三排右二为经常送木心好烟抽的江福荣；三排右四为得到木心绘画辅导长达5年之久的李尧兴；三排右六为作者

　　木心一生对尼采情有独钟，从而形成了诚如陈寅恪所云，"独立之意志，自由之思想"，即便在人生最黑暗的时刻，他也不放弃自己的追求，典型的是他在牢狱里以写检查为由，获得纸笔，创作了66万字的文学作品，他将手稿缝入棉裤，日后带出囚笼。

　　彼时，木心虽然谈起尼采，但我似懂非懂，直至1980年代初，我在华东师大历史系求学，经常逃课，去政教系旁听赵修义老师（现为著名哲学教授）开讲现代西方哲学时，才逐步领悟木心为何将自己的灵魂系于尼采身上。尼采最大的贡献是提出"超人哲学"，他在代表作《查拉图斯特拉如是说》中，以古代波斯拜火教的创始人象征为超人，阐明超人克服了人类种种欲望的本性，这是对人类自身的超越。超人要为新价值立法，文化的更新要由超人承担和实现，超人要成为创造者。也就是说，"只有最孤立的、最深沉的和最超俗的人，才会成为最伟大的人物。"联系到现实，尼采看到了处于社会转型期的德国文化的堕落，他要用音乐来拯救德国文化，主要是指巴赫、贝多芬和瓦格纳的音乐。而这一切，都需要哲人具有自由的精神和独立的人格。尼采的这些思想深刻

中年木心

地影响了木心,在中国历史拐弯的前夜,他期望自己像尼采那样成为一个为人类摆脱黑暗而献身的人,从而以自己的才能奉献祖国、改造祖国,然而苍天无眼、虎落平阳、壮志难酬。同时,联想到1900年尼采发疯而亡的悲惨下场,以及他临终前扔下的狠话:上帝死了!木心很自然地产生"出师未捷身先死,长使英雄泪满襟"的情怀和拯救人类精神文明的紧迫感。如此,我们就不难理解木心为何狂热地崇拜尼采、喜欢音乐,以致11月15日开放的木心美术馆特辟"尼采与木心"展厅。

木心对中国传统文化中的诸子百家,尤其是儒释道均有精辟的见解。在"文革"中后期各种政治运动接连不断的状况下,他深谙儒家入世的艰难(但他不认同儒家循规蹈矩、等级森严的天下观),更崇尚道家出世的达观。1976年元旦,《人民日报》发表了毛泽东的两首词——《重上井冈山》和《鸟儿问答》,木心对《鸟儿问答》中首句"鲲鹏展翅九万里/翻动扶摇羊角"的用典,即庄子的《逍遥游》的点评,不知比媒体高出多少境界。他认为人类应像老庄那样,追求天人合一的崇高境界。由此,木心在防空洞里向我描绘,他上大学期间在南海旅游时,望着湛蓝

1974年11月，作者和建议请木心吃饭的任逸斌（右）逸斌兄因经常偷偷给木心好烟抽，多次被领导教训

的大海心潮激荡，竟脱下金戒指扔进海里，以表达一名天涯游子热爱大自然的浪漫情怀。正是木心有这种达观的人生境界，才使他从长夜漫漫的历史隧道里熬到祖国凤凰涅槃的一天。

木心的达观表现在两个方面，一是坚韧不拔，坚持"活着就是胜利"的理念，坚信黑暗一定会被光明所取代，也就是雪莱所高吟的"冬天已经来了，春天还会远吗？"从而升华到他在日后所云，"在绝望中求永生"的献身境界。据创新厂老人回忆，木心在囚防空洞前，先关在"厕所"边的小破屋权作牛棚，这里每天仅一个多小时晒得到太阳，他天天抓住这一珍贵时机，让阳光照亮自己。我印象中从未见木心掉过一滴眼泪，唯闪过两次泪光：一次是在空中弹奏贝多芬的《命运》时，联想到这位音乐天才一生被贫困和病痛所折磨，却用五线谱表达他对世界美好的祝福。另一次是 1975 年评《水浒》运动后期，厂里搞基建、翻修车间时，"小木匠"逸斌兄建议几位青工凑钱，请木心吃饭，不料走漏风声，厂方如临大敌，召开全厂紧急大会，揪斗木心，声称长胡子的阶级敌人腐蚀青年，致使饭局泡汤，为此他十分激动，也十分感伤。

1991年冬，木心在纽约讲文学课期间

　　二是千方百计调整心态，善待自己。记忆中，无论木心经受多少打击、劳作多么辛苦，下班后一定将自己收拾得干干净净。特别是冬天，他戴一顶黑色的鸭舌帽、系好围巾、披一件整洁的旧黑大衣，从容走向晚霞燃烧的前方；他很会精致地生活，诸如为自己打毛线衣、手缝衣裤、偶尔做了油画似的鸡蛋炒青椒；他还在极其有限的生活费中省出小钱，慰劳自己，如他喜欢吃"凯歌"5分钱一只的葡萄干面包、西海电影院对面小吃摊上0.10元一客的生煎包子，在夏季买一根8分钱的雪糕，立马像顽童般兴高采烈……这时，木心凸显了他单纯、幼稚、可爱的一面。从心理学分析，假如一个人从复杂到简单，便会产生强大的抗挫折能力，这也许是木心顽强生存下来的奥秘。

　　木心不幸中的大幸，是十年动乱中人性尚未泯灭，厂里一些职工对他充满同情、予以照顾，如与他同辈的"技术尖子"云青师傅一直很敬佩木心的才学，尤其赞赏他1959年赴京设计国庆十周年展览会，从未将他看作阶级敌人，现在收集了他所有的著作，悉心研读。历年分进厂的青工，除极少数积极分子外，大伙都将木心看作仁慈的长辈，暗地里都叫他师傅。其中对木心最好的有两位,一位就是煜元兄,其不仅处处呵护木心,1982年还帮助他去了美国,并联系亲友腾出住房为他在赴美初期度过难关。另一位是"憨大"永富兄,其与木心搭挡,糊全厂装成品的大纸箱(这是木心做清洁工外的本职工作),在这枯燥、乏味的劳作中,永富兄揽下大部分活计,让木心去抽支烟、或躲进防空洞休息片刻,有时木心不好意思,永富兄还与他"斗嘴";痛惜的是,永富兄后来下岗,生计维艰,竟把自己送往天堂。工友们朴实的爱,同样是木心赖以生存的原委之一。

当中国这艘古老的庞大的航船,不幸驶入如马克思、恩格斯在《共产党宣言》中所揭示的封建社会主义的汹涌波涛时,整个社会在"无产阶级专政下继续革命理论"的影响下,阶级斗争的弦绷得很紧、很紧,似乎每个人头上都套着一个紧箍咒,随时会被"阶级斗争、一抓就灵"的红色经文念得满地打滚。

如果说木心已被红色经文念得九死一生,那么凡与其交往者焉能天马行空,跳出三界?

我偷偷摸摸地与木心、老方丈(分厂前身和尚庙的还俗方丈,毕业于清华大学,亦是一位高人)类似于"地下党"的相处,终于被积极分子告发了。结果,在全厂大会上,厂领导比较客气地不点名地批评了我,"现在,有个别团干部敌我不分,与封资修分子勾勾搭搭,这是我厂阶级斗争的新动向!不过,我们还是要挽救这位青年同志的,请他不要忘记,自己成分也不大好的,我们不是照样培养吗!"然而,我将厂领导的"教诲"只当耳边风,仍然与两位阶级敌人交往,同时想鲤鱼跳龙门,积极复习功课(实际是重新自修中学课程),迎接高考。这下真正激怒了厂方,不仅缓调我的工资(当时我的工资36元,可以加5元,后在老干部的干涉下补发了),而且组织团员青年参观工艺车间老师傅绘就的我在机器旁看书的漫画,还准备将我从印刷车间调往艰苦的注塑车间。孰料,上帝保佑,菩萨显灵,我连考三次,在第三次高考结束、准备去注塑车间报到前夕,居然金榜题名,于1979年早秋远走高飞,这也不枉与木心、老方丈师生一场……

　　煜元兄、陈杰兄等与木心长期相濡以沫，产生了深厚的感情，在粉碎"四人帮"那黎明前最黑暗的时刻，他们冒险请木心喝了一次酒。不幸，在"当代锦衣卫"横行的年月，他们又被检举揭发了。这次，厂方暴跳如雷，对他们进行严肃的、抢救无产阶级革命事业接班人的帮扶行动，差一点办了学习班。煜元兄受木心影响，在青工中当属善于思考、理论水平较高的翘楚，他以马克思主义关于人的基本权利的理论作抗争，仍被厂方以阶级敌人就是不能同革命青年吃饭为由，强迫他们与木心划清界线，他们只能沉默，将痛苦埋入心中。帮扶行动结束当晚，他们在朦胧的月光下，变成可爱的夜莺，又去抚慰木心一颗伤痕累累的心……

晚年落叶归根，依然噩梦缠身

　　1982年，木心飞越美利坚，瞬间从工友们的眼中消失了。当2006年木心在陈丹青、陈向宏（乌镇旅游公司总裁）的安排下落叶归根后，乌镇便像磁铁般吸引了不少工友，他们多想见见这位可敬可爱的睿智老人啊！

　　然而，木心拒绝见上海创新工艺品一厂的任何人！

　　2007年仲秋，我们小兄弟聚会，"新四军"小华兄叙述了木心拒见工友的经过。

　　第一个去见木心的是"火车头"巧生师傅，这是一个古道热肠的直筒子，他作为我母亲的学生，从启蒙教育中灌输的恻隐之心，依然沉淀在血管里，他回首往事，深感当年木心遭受的非人折磨太残酷。2016年春节，巧生师傅的徒弟、为人豪爽的"摄影记者"建林姐和"菩萨"张丽姐去拜年，已85岁高龄的老人对她们回忆道："木心家里成分是地主，自己又成了'黑五类'，在以阶级斗争为纲的时代，肯定被厂方抓了阶级敌人的典型，但他的美术设计水平很高，不要说厂里了，就是全上海都

1994年底，木心思乡心切，独自回到中国。图为木心在上海高桥镇看小孩做作业

无人可及！在上世纪70年代初，厂方按上级的意思，将木心送进公安局关押；同时，厂方派人事干部杨元懋和我一起外调木心，调查下来除了他的地主成分，以及有人讲他搞同性恋外，被调查者也是模棱两可，其实没啥大事。这样，我就开始同情木心，悄悄地告诫他好好改造，千万别荒废掉技术，来日方长嘛。当然，我是看不惯厂里某些人对木心凶狠的训斥和侮辱，大家都是人嘛！我对木心总的看法，此人心气很高，有技术、有才华，过去的种种遭遇没能让他放弃所掌握的知识，是金子总会闪光的！有了这层看法，所以当木心回国后，我立即坐火车去看他，途中因钱包被偷而两度从嘉兴进乌镇，遗憾的是，他客气地让秘书回拒了。"

第二个去见木心的是"大导游"克波师傅，这是一个崇尚传统文化，书法、格律诗、游记都能一展雄姿，一直钦敬木心才华的秀才。他们来到木心故居门口，向木心秘书通报姓名，但无论他们怎么要求，均被木心客气地以自己身体不适而婉拒。以后，陆续有工友碰壁。

小华兄的话掀起了我心中的波澜，木心高大的形象在我们脑海中

2015年7月29日，原上海创新工艺品一厂退休职工参拜木心故居。图为文中出现人物：右一煜元兄、右四小华兄、右五耀毅兄、左一建林姐、左二小林姐

宛若天人，照理应有比天空更广阔的胸怀，怎么会拒见工友呢？众小兄弟在酒桌上看着我，希望由我出头，大家去乌镇见木心，我以沉默作答。因为我理解木心，如果他敞开大门欢迎工友们去，那他就不是铁骨铮铮的木心了！

木心怕见工友，是为了不再揭开业已流逝的伤疤，将那段痛苦的岁月，永远封存在心底。人们只要看一下木心故居大门口，他自撰的生平就明白了，他自踏上社会的工作单位都交待得清清楚楚，唯有 1967—1979 年在上海创新工艺品一厂的那段经历是空白，即用了"我厂"作为替代。这是 2014 年春意盎然的一天，陈丹青布置木心故居纪念馆时，意外发现一份木心手书的简略年表，称为"中国岁月"，仅仅两页。

试想，如果木心见到了昔日的工友，即使如我这样算他的学生，他立即会产生蝴蝶效应，联想到昔日的苦难，乃至浮现那些伤害过他的人与事。如此，我们为什么要去打扰木心呢，让他在归隐田园的桃花源里安度晚年，不是很好吗？由此，我真诚地希望工友们理解一个曾经差点被整死的老人，恐惧迟暮之年噩梦缠身的悲苦心境！事实上，木心内心深处隐藏着恐惧的意念,例如,他讲话语速很短,有一种打一枪换个地方的况味,此乃典型的长期的不安全感所致。又如,他在弥留中冷汗淋漓地呼叫:"我只求一件事,叫他们不要打我,把人关起来,不给他自由,是最痛苦的!"这是木心留在人世间对疯狂年代最后的血泪控诉!

然而,7月29日召集大家去参拜木心美术馆和故居的煜元兄竟冒出惊人之言,他和"文学批判家"际春兄是木心唯一见过的工友!2007年8月22日上午,当他们去见木心时,照例被拒之门外,情急之中,煜元兄让木心秘书进去报上自己的姓名。果然,木心一听这个姓名,马上说:"此人是我一生中的恩人,不能不见啊!"于是,煜元兄携际春兄入内,与白发苍苍的木心紧紧拥抱。煜元兄还请木心在镇上午餐,席间木心回忆往日苦难,几度哽咽,但仍不掉一滴泪水……

不难推论,木心时刻在想念昔日关照过他的工友,只因创新厂对他的伤害实在太深了!

木心遗稿中披露了其对后辈、学生的挚爱:"我的读者属于我的晚辈,而属于孙辈者更多,是则隔两代也。上海美专、杭州高中、上海浦东、工艺一厂、美国纽约,我教过五代人。来吧,年轻人,我们唱歌跳舞!"其中提到的工艺一厂即创新厂也,由此足见其未忘曾患难与共的工友。

现在,木心已遽归道山,工友们只能将怀念之情系于木心美术馆和故居。这时,建林姐眼前冉冉展现当年她开着"解放牌"卸货时,尽量护着木心、不让他扛包的情景,并联想到这样一位才华横溢的奇才,竟遭受那么多磨难,便激动地将木心故居所有的场景摄下,让大家永远纪念这位大师!

木心美术馆开展后,在文化圈引起轰动。仅举一例,木心的铁杆粉丝、上海师大倪稼民教授于11月30日赶去参观,并与馆长陈丹青先生合影。12月4日晚,我们在著名历史学家沈志华教授家聚会,当倪教授听我讲了木心苦难岁月的片断,她当场泪流满面,叹道:"木心才是真正的钢铁巨人,否则他早就自我了断了!"又连声点赞陈丹青为中华民族、为人类历史做了一件流芳千古的大好事！称他为中国少有的尊师如父的好学生！倪教授的话，不禁使我想起著名金文学家、华东师大历史系戴家祥教授生前讲的一件事："文革"初期，戴教授在清华国学研究院的同窗、中山大学历史系主任刘节教授代替乃师陈寅恪挨批斗，结果一条腿被红卫兵打断。我忽发奇想，倘若"文革"中陈丹青在我厂打工，当造反派要揪斗木心时，他一定毫不犹豫地冲上去以身取代，一任木棒、武装带、电线鞭子、雨点般的拳头飞来……

沉重的反思

近年来，国内一些名刊的主编、编辑都希望我采写木心在创新厂的苦难历史，他们都表示不惜版面、全文照登。小林姐也一再劝我，趁木心同代的师傅还健在，赶紧采访，写好后可以放着等机会发表，千万别让这段历史湮没。像木心这样的人物，很值得写传记，因为时间终将证明：他是中国的梵高、中国的尼采、中国的雨果、中国的但丁。然而，我已步入"夕阳无限好，只是近黄昏"的晚景，精力不济，心情抑郁，难以援笔；相信将来有年轻的木心粉丝，可以向历史奉献一部《木心传》。到那时，就像木心生前拒绝出版他的文学史讲演稿，而陈丹青为了对艺术负责，在他生后推出《文学回忆录》、《木心谈木心》那样，我们也应对历史负责，向世人公布他不愿提及的苦难人生。

归根结底，我们写木心乃是针对当下国人精神世界日益空虚，社会陷入全面的道德危机、精神危机的现状，以颂扬这位爱惜自己灵魂、自己羽毛的先贤为契机，呼唤中华美德归去来兮；让更多的国人懂得，人的灵魂是人类社会中最尊贵的主宰！

"子在川上曰，逝者如斯夫。"奔腾的历史长河，毕竟翻过了沉重的一页。今天，我们纪念木心、检讨历史，并非要追究曾经伤害过木心的人，包括那些毒打过他的人，而是要高扬人道主义的光辉旗帜，站在世界历史的高度，挖掘、反思在人类文明发展史上，为何会发生扼杀英才

晚年木心

的野蛮行径背后的问题，从而永远杜绝摧残自己民族精英的人间悲剧，因为一个不会保护自己的民族英雄的国度，是可怕的危险的没有前途的！

木心的曲折人生，他经过苦难的炼狱，人格得到升华的千古传奇，可让世人得到良多启示。

由于人类社会脱胎于动物世界，其人性与兽性共存，在社会发展过程中无法绕过丛林法则。问题是，人们如何正确理解社会达尔文主义，不断检讨所走过的弯路，用道义战胜邪恶，如同我们在搞市场经济时，既要读亚当·斯密的《国富论》，也要读他的《道德情操论》，否则就会剑走偏锋，误入歧途。所以，当我们回顾那段已被中共十一届六中全会通过的《关于建国以来党的若干历史问题的决议》所否定的弯路时，为了防止腥风血雨的历史悲剧重演，凡是在极左思潮中失去理智的国人，都应以敬畏天地、敬畏历史、敬畏真理、敬畏后代的心态来忏悔。即使一时达不到以崇高的境界忏悔，至少也应像《牛虻》中蒙泰尼里神父跪在亚瑟面前，表示一点内疚吧。因为，忏悔不仅可以救一个民族于水火，还能使其引领世界先进潮流,德国就是最好的例子。

忏悔的目的是什么呢?是为了避免人类自相残杀,从而按照马克思主义为人类设计的美好蓝图,向着高度民主的康庄大道奋勇前进。人类最需要的是什么?除了恩格斯所阐明的人的生存需要之外,我们最需要的不是面包、不是牛奶、不是美酒,而是人的自由、平等、博爱,因为马克思主义的最高境界,是关于人的全面发展的理论,即"每个人的自由发展是一切人的自由发展的条件"。只有这样,我们才能真正高扬奔向人类大同的猎猎红旌,以康德的墓志铭为楷模,让我们仰望星空,构筑心中的道德律,自觉地做一个高尚的人纯粹的人。庶几人类社会那如同孔孟、康有为所描绘的美妙世界,也即陶渊明笔下的桃花源;欧文、傅立叶笔下的人间天堂,一定会实现!倘如此,我们方可告慰数千年人类文明史上,包括木心在内的星汉灿烂的志士仁人在天之灵!

木心作为一代旷世奇才,他总算活到了扭转乾坤的一天,并在晚年又为人类奉献了那么多精神财富,与千千万万没有看到历史转折的民族精英相比,他还是幸运的……

后　记

　　由上海三联书店付梓的《铁血柔骨——现当代名人的风雨路》,是我从多年来创作的传记文学中选出的一个集子。集子里的传主们涉及政治、军事、文化、艺术等人物,时间跨度也比较长,但他们都生活在中国现当代历史的转型期,因而每个人都处在中华民族面临进退、何以风雨前行的十字路口。集子里的习作发表时,几乎都被各地有影响的报刊转载,有的甚至转载多次,可见这些传主的人生故事多少还是能打动人心的。

　　当飘散着墨香的《铁血柔骨——现当代名人的风雨路》款款向我走来时,我的情愫如波涛般汹涌,就像迎接自己的亲骨肉降临人间一样。于是,自然而然地联想到人生与文学这一永恒的话题。

　　时值冬至前夜,旷野北风呼啸,我心绪复杂地踱到上海苏州河上游的花圃里,仰观天象,蓦然发现了久违的北斗七星,那已经流逝的岁月,遂在脑海中旋转起来……

　　我出生于湖南一个书香门第,先祖效忠于国家、民族和朝廷,在我的血管里流淌着他们激越的情怀。然而,当我来到人世时,先辈的荣耀早已灰飞烟灭,但沦为草根的祖孙三代始终铭记先贤的格言:"君子固,不坠青云之志。"即使我家处于艰难困顿之时,都是"位卑未敢忘忧国",并将这种忧患化作文学的清泉。

　　祖父、祖母是率先为我播下文学种子的启蒙老师。在我刚懂事时,

西路军幸存者备忘录——作者手稿

祖父便不厌其烦地给我讲"卧薪尝胆"、"程门立雪"、"精忠报国"等故事;祖母则迈着小脚,领我去少年儿童图书馆一本本阅读"神笔马良"、"铁棒磨成针"、"安徒生童话"……

"文革"风暴骤起,在知识越多越反动的红色恐怖中,父亲不顾危险,一次次从他工作的上海远郊带回文学书籍,供我贪婪地阅读。一天,我在看一本"禁书"时,深为书中蒙冤的红军将士鸣不平,父亲听毕深沉地说:"你将来可以在文学道路上长进,用它作武器为国家做点事!"母亲喜欢说话,笔头快得很,往往一篇小结也写得行云流水。因而母亲经常说我遗传了她的特长,一再鼓励我多读多写,只要听到我的文章被报刊发表,她便会在长期的悒郁中露出难得的欢愉……

正是在苦难的长辈的期待下,我从少年时就形成了卓然独立的人格,我崇仰屈原、崇仰太史公、崇仰飞将军李广、崇仰杨家将。斯时,我经常缩在一个阴暗的角落里,仰望茫茫苍穹,在希望与失望中挣扎。因为在我人生观确立的年月,面临的社会正如我在一首长诗中所描写的情景(《扬子江,我血管里的血》,作于1984年8月父亲乡村小屋的昏黄

灯光下,刊于 2006 年 1 月号《诗林》):

> 你由西向东奔腾着狂涛巨澜
> 带来了远方绚丽的玛瑙
> 于是,更多的龙舟竞相游荡
> 更多的纤夫沉重哀号
> 于是,一脸杀气的大蟒
> 吞食了扬子鳄难产的小蛋
> 呵,凋谢的金蔷薇
> 哭泣着浮遍幽暗的江面……

面对这种悲哀、这种无奈、这种失望,我只能寄情于文学。

然而,文学道路也同人生道路一样,充满着艰辛与曲折。我是一个天分不高的人,读书和做人都较为愚钝。好在我像曾国藩打仗屡败屡战那样,投稿也是屡退屡投,终至成功。其间,我的妻子默默地支持我,即使健康欠佳,也承担了不少家务;我可爱的女儿从小就有文学天才,她的清纯宛若点点甘露,滋润着我忧郁、枯萎的心田,从而促使我几度重新启动创作的战车。

如果说亲情在我的文学道路上是阳光和雨露,那么师生情、朋友情则是灯塔与桥梁。

我的中学时代是在十年动乱中度过的,那时虽然社会上弥漫着“读书无用论”的氛围,但是我的母校上海市培明中学三位慈爱的老师袁锦恒、屠凤霞、张蝶佩却以女性柔和的目光、巾帼坚毅的气度,在传授知识的同时抚慰着我一颗伤痕累累的心,从而激励我成为一个勤于思考、勇于奋斗的人。

恢复高考后,我连搏三次,终于考进华东师范大学历史系,在丽娃河畔我受到了当时中国来之不易的精英教育,其中特别是遇到了具有悲悯情怀的王家范老师,他的睿智和思想引领着我走向“天下归仁”的崇高境界。例如,集子中写许杰先生的那个中篇,就源于家范师的一声叹息,结果我从中得到感悟,遂去拜访苏渊雷先生,以致引出这篇记录华东师大那段黑暗历史的习作。

大学毕业后,我分配到上海市七一中学执教,在这所名师辈出的学校里,我有幸跟随著名史学家陈旭麓先生的弟子——于伯铭老师学艺。伯铭师不仅以几近双目失明的代价,为史林留下了一部《道光传》,而且热忱地培养后学,我从中受益匪浅。

当我从事理论期刊的编辑工作后,每天都像工蜂那样,在知识精英的百花园中吮吸知识的玉液琼浆,直至与当今学界的堂堂男子汉邓伟志老师建立了不凡的友谊。伟志师不仅在工作之中给予我大力支持,而且介绍我加入民进,共同为中国的民主事业而拼搏,更难得的是他在百忙中为拙著作序,这是对我的鼓舞和鞭策!

走上文学道路 30 多年来,我的文友遍天下,然给予我最多帮助,并且合作得最愉快的是《世纪》杂志主编沈飞德兄、《当代工人》杂志副总编于清一兄和资深编辑韩春恒兄。前者多次为我在传记文学的创作中提供采访条件,如集子中的康有为、姜豪、胡守钧等人物,都是率先在上海文史馆的刊物上发表的,其中孙科、陈立夫及康正平的一组习作,系我们愉快合作的结晶;后者则几十次地刊发我的习作,且互勉人生,从而成为志同道合的文友……

在这次编撰集子的过程中,与我风雨同舟、艰苦创业、屡创《探索与争鸣》奇迹的青年朋友叶祝弟、李梅、杜运泉给予我许多帮助;阮凯、高苑敏、冯奇则为我收集、整理图片,从而使拙著在读图时代赢得更多读者;更有我踏上社会 40 多年中遇到的最好的领导沈国明学兄,他以自己的学识与博爱知人处事,他对我的关爱、对我事业的支持一言难尽、永志不忘;还有上海三联书店的编辑钱震华兄不仅多次支持我们编撰学术文集,而且与我选编传记文集相谈甚欢,特别建议收入刚完稿的《木心的人生境界》,在此一并表示衷心的感谢!

天幕中忽地划过一颗流星,它将我的思绪引向庄子的那句名言:

"人生如白驹过隙。"一瞬间，我已从一个风华正茂的青年，跨入"夕阳无限好，只是近黄昏"的花甲门槛。由此，我不禁联想到在人生的追求中，如何才能做些有意义的事。

早在 20 几年前，我选择了在史学研究中如何将传记文学作为历史人物研究的补阙，用一种通俗的基于史臻于文的叙事方式，来还原、凸显历史人物丰富的人生。因为，人的生命是有限的，而那些曾为祖国与民族作出贡献的人的业绩则是无限的，这就需要传记文学的作者去做一番艰苦的探索。其意义在于史学工作者评述历史时，在史才、史识、史胆、史德的基础上再加上史感，将历史和历史人物用人民大众最能接受的方式来表述。我作为史学与传记文学的双栖作者，在这一探索中得到若干体会：如集子中的戴家祥先生的传记在香港发表后，在一次作品研讨会上，与会者认为他们正是从传记的通俗叙述中，才弄明白艰深的《金文大字典》的价值。又如，集子中的胡守钧先生的传记，则写他在监狱里研究荷兰哲学家斯宾诺沙的哲学命题，世界上没有两片相同的树叶；同时，他联想到世界上所有的人没有相同的命运，其效果比单纯地解读这一命题为好，等等。

我有幸生活在上海，天然地贴近诸多中国近代现代当代大事件的当事人，生性又愿意"闯进邻居神秘的后花园"（陈平原先生语），想为历史传奇寻找真实的脚注。然而，学术、见识、文笔、才情，自知多有不逮。惟有自信的，是追求思想自由的问题意识、批判意识所产生的充沛勇气，所以当事人每有感动，便乐意跟我一起回溯、求索那一幕幕历史活剧里个人的兴衰荣辱。如果说本书中若干文字还有些价值的话，那么一多半本该归属于他们，因为他们没有选择去做人类历史的失语者。

在编撰《铁血柔骨——现当代名人的风雨路》时，考虑到读者的阅读习惯，我将传主的人生历程按他们所处年代的顺序——出场。掩卷遐思，这些传记中的历史人物有上百之多，他们在悲壮、纷繁的历史舞台上纵横人生，从而折射出历史万花筒的丰富多彩，并由此升华到对历史人物评价持两点论、过程论的哲学高度。这，也是我创作传记文学的初衷之一。

鲁迅先生曾云，其实地上没有路，走的人多了也就成了路。诚哉斯言，我愿在传记文学的道路上，作一颗默默无闻的铺路石子。

天际涌动着薄薄的云层，在这个特殊的星汉灿烂的夜晚，我更加怀念早已逝去的祖父母，更加怀念近十几年远行的父母⋯⋯

闪烁的星光下，江水滔滔，我的心也随着起伏的波浪在跳动。人生苦短，既然父母让我来人世间走一趟，我必得以自己有限的能力为人类做点事情，以告慰祖先在天之灵。

前进，我将在传记文学的崎岖山道上继续攀援⋯⋯

2015 年岁末于上海建德花园

图书在版编目（CIP）数据

铁血柔骨：现当代名人的风雨路/秦维宪著.
—上海：上海三联书店，2016.
ISBN 978 - 7 - 5426 - 5501 - 1

Ⅰ.① 铁…　Ⅱ.①秦…　Ⅲ.①传记文学—中国—当代

Ⅳ.①I25

中国版本图书馆 CIP 数据核字（2016）第 035045 号

铁血柔骨——现当代名人的风雨路

著　　者　秦维宪

责任编辑　钱震华
装帧设计　陈惠兴

出版发行　上海三联书店
　　　　　（201199）中国上海市都市路 4855 号
　　　　　http://www.sjpc1932.com
　　　　　E-mail：shsanlian@yahoo.com.cn
印　　刷　江苏常熟东张印刷有限公司

版　　次　2016 年 5 月第 1 版
印　　次　2016 年 5 月第 1 次印刷
开　　本　640×960　1/16
字　　数　305 千字
印　　张　22.75
书　　号　ISBN 978 - 7 - 5426 - 5501 - 2/I · 1112
定　　价　48.00 元